Serial Studies in
Ethnic American
Literature

美国少数族裔文学研究丛书

总主编：张龙海

美国华裔文学研究论集

Studies Collection in
Chinese American Literature

张龙海◎编著

厦门大学出版社 国家一级出版社
XIAMEN UNIVERSITY PRESS 全国百佳图书出版单位

图书在版编目(CIP)数据

美国华裔文学研究论集/张龙海编著.—厦门:厦门大学出版社,2020.3
(美国少数族裔文学研究丛书)
ISBN 978-7-5615-7728-8

Ⅰ.①美… Ⅱ.①张… Ⅲ.①华人文学－文学研究－美国－文集
Ⅳ.①I712.06－53

中国版本图书馆 CIP 数据核字(2020)第 012712 号

出 版 人	郑文礼
责任编辑	王扬帆

出版发行	厦门大学出版社
社　　址	厦门市软件园二期望海路 39 号
邮政编码	361008
总　　机	0592-2181111　0592-2181406(传真)
营销中心	0592-2184458　0592-2181365
网　　址	http://www.xmupress.com
邮　　箱	xmup@xmupress.com
印　　刷	厦门集大印刷厂

开本　720 mm×1 000 mm　1/16
印张　20
字数　355 千字
版次　2020 年 3 月第 1 版
印次　2020 年 3 月第 1 次印刷
定价　75.00 元

本书如有印装质量问题请直接寄承印厂调换

厦门大学出版社
微信二维码

厦门大学出版社
微博二维码

总　序

《美国少数族裔文学研究论丛》付梓之际,我顿觉轻松,思绪也随之走远。

早在2012年就有了编著这套论丛的想法。当时厦门大学召开繁荣哲学社会科学大会,提出"哲学社会科学繁荣计划",计划每年专门拿出一亿元,用于支持文科科学研究,力争到2021年百年校庆之时,形成哲学社会科学研究的"厦大学派"。受此"繁荣计划"的激励,我顿时心潮澎湃,想着如何结合自己的美国少数族裔文学研究领域,申报大工程、大项目。于是,这套论丛的想法就有了。

虽然有了想法,但是,本论丛却迟迟没有出来。主要原因是在实际操作过程中碰到了一些难点,而这些难点现在反倒成了本论丛的特点:如何把握这些少数族裔文学之间的关系,如何处理综述和单个作家(作品)研究之间的关系,如何处理经典热门作家与新近冷门作家之间的关系。首先是美国少数族裔文学之间发展的不平衡。从历史、规模方面来看,美国犹太文学和美国非裔文学的确是首屈一指,而作为后来崛起的美国亚裔文学、美国拉美裔文学和美国本土裔文学也在奋起直追。考虑到美国华裔文学在国内正在吸引越来越多的关注,且研究成果不断增加,遂将其单列。其次,对族裔文学研究既有较为宏观的文化、历史层面的综述,也有较为微观的单个作家、作品的文本分析。因此,本论丛在选取论文时特别考虑到这两者之间的比例。最后,每个族裔文学中都有著名的代表性作家和作品,也有刚刚出道的年轻作家及其新作,既有族裔性主题明显的作品,也有族裔性不甚明显,甚至没有的作品。因此,本论丛尽量涵盖各族裔文学研究的特点,既紧紧抓住显性,也不放过隐性。

本论丛主要包括《美国犹太文学研究论集》《美国非裔文学研究论集》《美国亚裔文学研究论集》《美国华裔文学研究论集》《美国拉美裔文学研究论集》《美国本土裔文学研究论集》等。

《美国犹太文学研究论集》主要探讨犹太文学作品中明显的犹太主题或人物,如犹太大屠杀、犹太女性书写、犹太移民和知识分子形象等,研究视角包括创伤理论、形象研究、权力关系、叙事策略和文体风格等。涉及的作家既有经典的美国犹太作家(如索尔·贝娄、伯纳德·马拉默德、菲利浦·罗斯、辛西娅·欧芝克、哈依穆·波特克等),也有新近的年轻犹太作家(如阿丽嘉·古德曼、格蕾斯·佩蕾等),关于E.L.多克特罗《上帝之城》的犹太空间意识和保罗·奥斯特《玻璃城》中隐含的犹太性的论文也收录其中,这些年轻的作家往往没被纳入美国犹太作家的行列。由此可见,本书对主要的美国犹太作家及其作品都有论及,可以当作一本以研究作品为主的美国犹太文学简史。

《美国非裔文学研究论集》收集了近二三十年美国非裔文学研究领域的论文成果,以论文的学术质量为标准,以覆盖非裔文学发展的全过程为目标。尤其注意在一定程度上矫正我国非裔美国文学研究中出现的"超经典化"现象——即研究对象过于集中于几位获奖作家的代表作品——着意收录了一些涉及曾经被学界忽视的早期作家及其诗歌、戏剧、文学理论的研究成果,以期较全面地展示非裔文学研究的丰硕成果,同时也提供一本全面了解非裔文学发展史的辅助资料。

《美国亚裔文学研究论集》以美国亚裔文学的总体性研究为开端,收录了亚裔各个族裔文学分支的研究成果——日裔、韩裔、印度裔、菲律宾裔和越南裔文学中的经典作家和作品研究。作为《美国华裔文学研究论集》的外延,该论集以较为全面的视角展示了我国学者在美国亚裔文学研究领域的论文成果。

《美国华裔文学研究论集》采取总分结构——既关注美国华裔文学的总体性研究,也着重于经典华裔作家,如汤亭亭、赵健秀、谭恩美和黄哲伦这四位作家的研究。与此同时,论集还收录了一些我国学者较少关注的华裔作家的相关研究成果。该论文集是一部既涵盖华裔文学发展史也包含作家、作品的美国华裔文学研究的辅助资料。

《美国拉美裔文学研究论集》以成长主题、历史书写、女性视角、身份建构、文化再现和综合论述等为主题,涉及墨西哥裔、古巴裔、多米尼加裔、波多黎各裔等作家及其作品研究。来自不同拉美国家的移民及其后代语言共通,但由于原生国家的历史政治经济发展各不相同,因此在民族、种族和社会经济方面存在异质性。因此,在选取论文的过程中既考虑到族裔的代表性,也考虑到主题的关联性。

《美国本土裔文学研究论集》从美国本土裔文学历史叙事出发,以"口述与书写:本土裔典仪与印第安形象"、"现实与记忆:本土裔作品中的语言策略与政治话语"、"传统与当下:族裔与主流边界的在场与缺失"、"碰撞与融合:本土裔作品中的多元杂糅空间"、"人文与自然:本土裔作品中的生态景观"为主题,收录了近三十篇国内学者的相关研究论文,系统梳理了本土裔研究的发展脉络,为本土裔文学研究提供有价值的参考。

张龙海
2019 年 5 月 25 日
于厦门陋斋

前　言

在厦门大学"哲学社会科学繁荣计划"的支持下,本书致力于收集整理国内历年关于美国华裔文学的研究成果,期望让国内学者了解美国华裔文学的研究现状,并能从中挖掘新的研究视角,最终促进美国华裔文学研究的发展。

本书选编的标准是,所选论文必须在国内美国华裔文学研究中具有开拓性、前瞻性、普适性和代表性。除了几篇综述性论文,本书主要涵盖美国华裔文学中文学作品较为丰富的五个分支的论文,即汤亭亭研究、赵健秀研究、谭恩美研究、黄哲伦研究和其他华裔作家研究。本书一共收录了30篇论文,论文作者均为在国内各大高校工作的教师,非常感谢他们对美国华裔文学研究做出的贡献以及对本论丛的支持。本书篇幅有限,每人限录1篇文章,由于条件有限,难免出现遗漏。此外,由于部分华裔文学分支的研究内容较为集中,在选编时会出现与同一部小说相关的多篇学术论文,因此,选编时侧重在研究主题上加以区分。

选编论文时,原则上保留原发表刊物的格式,但对部分论文的格式做了一些调整,以求全书格式保持大体一致,同时还对少数文字做了修改,希望作者们谅解。最后,对发表所选论文的各大期刊表示感谢!

张龙海

2019年1月

目 录

综 述

论美国华裔文学的发展阶段和主题内容 ……………………… 程爱民 / 1
华裔美国文学的历史性 ……………………………………………… 吴 冰 / 14
华裔美国文学的价值与译介 ……………………………………… 张子清 / 23
散居族裔批评与美国华裔文学研究 …………………………… 张 冲 / 29

汤亭亭研究

"Don't Tell": Imposed Silences in *The Color Purple* and
  The Woman Warrior …………………………… King-Kook Cheung / 36
对性别、种族、文化对立的消解
  ——从解构的视角看汤亭亭的《女勇士》……………… 蒲若茜 / 66
《中国佬》：一个文学、历史和政治相互交织的符号系统 ……… 陈世丹 / 76
"种族自憎"与"种族自爱"的悖谬
  ——论《引路人孙行者：他的即兴曲》中的身体书写 ……… 潘敏芳 / 87
"步步是安乐"
  ——汤亭亭《第五安乐之书》中的正念 ……………………… 黄 芝 / 98
论汤亭亭《女勇士》的跨民族书写 ………………………………… 高 奋 / 110

赵健秀研究

历史是战争，写作即战斗
  ——赵健秀《唐老亚》中的对抗记忆 ………………………… 刘葵兰 / 119

论赵健秀的语言关怀 ………………………………………… 韩 虹 / 130
时代的思考与关怀
　　——赵健秀的关公形象探究 ……………………………… 张龙海 / 139
建构华裔积极形象：赵健秀剧作《鸡笼中的唐人》…………… 徐颖果 / 147
《甘加丁之路》的性别政治与人物叙事策略 …………………… 董晓烨 / 155

谭恩美研究

《灵感女孩》：一个救赎与献祭牺牲的现代神话………………… 闫建华 / 170
谁在诉说，谁在倾听：谭恩美《拯救溺水鱼》的叙事意义 ……… 张 琼 / 177
"和"：谭恩美长篇小说伦理思想的核心 ……………………… 邹建军 / 185
从生态批评的角度重读谭恩美的三部作品 …………………… 王立礼 / 202
《喜福会》："天鹅"之歌与政治隐喻……………………………… 何卫华 / 211

黄哲伦研究

《蝴蝶君》中全景敞视监狱意象 ………………………………… 唐友东 / 224
黄哲伦戏剧中的京剧元素 ……………………………………… 王 菲 / 232
间离与批判
　　——论《蝴蝶君》的戏剧艺术及主题 ……………………… 詹 乔 / 239
美国华裔剧作家黄哲伦笔下的性别表演及表征政治 ………… 许双如 / 249
《金童》中的空间解读 …………………………………………… 汤 红 / 259

其他华裔作家研究

"文化边界的闯入者"
　　——华裔美国作家雷祖威 ………………………………… 薛玉凤 / 267
解读《饮碗茶》中的"亚裔感性" ……………………… 王心洁 肖青竹 / 270
历史与想象：雷祖威、梁志英与伍慧明的小说艺术 ……… [美]凌津奇 / 279
任璧莲及其作品人物的认知模式变化
　　——在"独立"与"互立"间寻找平衡 ……………………… 邹 涛 / 291
"火大王"王燊甫
　　——湮没无闻的华裔美国文学的先行者 ………………… 欧 荣 / 300

论美国华裔文学的发展阶段和主题内容

程爱民[*]

(南京师范大学外国语学院)

摘要：美国华裔文学已经历了100多年的发展历程。本文在讨论一些代表作家的基础上，着重探讨美国华裔文学的分期和主题。由于美国华裔特殊的生活经历和社会地位，美国华裔作家大多具备双重文化身份和视野，大多意识到美国华人/华裔的双重文化/民族属性及其"他者"地位；于是，他们以考虑自身的存在状态为契机，以独特的生命体验和观物视角关注并表现华裔群体在中美两个世界和两种文化碰撞中的生存以及对于命运和人生选择的思考。

关键词：美国华裔文学；发展阶段；主题内容

从第一批华人抵达美洲大陆之日起，他们就把中国古老的文明、文学和文化传统带到了这个新的国度。如果从1887年李恩富(Yan Phou Lee)发表自传《我在中国的童年时代》(When I Was a Boy in China)算起，美国华裔文学已有100多年的历史。在过去的100多年里，美国华裔文学经历了从被忽略到被关注，从被边缘化到逐步进入"主流"的曲折而动荡的发展历程。今天，美国华裔文学经过几代人的努力，尤其是自20世纪70年代以来，已在美国当代多元文化的大背景中逐步受到关注并呈现出比较繁荣的局面，一批美国华裔作家也已杀入或正在杀入美国文学"主流"。

美国华裔文学是中美两种文化碰撞和杂交的产物，但又呈现出鲜明的个性与特色。美国华裔作家大多具备双重文化身份和视野，但他们在整体上是具有更强烈的文化感受力的群体，他们大多意识到美国华人/华裔的双重文化/民族属性(cultural/national identity)及其"他者"地位；于是，他们以考虑自身的存在状态为契机，以独特的生命体验和观物视角关注着华裔群体在中美两种文化碰撞中的生存以及对于命运和人生选择的思考。因此，他们的作

---

[*] 作者简介：程爱民，教授、博士，主要研究方向为美国文学与文化、比较文学等。

品不仅描述了华人漂洋过海来到美国的艰辛的奋斗和创业过程，而且表现了作为美国少数民族之一的华人族裔的思想感受和生存境遇，同时也反映了一代又一代的华人/华裔所经历的中美两种文化之间的交流、碰撞和冲突，表现了他们对中美文化最终走向融合所寄予的美好憧憬和无限希望。

一

粗略地说，美国华裔文学可大致分为三个阶段：从 19 世纪末至 20 世纪 60 年代为开创阶段；20 世纪七八十年代为转折阶段；从 20 世纪 80 年代末 90 年代初至今可谓走向繁荣阶段。

目前的研究资料显示，美国华裔文学起始于 19 世纪末 20 世纪初，最初实为移民文学，形式多为口头文学，如歌谣、故事等。由于这一时期留下来的第一手资料太少，因此，第一本重要的美国华裔文学作品当推李恩富于 1887 年出版的《我在中国的童年时代》。随后有容闳（Yung Wing）的《我在中国和美国的生活》（*My Life in China and American*，1909）。该书用自传体方式描写异国风情，迎合美国人看东方的心理，是早期华人崇尚白人优越论的典型体现。由于历史、文化、出版诸方面原因，他们在美国华埠内外均没有产生什么影响。

今天的批评家大多认为，真正在美国华裔文学开创初期产生过较大影响的是一对中英混血儿姐妹艾迪丝·伊顿（Edith Eaton）和温妮弗莱德·伊顿（Winnifred Eaton）的作品。姐姐以"水仙花"（Sui Sin Far）为笔名，妹妹以日本名 Onoto Watanna 为笔名。尤其是姐姐艾迪丝·伊顿常被视为美国华裔文学的先驱。她的短篇故事集《春香太太》（*Mrs. Spring Fragrance*，1912）也常被认为是美国华裔文学的开山之作。

一般认为，第一部由在美出生的华裔作家以英文撰写的自传是刘裔昌（Pardee Lowe）的《父亲及其光荣后代》（*Father and Glorious Descendant*，1943），又译《虎父虎子》。这是早期华裔文学中较重要的一部作品，描写了父子两代人由于对中美文化持不同的态度而产生的矛盾和冲突以及早期华人力图认同并融入美国主流社会的心理和生活历程。

黄玉雪（Jade Snow Wong）的《华女阿五》（*Fifth Chinese Daughter*，1945）是美国华裔文学发展史上一部具有十分重要意义的作品，也是今天研究美国华裔文学、社会和历史的必读之作。黄玉雪本人也因此书的出版而一夜成名，获得很多荣誉。该书出版后在相当长的时间内被加州的中学选作文学课本。此书对后来的一些华裔作家（如汤亭亭等）也产生了较大的影响。

美国政府于1943年废除了实行长达61年的《排华法案》之后，出现了一个较短时期的移民高潮。这些移民中也有一批知名作家，如林语堂（Lin Yutang）、黎锦扬（Chin Yang Lee）等。前者用英文出版了一系列作品，如《唐人街家庭》（*Chinatown Family*，1948）等，后者出版了《花鼓歌》（*Flower Drum Song*，1957）。

李金兰（Virginia Lee）和宋李瑞芳（Betty Lee Sung）在20世纪60年代分别发表了《太明所建之屋》（*The House That Tai Ming Built*，1963）和《金山》（*Mountain of Gold*，1967）。这两部作品仍然承袭了刘裔昌和黄玉雪的传记文学传统，也是早期屈指可数的美国华裔文学作品中比较重要的两部作品。

美国华裔小说产生的时代相对较晚。张粲芳（Diana Chang）的《爱的疆界》（*Frontiers of Love*，1956）是第一部由在美国出生的华裔作家写的小说。张粲芳生于美国，不到一岁即被带到中国，在上海具有浓厚欧洲氛围的外国领事区内长大。她的小说主要描写她作为美国人眼中的上海，其作品中的主要人物也大多是混血儿。女主人公西尔维亚（Sylvia）由于其父母分属不同的种族和文化传统而对自己的血缘属性、民族/文化身份感到迷惘而找不到归属。由于张粲芳的生活经历和作品所描写的内容与美国华裔生活和经历相去甚远，因而美国华裔文学研究中有些人更看重稍后出版的雷庭招（Louis Chu）的《吃碗茶》（*Eat a Bowl of Tea*，1961）。但是我们认为今天的美国华裔文学研究不应忽视张粲芳的《爱的疆界》，因为该小说中所表现的文化/身份认同问题是20世纪80年代以来发表的许多美国华裔小说的最重要的主题之一。

雷庭招的《吃碗茶》被认为"是第一部以美国华埠为背景的美国华裔小说"。（1961）但该书出版后并未受到重视，尤其是小说的喜剧结构、唐人街英语和广东四邑方言的运用更不为美国主流社会所理解，因而作家生前一直默默无闻。然而，经过赵健秀等人的重新发现，这部小说越来越受到批评界的关注。赵健秀等人在《哎呀！美国亚裔作家文集》中对这部小说高度赞扬，认为它"从一个美国华裔的角度而不是完全从'中国人或白人化的中国人的角度'真实而准确地描绘了美国华裔的经历"，(Baker, 1982: 198)是"第一部以不具异国情调的唐人街为背景的美国华裔小说，这部小说所描绘的唐人街颇具代表性"。如果说《父亲及其光荣后代》《华女阿五》《太明所建之屋》和《金山》等几部作品一方面强调儒家思想和中国文化的优越，另一方面又迎合了白人对于华人的成见的话(Lin, 1987: 128-129)，《吃碗茶》则第一次真实地"描绘了非基督教的美国华裔社会,以前后一致的语言和敏感度,精确而生动地刻画了美国华裔移民的生活与时代"。(单德兴,2000:91)因此,正如金惠经教授所评价的:"这部小说现在已被视为美国华裔文学传统的基石。"(Jan Mohamed,1990:155)除了以上提及的作家作品之外,还有不少华裔作家在这一阶段也创作了相当数量的短篇诗文。

20世纪60年代以美国黑人为主的民权运动在美国国内风起云涌,唤醒了在美少数族裔人民对自身权利以及身份的意识,也催发了学术界对少数族裔的关注和兴趣。这股风潮不仅激发了一批在美国出生且受到良好教育的美国华裔(即所谓的ABC——American Born Chinese)作家的创作冲动,同时也为他们提供了理论、观点、灵感和空间,推动了美国华裔文学创作和批评的繁荣。

因此,20世纪七八十年代便成了美国华裔文学的转型期和觉醒期,是美国华裔文学走向成熟和繁荣的一个重要阶段。几部具有划时代意义的美国华/亚裔文学选集和作品在20世纪70年代相继问世,受到了美国主流学术界和读者的关注和好评,有的作品很快进入美国文学主流,把美国华裔文学推向了一个新阶段。

首先在20世纪70年代初期出现的是几部文学选集,它们是:由加利福尼亚大学洛杉矶分校亚美研究中心编选的《根:美国亚裔读本》(*Roots:An Asian American Reader*,1971),许芥昱(Kai-yu Hsu)和海伦·帕卢宾斯克斯(Helen Palubinskas)合编的《美国亚裔作家选》(*Asian-American Authors*,1972),赵健秀(Frank Chin)、陈耀光(Jeffrey Paul Chan)和徐忠雄(Shawn Hsu Wong)等四人合编的《哎呀!美国亚裔作家文集》(*Aiiieeeee! An Anthology of Asian-American Writers*,1974)以及王燊甫(David Hsin-Fu Wand)主编的《美国亚裔遗产:散文与诗歌选集》(*Asian-American Heritage: An Anthology of Prose and Poetry*,1974)。

虽然这几部文学选集现在看来大多带有初创期的特点,但它们都具有表现族裔文学存在的宣言性质,尤其是赵健秀等人合编的《哎呀!美国亚裔作家文集》受到后来华/亚裔美国文学编选者和研究者的高度重视,认为它是具有划时代意义的里程碑式的文集,是"新亚裔美国文学意识的催化和根本的文选"。(Hongo,1993:xxvi)其序言现在常被认为是与爱默生的"论美国学者"具有相同意义的美国亚裔文学的"独立宣言"。黄秀玲女士曾这样评论道:"当60年代那一代亚裔美国活跃分子把注意力转向文学时,他们的兴趣不是抽象的或学术的。……尤其是赵健秀、陈耀光、徐忠雄和美国日裔诗人稻田在他们

的具有里程碑意义的文集《哎呀！美国亚裔作家文集》中，为亚裔美国文学缔造了宣言。"(Cheung,1997:40)

在20世纪70年代中期，在反映"边缘文化"的美国华裔文学取得长足发展的同时，华裔女作家汤亭亭(Maxine Hong Kingston)发表了美国华裔文学史上具有里程碑意义的作品《女勇士》(*The Woman Warrior: Memoirs of a Girlhood Among Ghosts*,1976)，将美国华裔文学推向一个高峰。该书以独特的叙述视角和手法、丰富的文化形象和奇特的故事传说震撼了当代美国文坛，丰富了美国文学的内涵，并获得该年度"美国国家图书评论界奖"(National Book Critics Circle Award)非小说类奖。汤亭亭也因此作品一鸣惊人并杀入美国文学"主流"。1980年汤亭亭又发表了《中国佬》(*China Men*，又译《金山勇士》)，获得"美国国家图书奖"(National Book Award)和"美国国家图书评论界奖"，并获"普利策奖"提名。1989年她又发表了《猴行者：他的伪书》(*Tripmaster Monkey: His Fake Book*)，获得当年美国笔会小说奖(PEN Fiction Award)。汤亭亭的出现，使美国华裔文学不仅在美国通俗文学中占有一定地位，同时也正式走入美国主流文学的行列。

此外，徐忠雄(Shawn Hsu Wong)在1979年发表了自传体小说《家乡》(*Homebase*)。作品通过说故事、书信、想象和做梦等手法，表现了男主人公及其三代祖先在美国的生活经历，再现了美国华裔历史的一部分，尤其是修建铁路、开发西部的历史现实。这部作品出版后曾获得太平洋西北地区书店奖(The Pacific Northwest Booksellers Award)和华盛顿州长作家节奖(Washington State Governor's Writers Day Award)。

这一时期出现的一批华裔作家中，赵健秀和汤亭亭无疑是其中的代表人物。他们的创作思想、主题和手法也对其他华裔作家产生了重要的影响。

赵健秀的作品个性鲜明，广泛而深刻地展现了文化及种族问题。他在探寻华裔文学传统的过程中，以恢复华裔男性雄风为己任，在抵抗主流同化的语境中开始审视过去的华裔文学，积极消解美国主流文学中的种族刻板形象(racial stereotypes)。他在为中国文化的优秀传统呐喊的同时，一方面抨击白人种族主义的偏见和他们心目中扭曲的华人形象，尤其是将华人"女性化"的形象；另一方面批评、驳斥任何在他眼中违背中国文化、迎合白人读者、强化华人男性"女性化"形象的华裔作品。他对黄玉雪、汤亭亭、黄哲伦以及谭恩美、任璧莲等作家都有不同程度的批评。

与赵健秀不同的是，汤亭亭以现代女性(女权)的眼光去追寻华裔女性的传统。她更侧重于描写女性生活在两种文化、两个世界之中的困惑、无奈与挣扎。她的《女勇士》以"讲故事"的形式将叙述者游移在现实与幻想、中国与美国、过去与现代之间,抒发了她对中国男权压迫的愤恨,表达了自己作为一位女性和少数族裔在美国主流文化中的失落和失声。她同时也展现了在权力不平等的社会中,从自我厌恶到迷惑、反抗,再到寻求自我身份的不平常的成长过程。她的作品深受民权运动、女权主义以及(后)现代创作手法的影响。

自20世纪80年代后期起,美国华裔文学无论是从作家作品的数量或质量上看,还是从受关注的程度或影响上看,都开始呈现出一种新的繁荣景象。美国华裔文学逐步得到美国主流文学界的承认,并进入美国大学、中学的课堂,受到美国大众读者的欢迎。可以说,美国华裔文学从20世纪80年代末90年代初开始逐步走出"边缘",走向繁荣和成熟。正如亚裔美国文学批评的重要开拓者金惠经在1992年所说:"此时我们正经历着亚裔美国文化生产的黄金时代的开端。"(Lim,1992:xi)具体可以从以下几个方面进行说明:

第一,自20世纪80年代末90年代初以来,美国华裔文学出现了前所未有的繁荣。除了40年代出生的那一批作家,如汤亭亭、赵健秀、徐忠雄等在继续创作之外,美国文坛上又出现了一批十分活跃且富有影响的新生代华裔作家。他们中一些人的作品在美国引起了强烈的反响,如谭恩美(Amy Tan)在1989年出版了《喜福会》(The Joy Luck Club),一夜之间成为美国文坛明星。这部小说发表后雄踞《纽约时报》畅销书榜达九个月之久,销量达四千多万册,并先后赢得美国"国家图书奖"、1991年"最佳小说奖""海湾地区小说评论奖""联邦俱乐部金奖"以及"国家图书评论奖"提名等多个奖项。目前该小说已被翻译成包括中文在内的20多种语言。她的第二本小说《灶神之妻》(The Kitchen God's Wife,1991)一经问世,也立即成为美国最畅销小说之一。一般认为,谭恩美是美国华裔文学继汤亭亭之后的又一个高峰。如果说汤亭亭在当时还是一枝独秀的话,那谭恩美的出现则引来了美国华裔文学百花争艳的春天。除谭恩美之外,这一时期其他重要的华裔作家还有李健孙(Gus Lee)、雷祖威(David Wong Louie)、黄哲伦(David Henry Huang)、任璧莲(Gish Jen)、伍慧明(Fae Myenne Ng)等一大批年轻作家。

谭恩美作为这一批新生代作家的代表人物之一,其代表作《喜福会》探寻了母女两代人之间的爱恨关系以及两代人在两个世界、两种文化之间的碰撞与融合,是近些年来美国华裔作家对中美文化之间的关系进行探索的一个范本。总体上看,谭恩美在作品中采用中国传统小说的叙述手法,从个人的记忆出发,建立了一个特定的观察历史和文化的视角,将自我经历放大,将家庭矛盾、母女之间的冲突提升到文化冲突的层面,并在中美文化传统的大背景下使之象征化、寓言化,使得小说更具文化内涵和艺术张力。

谭恩美和汤亭亭是当代美国华裔文学的两个高峰。谭恩美的小说在主题及艺术魅力上可谓是汤亭亭小说的延伸与继续,但她的小说较汤亭亭的作品更为凄美动人。这是因为,作为华裔女作家,谭恩美似乎具有一种摆脱不掉的中国情结和中国文化意识,具有东方女性独特的细腻情感和审美趋向。她在创作中十分关注家庭关系、亲情血缘以及华裔妇女的身份地位,因此她的作品更具人情味;此外,在她小说中,中国母亲的形象具有巨大的感染力;这一形象占据着其小说的情感中心,表现的是一种从独特的角度观察到的中国和中国文化传统,因而引起了美国华裔以及其他族裔美国人的极大兴趣。从很大程度上说,也正是这一点,使得谭恩美有别于汤亭亭:前者更为美国普通读者所喜爱,而后者则更受到批评界的关注。

在这个新生代华裔作家群中,任璧莲是另一位较有代表性的作家。她在多元文化主义思潮影响下,以轻快、诙谐、反讽的笔触,质疑、颠覆美国主流社会对于族裔的本质论式的偏见,探讨民族或文化身份的严肃主题。她至今已发表了《典型美国人》(*Typical American*,1991)、《希望之乡的莫娜》(*Mona in the Promised Land*,1996)、《谁是爱尔兰人》(*Who's Irish?*,1999)等多部作品。在其代表作《典型美国人》中,任璧莲探讨了华人族裔在中国传统文化和美国主流文化两种不同语境中遭遇的自我建构和文化身份问题,旨在批判"熔炉"模式中"典型美国人"的定义,提倡建立"美国色拉碗"式的多元文化。这部小说对于白人主流社会与华裔移民、对于所谓的典型美国特征和族裔经验的反讽和抵抗就反映在小说的题目当中。

《典型美国人》这部小说集中体现了作者的创作思想。长期以来,处于东西方文化夹缝之间的美国华裔作家常常强调文化的冲突和文化人格的分裂,任璧莲却乐观地提倡东西方文化的融汇和共存,这是她的独特之处。任璧莲的思考对当今时代为全球化和多元文化所困扰的人们不无借鉴意义。

除了谭恩美和任璧莲之外,李健孙和雷祖威的创作也受到美国主流批评界和读者的关注,他们四人曾被批评家称为美国文学界的"四人帮"。

第二,华/亚裔文学选集的出版在这一时期也形成高潮。据统计,从1989年至20世纪末,有近20种华/亚裔文学选集出版,其中比较有代表性的有:《夏威夷华人作品集》《被禁的针线:美国亚裔妇女作品选集》《两个世界之间:当代亚美戏剧选》《哎呀呀!美国华裔和日裔文学选集》《异国人的歌:当代亚美文选》《美国华裔诗歌选集》《当代亚美小说选集》《未断的线:亚美妇女戏剧作品选集》《美国龙:25位亚美作家》《美国亚裔文学选集与简介》等。

第三,美国华/亚裔文学开始得到美国主流社会,尤其是文学界和学术界的承认,具体表现为:(1)美国华裔文学开始进入美国主流文学史或文学选集,如1988年出版的由爱默里·艾略特主编的《哥伦比亚美国文学史》是目前最权威的美国文学史之一,该书辟有专章论述美国亚/华裔文学。这是美国权威文学史家第一次在书中专门论述亚/华裔文学。此外,美国两大主流文学选集《诺顿美国文学选集》和《希斯美国文学选集》也从20世纪80年代末90年代初开始收录美国华裔文学作品;(2)"美国现代语文学会"1988年出版了由张敬珏和斯坦·约格编选的《亚裔美国文学书目提要》。这有两个方面的含义:一是在美国文学研究领域,书目的作用是非常重要也是无可替代的。这本《亚裔美国文学书目提要》在美国文学研究中的地位既是历史性的,也是开创性的;二是这本书目提要是由"美国现代语文学会"出版的。大家知道,"美国现代语文学会"是美国文学界最权威、最有影响的学术组织。这至少说明美国主流文学界已认可华裔文学的重要性和在美国文学中的地位;(3)自20世纪80年代末起,一批美国学院派教授开始接纳华裔文学,美国许多大学,包括一些一流的大学,相继成立了"亚美研究中心",纷纷开设"美国亚/华裔文学"课程;(4)不少美国华裔文学作品相继进入美国大众传媒界,有的被改编成电影,如雷庭招的《吃碗茶》、谭恩美的《喜福会》,分别于1989年和1993年上映;黄哲伦的《蝴蝶君》不仅登上百老汇的舞台,而且被改编成电影于1993年发行;汤亭亭的《女勇士》和《中国佬》两部作品被合并改编成一个剧本于1994年上演。

二

同小说创作一样,华人移民在早期的生活和创业中也创作了不少诗歌,但发表的,尤其是以诗集形式出版问世的很少。自20世纪六七十年代以来,许多美国华裔界人士逐步整理、翻译和出版了一些早期华人、华裔诗歌作品,其中比较有影响的有《金山歌集》(*Songs of Gold Mountain*)、《天使岛诗集》(*Island: Poetry and History of Chinese Immigrants on Angel Island 1910-1940*)等。如果说《金山歌集》(两卷,1911、1915)以诗歌形式开创了华人移民文学,记录了中国移民在美国的种种经历和感受,《天使岛诗集》则是中国移民在一种特定的情景中"铭刻"下的文学,表现出了华人族裔对祖国和家庭的眷恋、对美好生活的期盼和追求、在蒙受异族的歧视和虐待后的悲愤以及雪耻扬眉、光宗耀祖的决心等。从另一种意义上说,这些诗歌是相对于中国,

尤其是美国文学和社会的"另类的历史、竞争的叙述和被压抑的声音"。(Greenblatt,1993:viii)

美国华裔诗歌创作从数量或从受批评界关注的程度上虽不能同华裔小说创作相比,但华裔诗人诗作的数量也是十分可观的。早期的如蒋希曾(Tsiang Hsi Tseng)的《中国革命诗歌》(*Poems of the Chinese Revolution*,1929)、关文清(Moon Kwan)的《中国镜子:诗歌和戏剧》(*A Chinese Mirror: Poems and Plays*,1932)、王大卫(David Rafael Wang)的《高脚杯月亮》(*The Goblet Moon*,1955)、丁雄泉(Walasse Ting)的《中国月光:33位诗人的66首诗》(*Chinese Moonlight: 63 Poems by 33 Poets*,1967)、王梅(May Wong)的《坏姑娘的动物书》(*A Bad Girl's Book of Animals*,1969);20世纪70年代以后的诗人诗作就更多了,如白萱华(Mei-mei Berssenbrugge)的《鱼魂》(*Fish Souls*,1971)、玛丽·李(Mary Lee)的《牵手》(*Hand in Hand*,1971)、卡洛·蓝(Carol Lem)的《草根》(*Grassroots*,1975)、约翰·姚(John Yau)的《穿过运河街》(*Grossing Canal Street*,1976)、艾里克·乔克(Eric Chock)的《一万个希望》(*Ten Thousand Wishes*,1978)、玛丽·王李(Mary Wong Lee)的《透过我的窗户》(*Through My Windows*,1979)、林玉玲(Shirley Geok-lin Lim)的《穿过半岛和其他诗歌》(*Grossing the Peninsula and Other Poems*,1980)、施加彰(Arthur Sze)的《迷惑》(*Dazzled*,1982)、张粲芳的《马蒂斯在追求什么》(*What Matisse Is After*,1984)、陈美玲(Marilyn Chin)的《矮竹》(*Dwarf Bamboo*,1987)、林小琴(Genny Lim)的《冬居》(*Winter Place*,1989)、梁志英(Russell C. Leong)的《梦尘之国》(*A Country of Dreams and Dust*,1993)等。

如果从发表的年代看,美国华裔戏剧创作起步要晚得多,绝大多数是从20世纪70年代才开始。但实际上有相当一批华裔剧作家一直活跃在美国华人社区的舞台上,如加州洛杉矶市的"东西剧团"、旧金山市的"亚美剧团"等,但他们创作的剧本大多未发表。除了赵健秀和黄哲伦的剧作之外,在已发表的剧作中比较重要的还有:白萱华的独幕剧《一、二杯》(*Owe,Two Cups*,1974)、林保罗(Paul Stephen Lim)的《出发点》(*Points of Departure*,1977)、梅尔·吴(Merle Woo)的《平衡》(*Balancing*,1980)、戴安娜·周(Diana W. Chou)的《一个白皮肤亚洲人》(*An Asian Man of a Different Color*,1981)、林洪业(Darrell H.Y. Lum)的《橘子是幸运的》(*Oranges are Lucky*,1981)和《我的家在街那头》(*My Home Is Down the Street*,1986)、叶祥添(Laurence Yep)的《恶魔》(*Demons*,1986)和《中国雇工》(*Pay the Chinaman*,1990)、林小琴的《唯一一种语言》(*The Only Language*,1986)、《鸽子》(*Pigeons*,

1986)、《纸天使》(*Paper Angels*,1991)和《苦甘蔗》(*Bitter Cane*,1991)、黛博拉·罗金(Deborah Rogin)根据汤亭亭的《女勇士》和《中国佬》两部作品改编的《女勇士》等。

　　这些戏剧大多采用华人生活题材,用写实的手法,或描写早期华人移民和劳工的生活和境遇,如《中国雇工》《苦甘蔗》和《纸天使》等;或表现华人家庭关系和处境,如白萱华的《一、二杯》,描写了华人母女之间的关系;或反映种族、文化之间的矛盾和冲突,如戴安娜·周的《一个白皮肤亚洲人》。

　　在所有华裔剧作家中,以赵健秀和黄哲伦的影响为最大。赵健秀不仅以《哎呀!美国亚裔作家文集》蜚声美国文坛,而且也是第一位引起美国主流批评界关注的华裔剧作家。他的《鸡笼中国佬》(*The Chickencoop Chinaman*,1972)是在美国剧院正式演出的第一部美国华裔剧本;第二个剧本《龙年》(*The Year of the Dragon*,1974)也引起很大反响。

　　黄哲伦是另一位获得美国主流文学界承认的华裔剧作家。他的《蝴蝶君》(*Mr. Butterfly*,1988)是第一部在百老汇上演的华裔戏剧作品,并获得1988年托尼最佳剧作奖(Tony Award for Best Play)。此外,他的《家庭忠诚》(*Family Devotions*)、《舞蹈和铁路》(*The Dance and the Railroad*)、《刚下船的人》(*FOB*)、《睡美人之屋》(*The House of Sleeping Beauties*)以及《航行》(*The Voyage*,1992)等在美国文学界都有较大的影响。

三

　　在主题内容上,早期华裔文学作品大多属自传或自传体文学,主要表现的是华人/华裔在两个世界之外的迷茫,即所谓的"between the worlds"。因此,如果说"自传为(美国)黑人作家开了一道门,使他们的作品得以进入文学的殿堂",那么,美国华裔文学的序幕也可以说是由自传或自传体文学拉开的,这一传统甚至一直延续至今。这些早期作品往往以家族或个人的经历为题材,主要描写了早期华人/华裔在美国的奋斗史,表现了华人移民在美创业的艰辛以及他们的淘金梦、发财梦,其中有背井离乡的孤独、对故乡和仍留在故乡的父母妻儿的眷恋,有遭歧视、受迫害时的悲愤,有受挫折时的痛苦,也有成功时的喜悦。

　　据记载,华人抵达美洲大陆已有两个多世纪了。两百多年来,艰辛的移民历史在华人及其后裔的身上打下了深深的烙印。他们代代生活在海外,祖国离他们有万里之遥,在他们的心中已变得比较陌生。他们无法再称自己为中国人;然而在美国人眼里,他们是竞争对手,是抢白人饭碗的外国人,因而遭到歧视与压迫,被拒于主流社会之外。随着岁月的推移,现代华裔的社会状况和地位有了较大的改变,许多华人已走出了唐人街。但是,由于华人有着自己的文化背景与种族认同,以及他们长期以来在政治上和社会中得不到应有的重视,这就使得他们始终感到美国主流社会对他们的排斥,阻止他们真正融入美国社会和文化,因而感到无所适从,觉得自己既不属于中国,又不属于美国,处于两个世界的边缘地带。

如果说早期华裔作家较为关注的是华人在两个世界的夹缝中求生存的境况,那么,在美国出生的第二、第三代华裔作家更多地在思考并在作品中表现的是两种文化之间的困惑。他们以独特的视角去关注中美文化关系,探讨民族/文化身份(national/cultural identity)问题,着重表现华裔在两种文化、两个世界之中的困惑、无奈与挣扎以及少数族裔在美国主流社会和文化中的失落。

不论是在美国已生活了几代的老移民,还是20世纪移居新大陆的华侨,一般的华人家庭总是要求子女学习并接受中国文化传统和习俗,借以维持与祖国的联系。而在美国出生的新一代华人子女因为生活在与父母截然不同的文化环境里,耳濡目染,受着美国文化的熏陶,平时读的是英文书籍,而非孔子的经典,往往在思想上更倾向于接受美国文化与价值观。然而,无论华裔青年已经美国化到何种程度,以白人为代表的主流社会依然把他们看作是少数民族,是中国人,关键时刻总会对他们采取歧视和排斥的态度。这使得新一代华裔极易产生一种迷茫和身份危机:"我究竟是谁?"。

美国是近代世界史上最著名的移民国家之一。如何在它纷繁复杂的社会生活中继承中华文化,并吸收美国文化的精髓,这一直是美国华人所关注的现实问题。然而在这漫长的文化兼容与互补过程中,华裔却遭受了一个又一个沉重的打击,尤其是美国在1882年还颁布了《排华法案》。这项歧视性的法令以及1884年的追加限制几乎把华人赴美移民的大门彻底关闭了60多年,直到1943年才由罗斯福总统签署《马格纳森法》,废除了此项法案。但长达61年的排华法带来了灾难性的后果。"它使华人作为一个种族群体,融入美国文化的时间被耽误了。"(托马斯·索威尔,1992:182)经过这样一段艰辛曲折的历史,美国华人就更希望能够保存本国的文化与习俗,留住他们的根。但是,多年的海外生活不可避免地会影响并改变他们的一些观念。不仅如此,近几十年来,许多华人经过努力已走出了唐人街,他们如同沙子一样散落在美国社会的各个角落,逐渐失去了个性,自愿或不自愿地被同化了。美国华裔的这种双重文化背景使得他们大多具备双重文化身份和意识。两种文化的冲突和碰撞常常使他们感到困惑、使他们陷入困境。

最能反映这种困惑和"边缘文化"心态的是20世纪六七十年代崛起的新一代美国华裔作家。他们不甘于在美国强势文化面前丧失自己的身份和传统,不愿被主流文化同化。他们想通过文学作品发出华人自己的心声,打破"欧美文化中心"的一统天下,在美国主流社会中为华人和中华文化争得一席之地。他们不再像老一辈华裔作家们那样注重表现美国华裔在异国社会中的生活和境遇,而是以独特的生命体验和观物视角关注着华裔群体在两种文化碰撞中的生存以及对于命运和人生选择的思考。这些作家作品中的主人公常常意识到自己的夹缝地位,因而产生了孤独感,并在中美两种人格倾向中不断地寻找自己的位置。而且由于代沟及文化上的差异,年轻一代的华裔会在事业、爱情及家庭等问题上与父辈发生激烈的冲突,两代人时常处在一触即发的紧张关系之中。只有在他们经历了挫折逐渐成熟之后,这种关系才会得到改善;同时,华裔子女才会感到他们与父母、与中国文化血脉相承,不可分割。这种在两种文化中探寻的历程,是基于华裔作家独特的生活经历、感受和思索,他们可以在这面镜像中,或明或暗地照见自身的存在。

正如他们作品中的主人公一样,许多当代美国华裔作家都经历了从对自我身份的迷惘、文化冲突的压力、价值观念的失落到重新定位自我、寻找自身价值、寻求文化沟通的再觉醒的过程。这一过程虽是痛苦的,但意义是深远的,它表达了新一代华裔作家的理想境界:"一个非白人,一个有色人,同时又完全可能是一个真正资格的美国人。"这种从自我迷惘到自我认同再到自我超越,把处于两个世界之外、两种文化之间的无归属状态转变为联结两个世界和两种文化的力量的经历也正是20世纪八九十年代出现的一大批华裔文学作品的主题。

正是由于华裔作家的这种独特的经历和身份,他们中间有许多人便自觉或不自觉地担当起消解文化对立、促进中美文化之间交流与融合的重任。他们试图用他们的笔在太平洋上空架起一座连接中美两个国度的文化巨桥。其实,不同民族之间、文化之间在本质上存在着许多共同的东西,这种共同的本质便是人类走向"大同"的基础;也正是人类相通的共性使许多华裔作品把不同时代、不同国度的人们的心灵或精神联系在一起,历史地展现了中美文化和价值观在不断的冲突和交融中发展的过程。

参考文献

[1]陈依范. 美国华人[M]. 北京：工人出版社,1985.

[2]何文敬,单德兴. 再现政治与华裔美国文学[M]. 台北："中央"研究院欧美研究所,1996.

[3]单德兴,文敬. 文化属性与华裔美国文学[M]. 台北："中央"研究院欧美研究所,1994.

[4]单德兴. 铭刻与再现：华裔美国文学与文化论集[G]. 台北：麦田出版,2000.

[5]单德兴. 对话与交流：当代中外作家、批评家访谈录[G]. 台北：麦田出版,2001.

[6]托马斯·索威尔. 美国种族简史[M]. 南京：南京大学出版社,1992.

[7] Abdul R Jan Mohamed and Lloyd David. The Nature and Context of Minority Discourses[M]. New York and Oxford: Oxford University Press,1990.

[8]Chin et al Frank. Aiiieeeee! : An Anthology of Asian-American Writers [G]. New York: Anchor Books,1975.

[9] Elliot Emory. Columbia Literary History of the United States [M]. New York: Columbia University Press,1988.

[10]Greenblatt Stephen. New World Encounters[M]. Berkeley: University of California Press,1993.

[11] Garrett Hongo. The Open Boat: Poems from Asian America[G]. New York: Anchor,1993.

[12]Houston A Baker,Jr. There American Literature[M]. New York: The Modern Language Association of America,1982.

[13]James Olney. Autobiography: Essays Theoretical and Critical[M]. Princeton, N. J: Princeton University Press,1980.

[14]King-Kok Cheung and Stan Yogi. Asian American Literature: An Annotated Bibliography [Z]. New York: The Modern Language Association of America,1988.

[15]King-Kok Cheung. An Interethnic Companion to Asian American Literature [M]. Cambridge: Cambridge University Press,1997.

[16]Lauter Paul et al. The Heath Anthology of American Literature [G]. Lexington, Mass: D. C. Heath,1990.

[17] Mao-chu Lin. Identity and Chinese American Experience: A Study of Chinatown American Literature Since World War Ⅱ [D]. University of Minnesota,1987.

[18]Shirley Geok-lin Lim and Ling Amy. Reading the Literatures of Asian America [G]. Philadelphia: Temple University Press,1992.

[原发表于《外国语》2003 年第 6 期]

华裔美国文学的历史性

吴 冰[*]

(北京外国语大学英语学院)

摘要:文学与历史的关系密切,华裔美国文学也不例外,它与亚裔美国历史的关系可能比其他文学与历史的关系更加密切。可以不夸张地说,华裔美国文学的一些特点都是和历史——华裔美国史以及中国历史——分不开的。要理解、欣赏、评价华裔美国文学,华裔美国历史知识至关重要。本文认为华裔美国文学是特定历史时期的产物,华裔美国文学和华裔美国历史之间的相互作用比起其他国别文学和历史之间的关系更加密切。许多华裔美国英文作家通过文学来恢复美国历史的真实面目,并通过书写华人对开发建设美国,尤其是美国西部所做的贡献来证明他们有权称自己为美国人。华裔美国作家和作品的命运是由当时美国的国内外形势决定的,华裔美国文学的体裁与题材也受历史的一些影响。

关键词:华裔美国文学;亚裔美国历史

一、华裔美国文学是特定历史时期的产物

作为亚裔美国文学重要组成部分的华裔美国文学是特定历史时期的产物。长期以来,美国与西方社会只用"东方人"(oriental)一词。"亚裔美国人"(Asian American)是加州大学洛杉矶分校的市冈勇次教授于 20 世纪 60 年代后期创造的,随之而来的"华裔、日裔、菲裔美国人"都是美国民权运动中出现

---

[*] 作者简介:吴冰,教授,主要研究方向为当代美国文学。

的新词语。① 尽管亚洲人——主要是华人——早在19世纪中期就到了美国，亚裔美国文学的兴起却几乎是一个世纪以后的事情。

华裔美国文学是19世纪华人到达美洲大陆后的产物，它是从华裔美国华文文学开始的。而且与许多从口头文学开始的国别文学不同，华裔美国文学一开始就以文字形式出现。华人是亚洲人中最先移民美国本土和后来变成其第50州的夏威夷的。不论哪个国家，但凡有移民潮出现，无不因为外患内乱导致国内局势动荡不安、百姓生活贫困、饔飧不继，而移居国正值发展时期，需要大量劳动力。华人成批移民北美始于1848年美国淘金热开始后。最早的移民来自人口稠密、对西方有所了解的广东珠江三角洲地区。从历史上看，最早的华裔美国文学可以追根溯源到张维屏的"金山篇"(1848—1852)和黄遵宪的"逐客篇"(1882—1885)(林涧, 2007:3)。中国读者较熟悉的恐怕还是20世纪初被扣留在天使岛的华人移民书写在墙上的华文诗歌。这些大都没有署名的作品可能出自有文化的商人，经过传抄、在报刊发表后，又由旧金山唐人街先后以题为《金山歌集》(1911年)和《金山歌二集》(1915年)出版。但真正引起美国读者注意的是后来被麦礼谦(Him Mark Lai)、林小琴(Genny Lim)和杨碧芳(Judy Yung)根据不同的版本整理，翻译成英文出版并获美国图书奖的《埃仑诗集》(*Island: Poetry and History of Chinese Immigrants on Angel Island 1910-1940*, 1980)，以及谭雅伦(Marlon K. Hom)从两本中文金山歌集近两千首诗篇中选出并翻译成英文的220首中英对照诗集《金山歌集》(*Songs of Gold Mountain: Cantonese Rhymes from San Francisco Chinatown*, 1987)。这些华裔美国文学的"开山"之作反映了国弱家贫的华人进入美国前被关押在天使岛受欺辱的痛苦、愤怒与抗议，以及入境后受到种族歧视的艰难处境。

继淘金热之后，由于美国建造横贯大陆东西的铁路急需劳工，又有大量华人入境。19世纪60年代建造中央太平洋铁路的华工曾高达1.2万～1.5万人之多。② 当时华工负责中央太平洋铁路最艰难的地段，山峰多且高，华人常常

---

① UCLA Professor Yuji Ichioka. The Creator of Asian America[EB/OL].[2008-05-23].http://yellowworld. org/ ac— tivism/ 164. html.

② 学者提供的数字在1.2至1.5万人之间不等。Chinese Immigration to the United States[EB/OL].[2008-05-12].nhs. needham. k12. ma. us/ cur /kane 98/kane p 3 immig/ China / china. html; Iris Chang. The Chinese in America—A Narrative History. New York: Penguin Books, 2003:57; Ronald Takaki. Strangers from a Different Shore: A History of Asian America: ns. Boston, Toronto and London: Little, Brown and Co. , 1989:85.

需要乘坐篮子下降到距峡谷底的河流上 2 000 英尺高空作业。① 在内华达山脉坚硬的花岗岩中凿通 15 座隧道的过程中,每天有二三十人伤亡。在天气恶劣的严冬,工人在 18 英尺深的雪地劳作,平均每 3.2 千米就有 3 名被冻死或炸死。② 这支勤劳的华工大军效率高,工时长但工资低,他们为美国西部的开发和经济的发展做出了极大的贡献,付出了很高的代价。③ 中央太平洋和联合太平洋两条铁路于 1869 年 5 月 10 日在普罗蒙托利峰(Promontory Summit)汇合;美国为此举行盛大庆典并欢呼只有美国人能创造如此奇迹。但在拍照时,占修建此段铁路工人 90% 的华人没有一个留下了身影。不仅如此,铁路建成后,绝大部分华工被解雇。大量失业的华人没能乘坐自己修建的铁路而是步行 800 多公里回到西海岸、旧金山。④ 流落到劳工市场上的华工有的到联合太平洋或其他铁路段上工作,有的成了矿工。这更加激化了华人和原来竞争不过他们的白人工人之间的矛盾。华人逐渐被挤出采矿和铁路这两个工业领域之后,只有在竞争不激烈或白人不愿干、要求资本不多的餐饮和洗衣业中寻找出路。虽然中国不乏餐馆,却没有洗衣店。洗衣业是华裔美国人创造的行当。在中国,洗衣、做饭传统上属于妇女们在家里的工作,而华人从此开始被迫"女性化"。

华人移民美国可以分成三个时期,1849—1882 年,1882—1965 年,以及 1965 年至今。⑤ 1882 年是华裔美国史上重要的一年。这年通过的排华法案禁止华工移民,并断绝了华工家属赴美和他们团聚的后路,从而产生了亚裔美

---

① Kraus,George.Chinese Laborers and the Construction of the Central Pacific[EB/OL].[2008-05-14]. cprr . org/Mu-seum/ Chinese Laborers. html.

② 黄安年.美西大陆铁路的无名建筑者[EB/OL].[2008-05-14]. http://www.annian. net /show. aspx? id =21251&cid = 24.

③ 至今缺乏华工伤亡的确切数字,根据 1870 年 6 月 30 日的《萨克拉门托报道报》(*Sacra mento Reporter*),从中央太平洋铁路运回约 1 200 个华工的遗骨,而 1863 年至 1869 年美国报纸报道的华工死亡人数仅为 137 人。1870 年 1 月 5 日的《埃尔科独立报》(*Elko Independent*)报道说,Chinese Companies(中华会馆或华人六大公司)为每个死去华工向铁路公司交付 10 美元才将他们的遗体运回旧金山,见 George Kraus. Chinese Laborers and the Construction of the Central Pacific[EB/OL].[2008-05-14]. cprr. org /Museum /Chinese Laborers. html.

④ The Los Angeles Times[EB/OL].(1972-06-18)[2008-05-17].cprr. org /Museum/ Chinese Laborers. html.

⑤ Chinese Immigration to the United States[EB/OL].[2008-05-01].nhs. needham. k12. ma. us/ cur / kane98/kane p3 immig/ China / china. html.

国史上独一无二的畸形华人"单身汉社会"。1882年的排华法案延续了60年直到1943年才被废止。由于华人妇女极少,男女比例严重失调。华人社会缺少家庭生活,宗亲会成了人们依赖的大家庭,同时昔日中国人的嫖赌恶习在单身汉社会要比中国国内严重。由于生存条件艰苦,加之早期赴美华人大多是文化水平低的劳工,华裔美国文学自天使岛的华文诗歌后,没有多少引人注目的华文作品问世。直到二次大战后,华裔美国华文文学才进入一个新的发展时期。这是因为"二战"中,中美成了盟友,美国的移民政策也随着国际形势的变化而改变。"二战"后赴美的华人大都受过良好教育,其中包括数量可观的台湾和大陆留学生,他们中有相当一部分人毕业后定居美国。[①] 这个时期的留学生文学以及描写华人移民生活的作品不但在美国畅销,在中国内地和港台地区也拥有许多读者。

华裔美国英文文学同样受当时美国国内外形势发展的影响。黄玉雪(Jade Snow Wong)的《华女阿五》(*Fifth Chinese Daughter*, 1945)可以说是应运而生, 1945年出版后立即成为畅销书。但华裔美国英语文学大量进入人们的视野是在20世纪后半叶,此时亚裔、华裔美国文学随着20世纪60年代的民权运动以及由此而来的美国多元文化的发展而繁荣起来。亚裔、华裔美国作家的作品被收入多种美国文学选集,新编的美国文学史中也开始有了专章讨论亚裔美国文学。[②] 由此可见,华裔美国文学是特定历史时期的产物。有什么样的历史,就会有什么样的文学出现。

二、华裔美国文学和华裔美国历史

华工对美国西部开发和经济发展做出了巨大的贡献,但美国历史曾对此只字不提,是以他们为荣的后代赵健秀(Frank Chin)、汤亭亭(Maxine Hong Kingston)、徐忠雄(Shawn Hsu Wong)、黄哲伦(David Henry Hwang)等将

[①] 20世纪50至80年代中期台湾留美学生约15万人,80至90年代末,大陆留美学生约25万,见(美)尹晓煌. 美国华裔文学史(*Chinese American Literature since the 1850s.*)[M]. 徐颖果,主译. 天津:南开大学出版社,2006:182.

[②] 《希思美国文学选集》(1990年)收入了汤亭亭的《女勇士》中"白虎山学道"一章,《哥伦比亚版美国文学史》(1988年)中有单独一章论述亚裔美国文学。

华人这一鲜为人知的光辉业绩通过文学作品传播开来。① 作家通过作品不仅恢复历史的本来面目,而且理直气壮地证明,仅凭祖辈的这一贡献,他们就有权声称自己是美国人! 华裔美国作家有强烈的历史感,他们的作品大都直接或间接地反映美国某一历史时期的对华政策和主流社会种族歧视下华人的生存状况。因此,我认为华裔美国英文文学不仅有文学价值,还有助于我们全面地了解美国和中国。

华裔美国英文文学几乎对美国历史上的重要时期都有反映,如许多作品提及 20 世纪初华人最早入境时在天使岛的遭遇以及受到的刁难盘问。美国历史,甚至亚裔美国历史上罕见的存在近百年的畸形华人"单身汉社会"在雷霆超(Louis Chu)的《吃碗茶》(*Eat a Bowl of Tea*,1979)、伍慧明(Fae Myenne Ng)的《骨》(*Bone*,1993)等小说中也有反映。刘裔昌(Pardee Lowe)在《父亲和裔昌》(*Father and Glorious Descendant*,1943)一书最后讲述了二战期间在美华人积极筹款帮助抗日。汤亭亭的《中国佬》(*China Men*,1980)不仅反映华人修建铁路,还提及华人开发夏威夷和反对"二战"、朝鲜战争以及越战。尤其是她的《第五部和平之书》(*The Fifth Book of Peace*,2003)有大量篇幅围绕反对越战展开,书中还提到伊拉克战争。

20 世纪 60 年代,整个世界经历了大动荡、大变革,美国也不例外——民权运动、妇女解放运动、反文化运动、越战、反战示威游行、人类首次登月等等。这些无一不对亚裔美国社会、亚裔美国文学和作家产生深远影响。汤亭亭的《孙行者》(*Tripmaster Monkey: His Fake Book*,1989)反映了美国,尤其是西海岸加州的旧金山在那个时代的种种特色——嬉皮士、反英雄、反文化、垮掉的一代、吸毒以及反战等。李培湛(William Poy Lee)的《承诺第八》(*The Eighth Promise*,2007)涉及 20 世纪 60 年代华人在民权运动中的觉醒。作为 60 年代民权运动组成部分的亚裔美国(人)运动大大激发了亚裔美国人的泛亚裔意识,"亚裔美国人"的称谓也应运而生。在提高亚裔美国人的民族意识上,赵健秀功不可没。1974 年,他和陈耀光(Jeffery Paul Chan)、劳森·稻田(Lawson Fusao Inada)和徐忠雄合编了亚裔美国作家文选《哎咿》(*Aiiieeeee! An Anthology of Asian-American Writers*,1975)。可以说,这是亚裔作家第一次发出的震撼人心的呐喊,其序言被《党派评论》杂志称作"亚裔美国文艺复

---

① 如赵健秀的《唐老亚》、汤亭亭的《中国佬》、徐忠雄的《天堂树》/《本垒》、黄哲伦的《舞蹈与铁路》等。

兴的宣言"。① 有的评论家认为《哎咿》的前言和引言在亚裔美国文学史的地位,犹如爱默生宣告美国文学已脱离英国文学而独立的《论美国学者》。它们可以说是亚裔美国人"思想和语言的独立宣言"。② 擅长于历史人物传记小说的林露德(Ruthanne Lum McCunn)在《千金》(*Thousand Pieces of Gold*,1981)和《木鱼歌》(*Wooden Fish Songs*,1995)中,通过真人拉鲁纳顺和刘锦浓的故事反映了在西部开发时期早期华人妇女以及横贯东西大铁路建成后华人的境况。她2007年的新作《福星》(*God of Luck*)则刻画19世纪以"卖猪仔"方式到秘鲁钦查岛挖鸟粪的华人劳工的悲惨生活。③ 所有这些都让我们看到美国到底是一个什么样的民主社会。作为二等公民的有色人种少数族裔是很难得到与欧裔美国人均等的机会的。同时华裔美国文学也反映了中国老百姓为一个衰弱的祖国和无能的政府所付出的惨痛代价——1890年布鲁塞尔会议做出废除非洲奴隶贸易的决议后,西方列强甚至连算不上列强的秘鲁,都纷纷转向中国寻找急需的、能取代昔日奴隶的劳动力。

三、为美国国内外形势决定的华裔美国作家与作品

华裔美国文学是从华裔美国华文文学开始的。尽管这些作品是最早产生的,却不是最早由美国的出版社发行的。亚裔、华裔美国文学作品受到关注、能够在美国出版社出版与美国的国内形势和国际风云变幻的大背景有着极为密切的联系。少数族裔的地位,亚洲各国的强弱和国际地位,以及亚洲各国和美国的政治、军事、经济、外交关系的变化,无一不影响亚裔、华裔美国人的处境。这是亚裔、华裔美国文学的一个特点。

---

① 见 Mentor 出版社 1991 年出版的该书简装本封面。值得注意的是,在引言中,赵健秀等批判容闳、黄玉雪、刘裔昌、林语堂、黎锦扬等前辈,说他们接受白人至上的观点,迎合白人猎奇心理,为得到白人的接受,有意识地用白人赋予华人的忠诚、顺从、消极、守法的好人形象规范自己的行为,并将他们的作品排斥在外。

② See Dorothy Ritsuko McDonald. Introduction[M]// The Chickencoop China Man / The Year of the Dragon. Frank Chin. Seattle and London: University of Washington Press,1981:xix.

③ 1847 年至 1875 年间,秘鲁华工人数高达 12 万人。由于苦力船上恶劣的生存条件,死亡率大约为 10%,1862 年竟高达 41.55%。1860 年运往钦查岛挖鸟粪的 4 000 名苦力,几乎全遭惨死。

出生在美国的第二代华人作家如刘裔昌和黄玉雪,直到 20 世纪 40 年代"二战"期间才开始初露锋芒。中美成为同盟国的国际形势有利于他们的作品在美国出版。早期的亚裔美国人中,以日裔美国人创作的英语文学最多,尽管日本人比华人迟抵达美国西海岸约 30 年。① 由于《排华法案》阻止华工入境,最早在美国建立家庭的少数华人是像刘裔昌和黄玉雪的父亲那样的小厂主或商人。因此第二代华裔美国人的出现不仅比日裔美国人晚,数量也少许多。

刘裔昌,尤其是黄玉雪,被美国主流社会看作"模范少数族裔"的代表。《华女阿五》出版后立即成为畅销书。美国国务院不仅出版了此书的日语、汉语(香港版)、乌尔都语、孟加拉语、泰米尔语、泰语、缅甸语等多种亚洲国家和地区语言的译本,还于 1953 年出资请黄玉雪前往京都、德里、马尼拉、仰光等 45 个亚洲城市做为期 4 个月的巡回演说。"二战"后,有关美国种族歧视的指控在发展中国家传开,人们对美国的世界领袖地位提出质疑。《华女阿五》正好能够以现身说法表明美国民主制度的优越性——少数族裔的美籍华人只要努力就可获得成功。刘裔昌和黄玉雪的这两本书被亚裔美国文学评论家黄秀玲(Sau-ling Wong)称为"作为唐人街导游的自传"。黄秀玲认为两人的成功源于国际形势的变化,主流社会对华人的食物、风俗等的态度从格格不入、反感转变到比较能够接受。同时两书描写华人生活从传统向现代过度,主人公不再顺从而是力争个人自由,这些都符合主流社会关于移民家庭到美国后"必然要'进步'的神话"。②

亚裔、华裔美国文学在 20 世纪六七十年代有了新的发展,此时的国际和美国国内形势给四五十年代出生、受过良好教育的年轻作家提供了崭露头角的机会。国际上,多极化格局开始形成,世界各国人民的族裔意识高涨;在美国,"大熔炉"的提法开始让位于"色拉碗"以及"多元文化主义"。中国国际地位的提高不仅引起一般美国人对中国的关注,也使他们对华人和中华文化产生了兴趣。这些都为华裔美国作家的创作提供了有利的条件。

---

① 1900 年在美国的日本人还不到 2.5 万人,第一代大多为农工。Immigration...Japanese. The U. S. Mainland: Growth and Resistance[EB/OL][2008-05-17]. http://memory. loc. gov/ learn/ features /immig/japanese 3. html.

② "autobiography as guided Chinatown tour",见 Sau-ling Cynthia Wong. Chinese American Literature. An Interethnic Companion to Asian American Literature [G]. Ed. King-Kok Cheung. New York: Cambridge University Press,1997:46.

四、体裁、题材、艺术与美国历史

亚裔作家,尤其是早期的作家或作家早期的作品大多采取自传形式。其重要原因是作为对于主流社会来说是"陌生人"的少数族裔有必要首先"介绍"自己,同时出版商认定亚裔作家的作品以自传销路最好。刘裔昌的《父亲和裔昌》以及黄玉雪的《华女阿五》皆为自传。不仅如此,连1976年汤亭亭发表的小说处女作《女勇士》也被出版商作为自传推销。[①]

华裔美国英文作家的写作手法之一是挪用、改写中国历史,如汤亭亭在《女勇士》中把岳飞的故事嫁接到花木兰的故事里。值得指出的是,尽管华裔美国文学反映了相当多的华裔美国历史和中国历史,但它们毕竟属于虚构的文学作品,作家笔下的历史是他们富有想象力的再创造,不可当作历史资料来读。赵健秀等批判《女勇士》篡改历史,伪造传统,将中华文化描述为厌恶女性,并谴责汤亭亭用不真实、充满异国情调的情节来取悦读者。汤赵之间的分歧实质上是与种族、族裔、阶级、性别等矛盾冲突纠结在一起的。女作家能否选择性别歧视作为主题?是否所有的华裔美国作家都应该以种族歧视、民族主义主题为重?谁能代表"正统"的中华传统文化?华裔美国文化是否是中国文化的分支?赵健秀本人在《哎咿》和《大哎咿》(The Big Aiiieeeee! An Anthology of Chinese American and Japanese American Literature,1991)中对最后两个问题所持的态度是不同的。在《哎咿》中,他指出华裔美国文化的独特性,而在《大哎咿》中,他又强调华裔作家绝对不应让作品中的中国传统文化变形!细读赵健秀在《大哎咿》中题为《真真假假的亚裔美国作家们,大家一起来》的序文,我们不难看出他实际上是以华裔美国人的视角来审视、理解、诠释中华传统文化和古典文学作品的。他笔下的中国历史人物,如孔子,与我们中国人熟悉的孔子大相径庭。[②]

其实,女作家注重性别歧视主题,而男作家侧重种族歧视主题都源于他们在美的不同经历。相当长时期以来,华人女性的生活圈子大多局限在唐人街,

---

[①] See Paul Skenazy and Tera Martin, eds. Conversations with Maxine Hong Kingston[G]. Jackson: University of Mississippi Press,1998:2.

[②] 赵健秀在《大哎咿》中把孔子看作历史学家、战略家、战士,说他的基本思想是复仇,《论语》不是讲修身养性,而是如何建立永恒的国家。

她们不直接和白人种族主义社会接触,感受更多的是家庭中的男女不平等。而华人、华裔男性却被视为白人劳工的竞争者,受到残酷的排挤和打击。同时,早期的华裔美国妇女和同时期封建社会的中国妇女相比,处境相对要好些。例如年轻女孩子有受教育的权利。虽然她们在家中的地位不如男子,但是由于华人社会男女比例严重失调,"物以稀为贵",人们对她们的举止言行也不像中国封建社会对妇女那样苛求。这些在华裔美国文学中有所反映。

综观之,华裔美国文学的历史性既表现在它是特定历史时期的产物,同时华裔美国作家的命运、作品的内容和形式又和华裔美国历史、美国历史和中国历史之间有着密切联系。因此,华裔美国作家大都有较强的历史感和历史使命感,要理解、欣赏、评价华裔美国文学,华裔美国历史知识至关重要。

[原发表于《外国文学研究》2010 年第 2 期]

华裔美国文学的价值与译介[*]

张子清[**]

(北京外国语大学华裔美国文学研究中心)

摘要：由于历史、政治和文化原因，华裔美国文学和美国主流文学在审美标准上存在差异。本文试图从审美情感和审美理念方面探讨华裔美国文学作品的普世审美价值，使读者全面认识华裔文学，从而奠定华裔文学的地位。此外，本文还对国内学者对于华裔作家姓名音译的错误方向进行了评论，从误译实例来探寻华裔美国文学的译介和发展。

关键词：华裔美国文学；审美；译介

一

近年来，国内有关华裔美国文学的论著日益增多。有些著作确实存在注重华裔小说的意识形态而忽视文学本身审美价值的研究。这里所指的意识形态不是中国过去流行的政治口号式的那种意识形态，而是指关注美国少数族裔曾受到占主流地位的白人的歧视、排挤乃至迫害的种族问题，少数族裔的代沟问题、生计问题或与主流社会如何共处的问题，而这些问题突出地反映在华裔美国小说中，它是华裔美国人所经历的社会现实，也是迄今为止华裔美国作家[①]绕不过去的坎。例如，出生在美国的第二代华裔美国小说家李培湛（William Poy Lee）2007年冬来访南京，他赠送给笔者他的自传体小说《承诺第

---

* 基金项目：香港大学美国研究中心 STARR 基金。
** 作者简介：张子清，研究员，主要研究方向为美国诗歌、华裔美国文学。
① 我在这里所说的华裔美国作家是指出生、成长在美国或幼年跟随父母移居美国的华裔作家，不是指用习得语——英语向美国读者介绍中国社会和文化的哈金们。

八》(*The Eighth Promise*)。我本来以为这位新世纪初露头角的小说家送给我在新世纪出版的小说必定有崭新的内容,可是它的主题和内容与黄玉雪们或汤亭亭们多年前作品的关注点没有多大的不同。该小说采用了母亲讲故事的第一人称、全知的第三人称和作者本人的第一人称,围绕作者母亲年轻时所在的广东省一个小村子的趣闻奇事到20世纪六七十年代在旧金山唐人街所经历的住房建筑计划引起的种种情况展开故事。他的书写依然没有脱离华裔美国文学作品中所常有的"意识形态"。为此,著名华裔美国诗人梁志英(Russell Leong)曾说,他们的祖先是中国人,血管里流着的是中国人的血,尽管他们的感知力已经渗透了西方人的思想感情,绝大部分已经西化。但是,他们的皮肤是无法避免的"黄色",作为黄种人,他们在种族、种族关系和文化等问题的感知力上,毫无疑问地会染上不同程度的"黄色"。如同美国著名黑人小说家拉尔夫·埃里森所说,少数民族作家总是像在空中走绳索——在动力上提供了智性的张力和平衡。[①] 我们在阅读和欣赏华裔美国文学作品时,便会感受到这种微妙地凸显华裔"意识形态"的张力和平衡。

实际上,这是华裔美国作家回避不了的文化政治:既要争取少数族裔的话语权,又要取得主流文化审美价值的认同,即华裔作家尽量使华裔美国文学场域在与白人主流文学场域和谐共处的同时,求得发展,甚至融汇。汤亭亭和任璧莲一再声称自己是美国作家,写的是美国小说,这显示了她们的远见卓识和高明的写作策略。这不是她们的僭越,是她们理直气壮地表明自己是和移民来北美大陆的白人一样的美国公民。凡此种种,都涉及华裔美国文学的"意识形态",如果要套用这个术语的话。因此,我们首先注重华裔美国文学的这些"意识形态"无可非议,也不可避免,这是华裔美国文学或华裔美国小说本身的"现实",或者是它所反映的政治现实、社会现实。但是,这远远不够,顾名思义,它是文学,我们还应该从审美层面上阐释它、辨析它,把对它的认识提高到关注它的文学品质上来。

一方面,我们清楚地看到,为亚/华裔文学审美价值取向而构建的理论依然处于西方文论的边缘,主要原因是亚/华裔美国文学本身还没有进入白人主流批评家的批评视野。最典型的例子莫过于埃默里·埃利奥特(Emory Elliott)主编的《哥伦比亚美国文学史》(*Columbia Literary History of the United States*,1988)。这是一部流行很广的优秀文学史,尽管主编关注到亚/华裔美国文学,其中一章"亚裔美国文学"的撰写者却是亚裔学者金惠经

---

① 见梁志英2009年6月29日给笔者发送的电子信件。

(Elaine H. Kim)而不是白人评论家。现在研究和阐释亚/华裔文学的评论家绝大多数还是亚/华裔学者和把英语作为习得语的华人学者,这是一个不争的事实。当然,华裔美国文学的发展并不需要依靠主要的白人批评家来"指点"或"钦定",但这至少可以说明亚/华裔文学在整个美国文学的格局中还处于边缘地位,尽管汤亭亭和谭恩美这两个少数华美作家进入了美国文学的主流。同时也说明,亚/华裔美国文学和美国主流文学由于历史、政治和文化的因素而在审美标准上依然存在着差异,虽然这种差异在多元文化的社会中值得提倡。

另一方面,我们又看到,随着少数族裔生活不断得到改善、政治地位日益得到提高、融入主流社会的机会逐渐增多,亚/华裔作家与主流作家共同的审美趣味也同时在逐渐增多。华裔美国作家近年来的创作实践开始呈现共同经验的趋势。汤亭亭的近作《当诗人》(*To Be the Poet*, 2002)表明了她的写作已经从单一的华裔视角转到普世视角。任璧莲的作品《莫娜在应许的乐土》(*Mona in the Promised Land*, 1996)和《谁是爱尔兰人?》(*Who's Irish?*, 1999)表明她的视野扩大到通观整个多民族的美国社会生活。梁志英无论在他的小说还是诗歌里,感知触角常常伸向单一的华裔世界之外的宏观世界。白萱华的诗歌触角则常常伸向单一的华裔世界之外的微观世界。施家彰近年来则在诗歌创作中越来越关注生态环境,甚至宇宙的红移现象。这一创作倾向值得我们探讨。

因此,我们在继续关注新的历史条件下的种族问题的同时,应当关注华裔美国文学的审美情感和审美理念及其在新的历史条件下的变化。

毫无疑问,在审美层面上,即从普遍的文学品格来研究和评价华裔美国文学,从文学的机制、句法、隐语、艺术风格和个性等方面对它加以深入细致的研究,现在已经摆到我们的面前,例如,任璧莲具有黄色人种的华人特有的机智俏皮的风格——金色幽默,[①]它既不同于美国白人的黑色幽默,也区别于社会主义国家的红色幽默,值得我们鉴赏和总结。由此我们还发现:尽管不同的作家有着不同的审美价值观,但他们的作品存在获得广泛性和永恒性的一些普世审美价值。我们的愿景是:华裔美国作家有意识地用普世审美感进行创作(不是刻意回避描写少数族裔生活或反映可能出现的种族矛盾,其实这里也包含了普世审美价值,假如对其把握得好的话),华裔美国评论家不忘用普世审美标准对华裔美国文学作品进行研究和评论,使各国的读者对华裔美国文学

---

① 笔者以为,任璧莲的幽默是中国人,也就是黄种人特有的幽默,故我称它为金色幽默。

有全面的理解和充分的欣赏。从长远看,唯有这样,华裔美国文学才有可能在美国主流文学领域乃至世界文学之林确立其较高的文学地位。因此,归根结底,关注华裔美国文学的普世审美价值是需要我们切实认真探讨的基本问题。

二

我们在华裔美国文学译介和研究中面临的另一个基本问题是华裔美国作家名字的翻译。可以这么说,有关华裔美国文学的中文译著、中文论文或论著中对准确译名采用的多寡能清楚地表明一个译者或作者在华裔美国文学学术研习中的认识程度和文化积累程度。例如李恩富(Yan Phou Lee),我们开始按发音译为"李延富",后来经过多方考证,才找到他原来使用的这个中文名字。又如,该论著提到的雷霆超(Louis Chu),我们开始译为路易斯·朱,后来译成雷庭招,但经过查阅华裔美国历史学家麦礼谦(Him Mark Lai,1925—2009)的权威名单之后,才找到他确切的中文名字:雷霆超。这是华裔美国作家名字的特殊性——跨文化和双语造成的。如果说我们初期在译介华裔美国作家名字时,可以勉强采用一般音译的办法的话,那么现在我们作为这个领域的翻译者和研究者假若依然套用传统的音译,看来是行不通了,尽管当下报刊因为时效性(来不及查证)偶尔出现音译的名字,即在名字后面加上括号字样(音译)。假如对华裔美国作家名字作深入的观察,你首先会注意到他们的英语名字一般规律是:美国白人名(例如,William,Jack,Amy,Frank 等)华人家姓(例如,Lee,Chin,Wong,Lau 等)。经过进一步考证,你又会发现他们同时拥有表明中国根的汉语名字,例如李健孙、赵健秀、黄玉雪、刘玉珍等,但是你无法按照英语姓名翻译的通用规则,把他们的英语名字简单地回复到原来的汉语名字上来。他们原来的家姓,你也不能用标准的普通话发音规则,把它们翻译出来,因为这些家姓绝大多数是由广东音或客家话音拼写的。即使个别用普通话拼写的名字,不经过仔细打探,也难准确地回复到原来的汉语名字上来。① 华裔美国作家对保留自己原来的汉语名字很重视。笔者为此在 2008年 1 月分别对汤亭亭、刘玉珍、施家彰、林永得、陈美玲、李培湛、梁志英等人进

---

① 例如,我引用 Zhou Xiaojing 的文章时,曾把她的名字译为周晓竞,可是经过吴冰教授的核实,从清华大学黄清华处得知,她的名字是周肖劲,但她现在坚持用周晓静这个中文名字。用普通话拼写名字的人往往是生长在中国,后来迁居到美国。

行了调查,他/她们都一致认为,我们在汉语语境中应该保留父母为他/她们起的汉语名字。因本文篇幅限制,现在仅举梁志英的答复为例,他说,

> 你知道,名字揭示许多含义。不管我有一个优雅的文人名字,还是普通人的世俗名字,只要汉字写的中国名字对我来说都行。最重要的是,我的叔叔给我的弟弟和我起名字,我名叫梁志英,我弟弟名叫梁志明。早期华人移民珍视家庭,给子女起名并不是随随便便的。从某种意义上说,只从字面上翻译英文名字是不公正的。我们都上中文学校,在校里,我们用的是中文名字,从不用英文名字。同样,名字帮助我们在华人飞地或华人世界里,或者在华人世界之外,在更大范围的讲英语的世界里,辨别和知道我们是从哪里来的。例如,如果有一个人大声叫我的名字,通常是我的婶婶。即使我没有看见她的面孔,从她叫我的名字的方式判断,我知道那是我熟悉的亲戚。因此,名字的意义远超过对个人的命名;名字也"命名"人与人之间的关系,帮助我们界定关系,特别是对于生活在多语种的社会的人,例如在中国之外生活的华人,不管是生活在美国、澳大利亚、加拿大或欧洲。
>
> 拥有这样两个不同的名字(汉字写的中国名字和英文写的美国名字——译者),意味着至少连接两个明显不同的世界,也把同一个人与同一个躯体互相连接起来。所以,在心理上,一个名字的意义远远超过如今当作个人身份的标志;随着人的成长,名字对我们与别人的关系而言,至关重要,不管是中国名字还是美国名字!或者说,也许两者都重要。
>
> 你的"名字"毕竟是人家用来称呼你的,在我这一代,五六十年代出生的一代,只有某些人常常叫我的中文名字,其余的人叫我的英文名字。嗯,这个解释的含义很多——这问题远远超过仅根据英语发音直译英文名字,难道不是么?①

可见梁志英对华裔美国人在英语语境里的处境和心态有着透彻的了解和深切的体会,更有精辟的见解。如此看来,我们现在显然不能简单地按照通常的音译规则,翻译他们的名字了。它牵涉的不仅仅是准确的文字翻译,还牵涉华裔美国人的民族自尊心。

吴冰和王立礼教授主编的《华裔美国作家研究》(2009)附录"华裔美国作家、学者、海外华人知名人士英中姓名对照表"恰好为华裔美国文学译者和评

---

① 见梁志英 2008 年 1 月 19 日发送给笔者的电子信件。

论者提供了便利。它是在著名华裔美国历史学家麦礼谦先生长期积累的人名译名表的基础上逐渐增加的成果。它因麦礼谦先生2009年的不幸逝世而弥足珍贵。

我们在考察华裔美国作家名字时尚且遇到如此重重困难,遑论追溯亚裔作家的名字了。我们涉猎菲律宾裔美国作家、越南裔美国作家、朝鲜裔美国作家、印度裔美国作家或甚至缅甸裔美国作家的作品时,除了对考察他们祖辈的祖国文化、风情感到困难之外,目前最难解决的问题是对他们的名字的翻译。可以这么说,当下制约我们研究译介和研究亚裔美国文学的瓶颈是对亚裔作家名字的翻译。在美国,华裔文学是放在亚洲学研究(Asian Studies)项下的,几乎不单独成立,因此华裔美国作家看到在中国成立的华裔美国文学研究中心感到有些奇怪。但是,他们想象不到,把亚裔作家的英文名字翻译成中文,对我们来说是何等困难!因此,亚/华裔美国文学译介和研究的发展需要依靠我们大家齐心协力,依靠长期坚持不懈的积累。

[原发表于《英美文学研究论丛》(第12辑)2010年春]

散居族裔批评与美国华裔文学研究[*]

张 冲[**]

（复旦大学外文学院）

摘要：散居族裔批评（diaspora criticism）是20世纪90年代在经济全球化背景下发展起来的一种文化、社会和经济的跨学科理论，主要研究身份政治、归化、双重意识等问题，有学者和批评家把它用于文学批评，特别是用于诸如犹太文学、华裔文学这样具有明显散居族裔特征、同时又在文学创作方面具有相当影响力的文学现象。本文简约地讨论了散居族裔批评的起源、主要理论框架和批评方法，探讨将此批评方法用于美国华裔文学研究的可能和值得注意的几个问题。

关键词：散居族裔；文学批评；美国华裔文学

散居族裔批评（diaspora criticism）是20世纪90年代发展起来的一种研究散居族裔群体的社会、经济和文化现象的理论取向。"散居"（diaspora）一词源于希腊 diaspeir，意思是"离散"或"散落"（speir：scattering），原是植物学名词，描述植物种子在一个或几个区域的散布，后来有人借用以描述人类历史上出现过的种族（或人种）在较大范围内的迁徙移居现象（如犹太人），以及由此而产生的散居族裔与当地居民在社会、经济和文化交流中的适应、冲突、融合等问题。20世纪60年代以来，随着经济全球化的规模日益扩大，进程日益加快，资本在全球范围内流动更为频繁和便利，跨国经营逐渐成为大公司的主要经营模式，原来主要在民族、种族和人种范围内进行的经济活动界限被一点一点地打破，在造成一个连接更为紧密的世界经济体系的同时，也造成了全球范围内规模更大、形式和内容更多样的人口迁徙和流动（包括由于国内情况而出现的大规模劳工外流），其结果就是产生了当代意义上的散居族裔，而这些

---

[*] 基金项目：香港大学美国研究中心 STARR 基金。
[**] 张冲，教授，主要研究方向为美国文学史。

散居族裔与居住地在经济、社会、文化等方面的交流中表现出的特征和问题，自然成为相关领域理论思考的对象。散居族裔批评（或称散居族裔理论）这一原来相对零散、边缘的研究角度便开始引起越来越多的人注意。1991年，《散居族裔》杂志（*Diaspora*）创刊，标志着人们开始有意识地将该理论作为一种批评工具或研究角度来研究历史和当代散居族裔问题，而散居族裔、跨国主义和全球化课题也已开始进入美国一些大学的课程计划。有人预测，随着全球化在21世纪的进程，散居族裔批评将成为本世纪具有相当影响的主要批评理论之一。①

目前，散居族裔批评的研究领域主要有三个方面：(1)散居族裔的身份界定；(2)由族裔散居引起的跨国文化流动；(3)全球化语境下的散居族裔问题。而受到关注最多的是第一个领域，即界定散居族裔以及散居族裔身份的形成问题。在具体讨论中，人们通常把20世纪60年代看作一个分水岭，把此前的散居族裔称为"前现代"或"古典的""人种离散"，而犹太则是这一时期最"经典"的散居族裔；此后迄今的族裔散居现象则被称为资本主义发达时代的主要人种种群的大规模散居，其结果就是现代意义上的散居族裔。也有人把一国国内的少数族裔、少数人种、移民等都归入散居族裔，这样一来，美国及世界其他地方的华裔群体似乎也被包括进了散居族裔的范围。散居族裔批评的主要理论家之一、《散居族裔》杂志主编、美国卫斯理大学英文教授托洛扬认为，散居族裔是"一种典型的暂时性跨国社区"，说"跨国"，是因为这样的散居族群可能同时分布在好几个国家；说"暂时"，是因为这样的族群可能会因政治经济社会的原因而发生流动。另一位主要批评家、澳大利亚默多克大学的维杰伊·米施拉（Vijay Mishra）在研究了1989年牛津英语大词典上diaspora条的释义，②特别是该词的最后两条例句后指出，前后两个例句的源文本产生年代相差一百年，因此有必要对该词定义做些补充，以反映这100年间世界历史、社会、经济等方面的发展及其对散居族裔概念造成的变化。他认为，当代的散居族裔应包括下面几种情形：

---

① 见 Sudesh Mishra, Diaspora Criticism, Introducing Criticism in the 21st Century [M]. Ed. Julian Wolfrey、Edinburgh University Press, 2002.

② 1989年版的《牛津英语大词典》"diaspora"条的释义是：散开；"(希腊犹太人中)被囚之后散居于非犹太教徒中的全体犹太人"；"(早期犹太基督徒中)居住于巴勒斯坦之外的犹太基督徒群体"。

1.相对均一的被移置的社群,与当地的本土/其他种族共同生活,对祖国有着明显的矛盾心态(如在南非、斐济、毛里求斯、圭亚那、特立尼达、苏里南、马来西亚等地的印度散居族裔;在马来西亚和印度尼西亚的华裔散居族裔等);

2.以自由移民为基础并与晚期资本主义发展相关的新散居族裔(如战后在英国、欧洲、美国、加拿大和澳大利亚的南亚、华裔、韩裔社群);

3.任何认为自己处于权力外围或被排斥在分享权力之外的移居者群体。(Mishra,1993:34—35)

对于米施拉的第三种情形,美国科罗拉多大学的萨弗兰(William Safran)担心,这样的定义可能有过分宽泛之嫌,因为这样一来,就得把一般的移居国外者、被放逐者、政治避难者、外国居民、侨民、移民等统统包罗进散居族裔的概念之中,而使问题失去实质意义。他认为,散居族裔应当具有这样的特点:(1)他们本身或其祖先从一特定的"中心"向两个或两个以上的"边缘"或外国地区移居;(2)有关于原在国的集体意识,有共同的神话;(3)觉得自己并没有完全被居住国接受,感觉自己被部分地间离和隔离;(4)认为自己祖先的国度是真正的、理想中、是他们及其后代一定要回归的地方;(5)集体认为有责任保持和恢复祖国的安全和繁荣;(6)并且继续以各种方式与祖国发生关系,而他们的人种社区意识和团结是由这样一种关系来决定的(Safran,1991:83—99)。这六条标准,迄今还是界定一国中某一人种群体是否能被归入散居族裔的主要标准。不过开普敦大学的科亨(Robin Cohen)则认为,萨弗兰过分强调了散居族裔与祖国的关系,看轻了"散居族裔在放逐国的本质";在讨论散居族裔形成原因时,他认为在奴隶制、大规模流放等"创伤性历史事件"之外,至少还应当包括那些出于侵略或自愿目的的移居,如历史上的殖民事件等(Cohen,1997:22—25)。

不难看出,这样的定义把根据主要放在了散居族裔现象的地理特征(祖国和所在国)、本身的意识(对祖国和自身文化渊源等方面的意识),而散居族裔本身无论在祖国还是所在国的具体情况,如阶级、阶层、性别、代等方面的不同,则或多或少被忽视了。事实上,即使是同一个散居族裔,由于在特定所在国的经济政治社会地位的不同,或者由于形成或加入散居族裔的历史年代的先后,各自对自己的祖国和文化渊源的态度和关联也呈现出十分不同的情况。例如,第一代海外华裔移民在对祖国和所在国的意识、情感和关联方面,就与第二、第三代的华裔十分不同,把他们笼统地放在"华裔"的概念下讨论,恐怕过于简单化。另外,即使是祖国和所在国,也不是完全没有区别的领土实体,事实上,它们各自对散居族裔都起着不可忽视的外部影响。

针对这样的问题,美国圣克鲁兹加州大学的思想史教授克利福德(James Clifford)指出,分散于多处的散居族裔并不一定可以用一个特定的地理界限来描述(Clifford,1994:304-305)。他认为某些"微观联盟"——如共同的文化活动、血缘关系及商务关系圈、同一宗教组织或城市等——的参加者,也可以被归入散居族裔的概念。但这样一来,一方面,原来固定的地域概念为移动的系列地域概念所替代,祖国与所在国的地缘政治意义相应减少,而另一方面,散居族裔的概念由此有扩大到超出离散问题本身的可能。因为,如果参加共同的文化活动或群集于某一地点可以成为散居族裔的认定条件的话,那么同一种族内文化传统、宗教意识等很不相同的群体至少在一定程度上具备了散居族裔的特征,然而这样一来,散居族裔的人种特征概念就被淡化,从而使这一概念有被无限扩大而失去实际意义的危险。

尽管散居族裔批评目前主要还是一种政治、社会和经济的跨学科批评取向,其研究成果主要反映在对散居族裔的认定上,它已经显示出在有关跨文化和全球化的各种课题、包括文化和文学课题研究方面的适用性和有效性。因为在一定意义上,散居族裔身份的形成与界定本身就是一种历史和文化上的"寻根",是对人类历史上种族迁移、冲突、共生和融合的反思,是跨民族跨文化研究的重要内容。同时,由于散居族裔的跨民族跨文化跨国特征,他们身上经常体现着隐性的源文化、源意识与显性的现文化、现意识之间的分裂与冲突,体现着某种程度上的身份不确定性,体现着某种"双重身份"或"双重意识"。米施拉在发表于1996年的题为"假想的散居族裔"①的论文中,提到散居族裔在护照身份和真实生活身份之间的差异:"某国公民"的护照身份的内容和作为该国散居族裔一员在政治、社会、经济、文化等方面的生活的内容,事实上并不相等。不少美国华裔作家在各种场合一再声称不愿意别人把自己当作"华裔作家",而希望直接称他们为"美国作家"。这一现象本身就说明身份游移依然是困扰着这些散居族裔作家的问题之一。

散居族裔批评不仅在全球化和跨国时代的政治、社会及经济等方面课题的研究上可能具有独到的作用,而且由于其主要关注不同散居族裔之间和内部的、不同文化和美学产品之间和内部的、社会及其文化和美学效果之间的各

---

① 见 Vijay Mishra. The Diaspora Imaginary: Theorizing the Indian Diaspora [J]. Textual Practice,1996,10(3):421-447.

种传承与断裂现象,它在文化和文学研究领域内也可能为我们提供一个特殊的视角,特别是研究华裔、犹太等具有明显散居族裔特征的文化和文学现象。

事实上,在迄今为止的美国华裔文学研究中,身份与归属(identity and identification)一直是两个最重要的课题之一。① 无论是汤亭亭的《女勇士》、谭恩美的《喜福会》,还是任璧莲的《应许之地的梦娜》,作品所反映的美国华裔人在身份认同、归属、融合等方面的经历以及因双重意识而起的文化、意识冲突,均构成了作品重要的内容。即使在像任璧莲1999年出版的《谁是爱尔兰人》中的同名短篇"谁是爱尔兰人"这样看似情节简单篇幅短小的作品中,华裔和其他少数裔美国人因身份和文化归属而起的不确定感和冲突,也表现得淋漓尽致。故事讲述了"我"和爱尔兰亲家两家三代之间、特别是"我"和外孙女之间的矛盾和冲突,故事的一些细节,十分生动地表现了"双重身份"意识的某些特征:在看自己的时候,经常在自己的人种身份和社会身份之间划出清晰的界线,而在看别人的时候,则往往把人种和社会身份等同起来。故事主人公"我"是第一代美国华裔移民,尽管已经是"永久居民"了,可在教训女儿娜塔丽和外孙女索菲时,言谈中不住地"在中国"不这样,"在中国"不那样,②似乎很清醒地认识到由人种身份而起的文化冲突;可当她谈论起爱尔兰③女婿约翰时,却完全把人种身份和社会身份混为一谈了。对约翰兄弟四个都没有工作,"我"觉得十分不可理解,她说:"这些日子,甚至黑人的日子也好过了些,有些人的日子还十分风光呢,真让人吃惊。为啥希亚一家有那么多的麻烦?他们是白人,他们说英语。"在她看来,白人和说英语是构成本地族裔的要素,从而忽视了这样的事实,在美国社会里,白人并不都能站在社会阶梯的高处,更不用说像爱尔兰裔这样的"白人"了。

当然,任璧莲这个短篇所传达的,更主要的依然是散居族裔在身份和文化上的"断裂",这一点集中反映在索菲这位属于第三代华裔的小姑娘身上。从人种特征来看,索菲依然是地道的华人,"她看上去完全像中国人。美丽的黑头发,美丽的黑眼睛。鼻子大小正好,既不塌得像是什么坍倒了的东西,也没大到像是什么大玩意安错了地方,什么都恰到好处。除了她一身让'我'和爱

---

① 另一个课题即美国华裔文学中的女性形象,特别是母女关系。
② 例如"我"谈到为女儿带孩子时说,"在中国,是女儿照顾母亲,可在这里,却倒过来了。"谈到教育外孙女要有创造性时她说,"在中国我们可不大谈论这个词(按指创造性)"等等。
③ 通常认为,爱尔兰裔美国人在一定程度上也具备了散居族裔的特征。

尔兰亲家都感到不解的棕色皮肤,在她的天性里,其实已经找不到一点'中国'的东西了"。按故事中"我"的说法,"她那美好的中国一面被野性的希亚(按:"我"的亲家)一面吞吃了"。索菲只有三岁,可日常行为没有一点像中国孩子:去公园玩,她偏要站在推车里,一见水池就把自己脱个精光,把衣服全扔到水里,到后来,更发展到随便抬脚去踢玩伴的母亲,往人眼睛里撒沙土,受了呵斥竟钻进藏身洞里死活不肯出来。而"我"则下决心要"要帮助她的中国一面和野性一面做斗争。"可这样的斗争在作为第二代华裔的女儿和属于另一散居族裔的约翰的阻挠下,收效甚微。女儿明确告诉母亲,"在美国,父母可不打孩子。"如果说作为第一代华裔的"我"依然保留着鲜明的人种和文化身份记忆,从而经常发现自己处于两种身份和文化冲突之间;作为第二代华裔的女儿娜塔丽已开始有意识地向居住国文化和社会身份归化,人种身份开始被压抑进入潜意识,成为他们要努力"遗忘"的东西;到了小索菲这一代,人种身份似乎仅限于外表的生物特征,而内心和意识已完全归化入居住国的"主体"之中,成为俗称黄皮白心的"香蕉人"。但是,即使是这样的"归化"恐怕也很难完全抹去人种身份的影子,故事中亲家母贝丝在夸赞"我"的女儿时的那句"我一向觉得娜蒂(按:娜塔丽的昵称)和白人一样好",再明白不过地告诉读者,无论你英语讲得如何出色,无论你的行为意识如何"归化"于居住国主体,你的生物特征让你永远印上了白人之外的"他者"的印记,使你永远无法不让人把你和白人区别开来。而近年来,越来越多的美国华裔作家越来越经常地向媒体和读者宣告:我不是美国华裔作家,我是美国作家,这本身就在一定程度上说明,这些作家依然在受着人种身份的困扰。任璧莲这篇故事发展到最后,"我"搬去和亲家一起生活,渐渐发现自己也成了"名誉爱尔兰人",不禁发出感叹:到底"谁是爱尔兰人"? 因为当散居族裔在谈论自己的身份时,永远无法遗忘人种身份和社会身份的双重意识,永远无法回避因此造成的割裂、冲突和含混。

散居族裔批评可以在一定程度上成为美国华裔文学研究的一种方法、角度或批评取向,在讨论美国华裔文学的起源和发展时,特别是该文学传统在早期相对封闭的"文化飞地"中的特点、后来与主流文学传统的共生、碰撞、冲突与部分融合等,以及文学作品中有关华裔族群或个人在美国的身份与归属问题,他们与主体族裔和其他少数族裔(其中不乏散居族裔)群体或个人间的文化关系等,这一理论都有可能起到一定的独到的启发作用。同时,散居族裔理论的讨论范围本身也可以使我们对诸如"美国华裔文学"本身的定义(内涵和外延)等问题进行再思考,例如,从作家角度看,它是否仅指取得了美国国籍的作家,还是应包括近二三十年来移民或暂住美国的作家;从语言角度看,它是否仅指用英语创作的作品,还是可以包括目前虽然数量不多但也在悄悄增长的用中文创作的作品;从作品角度看,它是否仅指关于华裔在美国的经历和意识的作品,还是可以包括只是在美国出版、其内容却更多地与中国有关的作品;等等。更重要的是,散居族裔理论有可能为华裔文学的研究开辟一个更广阔的世界,不仅将散居在世界各地的政治、经济、历史、文化各不相同的区域内华裔文学包括进来("华裔某国文学"),甚至将在这些区域里以华文创作的文学现象也纳入研究范围。如果我们可以将一特定区域里的华裔文学现象比作植物的一个种群,那么在散居族裔批评的视界里,我们不仅可以研究分散在各区域里的华裔文学由地域、环境、历史、文化造成的种群特征,研究各华裔文学种群之间的关系,至少还可以比较研究以华文和英文两种语言创作的作品,从而对"大华裔文学"有一个总体的了解。

特别应当指出的是,散居族裔理论和华裔文学研究之间,并不是单纯的"矛"与"盾",方法与问题的关系。诚然,华裔(美国)文学研究可能成为散居族裔理论在文学和文化研究方面的"试验田",可以在该理论取向指导下深化华裔文学研究本身,还可以研究华裔文学在跨文化全球化进程中的角色。但是,它也完全可以而且应该成为散居族裔理论本身的一个重要组成部分,甚至是对话伙伴,可以为该理论在概念定义、研究方法、主要研究课题等方面的讨论带入新的问题和考虑。

参考文献

[1] James Clifford. Diaspora[J]. Cultural Anthropology,1994,9:304-305.

[2] Robin Cohen. Global Diasporas[M]. London:UCL Press,1997.

[3] Safran William. Diasporas in Modern Societies:Myths of Homeland and Return [J]. Diaspora,1991,1:83-99.

[4] Tölölyan Khachig. The Nation State and its Others[J]. Diaspora,1991,1:3-7.

[5] Vijay Mishra. Introduction:Diaspora [J]. Journal of the South Pacific Association for Commonwealth Literature and Language Studies,1993,3:34-35.

[发表于《外国文学研究》2005年第2期]

"Don't Tell": Imposed Silences in *The Color Purple* and *The Woman Warrior*

King-Kok Cheung

Abstract: The Color Purple and The Woman Warrior exhibit parallel narrative strategies. The respectively black and Chinese American protagonists work their way from speechlessness to eloquence by breaking through the constraints of sex, race, and language. The heroines turn to masculine figures for guidance, to female models for inspiration, and to native idioms for stylistic innovation. Initially unable to speak, they develop distinctive voices by registering their own unspoken grief on paper and, more important, by recording and emulating the voices of women from their respective ethnic communities. Through these testimonies, each written in a bicultural language, Walker and Kingston reveal the obstacles and resources peculiar to minority women. Subverting patriarchal literary traditions by reclaiming a mother tongue that carries a rich oral tradition (of which women are guardians) the authors artfully coordinate the tasks of breaking silence, acknowledging female influence, and redefining while preserving ethnic characteristics.

Keywords: The Color Purple; The Woman Warrior; Silence; Feminism

BOTH ALICE Walker's *Color Purple* and Maxine Hong Kingston's *Woman Warrior* open with parental warnings against speech. Celie's stepfather threatens, "You better not never tell nobody but God. It'd kill your mammy"(11) Maxine's mother admonishes her daughter, "You must not tell anyone ... what I am about to tell you" (3) Despite these explicit prohibitions, both the black and the Chinese American protagonists proceed to tell all—on paper. Their needs for self-expression are obvious: they hang onto sanity by writing; they defend themselves with words; they discover their potential-sound themselves out—through articulation.

Less obvious are the ways in which Walker and Kingston convert their characters' sociocultural disabilities into felicities. Celie (an unschooled black) and Maxine (a Chinese American struggling to learn English) must overcome forbidding sexual, racial, and linguistic barriers. They work their way from speechlessness to eloquence not only by covering the historical stages women writers have traveled—from suffering patriarchy, to rebelling against its conventions, to creating their own ethos—but also by developing a style that emerges from their respective cultures. In the course of their odysseys, the destructive weapon of tradition is turned into a creative implement, and speech impediment becomes literary invention.

The heroines' inventiveness reflects the resourcefulness of their creators, who are politically and aesthetically concerned with conveying ethnic and female sensibilities. Like so many other American writers today, Walker and Kingston must grapple with a language and a literary tradition that have long excluded their kind. But the two minority writers must also choose to write either in the "dominant" mode or in a mode that reflects their own multicultural legacies. Though both authors have mastered standard English, neither claims it as her first language, and it is far removed from the speech of the people they write about. Their common quest, therefore, is to seek ways to transplant their native dialects to their texts, even if they risk being occasionally unintelligible to the reading majority (see Dasenbrock's defense of "unintelligibility" in multicultural texts). The stakes are high, however. For both authors, reclaiming the mother tongue is much more than reproducing a dialect or marshaling a new vocabulary; it is also bringing to life a rich oral tradition in which women have actively participated. And if we agree with Werner Sollors that "[e]thnicity as a tenuous ancestry and the interplay of different ancestries may be the most crucial aspect of the American national character" ("Literature" 648)[2], these authors have instated themselves in the American tradition by hitting upon a syncretic idiom at once inherited and self-made. In *The Color Purple* and *The Woman Warrior* alike, breaking silence, acknowledging female influence, and preserving cultural and national characteristics are a coordinated art. These "speaking texts" expose the layers of silence that have threatened to choke the colored protagonists and raise the voices that have run the gamut (and gauntlet) of interethnic differences.

Since the particular agony and exceptional progress of the protagonists are inseparable from their gender and ethnic backgrounds—for Walker and Kingston equally—the knotty problems of distinguishing between authors and protagonists and of drawing cross-cultural comparisons must be addressed at the outset. For a critic interested in examining the linguistic struggles of the black and Chinese American heroines, it is particularly difficult to adhere to the texts without referring to the black and Chinese American authors. The danger lies in foreshortening the artistic distances in these works or, worse, in seeing the narratives as representative of the minority groups depicted. Because some white reviewers treat the two books as though they were definitive descriptions of minority experiences, several black and Chinese American critics not only lash out at these reviewers for their presumption but also blame the writers for distorting the facts about their respective ethnic groups.[3] Walker and Kingston do draw heavily on their cultures, but they are not cultural historians, nor are they committed to a purely realistic fictional form. On the contrary, they are feminist writers who seek to "re-vision" history (to borrow Adrienne Rich's word). If they are to be nurtured by their cultural inheritance rather than smothered by it, they must learn to reshape recalcitrant myths glorifying patriarchal values. Blinkering the authors by historical or ethnographic criteria denies their freedom as artists to mingle history and myth, fact and fiction.[4] To distinguish each fictive "I" from the writer, and to avoid confusing the re-presentation of a particular experience with anthropology, I will focus my literary analysis primarily on the protagonists—Celie and Maxine—but refer to the authors when I wish to call attention to their artistry.

Similar considerations underlie my reluctance to extrapolate general cross-cultural comparisons based on the texts alone. Although informed by historical and social factors, the narratives do not necessarily illuminate the cultures at large. As women, both Celie and Maxine have been debased in their families. Celie is abused by her stepfather and her husband alike, and Maxine suffers from the antifemale prejudice rooted in her parents' Chinese past. But to conclude from reading the two books that black men and Chinese people are misogynistic is to stereotype these groups invidiously.[5] I am aware, however, that sexism in the two cultures draws on different roots; that black silences, deepened by the history of slavery, are not the same as Chinese American silences, which were reinforced by anti-Asian immigration laws. Celie's repression is much more violent and brutal than Maxine's, and her resources are at the beginning much more limited. Celie expresses herself tentatively at first because she lacks schooling; it is in school that Maxine becomes totally incommunicative (because she has to learn a second language). But such differences are not my main concerns. Despite the heroines' disparate cultural experiences, their psychological imperative to expression is kindred. My intent is to trace the striking parallels in the protagonists' struggles and in the authors' narrative strategies. Gender and ethnicity—inhibitive forces when these texts open—eventually become the sources of personal and stylistic strengths.

I

Women authors and feminist critics have been unusually vocal on the theme of silence—as an artistic tool (Gubar, Sontag), as imposed invisibility (Griffin), and as the reticence enjoined upon women and felt most acutely by writers (see Gilber and Gubar; Olsen; Rich; and Russ). Silence runs even deeper in the work of minority women. Paula Gunn Allen observes that persons caught between cultures are most likely to be "inarticulate, almost paralyzed in their inability to direct their energies toward resolving what seems to them insoluble conflict" (135). Carolyn Heilbrun describes minority women as "outsiders twice over" (37), excluded both from the mainstream and from the ethnic centers of power. Some of these women are, moreover, thrice muted, on account of sexism, racism, and a "tonguelessness" that results from prohibitions or language barriers.

The three constraints are often interrelated. Both *The Color Purple* and *The Woman Warrior* begin with women who are punished by not being allowed to speak or to be spoken about. In both, it is not the male offender but the female victim who suffers the penalty for an illicit affair: he sentences her to hold her tongue. These tales are timeless variations on the Philomela myth, in which the tongue of the raped woman is cut off: victimization incurs voicelessness.[6] Celie and later her sister Nettie are violently coerced by their aggressors. Alphonso, who Celie thinks is her father but who is actually her stepfather, forbids her to speak about his repeated sexual assaults. Albert, Celie's husband, prevents the two sisters from corresponding after Nettie has rejected his lustful advances. Nettie writes to Celie, "He said because of what I'd done I'd never hear from you again, and you would never hear from me" (119). The threat proves real. By hiding Nettie's letters from Celie, Albert metes out the same punishment to Nettie that Alphonso does to Celie: the denial of communication.

Silence also entombs the no-name aunt in *The Woman Warrior*, who commits suicide after giving birth to an illegitimate child. Maxine speculates on what might have happened to her aunt: "Some man had commanded her to lie with him and be his secret evil… His demand must have surprised, then terrified her. She obeyed him; she always did as she was told" (7). Maxine muses on her aunt's predicament: "The other man was not, after all, much different from her husband. They both gave orders: she followed. 'If you tell your family, I'll beat you. I'll kill you.'" (8). The aunt obeys, submitting without protest. She can neither talk herself out of rape nor declare her innocence afterward. When she gets pregnant, she is harassed by villagers and repudiated by her own family, even after her death.

Maxine also has a living aunt, Moon Orchid, who has traveled from China to look for her husband in America, only to discover that he has taken a new wife. The husband snaps, "What are you doing here?" Moon Orchid can only "open and shut her mouth without any words coming out" (176). The unfaithful husband, not the wronged wife, flashes anger: "He looked directly at Moon Orchid the way the savages looked... She shrank from his stare; it silenced her crying" (177).

Both the "guilty" and the innocent aunt are hushed. Maxine's family tries to erase all knowledge of the dead woman, to carry on "as if she had never been born" (3). To expunge her name, to delete the memory of her life, is perhaps the cruelest repudiation her kin could devise.[7] No less cruel is the silencing of the living. Stared and scared into silence by her husband, Moon Orchid soon goes mad. Her niece later draws a connection between speechlessness and insanity: "I thought talking and not talking made the difference between sanity and insanity. Insane people were the ones who couldn't explain themselves" (216).

Associating voicelessness with victimization and madness, young Maxine recognizes the exigency of expression, but the brutal and domineering aspect of speech gives her pause. In a haunting travesty of her aunts' stories, she tries to scold and pinch a quiet Chinese American girl into speech. "If you don't talk, you can't have a personality... Talk, please talk," Maxine cries. Yet in the same breath she enforces silence: "Don't you dare tell anyone I've been bad to you" (210). Her frustration with the mute girl reflects her own anxiety: Maxine is afraid of losing her identity, of being erased or unhinged—as her two aunts have been respectively erased and unhinged—through silence. At the same time, she cannot help linking utterance and coercion. Her protracted illness after the incident reflects her guilt and misgivings about verbal authority (and her psychosomatic attempt to evade the conflict). She views her aggressive act as "the worst thing I had yet done to another person" (210).

Not only sexist but racist repression can gag a person. Asked condescendingly by the mayor's wife to work as her maid, Sofia, the outspoken wife of Celie's stepson, answers: "Hell no" (86). The mayor then slaps Sofia, who counters his blow by knocking him down. She is consequently jailed and tortured. Celie relates, "They crack her skull, they crack her ribs. They tear her nose loose on one side. They blind her in one eye. She swole from head to foot. Her tongue the size of my arm, it stick out tween her teef like a piece of rubber. *She can't talk*" (87; my emphasis). The black woman who dares to return insult and exchange blows is imprisoned, brutalized, and muted. The impudent tongue is bludgeoned—to seal her mouth.

Discrimination also thickens the silence in Maxine's family, whose predisposition to secrecy is reinforced by anti-Asian immigration policies (Kim 200). Maxine writes, "There were secrets never to be said... immigration secrets whose telling could get us sent back to China." Even though she and her siblings are hardly privy to these secrets, they are cautioned against confiding in outsiders. "Don't tell," the parents repeatedly admonish (213-214); Maxine comments, "[W]e couldn't tell if we wanted to because we didn't know" (213). The adults worry so much about deportation that they bid their off-spring to withhold information withheld.

Silenced at home, Maxine also fails to raise her voice at work. Her boss at an art-supply store takes pride in having coined the phrase "nigger yellow" to describe a paint color. When she tries to gainsay him, she cannot make herself heard: "'I don't like that word,' I had to say in my bad, small-person's voice that makes no impact. The boss never deigned to answer" (57). She is also disregarded by an employer at a land developers' association, who chooses to host a company banquet in a restaurant picketed by CORE and the NAACP. Maxine again makes a feeble protest: "'I refuse to type these invitations,' I whispered, voice unreliable" (57-58). The minority protester is shown the door; her "small-person's voice," already "unreliable," is sent out of earshot and becomes wholly inaudible.

Notwithstanding Celie's quiet resignation and Maxine's impotent rage, the mayor's wife, the mayor, the police, and the bigoted bosses are all caught red-handed in the texts. The unspoken or unheard testimonies become powerful indictments on the page, and it is through the written word that Celie and Maxine give voice to their grievances and eventually find redress. At the beginning, however, composition is less a retaliatory tactic than an act of survival.

Constantly flustered, Celie and Maxine resort to writing as a way to escape mental contortions and assuage loneliness and pain. The more they are ordered to keep quiet, the more irrepressible their urge to cry out, if only on paper. Raped and impregnated by Alphonso, Celie writes to God, "Maybe you can give me a sign letting me know what is happening to me" (11). Nettie, much later, recalls, "I remember one time you said your life made you feel so ashamed you couldn't even talk about it to God, you had to write it, bad as you thought your writing was" (122). Without the unburdening that comes with expression, the traumatic experience Celie has undergone would drive her mad. She survives by unspoken prayer: she writes to God to share the burden of knowing that her father got her with child twice and sold her babies, that her husband chose her the way he chose her dowry cow, and that her stepson split her head open with a rock. She survives by thinking, "long as I can *spell* G-o-d I got somebody along" (26; emphasis added). The word *spell* nicely connotes the almost magical healing effect of words. Nettie experiences this effect as well. She tells Celie, "[W]hen I don't write to you I feel as bad as I do when I don't pray, locked up in myself and choking on my own heart. I am *so lonely*..." (122).

An older and wiser Celie, who has freed herself from domestic violence and the shame of incest, again expresses her unspeakable sorrow in writing. Shug, her friend and lover, has become infatuated with a boy of nineteen and, "dying to tell somebody," describes him at length to Celie, her usual confidante. Celie remains tight-lipped throughout this ordeal. "I pray to die," she writes, "just so I don't never have to speak." She finally scribbles Shug a note: "It said, Shut up" (220). This poignant exchange harks back to the period when Celie was too dumbfounded to talk to anyone and when writing was her last resort. Her note, to be sure, is also a clever way to go from mute acceptance to verbal command (as exemplified by her stepfather). But far from exerting despotic authority, the message conveys the heartbreak of one too distraught to speak.

Like Celie, Maxine must write her way out of tangles. As a daughter of Chinese immigrants, she is tossed between their antifemale prejudice and her personal ambition, between their Chinese past and her American present: "Those of us in the first American generations have had to figure out how the invisible world the emigrants built around our childhoods fit in solid, America." The emigrants confuse their offspring, who are "always trying to *get things straight*, always trying to *name the unspeakable*" (6; my emphasis). The greater the confusion, the stronger the need to name, and thereby to understand. Maxine tries to achieve some order in her life by writing down and sorting out her parents' jumble of totems and taboos. Even after she has left home, when life has become less of a muddle for her, she has to keep speaking her mind to soothe her "throat pain" (239).

Celie and Maxine feel the spell of verbal power at an early age, but it takes time for them to learn to fight and create with words. In the process, they use words to describe wordlessness; writing is not the chosen but the desperate alternative to speech.

II

The difficulty of speaking is compounded for Celie by prohibition and for Maxine by a second language. Alphonso has used just about every means to silence Celie, short of cutting out her tongue: intimidation, deprivation, and false accusation. At her cry during his first rape he snaps, "You better shut up and git used to it" (11). He ensures Celie's submission by depriving her of schooling: "You too dumb to keep going to school, Pa say" (19). Though the adjective accurately describes her reticence at the time, Celie is not "dumb" mentally, as Nettie reassures her. Not content with his dual attempt to stifle Celie, Alphonso (in his need to keep his sexual assault a secret) makes sure that even the little she speaks will be doubted. He tells Albert, who is about to marry her, "She tell lies" (18). Prevented both from speaking and from being believed, Celie accepts domestic violence without a whimper throughout the early part of her life. Told repeatedly that she is ugly and stupid, she hardly knows better. With little education or encouragement, she can express herself only haltingly.

Maxine's voice also falters initially. Just as Celie is judged "dumb" by her stepfather, so Maxine (who has to learn English among native speakers) is considered retarded by her American school teachers. Unable to express herself in class, in speech or on paper, she "flunked kindergarten and in the first grade had no IQ—a zero IQ" (212). She relates in haunting detail the curse that hangs over her:

> My silence was thickest—total—during the three years that I covered my school paintings with black paint. I painted layers of black over houses and flowers and suns, and when I drew on the blackboard, I put a layer of chalk on top. I was making a stage curtain, and it was the moment before the curtain parted or rose.... I spread [the pictures] out (so black and full of possibilities) and pretended the curtains were swinging open, flying up, one after another, sunlight underneath, mighty operas. (192)

Unlike Celie, young Maxine is acutely aware of the discrepancy between her external silence and her inner possibility. She does not simply paint layers of black; she paints them "over houses and flowers and suns." To call the layer of chalk "a stage curtain" implies that it will one day rise. But only Maxine herself knows what is behind the curtain. The poignancy of the passage lies not so much in the fact of silence as in the tension between layers of black and the concealed sunlight, between the thick curtain and the resounding operas. The sense of imagination being buried alive—shrouded in black—is suffocating.

To facilitate the painful process of breaking silence, Celie and Maxine commune with imaginary beings—Celie with God, Maxine with a legendary warrior. Yet these heuristic figures also manifest the very masculine attributes that have restricted the protagonists' self-expression. The problem with God is that he never answers Celie's letters. Worse still, trust in him leads her to accept the status quo: "This life soon be over," she reassures herself. "Heaven lasts all ways" (47). Worst of all, she identifies him with the oppressive father, as suggested by her response when her mother demands to know what happened to Celie's newborn baby (Alphonso's child): "I say God took it. He took it. He took it while I was sleeping. Kilt it out there in the woods" (12). In context "He" refers to Alphonso, but grammatically the pronoun refers to its antecedent—God. Male. In Celie's subconscious mind the almighty God merges with the all-powerful earthly father. Shug later argues that the traditional divine image does indeed epitomize male dominance:

"Man corrupt everything... He on your box of grits, in your head, and all over the radio. He try to make you think he everywhere. Soon as you think he everywhere, you think he God" (179). For Celie, who has been tyrannized by one man after another, God is a wrathful being: "He threaten lightening, floods and earthquakes" (179). Though writing to God is her only emotional outlet at the beginning, she writes with restraint. When she turns from a divine to a human audience—from God to Nettie—her letters become longer, more exuberant, and more dramatic.

Maxine has, right from the start, a much more congenial tutelary genius—Fa Mu Lan, the legendary woman warrior. For someone besieged by silence, self-expression is a heroic act, an offensive with verbal artillery. In her fantasy Maxine merges with the warrior, who must train rigorously and endure harsh discipline before wielding a sword in battle. In her real life Maxine has to take speech therapy and work through "layers of black" before she can control the voice and the pen that are her weapons. Her apprenticeship as a writer is strenuous, her achievement remarkable. (Her status progresses from retarded pupil to "straight A" student and finally to writer.)

While the warrior legend opens Maxine to an unconventional way of asserting herself—both fighting and writing being traditionally male preoccupations—it still sanctions patriarchal values. As with the female writer who must assume a male pseudonym to be taken seriously, the woman warrior can exercise her power only when she is disguised as a man; regaining her true identity she must once more be subservient, kowtowing to her parents-in-law and resuming her *son* — bearing function. "Now my public duties are finished," she says to them. "I will stay with you, doing farmwork and housework, and giving you more sons" (53—54). Her military distinction itself attests to the sovereignty of patriarchal mores, which prize the ability to be ruthless and violent—to fight like a man. Trying to conform to both the feminine and the masculine ideals of her society, Maxine as warrior is caught in a double bind.

It is disturbing, though understandable, that the figures to whom Celie and Maxine first turn for help and inspiration hark back to those who subjugate them in real life. Celie's God, like Alphonso and Albert, demands submission and threatens punishment. Maxine's heroine desires only male progeny and distinguishes herself by excelling in manly exploits. Internalizing the communal denigration of women, the protagonists begin by assuming that only "manthropomorphic" beings can offer guidance, inspiration, and salvation.

III

But both Celie and Maxine overcome their initial dependence on imaginary beings. They come to command full articulation and attain positive identities as women through the influence of actual female figures: for Maxine these are the no-name aunt and Brave Orchid (Maxine's mother); for Celie they are Sofia, Shug, and Nettie. Subdued as women, Maxine and Celie gather strength through a female network.

Maxine speculates about the aunt she is forbidden to mention and attempts to conjure the circumstances that could have resulted in an affair. In one imaginary version the aunt is not a rape victim but a seducer. As a rebel—a breaker of conventions— she is Maxine's "forerunner" (9). Maxine writes, "Unless I see her life branching into mine, she gives me no ancestral help" (10). The aunt is punished for producing an illegitimate child, for having "crossed boundaries not delineated by space" (8). In "naming the unspeakable"—presenting the prodigal aunt in the first chapter—Maxine at once sanctions the no-name woman's nonconformity and announces her own ambition. By inventing a seditious story, she too engages in forbidden creativity.

Maxine's mother, Brave Orchid, who at first seems an accomplice in enforcing female silence, is yet a "champion talker" (237). (Her behavior is consistently contradictory.) She enjoins Maxine not to mention the no-name aunt: "Your father does not want to hear her name" (18). Yet she herself disobeys the husband by telling her daughter the story. She predicts that Maxine will grow up to join the company of wives and slaves, yet she teaches her the song of the woman warrior, Fa Mu Lan, who excels in an arena traditionally closed to women.[8] Brave Orchid herself had defied tradition by working independently as a doctor in China—an unusual career for Chinese women at the time.

As a child, Maxine resents her mother's conflation of fact and fancy, insufficiently aware how the eloquent and valiant Brave Orchid is inspiring her; as a writer, she herself resorts to this conflation as a narrative technique. She puts Chinese notions in American idioms, but she derives both the raw material and the strategy for her art from the matrilineal tradition of oral storytelling: "I saw that I too had been in the presence of great power, my mother talking story" (24).

Celie does not encounter any extraordinary women until well into her adulthood. Her first glimpse of a female existence beyond that of battered wife or slave is through Sofia, the big and out-spoken wife of her stepson Harpo. Celie puts her hopes in an afterlife, but Sofia sees things differently: "You ought to bash Mr._____ head open.... Think about heaven later" (47). So thoroughly has Celie internalized the tenets of female subordination and so envious is she of Sofia's strength against Harpo, however, that she counsels her stepson to beat his wife into compliance. Confronted by Sofia, Celie confesses her jealousy. Disarmed by the confession, Sofia tells Celie: "All my life I had to fight." "I loves Harpo," she continues, "But I'll kill him dead before I let him beat me" (46). Sofia is a black woman warrior; her aggression is her means to prevent others from subjugating her. Her defiance in the face of brutal treatment provides Celie a model of resistance against sexual and racial oppression.

Celie's transformation is furthered by Shug Avery, a sexy and snappy blues singer. Just as Maxine speaks up for her adulterous aunt, so Celie defends Shug, another allegedly "loose" woman. Maxine rebels against her mother's moral (that a woman must subordinate herself to her society, must conform to its patriarchal codes); Celie questions the values of her conservative community. The local preacher casts aspersions on Shug: "He talk bout a strumpet in short skirts ... slut, hussy, heifer and street cleaner" (48-49). In retelling the episode, Celie alters the moral perspective: "Street cleaner.

Somebody got to stand up for Shug, I think" (49). She does not relay the moral—that God scourges the wicked—but presents the preacher' sermon as an unfair accusation.

Like Maxine, Celie gains strength from the woman she tries to vindicate. She learns a new language from her female idol. Shug, singer of sweet songs, also has a "mouth just pack with claws" (53): her vocal organ has built-in weapons. Celie relates how, when Albert tries to make advances to Shug, she snaps at him: "Turn loose my goddam hand ... I don't need no weak little boy ..." (51). Noting and recording Shug's brazen tongue, Celie eventually appropriates it; she will one day call her abusive husband "a lowdown dog" to his face (170).

But it is Nettie who, by disclosing the arbitrariness of social conventions and the bias of certain orthodox religious teaching, finally confirms what Celie has learned from Sofia and Shug. Describing the life of the Olinka peoples, Nettie writes to Celie that these peoples have a different version of the Adamic myth, that to them Adam was not the first man but the "first man that was white" (i.e., "naked" in the Olinka dialect), that Adam and Eve were driven out not by God but by blacks (239-40). The Olinka myth inverts the racial hegemony in America in the same way that the Chinese myth of the woman warrior partially subverts sexual hierarchy. To be sure, Nettie herself is an "object of pity and contempt" to the Olinka, whose women are "looked after" by men (149). But Nettie's account of another world with a different set of rules, along with her singular example, makes Celie all the more convinced that, like Sofia and Shug, she must hold her own: "our own self is what us have to hand" (238).

Writing about Sofia, Shug, and Nettie allows Celie to relive and rehearse their speech or action, thereby composing a new self. They are to her what Fa Mu Lan, Brave Orchid, and the no-name aunt are to Maxine: feminist models daring to assert autonomy, challenge patriarchy, and shed feminine decorum. These women (notably Shug and Brave Orchid) also teach Celie and Maxine how to speak and write. By stressing the formative influence of these figures, Walker and Kingston insist on giving women their due; their protagonists draw literary strengths less from the books of men than from the tongues of women.⁹ (Nettie, who does adhere to conventional diction, is the exception that proves the rule; her prose pales beside Celie's.)

IV

Inspirited by female figures, Celie and Maxine transform themselves from victims to victors by throwing angry words back at their voluble oppressors. But just as their earlier dependence on masculine idols kept them in thrall, their appropriation of patriarchal rhetoric and codes of behavior could bind rather than liberate them. The two women go beyond the violent behavior and abusive language of the tyrant to become truly themselves; their murderous impulses give way to artistic acts.

Bid to be quiet, Celie yet bears the brunt of brutish remarks. Both stepfather and husband shower indignities on her. Alphonso tells her that she is "evil an always up to no good" (13). Albert taunts, "You ugly. You skinny. You shape funny. You too scared to open your mouth to people. ... You black, you pore ... you a woman. Goddam... you nothing at all" (186-87). While in the past she would have absorbed such invectives, a transformed Celie now retorts, "I'm pore, I'm black, I may be ugly.... But I'm here" (187). She affirms her existence against her husband's alleged "nothing" by deflecting the man's abuse, turning his vicious words into a curse against him:

Whoever heard of such a thing, say Mr. _____ . I probably didn't whup your ass enough.

Every lick you hit me you will suffer twice...

Shit, he say. I should have lock you up. Just let you out to work.

The jail you plan for me is the one in which you will rot, I say. (187)

Earlier she had turned a preacher's sermon into an accusation. Now her husband's scathing words lend ammunition to her curse. Her curse is, moreover, so potent that Mr. _____ soon wilts in his own house. Celie herself now has a "mouth just pack with claws": speech and act are one.¹⁰

Celie speaks with a vengeance. She says to Albert, "You better stop talking because all I'm telling you ain't coming just from me. Look like when I open my mouth the air rush in and shape words" (187). The tables are turned: the woman now tells the man to pipe down. The sense of release is palpable in this secular parody of "speaking with tongues". Openly enjoying the freedom of back talk for the first time, Celie expresses herself with so much gusto that she feels inspired by forces outside herself. Her words, long dammed up by her domineering husband, now flow in torrents.

Maxine also grows up amidst sexist gibes. She is told repeatedly by her parents and relatives: "There's no profit in raising girls. Better to raise geese than girls" (54). When her mother yells, "Bad girl!" (54), Maxine screams back, "I am not a bad girl," adding, "I might as well have said, 'I'm not a girl' "(55). Yet her protests fall on deaf ears, for her parents' culture disapproves of free speech, especially in women: "The Chinese say 'a ready tongue is an evil'" (190). Worse still, the Chinese language itself propagates sexism: "There is a Chinese word for the female *I*—which is 'slave.' Break the women with their own tongues!" (56).

Yet from this very language Maxine finds the means to articulate and redress her grievances. She discovers that the Chinese idiom for revenge literally means to "report a crime" (63); to report—witness and record—the injustices done to her as a Chinese American woman eventually becomes her way of fighting back, of being a warrior. In her imaginary battle with the wicked baron—a war between the sexes—Maxine parries words with words:

"... Who are you?" [the baron asked.]

"I am a female avenger."

> Then—heaven help him—he tried to be charming, to appeal to me man to man. "Oh, come now. Everyone takes the girls when he can. The families are glad to be rid of them. 'Girls are maggots in the rice.' It is more profitable to raise geese than daughters.'" He quoted to me the sayings I hated....
>
> "You've done this," I said, and ripped off my shirt to show him my back... . I slashed him across the face and on the second stroke cut off his head. (51—52)

The warrior's back carries a text of scars, listing grievances that counter the baron's sexist language. The battle is as much a verbal match as a physical one.

Celie and Maxine speak and act aggressively to overcome domination and inhibition, but they also learn to channel anger into creativity. On discovering that Albert has for years intercepted Nettie's letters, Celie feels a compulsive urge to slit his throat—with his razor. Shug talks her into sewing instead, into holding a "needle and not a razor" (137). The violent behavior that Celie had thought necessary to get even with Albert gives way to artisanship. Sublimating righteous rage with a creative act, she develops a talent for designing unisex pants. Offering comfort to men and women alike, they emancipate the wearers from their gender-specific roles. By the end the blade has fully ceded to the needle—Celie is teaching a reformed Albert how to sew.

In Maxine's fantasy the blade the parents use to carve words on the warrior's back is both injurious and empowering. Here Kingston adroitly melds two Chinese legends, grafting the story of Yue Fei, a male general in the Sung Dynasty, onto that of Fa Mu Lan. In the Chinese sources, it is the male warrior whose back is tattooed: before he left for battle his mother carved a motto on his back, enjoining him to be loyal to his country—China. If by transferring this ordeal to the woman warrior Kingston is literalizing the painful truth of woman as text, as Gubar believes (251), she is also subversively claiming her right to recycle myths and transpose gender, her right to authorship. In reshaping her ancestral past to fit her American present, moreover, Kingston is asserting an identity that is neither Chinese nor white American, but distinctively Chinese American.[12] Above all, her departures from the Chinese legends shift the focus from physical prowess to verbal injuries and textual power. In the Yue Fei legend, only four ideographs are carved; other than being a patriotic reminder, they have no efficacy. In Maxine's fantasy, the words, arranged "in red and black files, like an army," fortify the warrior (42).

Yet for all we know, this dorsal script mirrors the sexist remarks Maxine puts into the wicked baron's mouth; those remarks echo the demeaning sayings Maxine has grown up with—etched into her consciousness by her parents. The mementos of grievances are on her back because the Chinese American warrior is fighting against hurt she cannot see—prejudices against girls that her parents brought from old China, prejudices that make her American "straight Xs" life "such a disappointment" (54). She writes, "When one of my parents ... said, 'feeding girls is like feeding cowbirds,' I would thrash on the floor and scream so hard I couldn't talk" (54). By transferring the insults that used to leave her speechless into the enemy's mouth and by beheading the imaginary speaker, Maxine not only excises the lump in her throat but also forgives the parents who have afflicted her girlhood.

She goes beyond forgiveness to acknowledge the source of pain as the source of strength: the parents who disparaged her have also encouraged her. Yet it takes the magnanimous vision of the daughter—her identification with the warrior—to transform the aching words into amulets, scars into escutcheon, and humiliation into heroism:

> The swordswoman and I are not so dissimilar... What we have in common are the words at our backs.... The reporting is the vengeance—not the beheading, not the gutting, but the words. And I have so many words— "chink" words and "gook" words too—that they do not fit on my skin. (62-63)

Maxine has nevertheless redefined heroism. Unlike the mythical Fa Mu Lan, Maxine as warrior avenges herself less by brandishing a sword than by spinning words. Instead of excelling in martial arts, Maxine has learned the art of storytelling from the mother who "funneled China" into her ears (89). Brave Orchid's endless tales, which could well have clogged the memory of young Maxine, have actually nourished her imagination. From this mother tongue—her Chinese heritage—she now invents tales that sustain and affirm her Chinese American identity.

Breaking the hold of a dominant tradition is a step toward self-deliverance for artists. Judged by strict academic criteria, Celie's prose is illiterate and both hers and Maxine's smack of deviance. Kingston and Walker, however, transform liability into asset. Maxine's firs tongue, which has impeded her communication in English, now invigorates her adopted language with new idioms, fresh metaphors, and novel images. The Chinese ideographs for revenge ("report a crime") are writ large in this self-indicating autobiography, where Maxine not only breaks her own silence but gives voice to the other wronged women in her family—the ravished aunt, the jilted aunt, and even Brave Orchid (a renowned Chinese doctor who must resign herself to being a nameless American laundress). Maxine writes in an English that is inalienably and powerfully her own because it springs from a bicultural stream: "'chink' words and 'gook' words too." Even as she parrots the slurs others have directed at her—revealing the sting of racism by understatement—she exults in her intertextual self, in her felicity (and facility) as a minority writer.

Celie, though less sophisticated than Maxine, also makes "defect perfection." Unable to produce "proper" English, she writes colloquially, yet her Black English is what enables her to assert her self-hood forcefully: "it is uneducated but personal, difficult but precise" (Fifer 158). Along with her other breaches of norms—wearing trousers, leaving her husband, taking a female lover—it frees her from the demands and strictures of dominant mores. The liberated Celie not only feels fine about her dialect but even resists her sewing companion's attempt to teach her to "talk proper," thinking to herself: "Look like to me only a fool would want you to talk in a way that feel peculiar to your mind" (194). Putting words down the way they sound and feel, Celie allows her self to shine through the pages and endows her prose with a disarming grace.

Her seemingly artless idiom certainly outshines Nettie's stilted diction. Where Celie learns from Shug—someone from her own language community—Nettie is taught by her guardians, missionaries who have been socialized into the dominant culture. In Nettie's increasingly long-winded letters, noticeably more bland than Celie's, we are hearing what issues from the tongue of Nettie's mentors. Walker seems to imply that Celie's vernacular idiom, because it is hers alone, is all the more "'proper."

Both Maxine and Celie have made a virtue out of necessity. Unable to speak at first, they have turned to writing for relief. Because their prose serves as a "mouthpiece"—taking cues from their mother tongues—it dissolves the boundary separating the spoken from the written word and percolates with a vigor often absent in formal writing. We can hear, not just read, Maxine's *talkstories*, which reverberate with the lore and rhythm of the Cantonese oral tradition. Similarly, Celie's telltale dialect talks us into her consciousness, spelling a personality. [13]

V

As they gain confidence in their female identities, Celie and Maxine find new voices and new models, supplanting martial with poetic ideals and switching allegiance from an imposing authority to a friendly muse. No longer blinkered by gender oppositions, they perceive differences among both sexes. Conventional dichotomies are dismissed in favor of personal variations.

Celie, gratified by her newfound rhetorical talent and her increasing mastery of language, evolves along with her writing—from a little girl baffled by what is happening to her to a self-aware and understanding woman, from a passive recorder of unstructured facts to a conscious artist. When she begins writing she merely jots down her immediate experience, noting the events around her with little introspection or analysis. Even in the face of outrage, such as Sofia's disfigurement by the police, she just swallows the unpalatable fact: "Scare me so bad I near bout drop my grip. But I don't … and I start to work on her" (87). Gradually, however, the facts she presents begin to generate questions and judgments. When she learns her shocking family history from Nettie, she begins to doubt the God who has hitherto made her accept everything silently. In her valedictory epistle to "Him," she writes:

> Dear God,
>
> … … … … … … .
>
> My daddy lynch. My mama crazy. All my little half-brothers and sisters no kin to me. My children not my sister and brother. Pa not pa.
>
> You must be sleep. (163)

Fed up with a god who does nothing to curb injustice, Celie replaces him with a winsome "It": the spirit that always tries to "please [people] back," smiling on all that people enjoy (178).

Neither male nor female, this spirit seems to relax the tension between the sexes and erase rigid gender categories. Celie learns to transcend her disgust with men and to love even Albert, the man she wanted so badly to kill and who now sews beside her. It is during her conversation with him that she explicitly challenges the putative notions of manliness and womanliness. The discussion begins when Albert tells Celie that he loves Shug because, like Sofia, she is more manly than most men:

> Mr._____ think all this is stuff men do. But Harpo not like this, I tell him. You not like this. What Shug got is womanly it seem like to me. Specially since she and Sofia the ones got it.
>
> Sofia and Shug not like men, he say, but they not like women either.
>
> You mean they not like you or me.
>
> They *hold they own*, he say. And it's *different*.
>
> (236; emphasis added)

Celie and Albert, sewing amicably together, are not engaged in a "feminine" (and therefore "unmanly") activity.[14] Although they envy Shug and Sofia's aggressiveness, they do not consider it unwomanly or specifically masculine—or intrinsically superior. Both sexes are allowed to craft their different lives, fashion their own destinies.

The dialogue also reveals Celie's increasing mental agility, incisiveness, and sophistication. Though quick to retort, Celie is learning that there is another side to the cutting edge of language. She has turned from writing to the God who is "big and old and tall and graybearded and white" (176) to writing Nettie, her devoted sister. Unlike her starkly descriptive letters to God registering her oppressors' voices, her letters to Nettie wax sweetly poetic. In one she writes: "Nettie, I am making some pants for you…. I plan to make them by hand. Every stitch I sew will be a kiss" (192). The intimate figure of speech threading together her three creative modes—writing, sewing, and loving—acquires freshness and distinctiveness by being so much a part of her self.

Celie's changing style reflects her growing self-awareness. Her letters progress from a simple recording to a sophisticated re-creation of dialogues and events, charged with suspense, humor, and irony (Fifer 10). She tells of her sorrow after Shug has deserted her:

> I talk to myself a lot, standing in front the mirror. Celie, I say, happiness was just a trick in your case. Just cause you never had any before Shug, you though it was time to have some, and that it was gon last. Even thought you had the trees with you. The whole earth. The stars. But look at you. When Shug left, happiness desert. (229)

Although the passage expresses the pains of a lost love, the contemplative tone, the ironical perspective, and the metaphorical language show us how far Celie has traveled as a writer and how much more in control she has become than when she first wrote to God for help. Her dialect, once broken, has assumed a lyrical cadence. The woman who was "too dumb" to learn now creates poetry.

Similarly, Maxine evolves from a quiet listener to a talker of stories. Having transformed the military warrior into a verbal fighter, she recognizes that she herself is a powerful spinner of yarns and not just a receptacle for her mother's tales. Although many chapters of her autobiography are in a sense collaborations between mother and daughter, the daughter becomes increasingly aware of her own contribution, especially in the last section of the book: "Here is a story my mother told me, not when I was young, but recently, when I told her I also talk story. The beginning is hers, the ending, mine" (240). It is toward the end of this story that the tone noticeably softens. Unlike Brave Orchid, the mother who would "funnel", "pry", "cram", "jam-pack" the daughter with unabated torrents of words, and unlike young Maxine, who has "splinters in [her] voice, bones jagged against one another" (196), adult Maxine modulates her notes to the music of her second tongue, in the manner of Ts'ai Yen, the heroine of her final tale.

Kingston reinterprets the legend of Ts'ai Yen—a poet amid

barbarians—and, as she has done with the stories about the no-name aunt and the woman warrior, subverts its original moral. The Chinese version highlights the poet's eventual return to her own people, a return that reinforces certain traditional and ethnocentric Chinese notions: "the superiority of Chinese civilization over the cultures beyond her borders, the irreconcilability of the different ways of life … and, above all, the Confucian concept of loyalty to one's ancestral family and state" (Rorex and Fong). Kingston's version, by contrast, dramatizes interethnic harmony through the integration of disparate art forms.

Ts'ai Yen, Maxine's last tutelary genius, resembles but transcends the various other influential female figures in her life. Like Fa Mu Lan, Ts'ai Yen has fought in battle, but as a captive soldier. She engages in another art hitherto dominated by men— writing—yet she does not disguise her sex, thus implicitly denying that authorship is a male prerogative. Like the no-name aunt, Ts'ai Yen is ravished and impregnated; both give birth on sand. But instead of being nameless and ostracized, Ts'ai Yen achieves immortal fame by singing about her exile. Like Brave Orchid, she talks in Chinese to her uncomprehending children, who speak a barbarian tongue, but she learns to appreciate the barbarian music. The refrain of this finale is reconciliation— between parents and children, between men and women, and between different cultures.

It is by analogy to Maxine—alienated alike from the Chinese world of her parents and the world of white Americans— that Ts'ai Yen's full significance emerges. The barbarians attach primitive pipes to their arrows, which thereby whistle in flight. Ts'ai Yen has thought that this terrifying noise is her nomadic captors' only music, until she hears, issuing night after night from those very flutes, "music tremble and rise like desert wind" (242):

She hid in her tent but could not sleep through the sound. Then, out of Ts'ai Yen's tent, which was apart from the others, the barbarians heard a woman's voice singing, as if to her babies, a song so high and clear, it matched the flutes. Ts'ai Yen sang about China and her family there. Her words seemed to be Chinese, but the barbarians understood their sadness and anger.... She brought her songs back from the savage lands, and one of the three that has been passed down to us is "Eighteen Stanzas for a Barbarian Reed Pipe", a song that Chinese sing to their own instruments. It translated well. (243)

Recalling young Maxine's ambivalence toward language (because it is frequently associated with dominance), an ambivalence that is in a sense reinforced by the lethal text on the warrior's back, we can appreciate all the more the poet's alternative mode of expression. The American language, Maxine discovers, can send forth not just terrifying "death sounds" —threats, insults, slurs—but stirring tunes. Caught in a cross-cultural web of Eastern and Western chauvinism, Maxine too conveys sadness and anger through high-sounding words. She does not (and does not want to) return to China, but she reconnects with her ancestral culture through writing. Instead of struggling against her Asian past and her American present, she now seeks to emulate the poet who sings to foreign music. Not only have her Chinese materials and imaginings "translated well", in the course of such creative translation she has achieved an inner resolution. As the lyrical ending intimates, Maxine has worked the discords of her life into a song.

That the injunction to silence should provoke expression is not so paradoxical as it might seem, for the relief sought by those frustrated by silence—forbidden or unable to speak—can only come through articulation. Urgent and passionate, the testimonies of Celie and Maxine are in one sense a cathartic release. Their voices, moreover, have carried them further than they had expected: from surviving to protesting to recognizing themselves as special storytellers. Despite the excruciating process of change both women have endured, each text conveys a sense of triumph that is due, I believe, less to the happy ending itself than to the way the final stage is negotiated, to the means by which a voice truly one's own is fostered.

To monitor the uplifting effect in these texts—texts that revolve so much around alienation and isolation—we must return to the connections between characters and authors. Walker and Kingston have allowed their protagonists to break through constraints to create opportunities. Although Celie and Maxine have suffered in their communities, they also tap communal resources: too human to be "nothing" in a white society, they turn to their ancestral cultures to emulate heroines of their own hue and to reclaim beliefs that subvert the existing hierarchy; hampered by dialects, they transform putative defects into stylistic effects. The credits for the transformation go ultimately to the authors. Anticipating Mary Dearborn's insight that "American selfhood is based on a seemingly paradoxical sense of shared difference" (3), Walker and Kingston take in the differences of being female and colored to invent self-expressive styles that bestride literary and oral traditions and project ethnic and national heritages. As they write about the voicelessness endemic to minority women, they pay tribute to the female bearers of cultures. As they venture beyond linguistic norms, they perpetuate and revitalize the polyglot strains peculiar to America.

To emphasize these achievements is not to suggest that we forget Celie's and Maxine's nightmares, accept their afflictions, or discount their losses. Their ultimate success only reminds us of the many who, despite struggle, cannot achieve personal victories. I have called attention to the triumphant overtones to underscore the protagonists' resilience and the authors' determination. These writers dare to be themselves—to listen to their own pains, to report the ravages, and, finally, to persist in finding strengths from sources that have caused inestimable anguish. Their way out of enforced silence is not by dissolving into the mainstream but by rendering their distinctive voices.[15]

University of California
Los Angeles

Notes

[1] Showalter refers to these stages as *Feminine*, *Feminist*, *and Female* (13). The final stage perceived by Walker and Kingston, however, seems closer to that advocated by Cixous (Conley 129)

Kristeva (33—34), which goes beyond the dichotomy of masculine and feminine.

² Sollors takes his cue from Handlin, who writes, "Once I though to write the history of American immigrants. Then I discovered that the immigrants *were* American history" (3). Sollors's theory, which he expounds further in *Beyond Ethnicity*, is endorsed by Dearborn (4).

³ Kramer, Johnson, Lewis, and Steinem are among the reviewers and journalists attacked; the attackers include Chan, Chin, Harris, and Reed (Chapple 17).

⁴ Walker admittedly "liberated" Celie (based on the author's great grandmother) from the character's own history (Anello and Abramson). Kingston disclaims that her writing is representative of China or of Chinese America (Islas 12). When asked whether she considered *The Woman Warrior* to be fiction or non-fiction, she answered that "it's closer to fiction" (Brownmiller 210). She may have contributed to the generic confusion in allowing Knopf to classify her book as autobiography, though autobiography itself is often an "art of self-invention" (Eakin).

⁵ Sollors points out rightly that minority literature "is often read and evaluated against an elusive concept of authenticity" (*Beyond* 11). While this concept has its value, it does not do justice to artists uninterested in objective representation. Kingston's book, in particular, reveals highly subjective truth, filtered at times through the lens of a girl both endowed and plagued with an unbridled imagination. The elusiveness of objective reality is an insistent motif. For instance, Maxine suspects that her fre-num had been cut to stunt her speech, but her mother insists that she performed the operation so that Maxine "would not be tongue-tied," so that her tongue "would be able to move in any language" (190). I do not know of any Chinese or Chinese American whose fre-num has been cut. Maxine either grows up in an untypical Chinese American family—if there is ever a typical one—or she has made up the incident. (She explicitly writes at one point that her stories are hardly factual but are "twisted into designs" [*Woman* 189].) In any case, the episode is remarkably effective in attributing verbal difficulty and facility to the same origins.

⁶ After being raped and silenced by Tereus, Philomela weaves her story "with *purple*/ On a white background" (Ovid 148; emphasis added).

Walker might have had this myth in mind in choosing her title and in telling the story of Louvinie (a slave woman in *Meridian* whose tongue was cut out). See also Rowe (53-58) for the connection between enforced silences and tale spinning in the Philomela story.

[7] Name is also crucial to personal identity in *The Color Purple*. Celie advises Squeak to insist on being called Mary Agnes, her real name, and Celie herself, though she appears completely submissive, subversively leaves out Albert's name in her letters, thereby suggesting that her husband has no personality; that he is personified machismo: "Mr. _____."

[8] Juhasz observes, "In telling her daughter stories of female heroism that directly contradict many of her other messages about the position of women, the mother shows her daughter another possibility for women that is not revealed in her equally strong desire for her daughter's conformity and thus safety in a patriarchal system" (180).

[9] It is popular among French theorists (e.g., Derrida, Cixous, and Kristeva) to associate speech (or the authoritative voice) with the masculine, and writing (or the play on textual difference) with the feminine. But where literacy has been traditionally a male or white privilege, it is women who have been the bearers of influential oral traditions. In *China Men* Kingston notes that even the stories about her male ancestors are told to her by female members of the family: "Many of the men's stories were ones I originally heard from women" (208). See also Rabine 487—492.

[10] Brienza explicitly compares Celie's curse to "speech acts"—words that do what they say.

[11] The word is, 奴 used by women in ancient times as a self-reference, thereby "breaking themselves with their own tongues." That word is now obsolete. For the Chinese usage of this word, see *Cihai* 2: 2510.

[12] Chin et al. argue that "Asian American sen-sibilities and cultures … might be related to but are distinct from Asia and white America" (viii).

[13] Walker said that "[w]riting *The Color Purple* was writing in [her] first language" (Steinem 90). But actually both Walker and Kingston interweave native idiom and standard English: Walker uses the two alternately through the letters of Celie and Nettie; Kingston combines the two by trans-

lating and transliterating Cantonese idioms into English.

[14] Hence I disagree with Stade, who accuses Walker of emasculating Albert and Harpo (who likes to cook) "by giving them the courage to be women, by releasing the woman already in them" (266). Quite the contrary, Albert and Harpo are now free to be their own men.

[15] Research for this essay was facilitated by an Academic Senate grant and a grant from the Institute of American Cultures and the Asian American Studies Center, University of California, Los Angeles. I want to thank Kenneth Lincoln for his incisive reading of an earlier version of the article; Martha Banta, Rosalind Melis, and Jeff Spielberg for their thoughtful suggestions; and Gerard Mare for his bountiful encouragement and criticism.

Works Cited

[1] Adrienne Rich. On Lies, Secrets, and Silence: Selected Prose 1968 — 1978[G]. New York: Norton, 1979.

[2] Alice Walker. The Color Purple[M]. New York: Washington Square, 1983.

[3] Arturo Islas. Interview with Maxine Hong Kingston [G]. Women Writers of the West Coast Speaking of Their Lives and Careers. Ed. Marilyn Yalom. Santa Barbara: Capra, 1983:11—19.

[4] Carolyn G Heilbrun. Reinventing Womanhood [M]. New York: Norton, 1979.

[5] Catherine Rainwater and J. Scheick William. Contemporary American Women Writers: Narrative Strategies [M]. Lexington: University Press of Kentucky, 1985.

[6] Cihai: The Encyclopaedic Chinese Dictionary vols 3[Z]. Shanghai: [Ci Shu]; Hong Kong: Joint, 1979.

[7] Diane Johnson. Ghosts. Rev. of The Woman Warrior by Maxine Hong Kingston[J]. New York Review of Books, 1977, 3(2):19.

[8] Elaine H Kim. Asian American Literature: An Introduction to the Writings and Their Social Context [M]. Philadelphia: Temple University Press, 1982.

[9] Elaine Showalter. A Literature of Their Own: British Women Novelists from Bronte to Lessing [M]. Princeton: Princeton University Press, 1977.

[10] Elizabeth Fifer. Alice Walker: The Dialect and Letters of The Color Purple [M]. Rainwater and Scheick, 155-165.

[11] Frank Chin. The Most Popular Book in China [J]. Quilt, 1970, 4:6-12.

[12] Frank Chin, et al. Aiiieeeee! An Anthology of Asian-American Writers[G]. Washington: Howard University Press, 1983.

[13] George Stade. Womanist Fiction and Male Characters [J]. Partisan Review,1985,52: 264-270.

[14] Gloria Steinem. She Knows You: A Profile of Alice Walker [J]. Ms.,1982,6: 35.

[15] Jane Kramer. On Being Chinese in China and America. Rev. of *The Woman Warrior*, by Maxine Hong Kingston [J]. New York Times Book Review,1976,11 (7): 1.

[16] Jeffery Paul Chan. Letters: The Mysterious West [J]. New York Review of Books, 1977,4:41.

[17] Joanna Russ. How to Suppress Women's Writing [M]. Austin: U of Texas P,1983.

[18] Julia Kristeva. Women's Time [J]. Trans. Alice Jardine and Harry Blake. Signs: Journal of Women in Culture and Society,1981,7:13-35.

[19] Karen E Rowe. To Spin a Yarn: The Female Voice in Folklore and Fairy Tale [G]// Fairy Tales and Society: Illusion, Allusion, and Paradigm [G]. Ed. Ruth B. Bottigheimer. Philadelphia: U of Pennsylvania P,1986: 57-74.

[20] Leslie W Rabine. No Lost Paradise: Social Gender and Symbolic Gender in the Writings of Maxine Hong Kingston [J]. Signs: Journal of Women in Culture and Society,1987,12: 471-492.

[21] Mary V Dearborn. Pocahontas's Daughters: Gender and Ethnicity in American Culture [M]. New York: Oxford UP,1986.

[22] Maxine Hong Kingston. China Men [M]. New York: Ballantine,1981.

[23] Oscar Handlin. The Uprooted: The Epic Story of the Great Migrations That Made the American People [M]. Boston: Little,1951.

[24] Ovid. Metamorphoses [M]. Trans. Rolfe Humphries. 1955. Bloomington: Indiana University Press ,1974.

[25] Paula Gunn Allen. The Sacred Hoop: Recovering the Feminine in American Indian Tradition [M]. Boston: Beacon,1986.

[26] Paul John Eakin. Fictions in Autobiography: Studies in the Art of Self-Invention [M]. Princeton: Princeton University Press,1985.

[27] Ray Anello and Abramson Pamela. Characters in Search of a Book [J]. Newsweek, 1982,6: 67.

[28] Reed Way Dasenbrock. Intelligibility and Meaningfulness in Multicultural Literature in English [J]. PMLA,1987,102:10-19.

[29] Richard Gregory Lewis. Depicting Struggle, Survival Is the Task for Alice Walker. Rev. of *The Color Purple*, by Alice Walker [J]. National Leader,1982,7(10):19.

[30] Robert A Rorex and Fong Wen. Introduction. Eighteen Songs of a Nomad Flute: The Story of Lady Wen-Chi [M]. New York: Metropolitan Museum of Art,1974.

[31] Sandra M Gilbert and Gubar Susan. The Madwoman in the Attic: The Woman Writer

and the Nineteenth-Century Literary Imagination[M]. New Haven: Yale UP,1979.

[32]Steve Chapple. Writing and Fighting: Ishmael Reed [J]. Image,1987,6(14):17+.

[33]Susan Brienza. Telling Old Stories New Ways: Narrative Strategies in the Novels of Contemporary American Women [M]. Creating Women. Los Angeles: University of California,1986.

[34]Susan Brownmiller. Susan Brownmiller Talks with Maxine Hong Kingston,Author of *The Woman Warrior* [J]. Mademoiselle,1977,3:148.

[35]Susan Griffin. Pornography and Silence: Culture's Revenge against Nature [M]. New York: Colophon-Harper,1981.

[36]Susan Gubar. "The Blank Page" and the Issues of Female Creativity [J]. Creative Inquiry,1981,8: 243-263.

[37]Susan Sontag. Styles of Radical Will [M]. New York: Farrar,1966.

[38]Suzanne Juhasz. Maxine Hong Kingston: Narrative Technique and Female Identity [M]. Rainwater and Scheick: 173-189.

[39]Tillie Olsen. Silences[M]. New York: Dell,1972.

[40]Trudier Harris. On The Color Purple, Stereotypes, and Silence [J]. Black American Literature Forum,1984,18(4): 155-161.

[41]Verena Andermatt Conley. An Exchange with Helene Cixous [M]// Helene Cixous: Writing the Feminine. Lincoln: University of Nebraska Press,1984: 129-161.

[42]Werner Sollors. Beyond Ethnicity: Consent and Descent in American Culture [M]. New York: Oxford University Press,1986.

Reprinted by permission of the Modern Language Association of America from "Don't Tell: Imposed Silences in *The Color Purple* and *The Woman Warrior*,"PMLA", Vol. 103,No. 2 (Mar.,1988),162-174

对性别、种族、文化对立的消解
——从解构的视角看汤亭亭的《女勇士》

蒲若茜[①]

（暨南大学外国语学院）

摘要：本文从解构的视角，立足于性别、种族、文化三方面去读解、阐释汤亭亭的《女勇士》，从而发掘汤亭亭作为美籍华裔女作家对自己的性别、种族和文化所做的思考和质疑。汤亭亭并非一个单纯的"解构者"：她在消解性别、种族、文化对立之后并不是无所作为，而是重建了对立概念间的互动和融合并重新评价了这些互动和融合对于人类的伟大意义。

关键词：汤亭亭；性别；种族；文化；二元对立；消解

随着20世纪60年代晚期亚裔美国人运动的崛起，近30年中亚裔美国文学在美国文学中获得了自己的席位，并逐渐以引人瞩目的活力闪耀于美国文坛。在亚裔文学中，华裔文学遥遥领先，"它在美国当代文坛的影响大大超过了本土的印第安文学，目前虽不能和黑人文学或犹太文学并驾齐驱，但在个别领域（如小说）和它们相比则毫无愧色"（张子清，1998:1）。

历史的机遇把四五十年代出生的华裔美国作家推上了文坛。在这批优秀的华裔作家群中，汤亭亭（Maxine Hong Kingston，1940— ）堪称其先锋和楷模：她的处女作《女勇士》(*The Woman Warrior*，1976)一出版就引起了社会轰动，并荣获当年国家图书评论家奖；第二部作品《中国佬》(*China Men*，1980)获国家图书奖和国家书评界奖；第三部作品《孙行者》(*Tripmaster Monkey*，1989)获西部国际笔会奖。而由《女勇士》和《中国佬》的情节融合而成的戏剧《女勇士》1994年在美国东部、西部的演出更获得了巨大成功，使汤亭亭在美国的知名度更高。虽然成名已在中年，而且汤亭亭也并非多产作家，从成名到现在只完成了上述的三部长篇和二部短篇小说集（《夏威夷一个夏天》，1987），但正如美国文学专家张子清先生所言："这三本总共不过是857页

[①] 作者简介：蒲若茜，教授，主要研究方向为美国文学。

的小说,却艺术地建立了华裔美国文学的新传统"(张子清,2000:11);"可以毫不夸张地说,华裔文学近年来在美国声誉日隆,与汤亭亭取得的文学成就密不可分"(张子清,1998:4)。

但广大读者和评论家对《女勇士》的读解和阐释有着太多的分歧。屈夫(Jeff Twitcher)先生在《女勇士》译序中就说,"毫无疑问,美国普通读者对该书兴趣大部分原因是他们把它当作'中国'书来看的,因而发现它具有异国情调,十分动人。不过,汤亭亭本人强调一个明显的事实:她是美国人,因此这是本美国书"(屈夫,1998:8)。张子清先生认为汤亭亭是最有实力的"女性主义作家",她"不单为消音了的无名女子争得发言权,而且使女子成为道德的楷模、冲锋陷阵无往而不胜的勇士和英雄"(张子清,2000:11)。日裔美国诗人加勒特·洪果(Garret Hongo)也认为该小说副标题《生活在"鬼"中的少女时期的回忆》(Memories of a Girlhood Among Ghosts)"激起了大家对在美国的一个亚裔女子个人经历的关注……它似乎能给我们的文化的任何消音了的'他者'以力量"(Hongo,24)。而亚裔美国文学家和文学评论家赵健秀(Frank Chin,1940—)却把汤亭亭作为已被白人同化了的华裔作家而痛加斥责,认为汤亭亭一类作家已失去了华裔族性,误读误用中国经典和传说,曲意取悦白人读者,歪曲华裔美国人的本来面目。

这些评论都涉及性别、种族和文化,但其结论却大相径庭。鉴于此,本文将立足于这三方面,运用解构主义的观点对《女勇士》文本进行解读和阐释,进而去发掘汤亭亭在这部作品中对自己的性别、种族、文化的思想和质疑。

一、花木兰传说的移植和变形
—— 对性别二元对立和父权中心的消解

如汤亭亭在其作品中引用的许多中国经典、神话和传说一样,《女勇士》中"白虎山学道"(White Tigers)一章中关于花木兰的故事并非"原版",而是在其母亲(故事中的"勇兰")讲述的基础上加上了自己的想象和变形的版本:

> ……一晚又一晚,母亲总要讲到我们睡着为止。我搞不清故事在何处结束,梦从何时开始。母亲的声音变成了我梦中女英雄的声音……
>
> ……最后,我感到在听母亲讲故事的时候,自己也有了非凡的力量。……母亲也许不知道这首歌对于我的意义:她说我长大了也会成为别人的主妇和佣人,但她把女中豪杰花木兰的歌交给了我。我长大了一

定要当女中豪杰。①

民间传说中的花木兰的故事是强调维护家族的光荣:"无论谁伤害了她的家庭,女剑客绝不会善罢甘休";"她是位替父从军的姑娘……从前方光荣凯旋后就隐退乡下"。正如卡罗·米歇尔(Carol Mitchell)所言,"花木兰是为了使年老的父亲免于劳役之苦,是出于孝顺而不是个人的光荣去战斗,是传统上妇女可以接受的角色模式"(Mitchell,1981:8)。因此民间传说中花木兰的使命与普通妇女的使命是一样的——孝顺父母,服从男性家长制,维护家族的光荣。民间传说中的花木兰还效忠于君王,她舍生杀敌、英勇奋斗都是为了皇上,为了维护封建统治制度。

而汤亭亭则在民间传说和母亲讲述的基础上发出了自己的声音:女勇士还是一个七岁的小女孩时就在形状像"人"字的鸟的带领下进入深山,她拜师学艺一方面是为了"跟强盗和外族野蛮人战斗",为了"可以为村里人复仇",使自己的"忠义行为永远被汉人牢记在心",另一方面是为了"不必挖山芋"和"不必在鸡粪中跋涉"。从这一点上看,女勇士深山修炼及替父出征更大程度上是为了自我实现,为了摆脱天天琐碎的家务和劳作,为了摆脱听由父母摆布的命运。而履行孝道——这一父权制的道德,则成了一个附带的话题。不仅如此,汤亭亭故事中的女勇士不仅不效忠皇上,反而是与皇帝的军队作战,赶走了皇太子,还砍下了皇帝的脑袋,彻底否决了封建专制——父权制的极端体现。

故事中的小女孩为了自己辉煌的未来七岁就独自离家,在另一个替代的家庭(老汉与老太太的家庭)找到了温暖和安慰。这个新的家庭中没有父权中心和性别对立,作为永恒和自然的化身的老汉和老太太总是在不断变化,但又总是和谐一体:

> 我的眼前出现了一地金人儿,在那里跳着大地之舞。他俩旋舞的很美,简直就像地球旋转的轴心。他们是光,是熔化的金子在流变——一忽儿是中国狮子舞,一忽儿又跳起非洲狮子舞。金钟在我眼前离析为黄金丝缕,经风一吹,飘飘洒洒,编织成两件龙袍,龙袍旋即又化成为狮子身上的毛,毛长长的,成了闪光的羽毛——成了光芒……

这一幻象表现出汤亭亭对于性别对立的质疑:老汉与老太太之间显然没

---

① 原文引自 Maxine Hong Kingston. The Woman Warrior: Memories of a Girlhood Among Ghosts[M]. New York: Vintage International Editior,1989,部分译文参见女勇士,李建波、陆承毅,译,漓江出版社,1998.)

有主次和尊卑之分,他们之间没有对立和冲突,而是处于永恒的互补、互变、互动之中。这与父权制所维护的男尊女卑、男主女次是背道而驰的。正如莱斯利·W.雷宾(Leslie W. Rabine)所言:"这对夫妇[老汉与老太太]使人联想起道家太极图里的'阴'(代表女性)和'阳'(代表男性),处于永恒的相互变化之中,而这变化又引起一系列的变化"(Rabine,1987:475)。太极图犹如两条头尾互含的鱼,一方的尾在完结时马上就化入另一方的头,不能说哪一方是主,哪一方是次,二者相互包含,互为显隐。道家的太极图显然不是为了消解性别对立这一话题,而汤亭亭的上述幻想似乎是得到了道家太极图的启示。这一幻想象征着汤亭亭对男女二元对立的否定和对父权中心的消解,同时也表现出作者在消解男女二元对立和父权中心之后对男女两性关系的一种理想:二者相互融合、相互补充,成为平等的、互动的"一体"。故事中的老汉与老太太是那么和谐、默契:像恋人,像朋友,像兄弟姐妹,相亲相爱而又平等独立。他们可以说是汤亭亭理想中的"异性同一体"的一种原型模式。

如果说亦人亦仙的老汉和老太太是一个比较模糊而抽象的"同一体"的话,女勇士则是这个"异性同一体"现实而具体的版本:"我穿上男装,披挂上甲胄,头发挽成男式……我跃身上马,不觉为自己的强劲和高大而暗暗称奇"。女勇士本为女儿身,但"白虎山学道"和女扮男装之后却获得了强劲高大的男性特质,成为一个奇妙的"异性同一体"。在战争中女勇士的丈夫出现在她的面前,但他并不是作为一家之长意义上的"丈夫"而出现的,而是作为"同一体"丢失的那一部分——"童年的朋友终于重逢了"。这不禁使人想到希腊神话中的始原人:始原人并没有男女性别之分,而是圆形的一体——"它有四只手,四只脚,一个脑袋,一个脖子上有两张一模一样的脸,其他的身体部件也是这样成双的"(Plato,1960:359),后来由于始原人激怒了众神,宙斯才把始原人劈成了两半,形成了现在的人类。由此可见,汤亭亭的建立"异性同一体"的理想与人类的原型模式是完全一致的,是要让人类回到原始的、完整的自然状态,而不是男女二元对立,一方压迫另一方。在她看来,性别的二元对立是一定历史阶段对人类本性的扭曲和异化,而一体和完整才是人的本真。

在女勇士怀孕的时候,其性别的混淆和复杂达到了顶峰:她挺着肚子冲锋陷阵,在星光照着她腹部的那一瞬间分娩。当她带着孩子催马杀敌的时候,她更像一个蕴藏着无限能量的男子,背上刻着家族的仇恨,怀里却兜着自己的婴儿。女勇士可以在报家仇国恨的同时生儿育女,体现了汤亭亭对父权制社会男主外女主内分工的挑战,也体现了她对于理想中的"异性同一体"所及予的厚望。

在汤亭亭的故事中,女勇士不仅为遭受冤屈和苦难的父老乡亲复仇,而且为遭受性别歧视的女性同胞复仇:她杀死了村里的财主,一方面是由于他抓走她的弟弟去当兵,更重要的却是因为财主说出了她最痛恨的歧视女子的谚语:"女娃好比饭里蛆""宁养呆鹅不养女仔"。汤亭亭有意把一个在华人社区厌恶女子、歧视女子的传统中长大的华裔女孩子的经历融进了女勇士的故事,从而把一个看是缥缈的故事的现实意义体现出来。女孩子的父母经常说:"洪水里捞财宝,小心别捞上个女仔";镇上的华侨邻居也常说:"养女好比养牛鹂鸟""养女等于白填";最典型的是女孩子那当过江洋大盗的大伯,当他星期六早上要上街购物叫:"孩子们来呀,快来快来",而如果是女孩子争着要去的时候,他会转身大吼一声:"女孩子不行!"而弟弟们总是能满载而归:糖果和新玩具。

正是女孩子所生活的华人家庭和社区对于女性的极度歧视使女孩日夜梦想自己成为一名女勇士:"如果我不吃不喝,也许能使自己成为梦里的女勇士。"成为女勇士就不会做"人家男人的累赘",可以摆脱附庸和被歧视的命运;更重要的是做女勇士既可以"干女人该干的活",还可以"再干点别的"——可以推翻千百年来女子所遵循的清规戒律,实现个人的价值,体现自己生命的意义。

难怪很多评论家把《女勇士》看着女性主义的力作。汤亭亭用消解性别二元对立的方式去消解父权中心,是对人类历史形成的两性间对立、冲突、压迫与反压迫关系的反拨;而塑造出"女勇士"这样一个"异性同一体"则寄托着她对两性间互补、融合、平等的关系的渴求。从这一点上看,《女勇士》堪称女性主义的杰作。

但《女勇士》并不仅仅是一部狭义上的女性主义的杰作,它还深刻地触及到了种族、文化等话题。

二、"羌笛野曲"
——对种族、文化对立的消解

有人把《女勇士》看着一本超脱于种族和文化,抽象谈论女性自我的书。比如苏珊·朱安斯(Suzanne Juhase)就在其评论文章中指出:"《女勇士》是典型的女性自传,通过幻想和想象的生活塑造女性身份"(Juhasz,1979:63)。这一说法显然是没有抓住要点。

毫无疑问,移民经验是书中不可分割的一部分。作为美籍华人的一员,汤亭亭对"美籍华人"的非人定义相当敏感,对美籍华人所遭受的歧视和灾难有着切肤之痛:"城市改建的时候,父母的洗衣作坊被推倒了,这一片贫民窟被夷为平地,改成了停车场";"我想复仇的对象不只是几个愚不可及的种族主义分子,还有那些莫名其妙就剥夺了我们一家饭碗的家伙"。小女孩发现了自己与故事里的女勇士的共同之处:"我和女勇士的相同之处就在于我们背上的字","背上的字"指的是仇恨和复仇的誓言。

但汤亭亭并非种族主义者和文化沙文主义者:她作为弱势种族和边缘文化的一员发出了自己的声音,但其发声的目的并不是为了颠倒弱势和强势、边缘和中心的位置,正如她塑造女勇士并不是为了把男女的等级关系颠倒一下一样。因为正是这种有破坏性的二元逻辑导致了男性与女性、自我与他者、白种人与非白种人的分别。在这一点上,汤亭亭的观点与美国著名批评家,《东方主义》一书的作者爱德华·赛义德的观点不谋而合:在其论著中,爱德华·赛义德指出并且雄辩地论证了这种等级制度导致人们把"东方"定义为被动的丧失了自然属性的"他者"(Said,1978:308-310)。在《女勇士》中,汤亭亭试图消解的,正是这种使种族对立成为可能的二元对立。

小说中故事叙述者的身份使她成为质疑种族对抗和文化冲突的最佳人选:她是中国移民的女儿,美国是她的漂泊地,中国才是她的家,但她却留在了美国;她唯一的现实是美国,但却处在美国的"边缘";她既上中文学校也上英文学校。她自身所处的难以定义的位置正是她的族性难以定义的一个隐喻:

> 宇宙广袤无边,我也学会了使自己的心灵博大,能容纳各种各样的悖论。龙生存于天空、海洋、沼泽和大山之中,而大山却又是龙的脑袋。龙的声音如雷声隆隆,却也叮当作响,宛如铜盘。龙的呼吸是水也是火。有时龙独一无二。有时却又为数众多。

从表面上看,汤亭亭似乎是在自己的文本中刻意建立种族、文化的对立。在她的笔下,美国生活有逻辑性、具体、自由并能保证个人的快乐;而中国生活则没有逻辑性、充满了迷信色彩,受到性别角色的限制并且承受着族群内外的压力。美国学校的老师告诉她,"月食只是地球走到太阳和月亮之间投向月亮的影子",毕业于医学专科学校的中国妈妈却把"月食"叫"蟾蜍吞月",说"下次再来月食的话,我们就一起敲锅盖,把吞食月亮的蟾蜍吓跑"。美国文化使她确信只要不断得"A"就可以出人头地,同时也可以自愿去俄勒冈当伐木工人;在中国女孩子则整天担心被当着女佣给卖掉,在美国华人社区的女孩子也免不了被嫁给刚下船的新移民的命运。

然而，汤亭亭建立这些对立的目的仅仅是为了破坏、消解这些对立："为了使我不做梦的时候过得正常些，我总是在幻影出现之前把灯打开。我把那扭曲变形的一切都关进梦里。这些梦都是用汉语作的，汉语是一种拥有千奇百怪的故事的语言。"读到这里，美国读者会怡然自得，会在头脑中形成一个"正常的美国——扭曲的中国"这样一个二元对立模式。而汤亭亭却对此发起了挑战："夏天的下午，当洗衣房的温度计升到111度的时候，母亲或父亲就会说，该讲个鬼怪故事了，让大家脖颈子后面都冒点冷气。""正常"的美国的现实是如此恶劣以至于要靠讲中国的鬼故事来加以缓解。同样，在中国由于连年不断的政治运动，"姑姑姨姨不断失踪，叔叔伯伯不断地被折磨被打死"；在美国斯托克顿，在加利福尼亚也时时处处发生着梦魇一般的暴力："我也见过一些像垃圾一样被拖着扔掉，短小肮脏的尸体，用警察的黄毯子盖着。"在中国有因不守妇道投水自尽的姑姑，有被石头砸死的疯女人（发生在中国国民党统治时期）；在美国也有千里寻夫却遭遗弃的小姨，在其居住地附近的几个街区，有十几个疯女人和疯姑娘。

其实，小说的副标题"生活在'鬼'中的少女时期的回忆"就暗示着汤亭亭对于文化对立的质疑和消解。按汤亭亭的解释，"鬼"或许是"来自过去的幽灵"，或许是"关于华人、华裔和白人许多无法解释的行为的质疑"（Kim，1982：96—97）。换而言之，"鬼"适用于一切无法清楚定义的概念。通过阅读文本，我们不难发现"鬼"这个字所蕴含的跨文化意义：来自中国的母亲是位"打鬼英雄"，她讲千奇百怪的鬼故事，有"坐凳鬼""压身鬼""油炸鬼"；在美国也有各式各样的"鬼"——"的士鬼""公车鬼""警察鬼""开枪鬼""查电表鬼""剪树鬼""流浪鬼""卖杂货鬼"，还有"报童鬼"和"垃圾鬼"。在汤亭亭的笔下，在故事里的小女孩的眼中，无论是中国还是美国都有许许多多无法理解、无法清楚定义的东西，她把这一切都叫着"鬼"。

由此可见，汤亭亭是从不定义种族和文化属性的角度来消解种族文化对立的。作为美籍华裔，汤亭亭处于一种两难境地，"很难精确地区分在中国和美国中，谁是他们，谁是我们，很难确定自己的真正身份"（胡亚敏，2000：72）。以至于她写的书在外国人看来是"中国书"，在中国人看来却是"美国书"。无论中国文化还是美国文化对汤亭亭而言都是"他者"，都是许多相互矛盾因子的聚合物，是不可以用单一属性予以定义的。采取这样的态度和方法去质疑和抗拒文化对立，可以说是一个身份尚处于边缘的美籍华人作家赖以生存的策略，也是她的政治策略。

而消解似乎只是一种手段，并不是汤亭亭的终极目标。在小说的最后，在

"羌笛野曲"那一章,我们读到了"汤亭亭版"的蔡琰的故事,这与中国民间传说中蔡琰的故事存在着巨大的分歧,最大的分歧在于没有像"原版"那样刻意宣扬大汉族主义:

> 20岁那年,在一次袭击中,她[蔡琰]被南匈奴的一个首领擒获。……在与蛮人共处的十二年间,她生了两个孩子,他们不会说汉语。他们的父亲不在帐篷的时候,她就对他们说汉语,他们只会像唱歌一样跟着模仿和嬉笑。一天夜里,她听到了乐曲声,像沙漠里的风一样忽高忽低……这乐曲搅动了蔡琰的心绪,那尖细凌厉的声音使她感到痛苦。蔡琰被搅得心神不宁……使她不能入睡。终于,从与其他帐篷分开的蔡琰的帐篷里,蛮人们听到了女人的歌声,似乎是唱给孩子们听的,那么清脆,那么高亢,恰与笛声相和。蔡琰唱的是(东汉)和在中国(东汉)的亲人。她的歌词似乎是汉语的,可野蛮人听得出里面的伤感和怨愤。有时他们觉得歌里有几句匈奴词语,唱的是他们永远漂泊不定的生活。她的孩子们没有笑,当她离开帐篷坐到围满蛮人的篝火旁的时候,她的孩子也随她唱了起来。在匈奴堆里生活了12年之后,蔡琰被赎了回来……她把歌从蛮人那里带了回来,其中三分之一是《胡笳十八拍》,流传至今,中国人用自己的乐器伴奏,仍然演唱这首歌。

从这个汤亭亭版的蔡琰的故事我们不难看到汤亭亭的理想:要消解"他者"与"自我"的对立,要民族沟通、文化融合而不是种族对抗和文化冲突。这种和平主义思想是汤亭亭在大学时期就形成,并随着时间的推移愈来愈浓;她的在中国尚未面世的第四部长篇小说就取名为《第五和平书》,她说这本书写的是和平。在这一点上,汤亭亭的观点很适合当前文化界和学术界十分感兴趣的文化相对主义和文化多元主义的语境和氛围。文化相对主义早在20世纪40年代便在露丝·贝尼迪克特(Ruth Benedict)所著的《文化的范型》(*Patterns of Culture*)一书中被论及,文化多元主义也早在欧文·奥尔德里奇(Owen Aldridge)的论著《世界文学的再度出现》(*The Reemergence of World Literature*,1968)中被定义,但直到今天才被更多的人广泛接受。究其原因,这与近几年来国际化的文化转型和文化变革的大气候不无关系。文化相对主义提倡对话与共存,反对对立与冲突;文化多元主义则指的是在一个由众多民族组成的社群里,既有着作为一种带有政治色彩的"国家"的文化,同时又可以见到民族文化共融共生的态势(王宁,2000:45—49)。二者均强调协调的精神、宽容的态度、宽松的语境。

许多人对汤亭亭的创作立场很迷惑:她是一个女性作家,但却消解了性别概念;她是一个美籍华人,但却质疑种族定义。似乎她没有站在任何一个立场讲话,既不关心政治也不关心其作品的社会意义。殊不知,这种挑战传统的不确定的讲话角度正是汤亭亭所追求的。在汤亭亭的世界里,不仅没有男性与女性、自我与他者、强势与弱势文化的二元对立和冲突,而且她从根本上就拒绝任何单一的由强势文化强制性给予的定义和分类。

然而,汤亭亭并非一个单纯的"解构者":她在消解性别、种族、文化对立之后并不是无所作为,而是重建了对立概念间的互动和融合并评价这些互动和融合对于人类的伟大意义。从这一点上看,汤亭亭可以说是文化相对主义和文化多元主义的实践者。在其文本中她做出了多元文化融合共生的大胆尝试,表现出对文化全球化的渴求。在《女勇士》中,汤亭亭通过女主人公明确地表达了这一点,"现在我们属于整个地球了,……不管我们站在什么地方,这块地方就属于我们,和属于其他任何人一样"。

近几年来,随着后结构主义理论对结构主义的二元对立模式的消解以及后现代主义对整体化模式的冲击,世界已经变得越来越趋向多元化了。整个世界处于一种多元的、无序的状态之中。在当今这个多元共生的时代,多级角逐、多元共生、相互对话、相互交融已成了一个不可抗拒的历史趋势。在文化界和学术界,尤其是比较文学学者,已越来越对一种"文化多元主义"(cultural pluralism)和"地球村"(the global village)的境界发生兴趣。正如王宁先生在《比较文学与当代文化批评》中所言:

> 当今我们显然已真正进入了一个文化多元主义的时代,这既是一种语境,也是一种氛围,在这一语境之下,人为的时空差别大大缩小了……我们仿佛感到身处一个硕大无垠的"地球村"中,在"地球村"里,我们有众多的民族,众多的文化和文明,大家彼此都意识到各自的以及对方文化的优劣长短及差异,因此能够通过对话达到彼此间的沟通。(王宁,2000:45—49)

这是 20 世纪末有识之士的共识,汤亭亭在 25 年前就在其文本中表现了这样的思想并成为实践的先锋,仅在这一点上我们就不得不佩服其独具的洞察力和认识的超前性。这当然也与她美籍华人的身份及其所处的多元文化环境有着密切的关系。作为美籍华人,汤亭亭已经成为当代美国的主要作家,成为当今在世的美国作家之中作品被各种文选收录率最高、大学讲坛讲授得最多、大学生阅读得最多的作家之一。她的《女勇士》还被节选为中学和大学的教材。这个事实本身就显示出民族、文化对立的淡化、消解，并逐步走向对话和融合的趋势，也进一步阐释了其文本中体现的思想。

参考文献

[1]胡亚敏. 谈《女勇士》中两种文化的冲突与交融[J].外国文学评论,2000,1:72.

[2]王宁. 比较文学与当代文学批评[M]. 人民文学出版社,2000.

[4]Edward Said. Orientalism [M]. New York: Random House,1978.

[5]Juhasz Suzanne. Toward a Theory of Form in Feminist Autobiography: Kate Miller's *Flying and Sita*; Maxine Hong Kingston's *The Woman Warrior* [J]. International Journal of Women's Studies,1979,2:63.

[6]Kim Elain H. Asian American Literature: An Introduction to the Writings and Their Social Context [M]. Philadelphia: Temple Press,1982.

[7]Mitchell Carol. "Talking Story" in *The Woman Warrior*: An Analysis of the Use of Folklore [J]. Kentucky Folklore Record,1981,27:8.

[8]Plato. The Two Symposium Myth [M]// The Myth of Plato. Trans. J. A. Stewart. London: Centaur Press LTD,1960.

[9]Rabine Leslie W. No Lost Paradise: Social and Symbolic Gender in the Writings of Maxine Hong Kingston [J]. Signs,1987,12:475.

[原发表于《国外文学》2001年第3期]

《中国佬》：一个文学、历史和政治相互交织的符号系统*

陈世丹**

（中国人民大学外国语学院）

摘要：华裔美国作家汤亭亭的《中国佬》将小说、自传、传记、传说、神话等各种文本与历史文本并置，构成一个文学、历史、政治相互交织的符号系统。使文学的历史性和历史的文学性相互交织；使文学政治化，通过文学创作提出对美国在历史上对华人不公正待遇的政治抗议；使政治历史化，用历史文本真实生动地表现了美国如何在政治上残酷对待旅美华人。

关键词：虚构；文学；历史；政治；符号系统

当代重要的美国作家、华裔小说家汤亭亭（玛克辛·洪·金斯敦）将自传因素与亚洲传说和小说化了的历史相结合，描写华裔美国人后代所面临的文化冲突。她的作品对自旧中国到当代美国加利福尼亚的社会和家庭关系进行考查，作为一位非传统作家，汤亭亭在她的传记写作中避开按时间发生顺序排列的情节和标准的非小说散文文学的技巧，而综合了古代的神话和想象的传记。作品《中国佬》(1980)的文学体裁是评论家们争论的焦点问题。它究竟是一部传记还是一部小说？如果说它是一部传记，那么其史实根据在多大程度上是现实主义的和能够证实的？ 如果说它是一部小说，那么它为什么用个别的、一般不连在一起的个人或家庭经历来替代一种内在的虚构或情节的设计？新历史主义认为，像小说一样，历史的深层结构是诗性的，是充满虚构、想象和加工的。《中国佬》以其非传统的文本表现了文学的历史性和历史的文学性、文学的政治化和政治的历史化，用诗性的语言构筑了一段神话的历史。一方面它非常接近作者的家庭历史事实，可以充当19世纪华裔美国人家庭生活演

---

* 基金项目：本文为中国人民大学"明德学者"计划项目(20102001)阶段性成果。

** 陈世丹，教授，主要研究方向为英美文学、西方文论、西方文化。

变的个案记录,另一方面,它又是作者自由虚构的诗性的故事,一种文学、历史、政治相互交织的符号系统。

一、文学的历史性与历史的文学性

对历史而言,文学并非次要的被动存在物,而是一种活生生的意义存在体。它建构历史的现实动因,彰显历史的真实面目。它并非仅仅模仿现实的存在,而是一个更大的符号象征系统。通过这一系统,某一特定历史时刻的事件才能具有概念层面上的意义,文化才能显现出它与自身存在条件之间的关系。文学与历史具有某种互动关系,文学并不被动地反映历史事实,而是通过对这个复杂的文本化世界的阐释,参与历史意义创造的过程,甚至参与对政治话语、权力运作和等级秩序的重新审理。历史题材小说《中国佬》既表现出文学的历史性,又揭示了历史的文学性。

1.文学的历史性——书写模式中的历史、社会和物质情景

文学的历史性即个人经验的文学表达总是具有特殊的历史性,总是能表现出社会与物质之间的某种矛盾现象。这些现象见诸所有的书写模式中,不仅包括作品,而且也包括作品的文本环境。书写模式中历史的、社会的和物质的情景,构成了所谓的文学的历史性氛围(王岳川,1999:185)。《中国佬》中文学的历史性在于,这部史诗形式的小说叙述了一个家庭的男性旅居者别离他在中国的妻儿,在美国各地长期漂泊的生活经历。这种离别对于传统的中国父系大家庭而言是不可思议的,它发生在移民最高潮的那些年。"与已发现的相关材料比较表明,汤亭亭永远忠实于旅居者家庭历史的主要轮廓"。

在《中国佬》中,汤亭亭用6个按年代顺序排列的章节,概略地讲述故事。故事的时间跨度从19世纪中期(华裔美国移民的第一次浪潮和他们在横贯美洲大陆的铁路建设中的作用)到20世纪中期(越南战争征兵)。"除了强调历史外,每一章都通过不止一次出现的主题或各章的相互关联将其他部分连接起来。但是,这些章节不时地被一系列重述的中国神话所打断"。第一个故事"来自中国的父亲"是从小汤亭亭的视角讲述的,描述她努力发现父亲的历史,特别是他移居美国的途径。关于父亲的历史有多种说法,这使她很困惑,所以她描述了父亲来到美国的五种途径。这些故事的相互矛盾不仅仅反映了年轻的汤亭亭的不确定性,也表现为一种技巧,是汤亭亭小说种类混杂风格的一部

分。第二章"檀香山山脉的曾祖父"将叙述的焦点从美国大陆转移到早期华裔美国人的另一条重要的移民路线:去夏威夷。19世纪50年代两位曾祖父在一家甘蔗种植园里工作,这是早期中国移民的共同职业。汤亭亭根据大量纪实材料记录下了这些人的艰难困苦以及他们所忍受的种族主义压迫,从白人种植园工头对他们干活时谈话强行征税,到中国人移居美国大陆过程中所经历的种种困难。此后"内华达山山脉的祖父"这一章与夏威夷那一章一起,记录了19世纪五六十年代美国大陆中国移民的艰难生活(横贯美洲大陆的铁路在1869年竣工)。在这一章里,我们看到"铁路祖父"的任务是开辟穿越西东的中太平洋横贯美洲大陆铁路,他们在内华达山上冒着生命危险劈凿花岗岩。前一章的几个主题提供了这两章的连续性。"檀香山山脉的曾祖父"一章所介绍的燃烧甘蔗的火的意象,在"内华达山山脉的祖父"这一章作为炸药爆炸重新出现。种植园主对华人的侵犯行为被重复体现为铁路老板对反抗的华裔美国工人们实施的镇压,华工们为提高工资和改善工作条件而举行罢工。两章之间的最大联系在于两种对自然的冥想:华裔美国人通过与自然环境建构一种想象的约定,作为逃避日常艰辛的手段。汤亭亭经常用与自然环境的情感约定作为一种表达归属和拥有意识的手段。在这两章中,我们都发现了人们对自然和宇宙奇迹的广泛而丰富的冥想。夏威夷一章表现了一种华人与环境的突出联系:"如果他不像一名勇士那样沉重地坐立和行走,他就会漂浮起来,偎依在风的怀抱里,任由风将他吹进大洋,让风把他变成一只风筝、一只军舰鸟、一只蝴蝶"。同样在内华达这一章里,我们看到阿公与环境的联系:"白天,他看着这些喜鹊,这些黑白大鸟,它们的圆肚子像有翅膀的球,它们是一种受欢迎的景象,预示着聚会。他在荒野中找到了两种好朋友:喜鹊和星星。"

第四章"创造更多的美国人"叙述的焦点是移民们的运气,表现出作者对历史本质和历史纪录的专注。最重要的是,这一章叙述了个别人物的——三公和四公(三祖父和四祖父)、疯少(大哥)、高公(前内河海盗)等人的历史。在下一章,是汤亭亭的童年和她对父亲的回忆。关于父亲的故事也有多种说法,但有一个不争的事实是,父亲是当代美国的一个公民:"1903年,我父亲出生在旧金山。我的祖母是女扮男装来到旧金山的。"这一章详细描写了父亲的家庭生活和他对一个鸽子彩票赌场的管理。尽管如此,这段历史的很大一部分是以怀疑的态度讲述的,着力表现了父亲奇怪的沉默,他与家庭成员相处时一贯寡言少语。最后一章记录了的弟弟被征兵去越南打仗的经历,于是小说文本完成了从19世纪60年代到20世纪60年代的历史旅程。这里叙述者再次消失,弟弟的观点起到了支配作用,这一叙事策略既强调了他被迫面对战争的忠诚,又强调了他作为一名被迫参战的伯克利和平主义者的内心混乱:他必须做出决定,要么应征当兵去越南,要么谋求一种有良心的反战者身份,去加拿大躲避"越战"。去亚洲打仗是亚裔美国人最糟糕的噩梦。虽然他东躲西藏,但还是被送去越南。他既不杀人也不被杀的原则得到了完整的体现,最后他毫发无损地回国了。最重要的是,他从越南战争所得到了唯一好处——身份得到了确认:他们一家人都成为真正的美国人。这部作为文学作品的小说就以这样一个恰当的注释结束了它的历史叙事。小说以书写模式中的历史、社会和物质情景表现了文学的历史性。

2.历史的文学性——神话和历史混合所提供的虚构相似物

历史的文学性指批评的主体绝对不可能接触到一个所谓全面而真实的历史,或他在生活中不可能体验到历史的连贯性。如果没有社会历史流传下来的文本作为解读媒介的话,我们根本没有进入历史奥秘的可能性。历史不是铁板一块,而是充满需要阐释的空白点。那些文本的痕迹之所以能够存在,实际上是人们有意选择保留与抹去它的结果。可以说,历史中仍然有虚构的元话语,其社会连续性的阐释过程是复杂而微妙的(王岳川,1999:185)。在《中国佬》中,历史的文学性表现在这部书的结构上,它是神话与历史的混合。神话和历史给历史叙述及其语言结构提供了虚构的相似物。

在"内华达山山脉的祖父"这一章里,阿公远离中国的家人,在美国建造不能把他引向中国家人的铁路。在美国的夜空下,他望着相距很远的牵牛星和织女星,他的心因为星与星之间如此巨大的深蓝色空间所造成的孤独而破碎。他给自己讲述因被迫分开而忍受痛苦的牛郎织女的悲剧爱情故事。如同他与家人天各一方的情景。但是牛郎和织女还被允许在每年第七月的第七天相会。在那天,喜鹊为他们搭桥,这两个相爱的人可在一年里的一个夜晚待在一起。这个中国神话象征被权力破坏的爱情。在美国建造铁路而忍受孤独之苦的阿公发现,这两颗星给他提供了除三餐和喝茶之外的某种期待。每个夜里他都查找牵牛星和织女星的位置,测量自前一个夜晚以来它们又靠近了多少。他还看见了织女星旁边的两颗小星星——它们是这对夫妇的孩子。在这些星星的下面,阿公渴望与家人团聚。在下面这这段文字里,神话和历史被更紧密地混合在一起:"第二天,扇状尾橙色嘴的喜鹊返回自己的窝巢。牵牛星和织女星又开始了它们分开的旅程,又一年的纺织和放牧。阿公不得不找到别的东西去期待。在铁路完工前牛郎和织女相会和分开了六次"。《中国佬》中这一想象的神话的重要性在于它具有适合史诗惯例的功能。神话包含了同时共存的超自然平面,扩展了叙事的戏剧性范围,因而深化了历史叙事的主题。

对历史的认识是一种语言结构,人们只有通过这种语言结构才能把握历史的真实本质。历史是一大堆素材,人们对这些素材的理解、将它们的结合给历史文本提供了一种叙事话语结构。这一结构的深层内容是语言学的,人们在语言学词语的帮助下能够真正地认识被独特解释的历史真实(王岳川,1999:185)。汤亭亭的"将其祖先的语言变形为英雄的语言",构成了一种特殊的语言结构。这一语言结构的要素包括:像记忆术公式这样的史诗诗人技巧、与历史叙述相似并扩大历史叙述的文本、明显根据作者回忆编造的神话、对头衔的关注、对名字的背诵、骂人的脏话、给人美感的图画般的描写和叙述目录、经常出现的作者闯入、大段的概述,以及对早先情节的评论等。另外,汤亭亭用本土华裔美国人的语言再现了她祖先原始的充满神话的口头文化精神的美丽,通过把移民的谈吐、俚语、诅咒、陈词滥调改写成英语的散文,将华裔美国人的语言具体化。但同时汤亭亭又非常自觉地避免在转写中出现导致无生命力的和过于精致的方言。她的人物都不用方言,他们的措辞朴素、正式、语法上正确,而且涉及范围很广,从口语到辞藻华丽的戏剧表演。显然,汤亭亭的历史叙事依靠某些文学规则来再现其祖先语言发源的真实过程。《中国佬》被称赞为"最高秩序、想象、语言和道德感知的胜利"。在其文本研究中,"我们体验到伟大小说是对我们与作者一起居住的这个世界的阐释,同样也体验到历史被'小说化'为一种对世界的解释"。神话与历史混合所提供的虚构相似物揭示了历史的文学性。语境与阐释、历史与文本具有互动关系。在权力的合力作用下,文学成为一种自律的美学、道德或知识秩序,超越了互相冲突的压力,超越了物质需求与兴趣的种种差异性,而成为一种新的书写与阅读的意义阐释。

二、文学的政治化与政治的历史化

20世纪后期的历史-文化"转轨",强调从政治权力、意识形态、文化霸权等角度,对文本实施一种综合性解读,将被形式主义和旧历史主义所颠倒的传统重新颠倒过来,把文学与人生、文本与历史、文学与权力话语的关系作为自己分析的中心问题,打破那种文字游戏的解构策略,而使历史意识的恢复成为文学批评和文学史研究的重要方法论原则。我们在阅读中发现,汤亭亭在小说创作中将历史事实与虚构故事结合起来,运用阶级分析方法,揭示了历史人物和虚构人物都被他们无法控制的经济和政治力量所异化的命运,表现出浓郁的"文学的政治化和政治的历史化"色彩(王岳川,1999:158)。

1.文学的政治化——被放入有目的的政治行为中的文本

文本不是存在于真空中,而是存在于给定的语言、给定的实践、给定的想象中。语言、实践和想象又都产生于被视为一种结构和一种主从关系的历史中。小说作为资产阶级话语的特权形式,其随后的历史也继续表现出各种新的政治立场之间的斗争。文本自身是人类存在中无以避免的政治本质的产物,是对这种本质的干预。关键不在于文本维护了某些特定的政治立场,而在于它们是从它们无法从中彻底抽身的政治关系中产生出来的。"坚持文本作为结构的社会关系和性别关系历史的产品和参与者,就等于把它们收归于整个社会,将它们重新置于它们所排斥或赞许的政治考察之下,收归于它们言说所借用的名义。把它们放入有目的的政治行为中,也就是把我们放入政治责任中去"(福克斯-杰诺韦塞,1993:52)。《中国佬》将文学政治化,既表现了美国历史上华工在建筑横贯美洲大陆铁路过程中以血、肉做出的巨大贡献,又揭示了华工在美国历史上所遭受的不公正待遇。

《中国佬》描写一个典型家庭的历史,出生、死亡、工作、爱情、失败和恐惧等人类历史经验都在那里得到检验、评断并最后得到理解。作为一位女性社会抗议者,汤亭亭试图根据自己种族的观点修改《中国佬》中的历史,声称对于她的男性前辈们来说,美国是一个被忘却的、被歪曲的美国先驱者和金山勇士的大家庭。他们的故事被保留下来作为不断积累的家庭口头传说。这些家庭勇士受命运的驱使,在野蛮的国土上寻找未知的命运。延续家庭的理想赋予男人们力量,使他们在对男子气概严峻检验中获胜。传统的归于男性家庭成员的权威给他们提供了一个自我中心,使他们能够经受住危险和失败。《中国佬》一书从头到尾着力描写在美国的中国旅居者家庭生活的英勇精神。不仅表现了传统的家庭文化价值的退化,而且揭示了人们对原始的儒家理想的某些基本方面的维持,这种理想主张家庭统一、经济独立和家庭成员之间相互帮助。在"内华达山脉祖父"这一章里,汤亭亭讲述了她爷爷三次旅美参加铁路建造的故事。她描写爷爷如何炸掉树木开辟道路、如何建筑桥梁、如何填充沟壑、如何挖掘穿山隧道等。阿公忍受着冬天寒冷的痛苦,经常冒着被摔死炸死等危险,"他们没有对死亡人数的统计;在建造铁路的过程中究竟死了多少人,没有记载。也许是洋鬼子在做统计,华工不值得一记"。汤亭亭描写了华工们为改善工作条件、提高工资、与白人工人平等进行罢工。华工们意识到:"鬼子们不把我们当人看。在他们眼里,我们不过是中国佬而已"。他们的罢工口号是:"白人一天工作八小时,中国人也要一个样。"

华工们将某种政治密码隐藏在树叶包装的豆荚里,相互传递;那是为反对美国铁路公司残酷剥削他们的劳动而要举行罢工的信息。劳工们憎恨压迫,于是他们将传统节日变成另一种中国的传统仪式——对压迫的反抗。阿公将罢工计划捆在食物包里,愉快地为他们的行动想起一个先例:"当年反对忽必烈汗革命的时间和地点就是隐藏在中秋月饼里传开的"。人人都知道若是没有中国人,美国就不会有这条铁路。这些中国人不是在敌对的环境中随波逐流的无助的奴隶;他们是将自己的传统带到新边疆的勇士。持续九天的罢工之后他们获得了每个月35美元的工资和8小时一班的工作制。虽然赢得了罢工,但是中国铁路工人们知道,他们还没有实现与白人平等。

有两天,阿公真的为罢工的胜利欢呼过,他把帽子抛到空中,像个牛仔似的,发出一阵阵"呵呵"的吆喝声。横贯美洲大陆的铁路终于建成了。华工们欢呼雀跃。但白鬼子官员却是这样讲话:"这是19世纪最伟大的成就,是人类历史上最伟大的成就,只有美国人才能做得到。"只字未提华工为这条铁路所做的巨大贡献。下面这一段细节描写更能激起读者的政治义愤:"洋鬼子们摆好姿势照相,华工们刚刚散开。留在那里是危险的。那时候,已经开始驱逐华人了"。从此,建造铁路有功的阿公逃避种族迫害的岁月开始了。他像许多其他旅美华人一样,过着漂泊者的生活,谨慎地不走进华人可能被逐出、被杀害或被处以私刑的城镇和殖民地。最后,当他再次回到美国时,他的中国家人却召唤他回国。这是作者通过文学创作所提出的对历史上美国不公正待遇华人的政治抗议。

2.政治的历史化——历史和文本构成了现实生活的一个政治隐喻

历史是延伸的文本,文本是压缩的历史,历史和文本构成了现实生活的政治隐喻,是历时态和共时态统一的存在体。历史的视野使文本成为一个不断被解释的意义增殖体。文本并不比作者更有能力逃离历史的辖制,尽管历史自身赋予某些文本一种并不仅仅限于某个历史时刻的言说权。历史甚至形成了最为抽象的文本,最终在对公众经验的特殊处理这一特权行为的层面上也是政治性的。技巧、才能和读者的反应也是从历史和政治中产生的(福克斯-杰诺韦塞,1993:63-64)。"在这样的文化解读和文本策略中,文本就将不确定性和转瞬即逝的存在加以形式凝定,将存在的意义转化为可领悟的话语符号,从而历史性地延伸了文本的意义维度,使文本的写作和解读成为一种当今的政治性解读"(王岳川,1999:158)。《中国佬》将政治历史化,用历史文本揭示美国在政治上对华人长期以来的一贯歧视和排斥。

阿公的故事之后,汤亭亭按年月顺序叙述了美国的反华法律,这些法律使强暴的种族主义制度化、合法化。在"法律"一节中,汤亭亭陈述了从1868年到1978年美国宣布的控制和限制中国人进入美国和申请美国公民身份的立法。这些法律试图阻止那些旅美寻找工作的中国人永久定居。例如,

> 1888年:国会通过的司各脱法案再次禁止中国劳工入境,并宣布返回证一概无效。这样,有二万名当时不在美国的中国人陷入了困境,他们持有的返回证成了一张废纸。六百名返回美国的旅客在美国港口因不准入境而被送回中国。一位中国使者因遭到移民局官员的侮辱而自杀。这个法律还规定,在要求出示居住证时,必须照办;不持有居住证的中国人一旦被查获,立即驱逐出境。
>
> ……
>
> 1950年:1949年中国共产党政府接管中国以后,美国通过了一系列的《难民救济法》和《逃亡难民法》,扩大了准许入境的"非定额移民"的数字。但是国内安全法规定这些难民必须宣誓保证他们不是共产党员,这是入境的一个条件……

紧接着这段关于美国反华法律的历史文献叙述之后,是一段"阿拉斯加华人"的历史故事。这个故事讲述那些在阿拉斯加金矿工作的中国人如何被强制地"逐出境外"。1885年,白人矿工投票表决,要求把华人逐出境外,原因是华人好跟黑人打架,这当然是借口。白鬼子从数英里以外赶来,监督驱逐华人。白人拿着枪和刀站在岸上,印第安人把五十条军用独木舟划到河里来,把"全部"一百名华人运走。华人在普吉湾登岸后,很快寻路返回。于是,第二年华人再次被驱逐。"1886年7月的一天,白鬼子又用枪把中国人押到了港口……华人被迫登上一条破旧的船,并任其在海上漂泊……船上没吃没喝。百十号华人像沙丁鱼一般紧紧地挤在船上,连躺下的地方都没有。"汤亭亭用传记文本真实地、生动地表现了历史上美国在对旅美华人的残忍对待,隐喻地暗示时至今日在美国仍时有发生对华人的歧视和不公正对待。

三、作为神话的历史

"'神话'是一种叙述、故事,与辩证的对话及揭示性文学相对照"(王先霈、

王又平，1999：189)。加拿大的原型神话批评家诺思洛普·弗莱把神话定义为"一种叙述，其中的某些形象是超验的存在，他们的所作所为'只能发生在故事中'，因而是一种与真实性或'现实主义'不完全相符的传统化或程式化的叙述"；尽管如此，神话是"文学的结构因素，因为文学总的来说是'移位的'神话"；神话是"文化模式，它是对人类所建文明的形成及再形成的表达"(王先霈、王又平，1999：190)。在《中国佬》中，汤亭亭将神话、历史、小说、自传、传记、传说等诗性的话语结合，建构了一种作为神话的历史。

《中国佬》用理论的、文类的自我意识和对历史、地理和理论话语的认识论地位的思考和反思，构成了一个历史编纂元小说式文本。"为了突出我们欲界定文化编年史和故事的企图如何产生关于现实的认识论上的欺骗性说法，被描述为历史、小说、回忆录和传记等不同文类的《中国佬》，压缩了关于不同种类叙事的争论"。汤亭亭认为，"主流文化并不了解华裔美国人的历史……因此突然就在故事的中间，砰——出现了8页长的纯历史部分……其中没有人物。它真正影响了这部书的形式……"。小说将"纯历史"嵌入故事中间构成了两种不同话语之间的对抗。文本中关于中国人主观的、个人的和小说化的历史，质疑"法律"一节中"官方"的历史说法，而且与之相冲突。官方的和非官方的历史说法通过这种冲突而共存。这样，"纯历史"部分被暴露为远非关于历史的"纯的"或未被渲染的说法，相反，它们只不过被表现为讲述同一故事的不同方式，同等地受到个人偏见和个人观点的影响。历史和小说这两种非常明显的不同文类的并置，既暴露了历史"真实"的不稳定地位，也暴露了元历史话语的内在虚构性。此外，自传的权威也遭到怀疑。小说中，中国佬故事的小说化叙事又对自传的"真实"性提出疑问。汤亭亭不断强调她对祖父故事的了解不完全、不确定。她甚至因为文本中的信息而怀疑传记主体："你剪了辫子是为了支持共和国吗？或者你一直是美国人吗？"既然自传和传记都是关于起源的叙事，那么汤亭亭运用自传话语讲述中国人要求去美国、加入美国国籍并获得公民身份的故事的方式，是颇具讽刺性的。小说将文类媒介混合的策略使读者不能把小说的文本仅作为一种体裁阅读——作为历史或自传或小说，也不能做出与那种话语所指相对应的假设。

除了小说、历史和自传话语外，神话的话语使《中国佬》文本结构变得更加复杂。小说以《镜花缘》中神话故事开始：唐敖为了寻找金山，漂洋过海，来到女儿国，在这里他经历了被迫的女性化过程，他被穿了耳眼、脱毛和裹脚。汤亭亭通过提供两个日期(公元694—705年或公元441年)来突出神话作为历史的不稳定性。像"法律"一节构成文本的结构中心一样，神话的"发现"构成了文本的开始,它暗示读者:"神话作为对过去的合法说法,应该像历史、自传或传记这种以'事实'为根据而受到足够支持的话语一样,被赋予同等的有效性"。或者我们可以另一种方式来理解汤亭亭的目的:她试图证明,所有这些话语作为事实的回顾都是不稳定的,故事每一次被讲述时都会发生变化。因此,在《中国佬》的文本中,历史、自传、传记、神话和小说都被放在一种文类的连续统一体上。神话与历史事件并置的目的是质疑传承下来的虚构的神话的有效性,并且质疑它们所代表的价值。所以,在"在越南的弟弟"这一故事之前安排了一个关于和平主义者的神话故事。汤亭亭通过这一暗示的对照,提出一系列道德问题:"带着紧紧尾随在你身后的那个神话去越南有什么好处?它有助于这个人在越南生存吗?它能使他在越南不杀人吗?"

《中国佬》叙事中,这种含有神话的历史提供了一种反现实主义的小说模式,它的内容是历史的,但它作为小说作品,"是对历史可以通过客观事实调查而得以恢复这一概念的蓄意挑战"。对历史而言,事实是什么?"事实是历史的意象,就像意象是虚构的材料一样""作为小说家",他"可以宣称历史是一种虚幻……而虚构是一种推测的历史"。实际上,"没有真实的小说或非小说……只有虚构",因为"全部历史都是撰写出来的",所以"当你写人们生活中不加掩饰的想象的事件时,你是在建议:历史结束了,而神话开始了"。《中国佬》的文本将神话与历史并置,表明神话与历史在本质上无区别:它们都是虚构的。因此,历史是一种作为神话的历史。

汤亭亭在她的小说文本中,使文学的历史性和历史的文学性相互交织、相互依存,既用文学文本讲述美国华人的血泪史,又表明历史中仍然有虚构的元话语,其社会连续性的阐释过程是复杂而微妙的。在对家庭历史的叙述中,汤亭亭表现了数几代人为使文化传统成为一个整体所进行的不懈奋斗。她将传记事实与虚构故事相结合,使文学政治化,通过文学创作暴露历史上美国对华人的不公正待遇;她又使政治历史化,用历史文本真实地、生动地表现美国在政治上对华人的歧视和迫害。小说、自传、传记、传说、神话等各种文本与历史文本的并置,建构了一种作为神话的历史。汤亭亭通过对以上各种文本的综合考查,用这些不同的话语构成一种诗性的语言结构——一个文学、历史、政治相互交织的符号系统,深刻地揭示了19世纪华裔美国人惨遭压迫、剥削和迫害的历史真实。

参考文献

[1]王先霈,王又平.文学批评术语词典[Z].上海:上海文艺出版社,1999.

［2］王岳川. 后殖民主义与新历史主义文论［M］. 济南：山东教育出版社，1999.

［3］伊丽莎白·福克斯-杰诺韦塞. 文学批评和新历史主义的政治［G］//张京媛. 新历史主义与文学批评. 北京：北京大学出版社，1993.

［4］Carol C Harter and James R. Thompson. E. L. Doctorow［M］. Boston：Twayne Publishers，1990.

［5］Hayden White. Topics of Discourse：Essays in Cultural Criticism［G］. Baltimore and London：The Johns Hopkins University Press，1978.

［6］Helena Grice. Maxine Hong Kingston［M］. Manchester and New York：Manchester University Press，2006.

［7］Linda Ching Sledge. Maxine Kingston's *China Men*：The Family Historian as Epic Poet［M］. Contemporary Literary Criticism Vol. 58. Detroit/New York/Washington D. C./Chicago/ London：Gale Research Inc.，1990.

［8］Mary Gordon. Contemporary Literary Criticism［M］. Detroit/Michigan：Gale Research Company，Book Tower，1981.

［9］Maxine Hong Kingston. China Men［M］. New York：Random House，1989.

［10］Robert E. Scholes. Fabulation and Metafiction［M］. Urbana：University of Illinois Press，1979.

［11］Simmons Diane. Maxine Hong Kingston［M］. New York：Twayne Publishers，1999.

［原发表于《国外文学》2012 年第 4 期］

"种族自憎"与"种族自爱"的悖谬[*]
——论《引路人孙行者：他的即兴曲》中的身体书写

潘敏芳[**]
（广东工业大学外国语学院）

摘要：汤亭亭的小说《引路人孙行者：他的即兴曲》将族裔身体的表征编织进了小说的后现代叙事中。在惠特曼·阿新打算创作一部戏剧到戏剧最后上演的线性发展过程中，"种族自憎"与"种族自爱"的情感模式共时存在。"种族自憎"表达了对族群社群的摒弃，而"种族自爱"表达了作者希望建构一个多元文化共存的平等的多族裔社群的理想。但是"种族自憎"和"种族自爱"之间显而易见的对立构成了悖谬。而通过思考其悖谬之处可见，汤亭亭在强调肤色差异性的基础上所倡导的多族裔共存的理想是一种"新种族主义"，它无助于华裔顺利归化进入美国社会。

关键词：汤亭亭；《引路人孙行者：他的即兴曲》；种族自爱；族裔身体

汤亭亭是华裔美国文学的一块丰碑，她的小说成为亚裔美国文学评论界关注最多的文本之一。在《女勇士》和《中国佬》大获成功后，汤亭亭于1989年发表小说《引路人孙行者：他的即兴曲》（以下简称《孙行者》），"这部书获美国西部笔会的最佳小说奖小说充满了各种互文性的指涉，是一部后现代性的实验性作品。葛莱思指出了其后现代性的诸多特征，如"文字游戏、自由形式的情节、自我指涉的叙事结构策略、详尽的互文指涉、妄想和怀疑的角度、历史和文化制品的商品化、戏仿和拼凑"。通过将这些后现代的创作方式同族裔视角相联系，作者"颠覆了族裔刻板印象，颠覆了大多数人看世界的单一方式"。

《孙行者》中的另一引人注目之处在于作者对于身体的描写，而身体的种族特征正是阻碍华裔美国人真正融入美国的障碍之一，正如小说中的惠特曼

---

[*] 基金项目：教育部人文社会科学研究青年基金项目"再现、召唤、反抗——华裔美国小说中的身体书写研究"，批准号：（14YJC752018）。

[**] 潘敏芳，讲师，暨南大学文学院博士生，主要研究方向为亚裔美国文学、英美文学。

悲愤地声称他经常被人问的几个问题"你是哪里人?""你来这个国家多久了?""你觉得我们的国家如何呢?""你讲英语吗?"但是评论界只是将身体的描写作为论述自己观点的佐证。

汤亭亭对华裔身体的认知和诗学表现在她的前面两部作品中都有体现。《女勇士》中"我"和另一个华裔女孩遭遇的经历成为众多族裔批评理论的练兵场,如"种族的影子""种族忧郁""种族精神分裂""歇斯底里症""疑病症"等等《中国佬》的开篇就是中国佬的身体被阉割的书写。在她的第三部作品,其实也是第一部虚构小说《孙行者》里,她将身体作为一个重要的元素进行浓墨重彩的书写,身体成为社会、文化、政治言说具身化的空间和政治争斗的场域。本文试图聚焦小说中的身体书写,指出汤亭亭在书写身体时呈现"种族自憎"和"种族自爱"两种迥然不同的面貌,且共时存在,并思考其悖谬之处,以及作者在"憎"与"爱"中试图建构多元文化社区的努力以及其对华裔美国主体性建构的当下意义。

一、"种族自憎":华裔美国人的生存之道

小说发生在1963年已大学毕业的华裔青年惠特曼·阿新身上,作为一名艺术家,他需要重新定义自己的身份并颠覆主流社会对华裔的刻板印象。但是生活在李磊伟所谓的"弃绝期"(Asian abjection),阿新不可避免地遭遇了社会的和心理的隔绝与疏离,所以他甚至"每天都想着要自杀",这种"胡思乱想"被台湾学者傅友祥(Bennett Yu-Hsiang Fu)称之为"居间的文化精神分裂症"(in between cultural schizophrenia),是处于"居间状态"的亚裔美国人在重组身份时遭遇的精神危机。首章里惠特曼·阿新在城市里闲逛时与新移民的正面相遇更加剧了这种精神危机:迎面走过来一个华人,他来自中国,双手背在背后,弓形腿,宽松的裤子。他是出来溜达溜达的。……如此土里土气。如果说他们的裤子不那么短,运动袜不那么雪白引人,人们也不会厌恶他们的。新来者的风尚——短裤腿或卷裤脚,不可救药,土里土气。这里的华人一家人"是移民,新来美国。"新移民的形象在黄哲伦的戏剧得到最典型的再现:"FOB。你会用什么词来形容这些FOB呢?笨拙、丑陋、贪婪的FOB。吵吵嚷嚷的、愚蠢的、架着副眼镜的FOB。大脚丫。欲火中烧的。就像《人鼠之间》中的莱尼。有文学典故里,特别短的长裤。更确切地说是吊杆裤。那种你不希望你的姐妹嫁的人。"惠特曼是"第五代土生土长的加利福尼亚人",他个

子很高,长得很瘦,络腮胡,加州大学毕业,是典型的 ABC(American Born Chinese)。说到底,这是 ABC 与 FOB 的正面相遇。

蒲若茜认为,汤亭亭"在描述中国人的体态、举止、打扮甚至脸色、眼神方面也都竭尽细腻白描之能事,'他者化'中国人,以示自己与'他们'的不同。"她认为"汤亭亭对于中国人的'他者化'有其深刻的意识形态渊源,与美国主流的殖民话语几乎构成了一种'同谋'关系,因为'刻板印象'是一种先在的固定意识,并不受眼前现实的干扰。"李磊伟也认为这里"ABC"和"FOB"的相遇值得关注。他认为,"将阿新与 FOB 外在的冷漠和内在的关系联系起来,不管后者看起来有多勉强,汤亭亭再现了一个对族群内交际障碍的更细微的描写"。

事实上,笔者更倾向于认为阿新在这里遭遇的是黄秀玲所谓的"与种族影子的邂逅","种族影子"是独立于第一自我之外的"类我",或第二自我,它与第一自我有亲缘关系,是阿新拒绝成为却又无法摆脱的族裔形象。这遭遇是一个自认为是美国人的华裔遇到了自己身份的他者的外在化表现。他们之间的相似之处在于外在的身体相同。虽然他们之间没有语言或肢体上的交流,但两者的相遇已经是敌意重重。在阿新看来,这些 FOB 们显得"土里土气"。因此,ABC 与 FOB 的相遇形成了一个有趣的种族投射,也就是土生华裔看待新移民的态度。阿新长着华人的面孔,找工作受到歧视,在大学毕业以后和失业之前的这一年里,他所从事过的工作是"售货员、管理班学员、邮局拣信者,公共汽车售票员和奶油炼制工人",在种族主义盛行的美国他的地位低人一等。在大街上,他遇见了长相与他相似的华人,在他眼里,他们代表着永远不可逾越的身体标记,代表着他无法成为一个同化的美国人的事实,他本能地采取了白人的评价标准,对新移民进行了"他者化"。这既是对新移民形象的嘲讽,也表现了阿新对自己族裔身份的憎恨。

种族自憎是华裔美国人面对美国社会的种族主义采取的一种生存策略,赵健秀称之为"自我蔑视"。他认为"自我蔑视在于少数族群不仅接受了白人关于客观世界、审美观、行为准则和成就的标准,而且认为这些标准在道义上讲是绝对正确的,更有甚者,他们还会认为自己不是白人,因而绝对达不到白人的标准"。对族群厌恶会影响一个人的身份认同:他们拒绝与自己的族群认同,也无法建构一个属于本族群的核心正面形象,以至于他们在美国被主流社会建构出对自己身份认同非常有害的刻板印象。金惠经将其归纳为"好"的亚洲人和"坏"的亚洲人,坏人是"邪恶的坏蛋、粗野的魔军",以傅满洲为典型;好人则是"不可同化的异族",陈查理是另一个典型。在惠特曼出生长大的唐人街,美国白人累积了关于华裔的所有不切实际不可思议的想象。虽然唐人街的华裔经历了从最初的"叶落归根"到"落地生根"的历史性转变,但最初形成的刻板印象难以改变。惠特曼接受了正统的美国教育,大学毕业于加州大学,他继承了 20 世纪 60 年代弥漫于整个社会的反叛和反战精神,经常以"嬉皮士"打扮示人,而他虽然求职受挫,但仍富有超越了物质限制的远大的艺术追求,因而在外表和精神上都有别于唐人街的主流群体,无法认同华裔群体,并与其保持一定的距离。

小说中普遍存在于华裔之间的"种族自憎"既不利于个体在美国的生存,也不利于群体的生存。惠特曼大学毕业后找不到合适的工作,只有通过戏剧创作来表达自己的梨园乌托邦思想。南希·李在工作时饱受歧视,尽管资质出众,却只能从事简单重复的工作。而种族群体内的自我厌恶只会加重这种情绪的发酵,不利于华裔群体为自己争取普遍的利益。负面影响集中体现在赵健秀(Frank Chin)与编辑弗兰克·程(Frank Ching)之间的辩论中。赵健秀在给编辑的信中写道"就我而言,无论是在文化上、智力上,还是情感上,十多岁来美定居的美国化的华人与在美国出生的华裔没有共同点。因为肤色相同,所有的华人因为肤色的原因都很相像,这是种族主义的说辞。"《桥》(*Bridge*)杂志的编辑弗兰克·程回信说"更多华人移民的到来只是加重了你担心白人将你与他们等同的恐惧。你希望作为美国人被接受、被承认—尽管只是华裔美国人—你尽量将自己远离这些新移民。看到一个人如此缺乏安全感,他靠背叛自己同祖的人们来证明自己这真是悲哀。"

而评论界公认惠特曼·阿新的原型就是作家赵健秀,赵健秀在辩论中将土生华裔与移民的华裔区别开来,从而也将自己与华裔社区疏离开来。文中的惠特曼在疏离自己社群的过程中产生了内心的惶惑:因为肤色的原因,他既无法归属美国,也无法认同华人,由此产生了弗兰克所称的"不安全感"。赵健秀在《甘加丁之路》中斥责关龙曼的行为为种族背叛,但是他自己鄙视新移民的行为则是对华裔美国群体的背叛。为融入美国主流社会,他弃绝了自己的族裔之根,这确实"悲哀"。但是,我们在认识到赵健秀思想的局限性时也必须认识到,是美国社会盛行的种族主义制度让出生在美国的华裔产生了"种族自憎"的情感模式,正如黄秀玲所言,"亚裔美国人,像美国历史上其他移民和移民后代一样,参与并受他们的社会文化环境的制约,适应了与居住在亚洲的亚洲人不同的历史进程。然而这一事实往往被持反历史观的人们所忽略,这些人认为亚裔美国人身上永远刻有某种无法转化的异族因素的标志"。亚裔的"异族标志"是普遍存在的事实。亚裔人群在美国的历史上也曾做出了卓越的贡献,因为其肤色外貌的显性表征,就将其排斥在主流社会之外,将其看作

"异国风情""外来人",这是对亚裔的彻底否定,是亚裔群体所不能接受,并坚决与之抗争的现实。

二、"种族自爱":华裔美国人的自救之道

惠特曼·阿新的名字为众多评论者所考证,"惠特曼"毫无疑问,来自于美国最著名的本土诗人瓦尔特·惠特曼,不同的是名字的拼写。瓦尔特·惠特曼是毫无争议的美国著名诗人,汤亭亭的惠特曼是白人诗人惠特曼对应的他者形象。"阿新"则有多个来源,美国读者很容易联想到布莱特·哈特在诗作《华人异教徒》中讲述的一个名叫阿新的华人形象,傅友祥则认为这名字直接取材于美国诗人惠特曼的《自我之歌》。在林涧看来,名字来自于一百年前为华人所遭受的不公正待遇而呐喊的华人诺曼·阿新(Norman Asing)。总体来说,阿新的名字代表两重意思:它将遭受种族歧视的华人男性前景化并赋予其话语权。林涧所指称的阿新于1852年给加州州长毕格乐写了一封公开信,抗议他对华人的歧视性言论。他在信中写道:

> 至于我们族群的肤色和表情,我们非常清楚我们的人比你们略黑一点。然而,阁下会发现,我们和非洲种族、红种人的亲缘关系就如同你们和他们的一样。考虑到肤色的贵族性,我们的肤色可与大多数欧洲种族相提并论。我们也不认为阁下作为民主人士,会让我们相信您的人权宣言的制定者曾经提议创建皮肤的贵族性。

诺曼·阿新在这里质疑了美国社会以肤色来判别人的肤浅准则,特别是以肤色来指认华人,并以此认为华人低人一等。但是他的质疑并没有被接受,因为接下来的一百年里,美国主流社会仍然以肤色定义自己,将华裔排除在主流之外。《孙行者》中的惠特曼·阿新则接过了前任阿新手中的火炬,他要为华裔再立言,为此,他采取了一种新的策略,我们可以称其为"种族自爱"。

"种族自爱"的核心思想是化种族特征的劣势为优势,与美国20世纪60年代的民权运动和泛亚裔运动密不可分。黑人在民权运动中为反抗白人的强势话语而创造了"Black Is Power","Black Is Beauty"等震耳发聩的呐喊。秉承黑人民权运动的话语,汤亭亭所倡导的则是"黄就是美""斜眼睛就是美",她在小说中的不同语境下都表达了这种观点。

小说的第一章中,南希·李在自己的演艺事业中颇受挫折,去拍戏时,她

被认为"你的发音不太对。你的声音与你的外貌不协调。你的外貌与你的言语不一致"。"不协调""不一致"的原因是她长着一副华人面孔,却讲着纯正的英语,不符合白人的期待视野。在做群众演员的时候,她的鼻子和眼睛会被额外化妆。华裔所遭受的这些不公正待遇都由身体而起。惠特曼因而对南希承诺说:"我正在为你写一台戏。在我为你写的戏里,观众会爱上你,因为你的黄皮肤、圆鼻子、扁瘪的身材、丹凤眼,还有你的口音。"阿新在此开始打算张扬华裔身体的存在,其种族特征被纳入新的审美规范中进行评价。

  对于华裔刻板印象的描述中,最令惠特曼不满的是对于眼睛的描述。在"独角戏"中,惠特曼就尖锐地指出:"在我们的身体上,他们觉得最不可思议的,你知道是哪里吗?是我们的小眼睛。"惠特曼长着一双华人的"小眼睛""双眼皮",在兰斯的聚会上,白人女孩直接问他:"你能看见吗?你怎么会看见呢?"所以,惠特曼在独白中长篇累牍地阐述华人眼睛的美。他甚至呼吁"为了我,卸妆吧,好不好?去那个女厕所,这儿有阿波灵洗面奶,洗了脸再出来。勇敢些。敢于不涂脂抹粉地生活。找回你的面孔。你的眼睛极大,不仅对于中国人而且对于任何人来说,都显得大极了"。

  而针对聚会中偶遇的日裔女孩小笠原洋子打算去做双眼皮手术的事情,惠特曼呼吁:"作为一个负责的导演,作为一个男人,我试图阻止我的女演员们不要去把自己切割得支离破碎。"双眼皮手术是亚裔女性归化美国所采取的手段之一,在诸如双眼皮手术、隆胸、隆鼻等手术中,亚裔女性所采用的是白人的审美规范,将白人女性看作美的化身,通过改造自己的身体来降低因身体特征而产生的种族歧视。这些美容手术,究其本质,是一种内部殖民的倾向。正如班纳瑞对眼部手术所做的评价中说:"东方人摆脱种族主义的唯一机会是做眼部手术。通过这个手术,文化意义从身体的屏幕上移除,历史曾在其上书写它。双眼皮用来指代大熔炉的乌托邦。当种族自我只能栖居与白人对自己身体的投射中时,投射再一次既无所不包又一无是处。种族他者意识到白人的凝视最开始就将文化意义投射到解剖学的特殊部分,他们通过改变解剖学来做出应对。"华裔希望通过这个手术消解身体的族裔意义,归化进入美国主流社会。他们对于美国社会的种族主义的认识过于肤浅,身体的手术并不能改变白人的种族投射,双眼皮也不能使他们立刻成为美国人。

  惠特曼所采用的对抗策略是弘扬自己的种族身体之美,小说中,他引用自己的身体去对抗东方主义的话语,"我也要说我的长相——牙齿、眼睛、鼻子、侧影轮廓——完美无缺。仔细看看这眼。再从侧面看看。从另一边再看看。取个能看到脸的四分之三的角度再看。这脸不像鲁希莫尔山,是一个美国人的脸。"惠特曼将自己的身体前景化反击了华裔一直被认为是异族的看法,他着意于强调自己的美国人身份。正如素希·李所说,"惠特曼在大写的'我'积极发声的同时展示自己的身体,他使自己可以被了解。"以这种方式,他也消解了关于"神秘"的华裔的刻板印象。华裔美国人也是美国人,也应该像美国人一样对自己的身体充满自信。

同时,惠特曼还表达了对肤色的作用进行重构的理想——惠特曼要把那关于新英格兰西部的故事搞糟,把比尔、布鲁克和安妮描写成黑色和黄色皮肤。想象的新规则是:"人普遍长得都像中国人。从现在起,每当你读到没有姓氏的人名时,就把他们当成黑皮肤或黄皮肤的。"林涧认为惠特曼在这里提出了一个有挑衅性但是严肃而重要的问题"现代的阿新,作为现代美国义学的创作者,一定得皮肤白皙、胡子花白?还是得是一个长着亚裔的身材、有亚裔的姓氏的美国人?"林涧所追问的是,华裔能否超越身体的自然属性,成为美国文学的代言人。惠特曼在小说中的所作所为,也正是对这个问题的回答,他希望华裔的身体,同白人的身体一样,也是美国形象的代言人。

惠特曼的文学理想在美国现实的土壤里必然遭遇碰壁的命运,他首先面对的是美国主流文学对华裔的贬损,正如他的姓所暗示的一样。美国主流作家"垮掉派"的代言人杰克·凯鲁亚克称华人为"目光闪烁的小华人",惠特曼对此愤愤不平,甚而将斗争的矛头直接指向凯鲁亚克。"听着,你这个目光闪烁的小法裔加拿大人。你知道什么,凯鲁亚克?你知道什么?你屁也不知道。在这儿,我是美国人。我是行走在这里的美国人。凯鲁亚克和他的美国之路滚一边去。"而对着美国主流文学开火也显示了华裔的边缘地位。如果说此时惠特曼只是通过语言甚至是内心活动来挑战权威,纯属阿Q式的"精神胜利"的话,在小说的后半部,惠特曼也不再含蓄忍隐了。他在餐馆听到邻桌的白人在开种族歧视的玩笑后,之前因为被称为"乡巴佬"的怒火在此一并点燃"他挨个点着他们的鼻子。'你们不要再开什么玩笑了。别让我再撞见你们笑话我们的民族。你们说外国佬的笑话,不论在哪里,我都要抓你们。明白吗?你们懂吗?'他抓着他们的桌沿,准备掀翻。"此时他俨然从语言的巨人转变为行动者,迈出了弘扬"种族自爱"的伟大的一步。正是这一步,连接了以前的语言天才和如今的行动派,并为"独角戏"中弘扬"种族自爱"的身体观奠定了良好的基础。

阿新对于身体的"自爱"的建构类似于黑人民权运动者提出的"黑就是美"的文化运动。黑人民权主义者认为以往的"黑就是丑"对非裔美国人的心理造成了巨大的伤害,表达出"内部殖民"的倾向,因此他们提出"黑就是美"的口号,来唤醒黑人对族裔、对肤色的自豪感。阿新生活在黑人民权运动风起云涌的时代,他呼吁将华裔的身体进行审美的修饰,表达了他的民权观。

三、"爱"与"憎"的悖谬:华裔美国人的身份探索

尔玛·玛尼(Irma Maini)认为《孙行者》是一部关于艺术家成长的小说,小说中惠特曼从个人主义转向集体主义,强调集体主体性以及族群对少数族裔的重要性。但是,小说的时间跨度不长,在惠特曼"工作—失业—结婚—找奶奶—创作戏剧"的线性发展过程中,无明显的戏剧冲突。而且惠特曼"种族自憎"与"种族自爱"的观点在第一章同时出现,笔者不认为"种族自憎"和"种族自爱"两种情感模式属于线性发展序列,不存在明显情感转向,更准确地说,"种族自憎"和"种族自爱"在小说中共时存在,有时甚至交替出现。作为一种共时的存在,它将叙述置于悖谬之中。既然是华裔,其身体不可避免具有中国性,与新移民的身体并不差别。但是对自己种族身体的厌恶性描写如何能同赞美自己身体的独特性并置?而且新移民的处于土生华裔凝视下的身体与土生华裔的祖辈首次踏上美国的土地时处于白人凝视下的身体并无不同,对于新移民的嘲讽是否也就是对于自己祖辈的嘲讽?

由前面的分析可见,"种族自憎"代表了华裔对自己族群的摒弃。而通篇惠特曼无畏无惧、大胆思考、大胆言说、大胆创作,最终创作了属于华裔的美国戏剧,采用了来自不同族裔的演员,建构了自己眼中的多元的美国社会。所以小说中的"种族自爱",我们可以大胆推测,则爱的是多元文化共存的多族裔社群,各族群的差异性得以显现并处于平等的位置。

如何做到平等?对于华裔来说,主要要求的是对身体平等的双向凝视。身体的存在首先是视觉的客体,身体通过看与被看的方式去认知外界或被外界所认知。华人作为美国社会的他者总是处于被凝视的位置,而被凝视又强化了他们的他者身份,因为在凝视中,身体成为了一道景观。巴特勒曾说,在身体同精神相对立的时候,身体等同于女性,精神等同于男性。而在强调身体的时候,身体等同于男性身体,女性身体则作为他者被标记出来。将她的观点运用到华裔群体中,我们可以说,身体等同于白人男性的身体,华裔的身体以一个整体的形式作为他者被标记出来。华裔的身体承载着异国情调的想象,成为白人凝视的客体。"种族化的凝视没有承认个体的反应/差异,在这种凝视中,个体的主体性消失了。脸、眼睛和其他面相学的特征明显意味着与文化

标准化的族裔或种族多数群体的差异。通过凝视的景观性行为,'少数族裔'的族裔主体被客体化了。"在这种情况下,"种族身体,成为一道政治景观,一个空白的屏幕,种族主义的凝视在上面书写政治含义。而且,种族身体的景观特征对于白人的凝视总是适用,不管这个身体是否真的在移动,在表演。"华裔身体作为种族身体成为美国社会里的一道异域风景线,他们的行为被置于身体之下,身体的他者性被标出。他的肉体性超越了身体真正的行为。华裔如果要改变这种状况,首先要颠覆凝视与被凝视之间的主体区分,将被凝视转换为抗拒凝视。或者直接消极凝视与被凝视间的等级区分,取而代之以平等的互看。

而要做到平等的互看,华裔需要从各方面优化自己的形象,包括打破刻板印象的束缚。惠特曼的反叛行为主要表现在视觉和语言上。他首先使用自己的肤色作为武器,通过夸张的着装来挑战白人的视线。

"在过去的岁月里,他的母亲、阿姨们、朋友们以及化妆师们都曾就他着绿色衣服的效果作过评点。'别穿绿色的衣服,'有人像讲秘密似的说,另外有人像是提建议,又有人讲话时肯定得似乎傻瓜也懂。……'你穿绿色不好看。'接着,宿舍里有人说,'穿这颜色,我们显得更黄。'和种族肤色有关。当然,自此之后,他便懂得了他该穿什么颜色——绿色。"

所以,阿新穿着绿色的上衣,"从救世军那儿买来的外套",配上一条"更绿的领带",穿上"惠灵顿鞋",头发蓬乱着,出门了。由此可见,阿新通过强化自己的种族身体形象,以造成凝视他的白人的视觉上的不快,借以对抗白人凝视的霸权地位。"他希望,他的这身打扮能侮辱那些看他的人。"此时,通过怪异的着装,他就如《西游记》中的孙悟空,像美国主流社会带着歧视有色镜的妖魔鬼怪们举起了隐形金箍棒,将其偏见大白于天下,使其无处遁形。

同时,惠特曼通过不断言说打破了"沉默"的亚裔的刻板印象。一直以来,"沉默寡言"都是亚裔社群的刻板印象。张敬珏在《尽在不言中》对"沉默"进行"文化语境化"并探索"沉默"的积极意义。汤亭亭在小说中则一直赋予"沉默"以消极意义,在《女勇士》中,她通过叙述者对一个沉默的华裔女孩施暴表达了自己对华裔"沉默"的刻板印象的憎恨,在《孙行者》中,汤亭亭则直接塑造了一个颇有些饶舌的华裔青年形象来颠覆亚裔的刻板印象。在小说的最后一章"独角戏"中,惠特曼不再囿于自己丰富的思想活动里,他洋洋洒洒说了几十页,"这既是一场展现自我、伸张族裔权利的伟大的'复辟'",也挑战了美国社会的听觉系统。

惠特曼或者说汤亭亭所倡导的"种族自爱"强调的是"差异性"的身体。傅友祥在其论文中也归纳出汤亭亭所使用的差异的书写策略,突显美国文化内部差异的重要性,以重新构筑所谓的美国经验。确实如此,汤亭亭为凸显"差异性",刻意描写华裔的身体,试图以此来抵抗美国社会的种族主义。但是身体问题本身就带有种族主义的痕迹。葛莱思在《协商身份》一文中考查了"面相学",她认为面相特征与种族差异紧密相连。而在安德烈·塔吉耶夫看来,当代种族主义往往不是以种族优劣论,而是以相对主义的种族(或"文化")多元论为基础,以强调"差别权"的方式提出的。他认为"在主张差别权,甚至不惜一切代价维护文化差别的权利"的立场被视为理所当然的条件下,已经出现了"不明言的种族主义",而"这类种族主义既不靠近不平等,也不走向生物学上的种族。这类种族主义不援引纳粹的学说。这类种族主义既不出口伤人,也不明确呼唤仇恨。"塔吉耶夫所谓的"新种族主义"其实是在多元文化主义的幌子下维持现有的种族差异,将少数族裔体现的文化看作正餐的佐料,目的是让正餐更有滋有味,对少数族裔施舍的正是赵健秀所称的"种族主义之爱"。而种族之间的差异的显性存在将极大伤害其成员,并阻碍其融入美国主流社会。李磊伟认为,"汤亭亭对少数族裔话语的理解的主要贡献在于她将笛卡尔的身体/意识二分状态结合在一起:在她看来,抽象的身份和具体的自我永不可能完全分开。物质性的身体(也就是种族、外表)和文化身体、象征和习惯,总是互相映照,去建构一个完整的亚裔美国身体。"汤亭亭将身体与意识结合,让身体成为思想的载体,凸显了作为亚裔美国主体的差异性身份,但她试图建构的"差异性"的多元文化主义社区势必会沦为一种全新的"种族主义话语",这可能是她所没有想到的。

  吉卜林被华裔美国学者所经常引用的一句是:"东方是东方,西方是西方,二者永不相聚。"而一旦东西方相聚,则势必有高下之分。通过强调差异来消泯美国社会现存的种族偏见,其本质上是一种新的本质主义。而且"种族主义"的历史源远流长,肤色的等级差异长期存在,很难立即消亡。所以,通过创作《孙行者》,汤亭亭所表达的与其是一种政治呼吁,还不如说是一种文学理想,是作家对现实世界的无奈,暗藏着深深的失望。

参考文献

[1]黄秀玲.从必须到奢侈:解读亚裔美国文学[M].北京:中国社会科学出版社,2007.

[2]汤亭亭.孙行者[M].桂林:漓江出版社,1998.

[3]皮埃尔·安德烈·塔吉耶夫.种族主义源流[M].北京:生活·读书·新知三联书店,2005.

[4]许双如.汤亭亭在《孙行者》中的狂欢艺术实践及其诗学意义[J].暨南学报(哲学社会科学版),2013,2.

[原发表于《社会科学》2007年]

"步步是安乐"*
——汤亭亭《第五安乐之书》中的正念

黄 芝**
（苏州大学外国语学院）

摘要：在批评家看来，汤亭亭通过《第五安乐之书》支持美国 20 世纪下半叶的反战和平运动。本文认为，这一作品并不是一部传递反战和平思想的政治宣言，而是通过汤亭亭本人和"越战"老兵的经历演绎一种源于东方的、释一行禅师所宣说的"正念"佛教哲学，旨在为那些寻求和平反战的美国人提供心理慰藉：内心的安乐无须苦苦追寻，可以通过正念来获得，即保持对当下有意识、无分别的觉知。同时，正念也为遭遇 1991 年奥克兰大火灾和饱受"创伤后应激障碍"(PTSD)摧残的人们疗愈心理伤痛，帮助他们找到蕴藏于人生每一步的安乐。

关键词：《第五安乐之书》；汤亭亭；释一行禅师；正念；安乐

在半自传作品《第五安乐之书》(*The Fifth Book of Peace*, 2003, 以下简称《第五》)①中，华裔美国作家汤亭亭记录了亲历 1991 年奥克兰大火灾 (Oakland firestorm)②后的正念 (Mindfulness)③以及随后组织的"正念写作坊"。事实上，她早在 1989 年便已结识越南裔高僧释一行禅师 (Thich Nhat

---

* 基金项目：本文为国家社科基金青年项目"禅佛、创伤疗愈与当代亚裔美国文学研究"（项目编号：15CWW020）的阶段性研究成果。

** 作者简介：黄芝，副教授，主要研究方向为当代英美文学、印度英语文学。

① 国内学者将此书书名译为《第五和平之书》或《第五和平书》。纵观全书，"peace"一词并不总是意指"和平"。相反，该词更多的时候表示内心的宁静满足，故将书名译为《第五安乐之书》更妥。

② 《第五》中的奥克兰大火灾指 1991 年 10 月在奥克兰北部、伯克利东北部爆发的大火灾。在此次火灾中，25 人丧生，150 人受伤，1520 英亩土地被毁，造成经济损失约 15 亿美元。汤亭亭本人的房子与大部分财物也在火灾中付之一炬。

③ "正念"出自佛法"八正道"，是一种心念的修行，被现代心理学界广泛地借用来进行心理治疗，取得了巨大的成功。下文将作详细阐述。

Hanh,1926—),不仅多次赴一行禅师在法国南部设立的"梅村"禅修中心参学与禅修,而且在美国西海岸开办"正念写作坊",开始推广一行禅师所倡导的正念禅修。她如此描述正念对自己的影响:"我并未感觉突然的改变,但体会到不断扩展的生命。对我来说,正念即梭罗所称的觉醒"(Shan,2008)。

批评家往往仅聚焦于作品后半部分的正念写作坊,且将其与个人的政治诉求联系在一起,却鲜有涉猎《第五》中的正念问题。例如,单德兴认为写作坊帮助越战老兵"逐步走向康复并进一步投入到和平运动中"(Shan,2009)。麦克丹尼尔则否认写作坊的心理治疗作用,仅强调其社会政治功能。她认为,小说中的写作坊"协调自我的不同部分,不为治愈,而是为了将自我与更大的国际社会重新连接"(76)。换言之,正念的修习将越战老兵的亲身经历转化为证词,旨在进行控诉和警示,并拥护美国的反战和平运动。在美国20世纪下半叶反战和平运动的大背景下,《第五》所描述的反伊拉克战争和越战老兵反战活动等情节的确真实反映了美国人的反战热情。但是,这些批评家忽视了贯穿作品始终的正念,并简单地将其视为退伍老兵言说政治诉求的工具。

本文认为,《第五》并不是一部传递反战和平运动思想的政治宣言,而是通过汤亭亭本人和越战老兵的经历演绎一种源于东方的、释一行禅师所宣说的"正念"佛教哲学,旨在为那些寻求和平反战的美国人提供心理慰藉,帮助他们走出困境:内心的安乐无须苦苦追寻,可以通过正念来获得。同时,正念也为遭遇1991年奥克兰大火灾和饱受"创伤后应激障碍"摧残的人们疗愈心理伤痛,帮助他们找到蕴藏于人生每一步的安乐。

一、正念:步步是安乐

在《第五》中,汤亭亭(Kingston,2003:390)多次援引释一行禅师有关"安乐"的论述,例如,"步步是安乐……步入当下,安乐即可获得……安乐可以即刻产生……在下一次有意识地呼吸时,安乐示现",[①]这些引文出自一行禅师1999年出版的《步步是安乐:日常生活中的正念之道》,这是一部探讨为何、如何修习正念的禅法文集。虽然汤亭亭的引文缺乏连贯性,但却提炼出《步步是安乐》的核心观点,也从另一个侧面彰显出该文集对她的影响。

---

① Maxine Hong Kingston. The Fifth Book of Peace[M]. New York: Vintage International,2003:390. (后文出自同一著作的引文,将随文标出引文出处页码,不再另注。)

一行禅师在《步步是安乐》中指出，生活的每一步都充满着安乐："我们的每一次呼吸、每一个步伐，都充满安乐、喜悦和宁静"（Thich,1991:5）。换言之，内心的安乐并不需要拼命争夺或苦苦寻觅。它本就涵藏于日常生活的方方面面，例如呼吸、漫步、静坐、用餐、煮饭等。我们被自己的欲望、烦恼、执着、仇恨等种种情绪所障碍，因此无法洞悉安乐的存在。

在一行禅师看来，正念即是获得安乐的最好方法。他在《步步是安乐》中通过大量发人深思的故事、轶事和评论向读者提供了各种实践正念的途径，包括呼吸禅修、静坐禅修、漫步禅修等，而这些正念禅修的共同要领是"对当下的现实保持觉知"（Hanh,1991:11）,一行禅师的学生、著名心理学家乔·卡巴金致力于将正念禅修引入心理治疗，在《正念:此刻是一枝花》中使用更加世俗、直白的方式阐明和概括了禅师的观点："正念意为用特殊的方式保持觉知：有意识、在当下和无分别。这种觉知培养了对当下现实更大的意识和接受"（Kabat-Zinn,1994:4）。卡巴金强调正念的三个要素，即有意识、在当下和无分别。觉（而不执着于过去或未来）可以消除我们对过去或未来"根深蒂固的恐惧与不安全感"，而"有意识"（把觉知作为明确的目标）和"无分别"（接纳现实的好与坏、顺与逆）可以使我们更好地觉知并接受当下的现实。总之，只有通过有意识、无分别地觉知于当下，我们才能获得蕴涵于生活每一步的安乐。

本文将在下文论证中参考和解析一行禅师（特别是《步步是安乐》中的论述），旨在证明汤亭亭在《第五》中的正念禅修实践及其真实意图。同时，汤亭亭本人对正念的解读与阐释也将用以佐证。此外，由于《第五》的"水"章与其他章节在正念问题上有所重复，且较间接反映汤亭亭的正念禅修，故不作详细剖析。

二、作家汤亭亭的正念

从《女勇士》(*The Woman Warrior*,1976)、《中国人》(*China Men*,1980)等早期作品开始,汤亭亭一直被批评界公认为和平主义者:"她的每一部作品都或多或少以和平主义为主题"（Grice,2006:14）。她本人也曾在访谈中强调自己致力于"建构一个和平的世界——我们如何改变世界"（Bowers,2008:50）。因此，当汤亭亭在《第五》的前半部分（"火"与"纸"两章）中记录自己在上世纪80年代末寻找失落的"和平书"、①写作自己的"和平书",及其毁于奥克兰大火的往事时,许绥南将其与汤亭亭一如既往对"和平"的探索联系起来:"通过将现实中的大火与和平问题联系在一起,汤亭亭质疑'和平'一词的普通含义,展示其建构一个基于新概念和平的新世界的愿望"(Hsu,2010:106)。但是,许绥南习惯性地将汤亭亭看作追求"和平"的"女勇士",忽视了她的转变和对正念佛教哲学的修习。另一方面,单德兴洞悉了她的变化:"这场大火促使汤亭亭的转变,不管作为作家还是个人"(Shan,2008:6),但并未对这一问题作深度挖掘。

事实上,《第五》的前半部分的确呈现了汤亭亭的转变。在无奈寻求和平反战、反对对伊战争时,她开始实践一行禅师倡导的正念佛教哲学并藉此说明:内心的安乐蕴藏于我们"正念"地踏出的每一步,无须苦苦追求。因此,汤亭亭并非通过自己的遭遇宣扬许绥南所称的"新概念和平",而是旨在指出一种通往安乐的"正念"方法。

汤亭亭寻找"和平书"期间,正值美国第四次和平运动的高潮。1990年8月2日美国政府以执行联合国决议、维护人类和平的名义派兵前往伊拉克武装干预海湾局势,发动海湾战争。大部分美国人对此坚决反对,并分别于1990年、1991年"通过游行示威、辩论、宣传教育等方式游说国会以非暴力和外交途径来解决波斯湾的战争"(杜,2004:29)。汤亭亭也在作品中明确反对这场战争:"神在给我们演示伊拉克战争。屠杀和拒绝看到自己的所作所为是错误的"(13)。尽管如此,战争与武力并未就此终结,作为海湾战争延续的伊拉克战争直至2011年12月才宣告终结。

作为作家,汤亭亭参与反对对伊动武的方式是寻找失落的"和平书"和写作自己的"和平书"。在传说中,整套"和平书"共三本,是包涵"终止战争的策略"(41)的已经消失的中国文化典籍。例如,作为"和平书"的素材之一,《孙子兵法》便探索过"防止战争:如何不作战,如何不诉诸武力而获胜"。虽然我们无法考证"和平书"的真实存在,但它可以被看作和平、反战与反武力的象征。为了获得这套典籍,她不仅请求前往中国旅游的友人为她寻找,而且在她自己的中国之旅中不断四处询问。在寻找无果后,她又在别人的建议下创作了自己的"和平书",即第四本"和平书"。因此,汤亭亭的整个寻书、写书过程象征了她对和平、反战的孜孜不倦的追求。

但是,汤亭亭在《第五》中以奥克兰大火隐喻伊拉克战火,以她的家和第四

---

① 由于该套书籍在传说中提供了终止战争、获得和平的方法,故仍翻译为"和平书"。

本"和平书"的焚烧殆尽隐喻和平难以企及。作为美国历史上最严重的火灾之一,奥克兰大火灾不仅烧毁了"1600英亩土地、2500个家庭、产业和450幢公寓房"(Spignesi,2002:293),而且吞噬了25个鲜活的生命。汤亭亭如此描述大火灾:"我们看到的是灰烬中的城市。神灵正在给我们指示,给我们演示类似战争的场面"(14)。灰烬使人联想到战火,以及战火给城市与人们内心留下的伤疤。因此,汤亭亭使用大火灾及其造成的满目疮痍隐喻伊拉克战争的破坏力和影响力,以及给她带来的心理阴影和心理创伤。另一方面,第四本"和平书"在大火中的烧毁则更加直接地隐喻了和平难以获得。在现实中,任凭人们如何苦苦追寻,和平、战争、暴力和冲突总是存在,亦如直2011年才真正结束的伊拉克战争。

尽管如此,促使汤亭亭改变想法、修习正念的正是奥克兰大火灾。她在《第五》开篇时写道:"如果一个女人要写一部'和平书',她需要了解破坏"(3)。这已经带上正念的意味,即只有通过觉知当下的"破坏"才能获得安乐并创作新的"和平书"。换言之,大火的破坏性和毁灭性可以成为正念的契机,帮助她在寻求和平无果的无奈中获得内心安乐。

首先,汤亭亭开始觉知于当下。在传授呼吸禅修时,一行禅师认为它可以"帮助我们停止过多的想法,不被对过去的伤痛和对未来的担忧所左右。它使我们能够接触到当下美好的生活"(Hanh,1991:11),因为"过去已成过去,未来尚未到来。如果我们不回到当下的自我,便无法接触到生活"(Hanh,1991:12)。简而言之,觉知于当下帮助我们不因过去而后悔,不因未来而担忧。在实践中,汤亭亭不再执着于被烧毁的"和平书":"我使书已经被毁的可能性——我的书被毁了——进入我的认知。我不再感觉糟糕了。"换言之,她放下了对"和平书"的苦苦追求和对和平反战的执着,把注意力转向此刻和当下。她认识到:"我走出来,进入一个改变了的世界。它的颜色已经褪去。它的尺寸延展到这儿、收缩到那儿"(10)。褪去的颜色和延展的尺寸是汤亭亭对当下生活环境的形容,源自她在大火灾之后对当下的觉知。汤亭亭的形容暗示了她已不再执着于"过去的伤痛"以及对和平反战事业的追求,而是开始寻求当下的改变。

其次,有意识地觉知是汤亭亭正念修习的另一个组成部分。在《"步步是安乐"》中,一行禅师以看电视为例,演示了培养有意识觉知的目的与方法:

> 我们打开电视并保持开启状态,允许别人指导我们、塑造我们并毁灭我们。以这样的方式迷失自己是把我们的命运放在其他不负责任的人手中。我们必须觉知哪个节目对我们的神经系统、智力和心理有害,哪个节

目对我们有益。(Hanh,1991:14)

有意识地觉知可以帮助我们了解当下的境况,防止我们被这些境况所左右。在《第五》中,汤亭亭通过重复使用首字母大写的"意念"(Idea)强调自己的有意识觉知。例如,在观察战场一般的废墟时,她写道:"我的'和平书'没了。我的父亲没了。无父亲。无财产。但不是无意念。"(14)这句话中的"不是无意念"即有觉知,意在强调:虽然在火灾中财产损失惨重,生活一团糟糕,但她能清楚地觉知这一切。她随后又宣称:"东西——红色的独轮手推车、白色的鸡、雨水——都没了。但意念尚存。意念引导事物。我因为意念(21页)显然,红色手推车、鸡和雨水组成的意象群是汤亭亭对美国诗人威廉·卡洛斯·威廉姆斯(William Carlos Williams)的著名短诗《红色手推车》(*The Red Wheel-Barrow*)的借用。在原诗中,这三个具有生命力量的农家意象源于诗人威廉姆斯有意识地觉知,正如批评家所言:"威廉姆斯认定意识与外部世界具有同样性质,因此诗人能够忠实地发现,甚至进入客观现实"(Ross,1993:xvii)。同样,"意念"一词的再三强调也表明,汤亭亭通过有意识地觉知观察到大火灾及其造成的一片狼藉,了解自己一无所有的处境——虽然财物付之一炬,但她尚可觉知。

最后,汤亭亭在修习正念时也实践了无分别地觉知,主要涉及被觉知的对象。一行禅师同样使用了各种情境下"呼吸禅修"的例子来阐释无分别的重要性:

> 你可以在任何地方呼吸,仅仅坐在你办公室的椅子里或坐在你的车里。甚至如果你在人头攒动的购物中心或在银行排队,如果你开始感觉筋疲力尽并需要回归自我,你可以就站在那里,进行有意识的呼吸和微笑。(Hanh,1991:15—16)

一行禅师在这个事例中暗示:我们的内心具有对外界事物的强大的分别力,而这种不可避免的分别力会阻碍我们的觉知并造成心理紊乱,因此我们应该放下分别心,接受当下的情境。在大火灾之后,汤亭亭仅仅"想要亲自看看书被焚烧殆尽"(30)。换言之,她对书的完整与破损已无分别之心,已经完全接受"和平书"被烧毁的事实,如同未受任何影响一样。看到已经灰飞烟灭的"和平书"之后,汤亭亭感到:"羽毛飘浮在空中,成为空气,如空气一般无色无味。"(34)羽毛飘浮的意象传达轻盈灵动之感,是她当下心理状态的外在化,暗示她对"和平书"一事已完全释然,内心无比安乐。至此,汤亭亭失去"和平书"的伤痛也基本治愈。

综上所述,虽然汤亭亭并未直接描写美国和平反战运动,而是以作家的自己寻找"和平书"的经历彰显美国80、90年代反战人士的无奈。的确,"国内和国际反战运动并未阻止2003年3月美国领导的对伊拉克的袭击与占领……他们意识到自己最紧迫的挑战是坚持,让自己的声音被听到,扩展和深化他们支持的基础"(Mollin:1058)。但是,通过自己浴火重生的经历,汤亭亭旨在鼓励这些反战斗士有意识、无分别地觉知于当下,才能获得内心的安乐、修复心中的创伤。

三、越战老兵的正念

与汤亭亭一样寻求和平反战的还有美国越战老兵。在《第五》的"土地"一章中,汤亭亭把焦点转向这一与自己息息相关的特殊群体,①以及为他们创办的写作坊。如前所述,由于汤亭亭前期作品折射出的和平主义思想,批评家往往将老兵的集体写作诠释为推动和平反战事业之举,又如许绥南写道,"汤亭亭随后与一行禅师合作组织写作坊,与其他成员一起像避难所中的军人一样,揭露暴力的过去并试图推动和平"(Hsu,2010:115)。但是,他们全然漠视越战老兵们在整个写作训练中内心的巨大改变,以及正念对他们的重要作用。

事实上,作为越战的直接受害人之一,越战老兵们一直无奈地规避战争、寻求和平。汤亭亭组织的"正念写作坊"帮助他们在写作中有意识、无分别地觉知当下,使他们发现生活中的安乐并疗愈他们的心理创伤。正如汤亭亭所言,正念写作坊更多地"帮助他们创作,直至他们充满暴怒的故事变得安静"。(314)

1961年,美国政府出于维护美国的霸权地位、遏制共产主义等原因派兵进驻越南,开启了对越南长达12年的武装干预。这场噩梦般的战争不仅对越南造成巨大的破化,而且使大量美国士兵被迫卷入战争,对他们及其家人造成终生难以磨灭的影响。据统计,"美国共投入60万人兵力,另有仆从军六万多人,使用了除原子弹以外的各种现代化武器装备。可是,战争结束时,美军共死亡五万多人"(陈传刚,2001:83)。70年代回到美国后,大批退伍老兵开始致力于反对战争与暴力的和平事业,从未放弃。有学者总结道,"反战的老兵

---

① 汤亭亭的许多亲人都参加过越战,包括她的兄弟、妹夫等。

们更好地组织起来,特别是在'反战越南老兵'(VVAW)①这一组织中。他们把可信度与生机勃勃的活力、连同严酷的现实一道带入运动中"(Chatfield,1992:138)。

在"土地"中,汤亭亭用退伍老兵的"创伤后应激障碍"(Post-Traumatic Stress Disorder,缩写为PTSD)来呈现他们在寻求和平中的无奈与无望。亲历战争的退伍老兵往往患有这种心理疾病:"许多退伍老兵患有创伤后应激障碍症状……这些人频繁地感到抑郁以及一系列相关症状,如食欲不振。除失眠外,这些老兵也经历过创伤事件的噩梦,并且在清醒的时候内心回放这些事件"(Sonnenberg,1985:5)。在汤亭亭摘选的自我陈述中,老兵罗曼·马丁内斯的故事足以印证这种心理疾病对越战老兵战后生活的影响。马丁内斯曾在越南战场亲手埋葬最亲密战友的遗体,这一画面成为他在回到美国后的噩梦。他用大写字母记录道:②

> 对这一场景的记忆引起了抑郁,有时是狂怒。热铁(如烧热的长柄锅)或烧烤的肉会召回所有的回忆。嫌恶、懊悔、愤怒的感情,我会令身边的人感到恐惧:主要是我的家人。"为什么爸爸这么狂暴,老是冲我们大喊大叫,好像准备杀人一样。"(329)

在形式上,大写字母本身有突兀的效果,突显出马丁内斯内心的慌乱。在内容上,一触即发的战场噩梦、抑郁和狂怒是典型的"创伤后应激障碍"症状,不仅影响了自己与家人的生活,而且也彰显出追求和平的无望。虽然越战老兵回国后参加反战和平运动、努力忘却战争,但战场的阴影始终如鬼魅一般萦绕着他们,使他们无法像正常人一样工作生活。

在"正念写作坊"中,汤亭亭将一行禅师宣说的正念佛教哲学融入创意写作训练,帮助他们修复"创伤后应激障碍"并获得安乐。首先,他们进行有意识的行走、饮食与写作。一行禅师推荐呼吸禅修来培养有意识地觉知,因为我们可以通过呼吸"观察它,默默地使它与自我认同……叫出一种情感的名字,例如我们清楚地识别它,并更加深刻地认可它",③不至于堕入无知并被自己的

---

① "反战越南老兵"(Vietnam Veterans Against the War)成立于1967年,建立之初是一个旨在反对美国参与越南战争的退伍老兵组织,后发展为一个所有美国退伍老兵争取和平、正义与权力的组织。

② 原文为所有字母全部大写的若干段落陈述。

③ 此两句话在原文中为大写的"PURE HELL BREAKS LOOSE! ALL THE NOISE IN THE WORLD"。

情感所控制。在写作坊中,退伍老兵们将这种呼吸禅修训练与写作合二为一:

> 写作恰如禅修:你静坐呼吸,只不过加入一项——写作。你不是让思绪、图景和情感流逝,而是抓住它们……写作时,你把光——你的智慧之光——照进过去的场景,照进忘却、恐怖之物的黑暗。(266)

从中可以看出,他们并不故意压抑曾经束缚他们的战争"思绪、图景和情感",而是运用写作来回忆、识别它们。例如,曾在越战中担任美军医生的泰德·塞克索尔在诗歌中有意识地回忆自己在越南战场处理伤员、逝者的经历。他平静地写道:"整个地狱闹得天翻地覆!世界上所有的噪声……我们杀了个军医……他们给我一件他曾携带的器械。我把它放在抽屉后面。"(276)塞克索尔在以上诗行中有意识地识别自己的惊恐与慌乱(甚至使用大写字母强调这种惊恐与慌乱),源于自己为了反战而参战的原计划与沦为谋杀犯的残酷现实的尖锐矛盾。换言之,他通过诗行识别曾经的血腥战争场面和自己的慌乱。

除有意识外,退伍老兵也在创意写作中训练无分别的觉知。在释一行禅师看来,无分别的觉知也可归结为释然、放下。他写道,"我们并不被情感所浸没,也不恐惧,抑或拒绝它。我们既不执着,也不拒绝的态度是放下的态度,是禅修练习的重要组成部分之一"(Hanh,1991:51—52)。换言之,无分别意味着接受它们,最终放下它们。在写作坊中,退伍老兵只需要不加分别地写出并接受他们在越战中的惨痛经历和情感,才不至于被它们所控制,正如汤亭亭所建议的:"把东西写出来,你们不需要在身体里携带这些作为痛苦的记忆。纸张会携带你们的故事。作为你们读者的我们会携带你们的故事。"在写作实践中,泰德·塞克索尔在《两队》(*Two Squads*)、《铁丝网内》(*Inside the Wire*)等诗歌中述说了自己在越南战场杀死一个敌军军医,并取走他的手术剪刀的苦痛经历。宣读结束后,他承认:"今天,大抵是和平时代,1993年,我拿着他的手术剪刀,最终可以考虑他是谁了"(294)。手术剪刀象征血腥恐怖的越战经历。他曾因无法面对战争而将手术刀束之高阁,而它的提及暗示了塞克索尔已经不再恐惧那些鬼魅般萦绕心间的战争记忆。通过将这一经历付诸纸笔,他已经完全接受并放下战争记忆。

最后,退伍老兵也将觉知的对象置于当下。汤亭亭在《第五》中直接援引释一行禅师的演讲以解释当下的重要性:"他正试图让我们活在当下,在世界上占据自己的位置,就在当下。此地、此地、此地,此时、此时、此时。回归此时此地才是意义所在"(382)。"回归"一词具有深意,暗示安住于当下可以帮助他们寻回散乱的注意力,摆脱对过去的执着和对未来的担忧。在写作坊中,泰德·塞克索尔也是安住当下的典型。他给大家朗读了一首有关战场上患有便秘的战友的诗歌,暗示他能直面战争记忆及其带来的创伤。最后,他打趣地宣布,"我赢得了美国退伍军人事务部的奖金……现在我有新的担忧了——有钱人的问题。我一直比较穷,现在我和事务部有交易"(309)。他将越战话题转换至退伍军人事务部,暗示了他已翻过痛苦的战争篇章,聚焦当下的现实。另一方面,他的玩笑逗乐了在场所有人,彰显了他对当下生活的满足和欢喜。

在正念写作坊中,塞克索尔等退伍老兵们不仅通过正念写作(辅以呼吸禅修、行走禅修、静坐禅修等方式)获得了内心的安乐,而且修复了自己的战争创伤。心理学界早已证明,正念有助于减轻创伤后应激障碍的症状,是治疗创伤后应激障碍的方法之一。研究发现,"这种方法包含正念地接受原则,旨在帮助客户聚焦于当下,并使他们的生活朝着自己珍视的方向发展"(Follette and Aditi,2009:314)。通过在写作中有意识、无分别地觉知当下,越战老兵们逐渐接受战争中的创伤经历,聚焦于此时此地,最终获得内心的安乐与宁静。在一次写作坊的课程之后,汤亭亭描述道:

> 室外是狂风暴雨,室内是兴奋与静谧的迸发。人们发表陈述,然后又反驳自己的陈述;他们支持某个言论,然后又提出相反的言论。他们正在放弃自己的特殊性,为其辩护,又放下它,成就平淡。佛教的理想即平淡。(348)

这段描述可以充分概括正念写作对越战老兵们的创伤后应激障碍的治疗作用:他们可以直面战场记忆,自如地谈论和"放下"战争话题,觉知于当下的境况,回归"平淡"与宁静的生活。

《第五》中的泰德·塞克索尔只是沧海一粟。事实上,上世纪70年代越战结束后,大批返回美国的退伍老兵患上创伤后应激障碍。据统计,在所有越战退伍老兵中,"31%的男兵和27%的女兵都被确诊为创伤后应激障碍……这些比例折算成479 000位患有创伤后应激障碍的越战老兵"(Resick,2008:68)。汤亭亭组织并记录下正念写作过程,正是旨在鼓励像塞克索尔一样的退伍老兵有意识、无分别地觉知于当下,帮助他们走出战争阴影、修复创伤、获得安乐。正如释一行禅师本人出席写作坊最后一次聚会时所总结的,正念写作坊"把我们带回那个家园"即可以安放心灵的精神家园。

简而言之,汤亭亭在《第五》中并非为美国20世纪下半叶的和平反战运动摇旗呐喊,而是为寻求和平反战的美国人提供了正念这一源于东方的佛教智慧。通过自己与退伍老兵的经历,她鼓励更多的美国反战人士有意识、无分别地觉知于当下,以此获得内心的安乐并疗愈心理的伤痛。从某种意义上来说,汤亭亭通过《第五》竭力修学与实践"自利利他"(既能自己证悟,又能帮助他人获得解脱)的大乘佛法精神,因此被评论家高度赞誉为"一位驻留世间……安抚我们痛苦的菩萨"(Shan,2008:55),只不过她的方式更加入世、更时代化。

参考文献

[1]陈传刚.越战泥潭:美国醒不了的梦魇[J].环球军事,2001,(1):83.

[2]杜红艳,付奋奎.冷战时期四次和平运动高潮述评[J].榆林学院学报,2004,(1):29.

[3]Bowers Maggie Ann. Maxine Hong Kingston in Conversation with Maggie Ann Bowers [J]. Wasafiri,2008,16(33):50.

[4]Chatfield Charles. American Peace Movement: Ideals and Activism[M]. New York: Twayne Publishers,1992.

[5]Grice Helena. Maxine Hong Kingston [M]. Manchester: Manchester University Press,2006.

[6]Hsu Shounan. Writing, Event, and Peace: The Art of Peace in Maxine Hong Kingston's *The Fifth Book of Peace* [J]. College Literature,2010,37 (2):106.

[7]Kabat-Zinn. Wherever You Go, There You Are: Mindfulness Meditation in Everyday Life [M]. New York: Hyperion,1994.

[8]Maxine Hong Kingston. The Fifth Book of Peace[M]. New York: Vintage International,2003.

[9]Marian B. Mollin. Encyclopedia of American Social Movements[Z]. Immanuel Ness. Armonk: M. E. Sharpe Inc,2004.

[10]McDaniel Nicole. "Remaking the World", One Story at a Time in *The Fifth Book of Peace and Veterans of War, Veterans of Peace* [J]. MELUS,2011,36 (1):76.

[11]Thich Nhat Hanh.Peace Is Every Step:The Path of Mindfulness in Everyday Life [M]. New York:Bantam Books,1991.

[12]Nhat Hanh Thich. The Miracle of Mindfulness: An Introduction to the Practice of Mindfulness[M]. Boston: Beacon Press,1975.

[13]Patricia A. Resick, Candice M. Monson and Shireen L. Rizvi. Clinical Handbook of Psychological Disorders: A Step-by-Step Treatment Manual[M]// Ed. David H. Barlow. New York: The Guilford Press,2008.

[14]Ross Bruce. Haiku Moment: An Anthology of Contemporary North American Haiku [G]. Boston: Tuttle Publishing,1993.

[15]Shan Tehsing. A Veteran of Words and Peace: An Interview with Maxine Hong Kingston[J]. Amerasia,2008,34 (1):58.

[16] Shan Tehsing. Life, Writing, and Peace: Reading Maxine Hong Kingston's *The Fifth Book of Peace* [J]. Journal of Transnational American Studies, 2009, 1(1): 11.

[17] Sonnenberg Stephen M., Arthur S. Blank, Jr. and John A. Talbot. The Trauma of War: Stress and Recovery in Vietnam Veterans [M]. Arlington: American Psychiatric Press, 1985.

[18] Spignesi Stephen J. The 100 Greatest Disasters of All Time [M]. New York: Citadel Press Books, 2002.

[19] Victoria M Follette and Aditi Vijay. Mindfulness for Trauma and Posttraumatic Stress Disorder [M]//Ed. Fabrizio Didonna. Clinical Handbook of Mindfulness. New York: Springer, 2009.

[原发表于《国外文学》2016年第3期]

论汤亭亭《女勇士》的跨民族书写

高 奋[*]

（浙江大学外国语言文化与国际交流学院）

摘要：跨民族书写是美国华裔作家汤亭亭的《女勇士》的主要原创性，主要体现在两个方面：其一，用双向对话结构表现华裔与中国、华裔与美国之间既相互独立又相互依存的对话关系，展现身处中美文化联结处的华裔的情感、梦想、态度和生存状态、蜕变历程。其二，用虚实相生叙事模式将中国和美国互为映衬，以虚明实，揭示华裔的生命力。

关键词：汤亭亭；《女勇士》；跨民族性

美国华裔作家汤亭亭（Maxine Hong Kingston, 1940—）持有自觉的跨民族创作信念。她坚信文学的宗旨在于表现不同民族的共通性，认为文学创作不应局限于单一民族性，而应着重表现生命的"普遍性"（Kingston, 1982: 65）。她坚信不同民族的核心理念可以共存，美国个人主义与中国集体主义的共融图景就像"一个学校体系，整个班级是一个群体，在那里孩子们不用为成绩和奖励而竞争"（Kingston and Carabi, 1988: 142），既保持民族独立性又维护跨民族相互依存的和谐关系。她坚信艺术的世界性，赞赏惠特曼包容全部民族的"新的人类图景"（Fishkin and Kingston, 1991: 784），指出她自己的使命是书写"世界华人文学"（卫景宜, 2004: 48）。

汤亭亭的创作信念与近年来美国学界提出的跨民族主义（Transnationalism）理念共通。跨民族主义被描述为"一个有创造力的蜂巢，一个可持续的结构，能赋予各个民族国家、国际和本土机构、特定社会空间和地理空间以身份。一个整合却又是中空的蜂巢，在那里每个组织、个体、观点都可以衰退，让位于新的组织、民族和创意"（Clavin, 2005: 421），所倡导的核心思想是：建立两个或多个民族之间既独立又相互依存的关系，"从与其他民族之间的关系角

---

[*] 作者简介：高奋，教授，主要研究方向为英美文学。

度来关注民族内部的研究对象"(金衡山,2009:11)。汤亭亭的创作形式体现飞散文学的跨民族性:接纳并超越两种民族文化,以全新文学形式表现身处两种文化联结中的族裔的生存状况和心境,以客观态度观察族裔生活,"既有同情,又有反讽,并不把身处飞散生活状态中的人浪漫化,更不把这些人物描写成完美的化身"(童明,2006:119)。汤亭亭在《女勇士》(The Woman Warrior)中营造跨民族性的两大技法是:双向对话结构和虚实相生叙事。

一、双向对话结构

汤亭亭的《女勇士》问世后,获得公众的普遍认可,但文学批评界对它的评价莫衷一是,争鸣集中在中美文化的真伪、冲突、主从等问题。最初的争论聚焦中国文化的真实性和族裔描写的代表性,学界认为她歪曲了亚裔美国人的生活现实,以迎合美国主流文化(Chin,1991:27)。随后,争鸣拓展到作品的东方主义立场。麦伦(Sheryl Mylan)指出作者刻意将主人公与中国文化相区分,以阐发美国主流文化意识形态(1996:132—52);李(David Li)认为作品表现主流文化与族裔文化之间的争夺,展现亚裔美国人的"创造力和批判力的增强"(1998:62);拉宾(Leslie W. Rabine)指出,它具有东方主义无意识,以西方文化传统为准则描写亚裔美国人的社会现实(1987:133)。近年来,学界用后结构主义理论深入探讨华裔主体性(Shu,2001)、语言与身体的关系(Lim,2006)、沉默的权力话语(Parrott,2012)等。大部分研究中,中国与美国、主流与族裔处于二元对立状态,很少有人探讨其跨民族书写特性。

汤亭亭曾指出,她的创作具有"艺术独特性",是多层面的,并不局限于单一的亚裔美国人维度(Kingston,1982:56)。她自己称这种独特性的主要特征是"混合运用东西方神话"(张子清、汤亭亭,1998:194)和多文化合成有机体:"我们把不同的文化元素经过合成,变成一个有机体,我们创造出一种新的文化"(卫景宜,2004:47)。深入分析后,我们发现作品具有中美文化双向对话结构。

作品以华裔女儿"我"为中线,分两侧建构我与中美文化的双向对话结构。全书共五章,双向拓展的两侧分别是:"我"与中国的对话(前三章)和"我"与美国的对话(后两章),它们就像扇子的两面,既独立又相互补充,构成美国华裔的整体世界。而每一章的内在结构是对话性的,用人物的话说,"故事的前半部分是母亲讲的,后半部分是我加的"(Kingston,1989:206);用批评家的话说,故事以"母亲要女儿'有耳无口''只听不讲'的禁令开始,以母女的合说、合写而终……其文本中所表现的对话和多音的特性……显而易见"(单德兴,2000:138)。

"我"与中国的对话分为传统习俗、文化精神、祖国亲友三个层面,分别表现在"无名女子""白虎山学道"和"乡村医生"三章中,重在揭示华裔的性情、梦想与生命态度。

1. "我"与中国传统习俗的对话

在"无名女子"中,母亲讲述某不知名姑姑的人生经历,凸显中国某地域传统习俗。这位姑姑在丈夫出国2年后怀孕,其不贞触犯族规,因而遭村民夜袭。村民"用鸡血在姑姑的四周画出一道弧线"(4),以示将她逐出族门,最终她抱着婴儿投井自杀。母亲讲故事时反复强调,"不能把我告诉你的话,告诉任何人"(3),故事的真实性令人生疑。她侧重讲述姑姑深夜遭袭的可怕场景,不准"我"提问。"我"只能在母亲讲述之外,想象姑姑的故事。

隐性对话在母亲的讲述和"我"的想象之间展开,构成这一章的主、副线。母亲突出触犯族规的残酷后果,以强化教育效果,而"我"的想象却重点放在姑姑怀孕、生孩子、自杀时的心情上。"我"从多视角猜测姑姑怀孕的原因:父权社会男人的霸道和女人的逆来顺受,姑姑被迫怀孕;或者女人天性中的爱情和情欲萌发,姑姑为爱而孕。"我"想象姑姑深夜在田野分娩时百感交集的心情:心灵的伤痛、恐惧、孤独;身体的阵痛、寒冷;孩子产下后的炽热感以及油然而生的母爱;抱着婴儿投井时那份爱意和释然。

母亲的讲述和"我"的想象之间的对话是跨民族的。母亲故事的背后隐含着"未嫁从父、出嫁从夫、夫死从子"和"妇德、妇言、妇容、妇红"等三从四德、男尊女卑的中国传统道德规范。而美国出生成长的"我"则用人的天性,将一个恐怖的说教故事演绎成乡村女子的情感故事,生动凸显了"我"作为华裔的独特性情:具有多视角看问题的立场和心态,对遥远的祖国充满善意的想象,从自己的性情出发体悟同族女子的喜怒哀乐。

2. "我"与中国文化精神的对话

"白虎山学道"中的"花木兰"是中国文化精神的集合体。小说用"我"的梦境将"我"所闻所见的中国神话传说杂糅在一起:"我"化身为巾帼英雄花木兰,练功习武,替父从军;一路所向披靡,剿土匪、杀巨蛇、怀孕生子、杀昏君,拥立新皇帝,最后归隐家乡。这一异想天开的华裔版花木兰与中国传统花木兰出入很大。花木兰是中国南北朝时期一个传奇巾帼英雄,女扮男装,代父从军12载,屡建战功。在花木兰故事长期流传中,除南北朝的《木兰辞》外,唐、元、明、清均有诗歌、碑文、戏曲等,民间传说不计其数,均呈现独立故事。然而"我"的梦境是开放的,在极短篇幅里将多重中国文化元素杂糅到"花木兰"名下:除了传统花木兰的忠、孝、勇、义等人品外,"我"练就侠客功夫,明白齐物论道理—"耕耘劳作与舞蹈并无不同,农民的衣裳与皇帝的金冠玉带一样辉煌"(27),感悟和而不同思想—"我学会让自己的心灵博大开阔,能包容各种悖论"(29)。"我"既胸怀岳飞般"精忠报国"的抱负,也不忘与丈夫"相敬如宾";"我"肩负"替天行道"的责任,杀昏君酷吏,拥立新皇帝;最后解甲归隐,享受天伦之乐。

与"我"的梦境构成隐性对话的是"我"的日常生活,主线是梦境,副线是现实。"我"门门功课都是 A,华人圈亲友们却反复告诫"我""宁养呆鹅不养女仔""女大必为人妻"等中国传统观念,预言"我"逃不出"为人妻"的现实。"我"唯一的反击便是梦想成为"花木兰"。

梦境传达了传统中国梦的集体主义精神:天下为先、保家卫国、行侠仗义、替天行道、敬老爱幼、合家团圆,最终以国家强盛、民众安乐、家庭和谐为成功标志。它不同于"我"作为华裔在现实生活中必须遵循的传统美国梦的个人主义精神:自我完善,出人头地,最终以个人获得巨额财富和社会地位为标志。换言之,在成长过程中,中国文化对"我"的心智成长发挥了重大作用,主导"我"的梦想。诚如格尔兹所言,"在我们的身体告诉我们的知识和我们为生存而必须掌握的知识之间,有一个我们必须自己去填充的真空地带,我们用文化提供的信息来填充它"(Geertz,1973:50),"我"少年时期的文化填充物,源自母亲的中国神话传说和民俗故事。

3."我"与中国亲友的对话

"乡村医生"讲述了母亲的故事。母亲与无名姑姑的经历相似,婚后丈夫都去美国淘金,但她们的生命态度和命运截然不同。母亲敢说敢当、勤劳敬业、富有独立精神和适应能力,同时好面子、迷信固执,是个性鲜明、充满活力的乡村妇女。她婚后用丈夫寄来的钱求学,取得医科文凭,然后回村行医,深得村民爱戴。移居美国后,她将洗衣店经营得风生水起。但她也做蠢事,比如逼迫妹妹来美寻夫,讲述鬼怪故事吓唬孩子。

对话在母亲与"我"之间展开,主线描写母亲的个性,副线表现母女两代华裔的不同身份定位。大半辈子生活在中国的母亲总是想,"总有一天,很快,我们就会回国,那里都是我们汉人"(98)。而出生在美国的"我"的生命态度是跨民族的,"我"告诉母亲,"现在我们属于整个地球……不论我们站在什么地方,这块地方就属于我们,就像其他地方曾属于我们一样"(107)。

显然,"我"与中国的对话是精神的、超越的:"我"想象和杂糅祖国文化,"我"的视野和生命定位超越于祖国之上。不过,"我"与美国的对话则非常现实,分为现实和文化两个层面,分别表现在"西宫门外"和"羌笛野曲"两章中,重点表现华裔在美国的生存困境和走出困境历程。

1."我"与美国现实的对话

"西宫门外"客观叙述了姨妈在美寻夫的过程。姨妈婚后丈夫去美淘金,随后娶妻生子,将她遗弃了。姨妈在母亲鼓动下来美寻夫,她胆小怕事,面对丈夫美国式的粗鲁逼视和蛮横断言,"你驾驭不了这里的生活"(156),她说不出一句话,乃至精神失常。透过姨妈的经历,本章展现姨妈身边的"我"和兄妹们"不爱交际、离群索居"(128)的生存状态。初到美国的姨妈的懦弱和惊恐,与华裔孩子为躲避现实压力而长时间宅在家中所流露的胆怯,相互映衬,客观呈现华裔孩子的迷茫和不安。

潜在的对话在华裔与美国现实之间展开。身处异国,压力无处不在却无形无影,其显在形式是华裔的失常和变形。姨妈的失常是有形的,美国化丈夫的蛮横指责直接导致她的疯癫和死亡。华裔孩子的心身失衡是无形的,他们担负着适应美国现实的重任,但年幼的心身全然不知如何调和中国式家庭教育与美国社会文化之间的巨大差异,不知如何克服自己作为"他者"的自卑和惶恐,于是家便成了唯一的庇护所。他们的失常言行展现他们无力适应美国现实的外在形态。故事背后隐藏着"西宫门外"这一中国传说,西宫娘娘篡权后,东宫娘娘勇敢地冲入宫中夺回皇帝。而现实状况是,东宫娘娘胆怯而沉默。

2."我"与美国文化的对话

"羌笛野曲"中,"我"讲述华裔孩子从沉默走向言说的艰难成长故事。隐性对话在"我"与美国学校之间展开。"我"进入美国幼儿园第一天起便沉默了,因为"我"看着英文却想着中文,"我"敏感于美国老师对华裔孩子的区别对待,"我"的任何美国式思维言行都遭到华人圈中国观念的打击。也就是说,在"我"与美国文化之间,隔着强大的中国家庭教育,它的观念是传统、封闭和排斥美国文化的。"我"在中国家庭教育和美国学校教育的拉锯战中挣扎,在文化差异的沉重自卑中挣扎。本章用两条线描述了华裔孩子的痛苦。一条线描写"我"的沉默,一条线描写"我"用暴力强迫另一个沉默华裔女孩讲话。那女孩始终沉默,终身依恋家庭,无法独立;"我"则莫名其妙地生病18个月,直到吼出长久压抑的话语,"并不是所有人都认为我是废物。我不想做佣人或家庭主妇……我要离开这里。再住下去我受不了……我要上大学,我不要再去华人学校。我要在美国学校争取一个职位……"(201—202)。这段长长的话语充满了对母亲的责备,这也是美国批评界认为汤亭亭的作品持东方主义立场的主要证据,麦伦、拉宾的观点就是代表。但是,"我"如果不挣脱家庭观念束缚,是无法接纳美国文化并独立生存的,"我"是华裔,"我"更是美国人。汤亭亭不想用小说讨论中美文化孰主孰从或孰优孰劣问题,她想表现的是一个活生生的少数族裔孩子如何突破族裔家庭教育的厚墙,实现自主的文化交融的生命突围过程。"我"与美国文化对话的重心,就落在"我"突破华裔家庭教育藩篱,进入美国社会的过程。沉默是封闭和抗拒的代名词,言说是对话和交流的方式,是走出困境的唯一途径。作为对这一过程的反衬,汤亭亭在副线引入中国女诗人蔡琰的故事。蔡琰被匈奴擒获,与蛮人生活12年,最终用羌笛吹出心中的苦闷、怨愤和憧憬,这一简短故事,画龙点睛,揭示族裔走出单一民族束缚,走向跨民族交融的生存使命。

"我"作为故事的真正主角,"我"的内心世界和现实生活通过"我"与中国和"我"与美国的对话得以全面呈现。不过,双向对话是虚实相映的,这样避免了结构松散,并将内在意蕴和盘托出。

二、虚实相间叙事

约翰斯顿(Johnston)曾说,"中国神话与传统,西方文学风格与美国大众文化,所有这一切都只是汤亭亭书写其变幻莫测的想象的原材料。在汤亭亭的世界中,东方和西方就像阴和阳、女和男一样,相互映衬"(1993:137)。《女勇士》形式上不仅体现中西杂糅特性,而且具有虚实相间叙事特性,一定程度上类似中国明清小说的虚实相生技法。汤亭亭称,她的创作特点是虚与实相结合:她"试图找到一种表述方式,它能结合母亲、祖父讲故事的韵律……她的故事既像虚构,又像写实……这种叙事方法是她对现实主义写作概念的突破;是她达到的一种新的写作自由"(卫景宜,2004:47)。

"虚实相生"指称文学创作中写实与写虚相互映衬的方式。它的妙处在于:以实引虚,以虚明实,言有尽而意无穷。此技法在中国明清时广泛运用于小说,《红楼梦》《西游记》《水浒传》《聊斋志异》等均是虚实相生的典范。清代李渔一言道破虚实相生的妙处,"和盘托出,不若使人想象于无穷耳"(2001:270);清代蒋和则阐明其关系,"大抵实处之妙,皆因虚处而生"(2001:275)。清代金圣叹在评点《水浒传》时,用实例论述虚实相生法在渲染人物形象和凸显小说主旨上的妙用。他总批《水浒传》第 26 回时，称赞小说托张青之口，不仅描述鲁智深获救一事，而且虚构一个高大威武的和尚被害后留下一把戒刀的故事，指出这段叙述凸显虚实相生的妙处，"须知文到入妙处，纯是虚中有实，实中有虚，联缉激射，正复不定，断非一语所得尽赞耳"（施耐庵，2015：312），也就是说，以来去无影踪的无名和尚反衬鲁智深，从正反两面凸显其英武，这比单纯的正面赞誉多出无尽意蕴。此外，评点第 59 回时，他赞誉虚实相生法可凸显主旨。他指出，《水浒传》第 2、4、16、31 回分别描写史进、鲁智深、杨志、武松落草为寇的经历，显写实笔法，第 59 回横空出现绰号"混世魔王"的樊瑞，能呼风唤雨、用兵如神，显写虚笔法。他高度称赞此写虚笔法，"得此一虚，四实皆活"（施耐庵，2015：685），其妙处在于，突破此前各章详述前因后果，情节迂回曲折的写实法，单刀直入，在短短篇幅内展示对战、擒拿、投诚、落草等关键环节，就好比写实章回抖落枝叶，只留下大树主干那样，显露梁山好汉落草的关键之所在。

《女勇士》的独特性也在于启用虚实相生法。汤亭亭熟读《水浒传》，曾坦言"我阅读了几个译本的《水浒》，其中包括赛珍珠的译本《四海之内皆兄弟》"（张子清、汤亭亭，1998：196）。她小说中的"白虎山"，与《水浒传》第 31 回中的"白虎山"同名（施耐庵，2005：366）。她的虚实相生法主要用于强化人物和主旨，这一点类似于金圣叹的点评。所不同的是，她将虚实相生法拓展到整体布局，不像《水浒传》只停留在局部。

技法一是章节内写实（现实生活描写）与写虚（传说、梦境、鬼怪故事）相间，从正反两面表现人物的情感与个性。全书五章，均体现虚实相间特色。首先，"无名女子"传说写虚，"我"的想象写实。虚实拼贴，一方面用"我"的想象给虚构女子注入真情实感，激活人物；另一方面以虚构女子反衬"我"的细腻情感和纯真天性。其次，在"我"郁闷的现实生活中，插入"我"异想天开的"花木兰梦"。生活是实，梦境是虚，"花木兰"的雄心、品德、勇气，正是现实生活中柔弱的"我"的倔强精神和强烈欲望的具化。第三，母亲在中国求学行医和在美国劳作的经历，被数次插入鬼怪故事。母亲经历是实，鬼怪故事是虚。单调艰辛的现实生活，插入聊斋式鬼怪后，既渲染母亲的勇气，也凸显她的愚昧。第四，姨妈和华裔孩子的经历是实，"西宫门外"的传说是虚。传说中"西宫娘娘阴谋篡位，东宫娘娘善良而坦诚……她在黎明时刻冲进宫殿，将皇帝从西宫解救出来"（143）。在勇敢的东宫娘娘反衬下，华裔的沉默颇为无奈。第五，"我"的成长经历是实，蔡琰故事是虚。"我"在美国学校努力从沉默走向言说的历程，经女诗人蔡琰传说的映照，"超越祖国文化束缚，走向跨民族交融"的主旨昭然若揭。小说各章节内在布局均体现"以实引虚"特性,用"讲故事"方式将虚幻奇想插入现实生活;其目标在于"以虚明实",用写虚揭示人物的精神、个格、生存形态和心灵突围的实质。实和虚就像一个硬币的两面,从正反两面凸显事物的表象和本质。

技法二是整体布局上呈现写虚(中国传说、梦境、故事)与写实(华裔现实)相生的特征,写虚发挥画龙点睛作用,揭示作品主旨。"我"与中国的对话和"我"与美国的对话相映成趣,表现了两类同中有异的"女勇士"形象。一类是祖国版女勇士:花木兰为虚,母亲为实。她学艺悟道,为国效劳,最终获得社会赞誉。她的文化土壤是坚实的,她只要尽力奉献就好。另一类是族裔版女勇士:华裔女儿"我"为实,蔡琰为虚。她移居他国,文化根基多元且不稳定,必须克服两种文化碰撞带给她的磨难。她具备跨民族看事物的能力和同时接纳两种文化的生命态度;虽然在居住国因胆怯和封闭而离群失语,但最终能突破单一民族的厚墙,在跨民族交融中创立自己的生存方式。

花木兰的传奇经历和蔡琰的《胡笳十八拍》,以虚明实,展现了"我"和母亲所代表的两代华裔在异国他乡的生命力和创造力。这构成了作品的主旨,也是汤亭亭的最大创意。

参考文献

[1]蒋和. 学画杂论[M]. 北京:北京大学出版社,2001.

[2]金衡山. 美国文学研究中的跨民族视角[J]. 国外文学,2009,3:11-19.

[3]李渔. 李笠翁一家言全集·答同席诸子[M]. 北京:北京大学出版社,2001.

[4]单德兴. 说故事与弱势自我的建构:汤亭亭与席而柯的故事[M]. 台北:麦田出版社,2000.

[5]施耐庵. 水浒传·金圣叹批评本[M]. 长沙:岳麓书社,2015.

[6]童明. 飞散[M]. 北京:外语教学与研究出版社,2006.

[7]卫景宜. 全球化写作与世界华人文学[J]. 国外文学,2004,3:46-49.

[8]张子清,汤亭亭. 东西方神话的移植和变形[M]. 桂林:漓江出版社,1998.

[9]Clifford Geertz. The Interpretation of Cultures:Selected Essays[G]. New York:Basic Books,1973.

[10]David Leiwei Li. Imagining the Nation:Asian American Literature and Cultural Studies[M]. Stanford:Stanford University Press,1998.

[11]Frank Chin. The Big AIIIEEEEE! An Anthology of Chinese American and Japanese American Literature[G]. New York:Merdian,1991.

[12]Jeehyun Lim. Cutting the Tongue:Language and the Body in Kingston's *The Woman*

Warrior [J]. MELUS,2006,31 (3):49-56.

[13]Jill M Parrott. Power and Discourse:Silence as Rhetorical Choice in Maxine Hong Kingston's *The Woman Warrior* [J]. Rhetorica:A Journal of the History of Rhetoric,2012,30 (4):375-391.

[14]Leslie W Rabine. No Lost Paradise:Social Gender and Symbolic Gender in the Writing of Maxine Hong Kingston [J]. Signs,1987,12:471-492.

[15]Maxine Hong Kingston. Cultural Mis-Readings by American Reviewers [G]. Ed. Guy Amirthanayagam. Asian and Western Writers in Dialogue:New Cultural Identities [G]. London:MacMillan,1982.

[16]Maxine Hong Kingston. The Woman Warrior [M]. New York:Random House Inc,1989.

[17]Maxine Hong Kingston and Angels Carabi. Interview with Maxine Hong Kingston [J]. Atlantis,1988,10 (1/2):471-492.

[18]Patricia Clavin. Defining Transnationalism [J]. Contemporary European History,2005,14 (4):421-439.

[19]Sheryl Mylan. The Mother as Other:Orientalism in Maxine Hong Kingston's *The Woman Warrior* [M]// Women of Color:Mother-Daughter Relationships in 20th Century Literature. Austin:University of Texas Press,1996:132-152.

[20]Shelley Fisher Fishkin and Maxine Hong Kingston. Interview with Maxine Hong Kingston [J].American Literary History,1991,3 (4):782-791.

[21]Sue Ann Johnston. Empowerment Through Mythological Imaginings in Woman Warrior [J]. Biography,1993,16 (2):136-146.

[22]Yuan Shu. Cultural Politics and Chinese-American Female Subjectivity:Rethinking Kingston's Woman Warrior [J],MELUS,2001,26 (2):199-233.

[原发表于《当代外国文学》2017年第4期]

历史是战争,写作即战斗
——赵健秀《唐老亚》中的对抗记忆

刘葵兰*

(北京外国语大学英语学院)

摘要:挖掘早期美籍华人的历史一直是华裔美国作家赵健秀关注的主题。本文运用米歇尔·福柯关于历史,尤其是关于"对抗记忆"的理论,解读了他的小说《唐老亚》中所体现的华工修建美国第一条横贯铁路的经历,揭露了华美历史在美国历史教科书中被恶意歪曲或抹杀的事实,并分析了作者"历史就是战争,写作即战斗"的文学主张。

关键词:对抗记忆;历史书写;刻板形象;华美文化

集作家、编辑、批评家、文选编撰者于一身的华裔美国作家赵健秀(Frank Chin)极力把自己装扮成"唐人街的牛仔"①的形象。他提出了恢复美籍华裔被压制、被遗忘的历史,颠覆美国主流文学中华人驯服、保守、被动、落后的刻板形象,希望以此来为华裔美国文学的发展推波助澜。

挖掘早期美籍华人的历史一直是赵健秀关注的主题。1974年,为了呈现"亚裔美国作家被压抑了50年的声音",赵健秀和他的同行们编辑了《唉咿!亚裔美国作家选集》(*Frank Chin*,1991:x)1991年,他在《大唉咿》中再次强调"这个世纪之初持达尔文进化论的哲学家们和小说家们讲授历史,使得我们现在接受这一切,把它们当作事实,形成一成不变的印象,而感到除此之外没有别的历史可学了"。(Jeffrey Paul Chan et al.1991:xi)赵健秀尤其关心的是第一代华人开拓者们修建美国第一条横贯铁路的历史,正如一位评论家所总结

---

* 作者简介:刘葵兰,教授,主要研究方向为美国文学。

① 赵健秀对牛仔形象情有独钟。在他的一篇散文《唐人街牛仔的自白》中,他描写自己穿着黑色的牛仔靴,黑色粗斜纹棉布衣,腰上系着黑皮带,嘴里叼着一根牙签,留着长长的、硬硬的胡子。更有趣的是,在《唐老亚》的封底有一幅作者的照片:他留着长发、胡子,穿着一件浅色牛仔衬衣,黑色牛仔外套,嘴里叼着一根牙签!

的那样:唐人街,马瑟路德乡,(内华达山脉),铁路,华工——这些对赵健秀来说都是关键词,因为他们代表了他对美国西部的感情。他认为在白人种族主义的压迫下,他的民族已经忘却了或因急于同化主流文化而希望忘却这一段早期华人的历史。"(McDonald,1993:xi)在他的众多短篇小说中,两部主要的剧本《鸡舍华人》(The Chickencoop Chinaman)和《龙年》(The Year of the Dragon)以及两部主要小说《唐老亚》(Donald Duk)[①]和《甘加丁公路》(Gunga Din Highway)中,赎回华美历史的主题一再出现。

但《唐老亚》是一个特殊的历史文本。在这部作品中,作者愤怒地揭露了华美历史在美国历史教科书中被恶意歪曲或抹杀的事实,讲述了关于这一段历史的对抗记忆,并提出了"历史就是战争,写作即战斗"的文学主张。小说讲述了一位12岁的同名主人公唐老亚在农历新年里成长的故事。他由一个以身为华裔为耻、急于抹杀自己华裔背景的男孩成长为一个了解自己的华美祖先的历史并以作为一个华人而骄傲的青年。他对早期华人历史的认同最终使得他变得成熟。

用米歇尔·福柯关于历史的观点来细读《唐老亚》将有助于我们理解这个文本。福柯非常关注历史,在某种程度上他在他的多种著述中都试图将历史从传统的宝座上拉下马,并在多个领域试图重写"有效的历史"(effective histories),因此他有"'另类'哲学家和历史学家"的称号。(McHoul and Grace,1993:viii)关于历史,福柯主要有以下观点:第一、与许多理论家如法朗兹·范农、海登·怀特、霍米·巴巴一样,福柯认为过去并非简单的就是逝去的事情,如果重新考虑、重新审查和建构,过去将会产生新的意义:

> 在一定程度上,追溯历史是有意义的。它能向我们表明现存的在过去并非总是这样的,在我们看来再明显不过的事情总是在不稳定的、脆弱的历史过程中由于各种机遇和偶然联合造成的……这就意味着这些事情都是人类实践的基础上,在人类历史过程中形成的;既然这些事情是形成的,那么只要我们知道它们是怎样形成的,我们就能解构它们。(Miche,1990:37)

第二,他在《历史考古学》中论证了"断裂性在历史规训中扮演重要的角色"并号召学者们"把断裂性既当作一种手段又当作研究的目的"。(Foucault,1972:8—9)他认为看似牢固可靠的、人们习惯性地当作真理的历

[①] 本文作品引文均出自该小说,页码见引文后的括号。

史实际上掩盖了无数有意无意的错误,仔细考察历史就会发现它是如此脆弱和不经推敲。

第三,福柯把历史看成一种与其他话语一样的社会实践,它是社会上各种力量与权力相互作用的结果。当一个社会里各种意识形态或话语都在力争一席之地的时候,主流的意识形态或话语就会占上风。在历史领域中也不例外,处于社会边缘的人们的历史往往会受到"压制",或被当作是"不合格的"。(Foucault,1980:81)

最后,对于解决历史断裂性的办法,福柯并不是特别感兴趣,但他确实在他的论文集《语言,对抗记忆,实践》中指出了颠覆历史断裂性的一种方法:对抗记忆(counter memory)可以"将历史转换成一种完全不同的时间形式",它是达到书写"有效历史"的途径。(Cheung,1993:15)与传统的历史书写的方法相比较,对抗记忆通过变换另一种方式来重叙过去的事件以根除传统历史中虚假的连续性,瓦解了人们把历史当作一成不变的、僵化的知识和绝对真理的认识。剥除传统历史的伪装以后,对抗记忆所提供的"有效历史"不像传统历史那样竭力保持一种"疏远"的态度来考察历史,而是"近距离地""根据事件最突出的特性来考察它们。"在某种意义上,对抗记忆是通过重新组织、重新判断历史事件来重新记忆,旨在揭露历史的断裂性而不是继承传统历史所提供的虚假知识。

在《唐老亚》中,赵健秀重叙了早期华工修建第一条美国横贯铁路的经历。时间是不可逆转的,就像小儿一出生就与母体分离一样,人类被切断了他们与过去的联系,因此要重新回到过去是不可能的;过去只能通过记忆、梦想、想象、传说等等方式来赎回。① 小说主要通过三方面完成了对抗记忆:首先,与主人公同名的叔叔告诉唐老亚,他的高祖父曾经在铁路上工作,与其他华工一起修建了从加州的萨克拉门托到犹他州的普罗蒙特里的一段铁路。他的讲述代表了华裔中的口头传统,这对保存历史和文化是非常重要的。其次,唐老亚在一家公共图书馆里查到了一些关于铁路修建时的文件以及完工时的一些照片。这些书面文件有力地证明了华工们的工作是美国历史的一部分。最后,主人公的梦生动地再现了华工们修建铁路的情景,表现了他们的英勇。一方面,这些梦境表明"没有被言说和表现的过去会纠缠历史的现在";(Bhabha,

---

① 在论文《〈唐老亚〉中的记忆政治》中,李有成运用霍尔(Stuart Hall)的理论指出过去是弱势民族发言的位置,并分析了唐老亚的梦对赎回过去的重要作用。见单德兴、何文敬主编.文化属性与华裔美国文学[G].台湾:"中央"研究院欧美研究所,1994(11):121.

1994:12)另一方面,当我们知道时间不可逆转时,梦境本身就是在想象中接近过去的一种的途径。

总之,小说中的对抗记忆证明了众多的华工是美国中央太平洋铁路建设的脊梁,表明这些先辈们的贡献也是美国开拓西部边疆的广大背景里不可或缺的一页。更为重要的是作者毫不留情地揭露了美国主流历史中的断裂性,尤其是蓄意排斥华工们的贡献这一事实。

小说表明华人形象在美国主流历史中要么就被歪曲表现,要么就被完全抹杀。在小说的开头,唐老亚是一个生于美国,长于美国的第五代美籍华人,他对他在美国的先辈们的经历一无所知,也毫无兴趣。他深受主流文化中对华人刻板描述的影响。他的一位教授——加利福尼亚历史的老师米恩·莱特常常津津乐道地在班上宣读一段关于华人的文章:

> 在美国的中国人几个世纪以来被儒家思想与禅宗神秘主义搞得被动软弱。面对极端个人主义与民主的美国人,他们全然缺乏防备。从他们踏上美国国土的第一步到20世纪中叶,面对侵略成性、竞争激烈的美国人的无情迫害,胆怯、内向的中国人总是束手无策。①

在这段短短的话里可以找到许多关于华人的刻板描述:被动的、优柔寡断的、驯服的、胆怯的、内向的、神秘的、无助的。而白人则被赋予各种优秀的品质:个人主义的、民主的、进步的、有竞争力的。这种描述表明种族主义者认为白人是优等民族而华人是劣等民族的立场。历史老师名叫米恩·莱特,根据英文的发音,名字的意义组合为"恶意""书写"。在给这位历史老师取名时,赵健秀暗示了白人们在恶意地扭曲华人的形象这一事实。②

后来,主人公的叔叔告诉他家族的历史,并提醒他注意观看铁路完工时的照片,他问唐老亚:"那幅照片中没有华工出现,你有没有感到奇怪?"(23)唐老亚回答不出这个问题。于是他和他的朋友阿诺德一头钻进公共图书馆,找寻关于华工的历史书与文件。他所发现的事实令他不安:在一幅完成最后一颗道钉的仪式的照片里没有一个华工;1 200名③修建横贯铁路的华工们的名字

---

① 此处参考了李有成先生的译文,125页。
② 李有成对这位历史老师的名字另有解释:Mr.Meanwright 姓氏音如" mean right"(意味正确)。他指出这个名字有反讽意义。
③ 前后共有超过 10 000 名华工参与了中央太平洋铁路的修建。

在哪一本历史书里都找不着,但8个帮助华工们抬枕木的爱尔兰人①的名字全都有记载。华工们被排除在主流历史以外,这是一个不争的事实。

揭露了主流历史中存在的歪曲和排斥后,小说接着深层次地分析了历史书写本身的许多人为因素。这一秘密被唐老亚的父亲金·达克(King Duk)一语道破:历史就是一场战争!当儿子从图书馆回来,因为美国主流历史抹杀华人的功绩而万般烦恼并向父亲抱怨这不公平时,金·达克讽刺儿子道:"公平?什么是公平?历史是战争,不是游戏!……别以为我会因为白鬼从不在他们的历史书中叙述我们的历史而生气或大吃一惊,你自己去寻找历史。你必须自己保留历史,不然就会永远失去它。这就是天命"(22)。金是书中的智者,在许多场合他就是赵健秀的代言人。他清楚地意识到历史书写就是一场战争,许多社会力量都想争得一席之地。他的话回应了福柯的观点:作为一种社会实践和知识形式,历史是各种社会力量或话语相互作用的结果。

领悟了这一秘密以后,唐老亚梦到了华工和一些白人长官们为了如何在美国历史中体现华人的功绩而发生的惊心动魄的冲突。在这个梦中,唐老亚梦见了1869年铁路即将完工时的最后一颗道钉仪式。他梦见他的高祖父,当时和他一样仅仅12岁。他和其他华工们似乎意识到了白人们并不会把他们记载到美国历史书中,所以他们把自己的名字刻在一根枕木上,并热情洋溢地把它铺上。

同样,像查理·克罗克之流的白人完全意识到铁路的完工是历史上的一个里程碑,他们在仪式上所说的话所做的事都将载入史册,将来人们还会引用他们所说的话。关于中央太平洋铁路,当时有一个"四大头"(The Big Four)的神话:查理·克罗克(Charlie Crocker),科利斯·亨廷顿(Collis P. Huntington),利兰·斯坦福(Leland Stanford)和马克·霍普金斯(Mark Hopldns)。他们是华工们所修建铁路的所有者。这四位名流中,亨廷顿是参议员,有一座旅馆以马克·霍普金斯为名,利兰·斯坦福是加利福尼亚州州长,斯坦福大学是以他命名的。查理·克罗克最神气、最出风头,他经常穿着白西装、骑着白马在铁路边上走来走去,监督华工们的工作。他们都知道如何保持他们在美国历史中历史创造者和神话创造者的地位。查理·克罗克在内华达山脉上摆好姿势,仿佛他就是美国的马其顿王亚历山大或拿破仑似的,他让记者们给他拍照并刊登在《哈珀周刊》(*Harper's Weakly*)和《画刊》(*Illustrated Maga-*

---

① 爱尔兰人修建了联合太平洋铁路,两段铁路于1869年5月10日在犹他州的普托蒙特里接轨。

zine)上(127)。斯坦福州长还着人请来一位知名画家,根据最后一颗道钉仪式上的照片画了一幅油画。① 这幅画现在还挂在美国某一博物馆里。

如此这般,他们确信自己能青史留名,然而决不能让中国人也享受这一荣耀。得知华工们在一根枕木上刻自己的名字以提醒人们他们的功绩后,克罗克轻蔑地对唐老亚所梦到的高祖父说:"你现在只不过是一个小孩子。你还太年轻,不懂得历史是怎样创造的……你们(白人工人们)把这根枕木拔出来,把它劈碎!"(128)然后,一群白人不管华工们的奋力反对和石头攻击,把这根枕木拔出来,换了一根新的。华工们为争取在美国历史中表现自己的努力被残酷地镇压了。白人们不仅毁坏了刻有华工名字的枕木,他们还要用武力把华工们从仪式现场赶走,因为到时候他们将庆祝并摆好姿势照相:

  在明天的仪式现场将见不到一个异教徒。如果您(T.C.杜兰特)允许,我将在火车头和电报杆上安排步枪手。如果有不受欢迎的华工靠近的话,步兵们将向我们发出警告,并将他们赶走。有必要的话可以用武力。金道钉,银道钉。最后1颗道钉将钉进枕木,电报将发往四方,我们的照片将保留我们国家历史上这一伟大的时刻。尽管我钦佩、尊敬中国人,他们不能参与这一切。我要向他们表明是谁修建了铁路。白人!白人的梦想。白人的头脑,白人的肌肉。(130)

这一场景生动地表明正如华工们在最后一颗道钉仪式上遭到驱逐一样,他们也被有意地排除在美国历史之外。尽管华工们做了抵抗,然而他们与白人们之间不平衡的权力关系决定了他们的斗争必然失败。美国历史是有选择性的,八个爱尔兰工人的名字被载入史册,因为他们是基督徒,而作为异族的众多华工是毫无疑问会受到排斥的。

值得一提的是这虚构的场面正是许多美国历史书所呈现的。华人移民或华工在许多美国历史书中缺席,如《民主经历》《美国历史的形成》《美国历史概览》《1877年以前的美国历史》。有些美国历史书在大肆渲染美国人们的伟大功绩的同时只用只言片语提到华工。如《美国历史》就是一个例子。《美国人

---

① 关于这幅画有一个罕为人知的事实。利兰·斯坦福州长吩咐画家根据当时仪式上照的照片画一幅油画,把照片中的酒瓶子去掉,把一些在场的"道德品质值得商榷的"女人去掉,而把好几位当时并不在场的显要人物加进去。历史具有选择性,由此可见一斑。参见 Thomas A. Bailey. The Mythmakers of American History, Myth and the American Experience[M]. Eds. Nicholas Cords and Patrick Gerster. New York: Glencoe Press, 1973:5.

们:民族经历》是一个很有趣的例子。在书中,编者盛赞第一条横贯铁路是"美国铁路工程中最伟大的壮举",(Boorstin,1965:256)书中铁路的修建、经费筹措、相关法律、沿途铁路站、旅馆等等细节俱全。但如果你想了解参与修建中央铁路的华工的情况的话,你什么也找不着。

  小说也揭示了在当今的美国社会中,把华人刻板形象化以及把华人排除在历史之外的一些手段依然存在。首先,语言的丧失是导致华人传统包括历史的丧失的一个重要原因。许多批评家们都认识到语言对传播文化的重要作用,如法国批评家法朗兹·范农就曾经说过:"说一门语言就是接受一个世界,一种文化。"(Fanon,1967:38)赵健秀在1974年写道:"语言是文化的中介以及人们的感性……白人文化一直用语言(英语)的统治地位压迫亚裔美国文化,使它在美国意识的主流中起不到什么作用。"其结果是造成语言(汉语)的丧失,这在唐老亚身上是显而易见的。他一开始不会说中文,对中国和中国人一无所知,并希望如此他就能成为一个百分之百的美国人。

  其次,美国的学校教育扮演着一个重要角色,它使孩子们朝着接受主流社会价值的方向发展。有像米恩·莱特先生那样的老师们在学校散播反华思想,唐老亚对华人以及华人文化反感也就不奇怪了。他的叔叔很清楚地意识到了这一点,他指出:"我知道你那狂妄自大的私立学校拼命想要掏空你们的心,把你们变成憎恨一切中国东西的机器,但你真正的名字是你的中文名字。在中文里,你姓李,不姓达克,是李逵的李。"(22)

  最后,媒体无处不在,对宣传主流意识形态起了重要作用。赵健秀指出许多生于美国长在美国的美籍华人和美籍日本人"经常从收音机里、银幕、电视、连环漫画上获得对中国和日本的了解,推崇白人文化的作家们把黄种人描述成在受伤、悲伤、生气、骂人或惊奇时都会哀鸣、大喊,甚至尖叫'唉呀'的东西"。在《唐老亚》中,作家揭露和讽刺了媒体对人们的影响。一方面,主人公名叫唐老亚,与迪士尼动画片中的唐老鸭之音相仿,而且他以美国知名舞星弗雷德·阿斯泰尔为自己的楷模。如此安排,作者讽刺了美国通俗文化的视听模式。另一方面,他指责美国媒体热衷宣传刻板的华裔美国人形象。比如说,"青蛙双胞胎姐妹"很厌烦一而再地在美国电影里演华埠妓女和异族女人的角色,而唐老亚的父亲金则对赛珍珠恨之入骨,因为她在作品中描写的华人大都形象猥亵。

  正是因为在过去和现在都存在的这种种操作,使得华人与他们的历史疏离,不得不接受和同化于主流美国文化。作为一个生活在美国社会边缘的群体华裔美国人是"一个没有历史的民族"。可以说这些策略相当成功,尤其体现在唐老亚身上,他很为自己华裔背景感到羞辱,想尽办法要使自己美国化。

华工在美国历史上的缺席反映了主流社会拒绝认可他们,否认他们的意义。海登·怀特说过,如果一种文化里没有叙述容量或拒绝叙述就意味着意义的缺失或放弃。(White,1973:2)范农指出殖民者有一种做法就是贬低前殖民时期的历史:"殖民主义并不满足于仅仅控制一个民族以及清除土著人头脑里的一切形式与内容。由于某种不正常的逻辑,它转向受压迫民族的过去,歪曲、破坏甚至摧毁他们的历史。"(Fanon,1986:210—212)他的分析可以帮助我们解释美国历史书写中的操作。尽管唐人街不是一个殖民地,然而在以一个同化的可能性作为"异族"被接受的标准的社会里,美籍华人的思想必须被"殖民化"。这就是为什么华人的历史总是受到压制的缘故。同时,范农也指出,对被殖民民族来说,追溯历史是构建未来民族文化的一条很明确的道路。对少数裔人们来说,他们的文化被主流社会所拒绝或忽略,追溯他们被遗忘或被压制的历史是他们争取意义的一条重要道路。

赵健秀意识到华裔在美国历史中要么缺席,要么被歪曲,作为作家,他试图挖掘早期华人被压制的历史,并赋予它意识形态的意义。对他来说,写作并不仅仅是一种文学实践,它是一种争取权利的形式。早在70年代,在他写给《戏剧评论》主编迈克尔·柯比的一封信中,他表示"他写戏剧就像承担了一个作战的使命,他要把一切都丢掉,来报复(种族歧视)"。在他的小说中,他通过他的代言人唐老亚的父亲金清楚地表示写作就是战斗的观点——金·达克教导他的儿子"诗歌(文学)就是策略",并指出唐老亚的"天命"就是记载他的民族历史。为完成这个"天命",身为作家的赵健秀使用多种策略。

首先,他知道致命的一招是揭露主流历史书写中的偏见。赵健秀深受《孙子兵法》的影响,他在作品中多次引用孙子的话。在《有约》中他引孙子:"是故百战百胜,非善之善也;不战而屈人之兵,善之善也"。台湾学者单德兴指出赵健秀从《孙子兵法》中学到了"上兵伐谋"的策略(单德兴,2000:228)。因此,赵健秀最出色的策略是借唐老亚之口攻击主流社会书写历史的策略:排斥或歪曲表现华人。在过阴历中国年期间,唐老亚变得成熟了。一开始的时候,他是一个种族主义者,他鄙视一切中国的东西,对华裔历史一无所知,而且漠不关心。在他父亲和叔叔的启发和教导下,他对祖先们的历史产生了兴趣,并去图书馆查阅了大量资料。最后他终于明白了华裔历史被歪曲的事实,明白他的身份——一个华裔美国人。小说的结尾当历史老师米恩·莱特又在胡扯华人被动、没有竞争力时,唐老亚愤怒地反驳道:

米恩·莱特先生,你说华人被动、没有竞争力,你错了。是我们把萨米特隧道炸通的。我们在内华达山脉的高山上工作,在那儿度过了整整两个严寒的冬天。为了要回拖欠的薪水和争取由华人工头来领导华工,我们都举行了罢工,并且胜利了。我们创造了一天之内铺设轨道里程最长的世界纪录。在普罗蒙特里我们铺下了最后一根枕木。正是像你这样见识短浅的人才把我们(华人)排斥在那幅照片之外。(150)

　　然后他和阿诺德拿出他们查阅的很多资料摆到老师面前证明他们的观点。米恩·莱特先生完全没有料到他们会这么做,他尴尬得很。唐老亚的这一举动不仅标志着他认同了华美历史,而且标志着他开始为华人群体争取权利。在一次关于权利的讨论中,福柯同意德鲁兹的观点,认为受压迫人们争取权利的第一步是为自己辩护:

　　　　如果说指出这些权力的来源——谴责并说出来—是斗争的分,这并不是因为它们以前不为人所知,而是因为谈论这些问题,迫使制度化了的知识网络来倾听,创造名字,伸出谴责的指头,并找到目标是颠覆权利以及发起对现行权力形式的新的斗争的第一步。

　　其次,这个文本里所呈现的对抗记忆并非仅仅是"对历史苍白的、消极的反映",(Li,1992:320)而是作者为提倡华裔文化和传统所做的主动的努力。赵健秀一直不遗余力地宣传和鼓吹《三国演义》与《水浒》中一些人物所代表的英雄主义。在《唐老亚》中,他创造了一个代表他理想的人物,关姓工头。这位工头先后领导华工们举行罢工以追回拖欠他们的工资,与爱尔兰工人竞争修铁路,创造了在10个小时之内铺设十英里铁轨的世界纪录,并领导工人们为铺设刻有他们名字的最后一根枕木而斗争。他绝不是天性懦弱、驯服,相反,他是一个勇敢的斗士。作者把关姓工头描写成一个有尊严、有智慧、有力量、有勇气的汉子,以反驳关于华人男性娘娘腔、不具备竞争力的刻板印象。

　　领导华工们反抗白人压迫的关姓工头在作者的心目中就是古代中国为穷人奋斗的关公的化身。对这个人物的塑造反映了赵健秀的文学主张:写作就是战斗。《三国演义》中忠诚、勇敢、侠肝义胆的关公在小说中被神化了,他是战争和文学的保护神。关公神像的右边像将军一样披着战袍,左边则像一位学者。对赵健秀来说,这两方面相互关联。他曾经表示关公"对士兵们来说是战争的保护神……对以文字来进行讨伐的斗士们(作家)来说,他是文学的保护神"。他斗争的方式就是写作,因此他结合了这两个方面。正像关公挥舞着他的青龙偃月刀一样,赵健秀舞动着他手中的笔。他试图利用他的写作为华裔美国人们鼓与呼,就像关公为受压迫的农民以及关姓工头为华工们所做的那样。

  总之,美国主流历史中的断裂和缝隙就是赵健秀的战场,他挑战这些历史书写的权威性和真实性,并提供了一个从华人的角度出发的另类历史版本。清楚地意识到摧毁一个民族的历史会导致这个民族的毁灭,这位"唐人街牛仔"极力要通过他的笔来重构华美历史,来提倡华美传统、宣扬华美文化。

参考文献

[1] Alec McHoul and Wendy Grace. A Foucult Primer[M]. Carltbn:Melbourne University Press,1993.

[2] Daniel J. Boorstin. The Americans:The National Experience[M]. New York:Vintage Books,1965.

[3] Dorothy Ritsuko McDonald. "Introduction",in Frank Chin,The Chickencoop Chinaman and The Year of the Dragon [M]. Seattle:University of Washington Press,1993.

[4] Frank Chin et al. Aiiieeeee! An Anthology of Asian American Writers [G]. New York:Mentor,1991.

[5] Frank Chin. Letter to Michael Kirby [J]. The Drama Review,1976,10:2-34.

[6] Frantz Fanon. The Wretched of the Earth [M]. New York:Grove Press,1968.

[7] ―. Black Skin White Masks[M]. New York:Gnove Press,1967.

[8] Hayden White. The Content and the Form[M]. London:The John Hopkins University Press,1973.

[9] Homi K. Bhabha. The Location of Culture[M]. New York:Routledge,1994.

[10] Jason H. Silverman American History Before 1877 [M]. New York:McGraw-Hill Book Company,1989.

[12] Jeffrey Paul Chan et al. The Big Aiiieeeee! An Anthology of Chinese and Japanese American Literature[G]. New York:The Penguin Group,1991.

[13] King-Kok Cheung. Articulate Silences[M]. Ithaca:Cornell University Press,1993.

[14] Li Leiwei. The Production of Chinese American Tradition:Displacing American Orientalist Discourse [M]//Ed. Shirley Geoklin Lim and Amy Ling. Reading the Literatures of Asian American. Philadelphia:Temple University Press,1992.

[15] Michel Foucault. Politics Philosophy Culture:Interview and Other Writings 1977-1984 [M]. New York:Routledge,1990.

[16] ―. The Archeology of Knowledge [M]. New York:Pantheon Books,1972.

[17] ―. Power/Knowledge:Selected Interviews and Other Writings 1972-1977 [C]. New York:Pantheon Books,1980.

[18] ―. Language Counter—Memory—, Practice [M]. Basil Blackwell:Cornell

University,1977.
[19] O. Kelly. The Shaping of the American Past [M]. Englewood Cliffs: Prentice Hall,1982.
[20] Philip Jenkins. A History of the United States [M]. St. Martin's Press,1997.
[21] Richard N. Current American History: A Survey [M]. New York: Alfred A. Knopf,1975.

[原发表于《国外文学》2004 年第 3 期]

论赵健秀的语言关怀[*]

韩 虹[**]

(广东外语外贸大学英文学院)

摘要：赵健秀的作品语言以难读著称，往往混杂了广东方言、其他少数族裔的语言、街头语言、俚语等多种元素以及对规范句式、句法的挑战，使人迷失在纷繁杂乱的语言游戏中。语言缘何成为其独有的关怀？笔者认为，拨开赵健秀独有语言风格背后的意识形态迷幛，我们可以看到，语言在建构独特的华裔感性与华裔美国文学传统中具有举足轻重的地位，语言也是少数族裔对主流意识与文化霸权的反抗。

关键词：赵健秀；语言；亚裔感性；男子气概；文化霸权；文化完整性

20世纪70年代，在声势浩大的民权运动的推动下，经历了近百年消声和失语的华裔终于得以发出自己的声音。通过写作来抗争，凸显自身的存在，建构族裔感性和认同，重新找寻华裔在美国被销匿的轨迹，被消音的历史，是华裔作家的强烈愿望。少数族裔要在美国赢得一席之地首要解决的就是身份问题，通过文学手段追问"我是谁"所谓名正才能言顺。身为亚裔美国文学的先锋战士和亚裔文学的奠基人，赵健秀以笔为武器，以戏剧、小说、散文集、文学选集、批评文集等各种文学手段不遗余力地批判白人种族主义霸权，驳斥强加在亚裔身上的种种刻板形象。亚裔学者黄秀玲在《非民主主义化反思：处在十字路口的美国亚裔文化批评》一文中称赵健秀"基于对文化的深刻理解，将界定华裔美国文学根本属性的大部分重要观念推介给了学术界"。在这些观念

---

[*] 基金项目：广东省哲学社会科学"十一五"规划项目"亚裔美国文学批评之理论问题探析"(批准号：07K04)；广东省普通高校人文社科重点研究基地——暨南大学海外华文文学与华语传媒研究中心2008年度青年科研项目"海外华裔文学批评理论研究——以赵健秀为个案"(批准号：08JDQNXM004)

[**] 作者简介：韩虹，暨南大学文艺学专业博士生，主要研究方向为比较文艺学、亚裔美国文学。

中最重要的无疑是"亚裔感性",赵健秀将其作为定义亚裔文化身份的关键词,他的整个文化批评体系和创作无不围绕"亚裔感性"进行阐述和诠释。语言成为首当其冲必须面对的一个问题—用何种语言来表述亚/华裔在美国这种独特的族裔经验和文化现实?赵健秀在其文学理论与文学创作中,对语言有着一种独特的关怀,形成了独特的语言风格,尤其看重语言在建构独特的华裔经验和感性的地位与作用,并以语言反抗主流意识对少数族裔的文化霸权。

一

亚裔感性首先意味着实现"还我美国"的愿望,意味着亚裔须取得独立完整的身份和认同,拥有独立完整的自我意识和自我形象,不被同化,不依附主流社会,亚裔须成为多族裔美国的一个组成部分,而非沦为白人餐桌上的一道异国风味。东方主义将思维建立在东西方世界对立的二元论基础之上,并由此构筑一套东西方世界相对照的形象、观念、人性和经验,东方作为西方的"他者形象"而存在。华裔长久以来在定义自身身份时也陷于二元对立的困境之中。主流社会为华裔设定了中国人/美国人二选一的选项,华裔被设定在两种完全对立的文化的撕扯中生活,没有完整独立的身份属性,必须在"要么做中国人,要么做美国人"的两极对立中选择,而事实上,华裔既做不了中国人,也成不了美国人。赵健秀认为,在"二元对立"的框架下,华裔丧失了独立完整的身份属性,要么二选一,要么双重人格,实际上却被中国和白人美国双重抛弃,陷于"既不是……也不是……"的困境。在对大量原始资料的耙梳中,赵健秀发现,在所谓"真实地"记录"典型的"亚裔美国人的语言场景中,亚裔都显得"不在场"。他关注到语言与族群性的重要关联——在这些文学表述中,亚裔没有属于自己的语言,因而没有作为亚裔美国人生活着的存在感,亚裔感性也是缺失的。是否在美国历史文化中拥有属于自己族群的语言,成为考量亚裔感性的重要部分。然而二元对立模式在语言上对华裔提出了苛刻的要求——要成为美国人就要讲主流社会认定的标准英语。赵健秀不止一次地说:"美国华裔是语言上的孤儿""我讲的不是自己的母语,我说的是孤儿的话语。"(John Charcles Gishert,2002)在语言上赵健秀常常拿非裔和墨西哥裔来和亚裔比较:"我们没有可以拿来炫耀的街头语言,黑人墨西哥人就可以,他们就有一种确切的、自我定义的语言属性……"(Daniel.Y,2005)在亚裔美国文学奠基作《唉咿!》中,赵健秀等人写道:"非裔和墨西哥裔常常用不规范的英语写作。他们的本族语获得认可,被认为是属于他们自己的合法的母语。只有亚裔丧失了自己的母语权,身处一种从未用过的语言之中,一种只在英文书上接触到的文化之中,却还要对此感觉自在。"(Frank Chin,1974)他认为,在美国这样一个崇尚语言的社会,对语言权利的剥夺必将导致华裔文化完整性的丧失,也将导致男性气概的丧失。(Frank Chin and Jeffery Paul Chan,1972)

亚裔学者 ElaineKim 认为,少数族群打破沉寂,诉说自身边缘化生存的现实,是追问"我是谁"的先决条件。(Elaine Kim,1992)在赵健秀的早期戏剧中,这种边缘化生存集中体现在对所使用语言的焦虑上,主人公的"杂语"无不反映这种语言引起的身份认同危机。在《鸡笼华仔》中,泰姆(TAM)是一个语言魔术师,能讲多种语言,可以变幻不同的口音,从美国东南部到美国中西部,在黑人和白人的语言节奏口语中跳跃,但他却无法拼写自己的语言。他说:"我所说的母语,没有一个是我自己的,我就像一个孤儿一样在说话。"(Frank Chin,1981)他这种非同寻常的语言是一种仿拟,也是对身份困境的表征。泰姆怪异的语言风格力图表达的是华裔美国人在美国历史中被当作语言的孤儿和文化的孤儿这一现实。该剧的题目是这样阐释的:"将一堆炒杂碎丢进鸡笼,于是就有了我';'笼中的鸡仔'是'被创造出来的,……就像合成尼龙或丙烯酸纤维一样。因为我是个华仔!我是个合成的奇迹!"泰德的"杂语"一方面是美国多族裔混居融合的社会现实的反映,另一方面"杂语"实为"失语",丧失了标志独立身份属性的母语,华裔在这个多族裔的国家陷入难以发声的窘境。

另一方面,华裔的语言选择同样落入了中国性/美国性二元对立的巢臼中。在剧作《龙年》中,赵健秀反驳的是主流社会将带耻辱性的刻板形象强加于华裔身上,为华裔贴上东方主义的文化身份标签。这种刻板印象以美国主流文化塑造的华人侦探陈查理为代表,丧失了自己的灵魂,在白人面前总是唯唯诺诺,是被白人主流社会驯服、同化和接受的刻板形象。该剧主人公弗雷德试图与不懂英语的中国来的生母沟通时说:"你知道旅游者是怎么告诉我我就是中国人啊?没有第一人称代词。没有'I''Me''We'我说话就像那个可爱的娘娘腔的陈查理,没有第一人称。"弗雷德通过语言学的词汇拒绝将"中国性"(Chineseness)强加于他,拒绝被套上陈查理式的"中国腔"。他声称:"我不是中国人。这里也不是中国。"在语言特征上将华裔与中国划清界限可以视作出于"还我美国"、确立华裔合法地位和独立身份的目的而采取的策略,毕竟赵健秀认同的是华裔美国以及专属于华裔美国人的族裔感性,有别于完全的"中国性"或"美国性"。一方面,这是为了凸显了华裔美国人特殊的文化传统和独一无二的身份意识,然而另一方面,这也使华裔陷入了孤立的身份困境。这种"既不是……也不是"的抽象模式使亚裔感性成为空中楼阁,雾里看花,实为一种自我掏空。而将陈查理式的东方主义刻板印象等同于"中国性",其实也陷入了东方主义的共谋之中,同样难逃二元对立模式所构筑的东方主义想象。

二

亚裔感性同时意味着对族裔现状清醒的认识,对种族主义刻板形象的抵制和反抗,奋力摆脱主流社会对亚裔的刻板化凝视。美国历史现实中通过立法造成"单身汉社会"是对华裔最深刻的伤害,此举欲将整个族裔阉割使之消亡。而通过媒体和文学塑造的种种刻板形象之中,将华裔男性"阴柔化""女性化""去性化"的刻板形象则是对华裔造成的极大心理伤害。白人以父权式的想象将华裔定性为胆小懦弱温顺,进而形成了毫无传统男性特征的娘娘腔形象——其中最典型的就是那个风靡全美的华裔侦探陈查理。赵健秀说道:"白人对于亚裔的刻板印象可谓独一无二,这是唯一一个被剥夺了男性气概的族裔刻板形象。我们的可贵之处在于我们具有能干的家庭主妇的气质。可鄙之处则是我们是可耻的,因为我们娘娘腔,阴柔,完全没有传统的男性气质——创新精神、大无畏精神、取死之勇,和创造力。"成长于多种族语境的奥克兰,赵健秀对华裔阴柔化的刻板形象尤为敏感,他意识到,华裔在美国的存在与历史贡献遭到抹杀是与华裔男性遭受的这种屈辱相联系的。他认为,民权运动使亚裔人认识到,亚裔从来没有在美国文化中作为男人,作为人存在。

在赵健秀的作品中,男子气概的存在总是与本族语言的存在紧密联系在一起。正如菲利普·布莱恩·哈柏和罗宾·韦格曼关注到的,黑人民族主义运动的主体通常是以这样一种形象出现——体型强健,性欲旺盛,讲着街头语言的男性形象。既然黑人文化中所传递的黑人男性形象包含了形体与语言的特征,那么当赵健秀哀叹亚裔完全没有与之比拟的男性形象时,这种缺失也势必包含了语言和身体这两个领域。在《唐人街牛仔的自白》中,他将这种关联表现得再清楚不过:"在文化潜意识深处,存在着一种'舌头'(tongue,意指语言)与'睾丸'(ball,意指男性特征)的联系,使得我们变成病态的人。"(Frank Chin,1998)在美国文化中,亚裔男人是被视为缺乏男性气概的病态的人。于是,在赵健秀的作品中,对男性身体的书写,成为对男性本身意指的一块领地,与语言一道成为享有相同的一套种族与性别协议的表达手段。赵健秀的作品常常对陈查理式的娘娘腔语言进行反讽,对主流社会塑造的华裔同性恋形象进行驳斥,批判白人社会对华裔男子气概的阉割。既然黑人文化包括黑人男性形象得到了认可,这也理所当然成为赵健秀书写华裔形象的重要资源。这就不难理解,出于语言与男性气概的这种关联,赵健秀的语言的很大部分,都着力于对华裔男性刻板形象的颠覆和对华裔男性气概的重新书写。语言的运用与男子气概的建构形成互相指涉,赵健秀形成了一种独具特色的男性话语。

这种男性话语有其鲜明的特征。其一,在赵健秀的作品中,在语言表现上常常呈现众声喧嚣的种族大联欢,他本身就是一个能操多种语言的魔术师,娴熟地运用了多元的语言要素,广东方言、俚语、黑人街头语言及其他少数族裔语汇,他宣扬以一种"抵抗的喧嚣"来对抗种族主义秩序。这似乎是出于一种政治联盟的策略。这是因为,美国是一个多民族的社会,争取对文化身份的定位就是在种族文化场上的拼争,寻求特殊形式的文化联盟成为一种必要。其二,他常常在作品中交叉采用戏仿与争辩的语言风格,赵健秀视"生活为战争""写作即战争",这里"战争"是一种比喻,是对所有否定亚裔具有完整人格的言论的抵御,语言即是赢得这场"战争"的武器,放弃了自己的武器无异于缴械投降,于是在他的作品中,语言充满战斗气息,极具挑衅。他常常把观众暴露于各种压抑的、抵制性话语的无政府式发泄之中。有时他有意对现有语言结构和句法进行倒错与挑战,向正统英语叫板,似乎要"立"先要有"破"。其三,他作品中的语言往往充斥暴力与脏话,对性更是直言不讳,极具震撼,也令人不安。这种语言风格可以视为赵健秀刻意为之的"反话语",《唉咿!》前言中说道:"在连续七代人的时间跨度里,由于种族主义司法过程的压迫和变相的白人种族社会偏向,使得今天的亚裔美国人处在自我蔑视、自我否定和人格残缺之中。"赵健秀认为,华裔经过了整整六代人的洗脑,刻板形象已经成功内化,华裔代代传承了白人为华裔设定的属性,导致华裔文化在美国的缺失。赵健秀试图通过这种叛逆的"反话语"表明一种姿态,对生活在刻板形象中麻木不仁的华裔形成剧烈的冲击,否定华裔自我隐藏式的生存方式,对华裔男性主体地位倒置发出控诉,在一定的空间对主流社会规范进行破坏和颠覆。赵健秀对华裔遭去历史化,去性化的经历发出不满的宣泄,对强加于华裔身上的刻板形象进行解构,是为建立新的身份特征迈出的第一步。另一方面,他的这种语言策略也极具争议,不禁引发人们对华裔男子气概的反思与担忧——这种语言风格传递的是何种男子气概?以何标准来定义华裔的男子气概?而华裔女性们则关注到赵健秀的作品流露出的男权主义和男性中心主义,从某种意义上说,这种华裔男子气概的获得是以牺牲华裔女性利益为前提的。

三

　　亚裔感性的核心在于保有亚裔文化完整性,不为文化霸权臣服,包括在语言、音乐和文学等方面拥有属于自己族裔的文化和艺术形式,丧失了文化的整体性,亚裔文化就无所依托,就不能在美国这个多族裔的国家占有一席之地。文化的传承,是以语言为载体的,当语言权利被剥夺,文化也会因为失去承载而岌岌可危。语言不再被视为仅仅是一种表达的符号工具,语言成为一种本质存在,包含在语言中的意识形态被凸显出来。赵健秀意识到,美国的黑人创造了属于自己的非裔美国文化,并在语言、音乐、文学、时尚等诸方面影响了美国白人文化,他们拥有文化的整体性,而相比之下,"亚裔美国人却接受了白人文化,采取了种族主义的艺术形式",华裔语言上的消音是与文化臣服紧密相关的,以文化强权消除少数族裔语言是使少数族裔文化经验彻底消亡的一个重要组成部分,因为族裔语言是与族裔文化独特性相伴相生的。一个外来民族在新的土地上的种种经历与碰撞必将促使他们发展出一种新的,属于他们独特体验的语言,一个独立的文化群体应该通过独有的群体语言去表现他们的群体经验。赵健秀认为"在最基本的层面上,任一文化的人都必须为自己说话。"他将压制少数族裔作家使用自己的语言视为一种"文化阉割",倘若放弃自己的语言,是无法建立有自尊的人格和坚强有力的族裔认同的。因此,赵健秀视语言为一种凝聚力,是将所有华裔联结在一起的重要力量,因而在其具有开疆辟土意义的首部亚裔美国文选《唉咿!》中,给予了语言在建构族裔身份及文学传统举足轻重的地位。"语言通过组织整合人们共同经验的各种符号将人们凝聚起来。""没有自身的语言,人将不成其为人。"

　　白人文化通过语言霸权压制亚裔美国文化的发展并将其排除在主流美国意识之外。这种排斥和孤立最终想让亚裔美国人完全放弃自身的文学。白人至上的社会假定了唯有使用正确的标准的英语,才能书写"真实的美国性"。在语言强权之下,华裔的独有的群体语言要么被当作错误的语言而不获发表,要么被编辑强行"更正"为规范的白人英语。"正确的"英语被视为书写美国经验的唯一合法的语言,语言沦为文化霸权的工具。隐藏在英语霸权背后的是美国赖以建构和维持其社会秩序的种族/阶级等级制度,语言的同化是其种族同化政策的一个重要步骤。使用"正确的"英语写作暗示着对白人至上的价值认同，是对西方强势文化的屈服和迎合。在美国这样一个崇尚语言的社会，对语言权利的剥夺必将导致亚裔文化完整性的丧失。对于华裔而言，丧失了用自身语言言说的机会，其族裔性是缺失的，他们至多被视为"美国化了的"华人。因而在赵健秀看来，美国华裔文学的语言，作为建构独立的华裔美国文学传统的一个重要组成部分，从一开始就具有一种鲜明的立场——对文化种族主义的反抗，对东方主义书写的颠覆，对文化霸权的消解，对族裔群体历史的恢复。他同时认为，标准英语无法准确表述华裔在美国独特的经历。赵健秀主张在英语写作中混杂华裔的本族语言。

在散文集《刀枪不入的佛教徒》中，赵健秀阐述了把市集模式借鉴到语言上的意图。在美国多种族贸易往来的语境中，市集在整合不同的利益团体发挥了重要作用——在市集上，大家本着通过交易赚钱的共同目的，遵守语言的礼仪，形成了一套彼此认同可以交流又不会威胁到本族语言存亡的混杂语言，从而不同文化背景的群体可以并肩生存，相安无事。在美国这样一个多元文化背景的国度，赵健秀认为理想的英语应该是一套能包容的"语言的礼仪"，使各种族可以在保有各自文化的前提下"贸易往来"；同时"洋泾浜英语"也将成为跨文化交流的语言，通过其包容性，各种族之间可以"分享彼此的神话、传说和艺术，从而抚平彼此间的怨恨"。在华裔美国文学的建构中，语言作为华裔存在的内容和方式，成为华裔族裔感性的重要组成部分。赵健秀非常看重语言在钩沉华裔被湮没的历史所起的作用。对雷招庭《吃一碗茶》价值的重新发掘就是一个典型的例子。该作品被认为书写了一个真实的唐人街社会，无论从内容和语言上看，都极具"亚裔感性"。他的语言不是标准的英语，也不是白人认为的陈查理式的理想化的"中国佬语言"。作品语言糅合了口头禅、脏话、汉语文化意象的照搬以及由四邑方言转译而来的谚语俗语等等，这种独特的语言运用真实地书写了华裔单身汉社会的状况，在华裔读者中唤起华裔文化的认同，彰显了独特的族裔感受和经验，而非迎合白人的要求和标准。在赵健秀的作品中，也到处可见掺杂了广东方言的英语表达，有的采取直接音译，对于可能为人所不熟悉的表达，则采用音译加翻译或注解，总而言之，要让本族语言的声音被听到。在阅读的过程中，赵健秀试图让读者通过猜测、通过他的部分注解掌握足够的信息来读懂意思，尽管很多时候这需要相当的难度。赵健秀认为，这种阅读的过程正是成为华裔美国人的过程，更确切地说，主要是广东裔美国人，因为美国土生的华裔的第一代祖先几乎来自广东，所以他们的英语夹杂了很多广东话也不足为奇，具有这种族裔感性的人最能在这样一种语言中找到共鸣。此外，方言还可以引发一些文学暗示。譬如，在《唐老亚》

中,父亲讲述了一段关于"油炸鬼"(youjowgwai"油条"的粤语)的故事——出卖了岳飞换赏金的那对夫妇被后来人称之为"油炸鬼",每天接受油炸、切段、再被吃掉,以泄人们心头之恨。(Frank. Chin,1991)族裔语言尽显族裔特征,因而成为赵健秀定义独特的华裔族裔感性的重要组成部分。然而,使用带有族裔色彩的非标准英语面临被主流排斥在外的窘境,进而也使族裔文学更加边缘化。同时,有别于非裔、墨西哥裔等使用印欧语系的语言,华裔的本族语言与英语的结合实为不易,而中国各地方言繁杂,语音迥异,无疑加大了理解的难度。赵健秀语言实践中所体现出来的族裔色彩,更多的倒不如说是一种地域方言色彩,即便同是华裔,如果不操相同的地域方言,想要读懂这种语言也是有相当的难度,那么族裔感性的获得必将大打折扣,也会使读者群体局限化。这的确是陷入了两难的境地。

结　　语

无疑,每个作家都会关注语言的重要性。然而,赵健秀赋予自己的特有的身份与使命感,使他比一般的作家对语言有了更多的诉求。出于他对华裔美国历史在美国语言与文化宰制下日趋凋零这种状况的深切关注,赵健秀将亚裔美国想象成"一个濒临灭绝的种族"其命运"不过是衰败与死亡"。(Ling Jinqi,1998)赵健秀为一种巨大的历史紧迫感驱使,肩负起重建华裔美国历史的道德重任。这种对消亡中的华裔历史的深切感受以及使命感,要求他必须超越写作的文本性去寻求"风格上的逾越"。值得肯定的是,赵健秀对语言在华裔身份定义中的重要作用有着清醒而深刻的认识,他对华裔语言的独有的关怀以及所做的种种努力,正是试图借此唤醒华裔的族裔感性,重建属于华裔的历史与传统,对美国主流社会的文化霸权发出抵抗的声音。尽管他的语言实践面临不尽人意的困境,他对语言的本质与关键的认识为进一步深入思考与研究语言问题提供了启发与借鉴。

参考文献

[1] Daniel Y. Kim. Writing Manhood in Black and Yellow[M]. Stanford University Press,2005.
[2] Elaine Kim. Foreword[G]// Ed. Shirley Geoklin Lim and Amy Ling. Reading the Literature of Asian America. Philadelphia:Temple University Press,1992.

[3] Frank Chin et al. Aiiieeeee!: An Anthology of Asian American Writers [G]. Washington D. C.: Howard University Press,1974.

[4] Frank Chin and Chan Jeffery Paul. Racist Love [G]//Ed. Richard Kostelanetz. Seeing Through Shuck. New York: Ballantine,1972.

[5] Frank Chin. *The Chickencoop Chinaman* and *The Year of The Dragon*: Two Plays [M]. University of Washington Press,1981.

[6] —. Bulletproof Buddhists and Other Essays [M]. Honolili: University of Hawaii Press,1998.

[7] —. Donald Duk[M]. Minneapolis: Coffee House Press,1991.

[8] John Charcles Gishert. Frank Chin[M]. Boise: Boise State University,2002.

[9] Jinqi Ling. Narrating Nationalisms: Ideology and Form in Asian American Literature [M]. Oxford University Press,1998.

[原发表于《闽南学报》2011 年第 5 期]

时代的思考与关怀[*]
——赵健秀的关公形象探究

张龙海[**]

（厦门大学外文学院）

摘要：一提到美国华裔作家，人们的第一反应就是他们只会在作品中再现一些具有东方主义色彩的异国情调，以此吸引读者的眼球。殊不知，华裔作家也是有着时代的关怀，有着作家自己的"天命"。本文拟从接受美学视角出发，探讨赵健秀如何塑造关公形象，如何通过这一形象体现作家的个人焦虑、社会关注和时代关怀。

关键词：赵健秀；关公形象；时代关怀

作为美国华裔作家的主要代表之一，赵健秀（Frank Chin,1940—）并非像个别美国华裔作家那样用一些具有东方主义色彩的异国情调吸引读者的眼球，而是运用自己敏锐的洞察力，通过分析自己所处时代的特有现象，找到其背后的本质，借助语言表达出来，塑造出个性鲜明的人物，表达出自己作为作家的时代使命。本文拟从接受美学视角探究赵健秀的人物塑造过程及其作品人物所折射出来的作家的时代使命。

作为阐释学之父的狄尔泰（Wilhelm Dilthey,1833—1911）的一大贡献是对"表达"的阐释。狄尔泰认为，体验是人类之本，人们要通过艺术体验，去把握那些似透不透的现象，去了解生命的意义。而这种体验要借助"表达"才能得以实现，狄尔泰将这种生命表达分为三种：语言的表达、行为的表达、经验的表达。第三种"经验的表达"指的是人类看得见、摸得着的东西，如宗教、哲学、艺术作品和风俗等。同时，表达具有创造性、完备性和有效性三个主要特点，

---

[*] 基金项目：本文系教育部人文社科一般项目"美国亚裔文学与文化"（项目批号：13YJA752028）的阶段性成果。

[**] 作者简介：教授，博导，主要研究方向为美国少数族裔文学研究、哈罗德·布鲁姆研究和印度政治文化。

而文学作品的表达与这三个特点最为贴切。"因为诗的表达是对世界意义和生命之谜最神秘的呈现和展示,而且诗的表达历史地揭示出人们体验和领会生活意义的无限可能性,以及人性与世界关系的真实价值"(王岳,2008:174)。那么这种"体验""表达"如何传递给别人呢?狄尔泰认为,要准确把握表达中所承载的信息需要"理解"。理解是一种复杂抽象的精神活动,是对某种符号的感悟,也是借助外在的东西把握内在的本质。正是通过这一过程,"表达"中的那些深奥的东西逐渐为人们所把握。也就是说,一个人通过"理解"这一抽象过程逐渐发现、了解、明白另一个人的"表达"。文学作品作为"表达"的方式独立地存在着,再现人类的体验和生活、生命的意义。但是这些作品的真正意义只有在读者的介入后才能呈现。换句话说,千万个读者通过阅读理解文本,发掘出其蕴涵的意义,从而使得文本与原来毫不相干的个体发生关系,产生意义。

那么读者对作品是如何理解的,或者说,什么样的作品才能为读者所接受、理解?德国文艺理论家姚斯(Hans Robert Jauss,1921—)在历史环境和历史过程两条主线中突出接受的中心地位,因为文学作品并非一个自足封闭的世界,而是在只有读者介入之后才能被赋予新的意义。阅读过程是一种主动的理解过程,读者发挥主观能动性,通过想象,结合自己的人生阅历和经验,把原本静态的文本变成充满意义的载体。但是在阅读过程中,如何满足读者的期望成为一个亟待解决的问题。姚斯从而提出"期待视野"这一概念。读者在阅读每部作品前都有一种先在的理解。这种前理解促使读者对即将阅读的作品形成某种期待。但是如果整个阅读过程都是顺着读者的期待进行,这部作品就没有新鲜之处或产生新的意义。相反,如果随着阅读的深入,作品内容越来越偏离读者的期待视野,即产生一种"审美距离",读者随即兴奋起来,为作品的新意义而高兴。

赵健秀作品中的关公形象并非一蹴而就,而是作者在对当时社会的仔细观察和深刻反思的基础上,逐渐将个人的体验表达出来。赵健秀早期创作从戏剧开始。仔细分析其作品人物,我们不难发现赵健秀笔下人物的成长轨迹:从唐人街牛仔到美国关公。1972 年,赵健秀出版了《鸡舍华人》(*The Chickencoop Chinaman*)第一部戏剧,剧中主人公谭林措辞尖锐,大肆抨击白人创造出来的、强加在华人/裔身上的"中国佬"一词,对自己父亲那种懦弱的行为大为光火。这就促使他去寻找一位他心目中的英雄父亲。他通过采访黑人拳王奥瓦泰恩得知,这位拳王的父亲查理·波普康恩身上疤痕累累却坚强不屈。然而,当他找到这位黑人父亲时却发现,所谓的英雄父亲只是一个谎言。这一玩笑突显作者的思考:年轻一代的少数族裔希望有一位无所不能的父亲作为他们人生中的"灯塔",为他们指点迷津,让他们在美国的种族主义氛围中健康成长。然而现实却是残酷的,这种所谓的英雄父亲形象无处可寻,年轻一代少数族裔只能自己摸索,通过努力找到自己的族裔属性,找到一条正确的人生之路。

寻找正确的人生之路在赵健秀的第二部戏剧《龙年》(The Year of the Dragon,1974)中继续延续:牺牲自我,成就家人。弗雷德是家中长子,一直梦想成为作家,但却遭到父亲文恩的反对。他从小在唐人街长大,虽然熟悉那里的一草一木,却梦想离开这个地方,融入美国主流社会。他渴望离开,却又矛盾重重,难以做出抉择。就这样,他勉强地在父亲的旅行社当起导游,帮助管理,使之成为旧金山唐人街最大的旅行社。然而,弗雷德心中的梦想并没有停止:他决定牺牲自我,全力资助妹妹玛蒂和弟弟约翰尼上大学,让他们通过教育离开唐人街,融入主流社会。玛蒂没有让他失望,她认真学习,嫁给白人,与丈夫在波士顿生活,逐渐忘记那个象征落后、无知的唐人街。而弟弟约翰尼却没有按照哥哥帮他设计的人生道路去走。他拒绝上大学,拒绝离开唐人街,而是坚决留下来,与哥哥一起成为优秀的导游,经营好父亲的旅行社。文恩三个孩子的不同选择反映出作者对华裔属性现状的思考:华裔中固然有人会像玛蒂一样急于离开、忘却唐人街,通过嫁给白人来淡化其身上的少数族裔属性,但也有人像弗雷德和约翰尼一样,固守中国文化,鄙视像陈查理一样的华人/裔,寻找一条适合华裔生长的人生道路。

如果说戏剧创作阶段的赵健秀只是思考、寻找华裔属性,那么,小说创作阶段的他已经找到答案——通过塑造关公形象来重构华裔历史与文化,打破主流社会强加在华裔身上的静音。赵健秀在小说《唐老鸭》(Donald Duck,1991)中塑造一个年轻华裔的心理成长历程。小唐老鸭生活在旧金山唐人街,对中国文化没有太多了解,却深受白人学校教育的影响。"从他们迈上美国土地的第一步起到20世纪中叶,腼腆内向的华人一直都是孤弱无能,不折不扣地成为进取心强、富有竞争力的美国人的牺牲品"(Chin,1991:2)。正是这种洗脑式的教育使得唐老鸭讨厌自己的名字,讨厌自己是个华裔,一心只想成为白人歌星弗雷德·艾斯泰尔。他损坏了父亲制作的模型——李逵,因为他对梁山好汉一无所知,对这些模型的意义不甚了解。他伯父和父亲开始给他讲水浒的故事,讲中国历史上的传奇人物,鼓励他要记住自己族裔的历史。"他们(白人)不想让我们的名字出现在他们的历史书中。那么怎么了?你感到惊奇。如果我们不书写自己的历史,他们为什么要呢?……孩子,你要自己保留历史,否则就会失去。这是天命"(Chin,1991:123)。

　　从这时候,小唐老鸭逐渐对中国文化产生兴趣。而且,他每天晚上都会做梦,每次梦到的都是同一内容——自己回到1869年中国华工修建美国东西大铁路。他在梦中亲身经历修建铁路的艰辛,目睹华工的艰苦生活和忘我工作,亲自见证华工的牺牲和贡献。受到梦境的启发,他到图书馆查阅历史档案资料,逐渐发掘出被主流社会刻意掩盖、歪曲的历史事实:一万多名华工修建铁路,用自己的生命铺下一根根枕木,但是,这一历史事实在主流历史中却只字未提。唐老鸭在梦中看到一个传奇人物:一个名叫关公的华人工头带领华工与爱尔兰工人进行比赛,看谁每天铺设的铁路更长。关公和华工一起齐心协力,克服种种困难,终于创造出一天铺设10.12英里铁轨的记录。但是在铁路竣工庆典上却见不到一个华工,因为白人禁止华工参与,想歪曲否定这一历史事实。小唐老鸭终于感受到自己身上的"天命",当老师在课堂上继续丑化华人时,他挺身而出,如实地指出华人的贡献和白人对华人的静音和强加在华人身上的各种刻板形象。"敏怀特先生,你说我们消极被动,缺乏竞争力,这是不对的。整条山顶隧道是我们炸通的,两个寒冬腊月我们在内华达山脉的崇山峻岭中不停地工作。我们为了及时发放工资和华工要有自己的工头而罢工,而且胜利了。我们创下日铺设铁轨长度的世界纪录。我们在普罗曼陀利山峰铺下最后一根枕木。正是像你之类的井底之蛙的人不让我们在那里拍照"(Chin,1991:151)。经历过心灵洗礼的小唐老鸭终于在说话时用"我们"来指代华人/裔,而不是他以前常用的"他们"。这种称谓变化不仅折射出他对华裔族群的认同,而且反映出他对这个以关公为代表的族群的肯定和接受。

　　赵健秀在《唐老鸭》中初步塑造出关公形象,接着在《甘卡丁之路》(*Gunga Din Highway*,1994)中将其继续发展。《甘卡丁之路》有别于传统小说叙事手段,故事情节不是直线性发展,而是跳跃式的。小说主要以两条主线展开:一是父子关系,二是朋友关系。主人公尤利西斯·关与父亲龙曼·关关系不和,他父亲完全认同陈查理这一关于华人/裔的刻板形象,梦想有朝一日能够扮演这个主角,尽管他一直只扮演陈查理第四儿子。"你(龙曼·关的妻子)不是基督教徒,但是,正如你所看到的,我还是爱你。作为陈查理,我要引导你,让你得到拯救。书上这样写道:上帝以一个纯白人的形象放弃一个儿子,引导白人走上正义大道,拯救他们,让他们颂扬上帝。所以,白人以一个纯华裔的形象放弃一个儿子,带领黄种人修筑从接受到同化的道路。啊,甜蜜的同化。陈查理就是他的名字"(Chin,1994:13)。父亲这种渴望得到同化,渴望得到种族主义之爱的行为受到儿子的强烈反对和抨击。到了结尾,奄奄一息的父亲带着没能实现梦想遗憾地离开了人间。

尤利西斯·关和本尼迪克·韩、迪亚哥·张三人是好朋友,他们三个像《三国演义》中的刘备、关羽、张飞一样结拜成异姓兄弟。他们的中文老师告诫他们,一定要时刻记住自己作为华裔的特殊属性,"我可以教你们读中文、写中文,但是你们成不了中国人。到现在为止,你们应该知道,不管你们的英语讲得多好,不管你们记住多少本西方文明的巨著,你们永远成不了白鬼,即美国人。华人因你们不是中国人而将你们踢来踢去,白人因你们不是美国人而将你们踢来踢去。显而易见,你们既不是白人,也不是中国人"(Chin,1994:93)。但是,随着年龄的增长,三人的分歧也逐渐加大。尤利西斯·关讨厌在好莱坞当演员的父亲。他想尽办法打破白人强加在华人身上的刻板形象,如陈查理等。而本尼迪克却是个机会主义者,认为作家只要能成功,怎么写、写什么都可以。他的一些作品丑化华人/裔,迎合白人读者的口味,获得了成功。他的观点立场和另一位华裔女作家潘朵拉不谋而合,两人后来结为夫妻。本尼迪克的这种做法遭到尤利西斯的强烈谴责。"美国黄种人只认名誉和金钱。他们不想行动,只想当明星。他们不想写作,只想当明星。他们不要美国亚裔戏剧,只要明星气派,在白人面前不诅咒、不批判白人的种族主义……这是个肉市场"(Chin,1994:284)。迪亚哥则介于他们两者之间,观点立场没有那么鲜明,尽量为他们两人调停。

赵健秀把自己敏锐的洞察力所观察到的东西通过作品加以表达。他首先发现所处时代一些特有的现象,经过思考后找到这些现象背后的本质,形成作家自己的体验,然后借助语言表达出来。赵健秀善于运用不同文化的各种素材,为我所用。他曾就《唐老鸭》接受采访时这样说道,"我运用童话,运用美国华工历史,以及那些似乎被遗忘的美国华工历史的片断:修建铁路的历史,矿工的历史,旧金山的历史和堂会的历史等。我的主要关怀是运用所有可以获得的材料写成一本小说,写成一本探讨白人种族主义、美国华人、华裔历史、真正的中国神话和英雄传统的小说,以展示美国华人、华裔无需求助白人也能独当一面,同时说明人们会将其当成一本好书"(Abe,1991:166)。在美华工对美国的发展做出巨大贡献,但是,由于种种原因,美国主流社会却以种族主义加以回报,禁止华工的妻子入美,使得唐人街变成光棍的社区;丑化华人形象,把他们描写成傅满楚似的邪恶形象或者陈查理似的唯唯诺诺的形象;歪曲否定华人的贡献,使得华人在美的付出再现不足甚至误现。面对这种不容乐观的社会语境,作为第五代华裔,赵健秀觉得自己应该像小唐老鸭和尤利西斯·关一样身负"天命",塑造出一位可以凝聚华人/裔力量、对抗种族主义的强有力的人物形象:关公。

关公在中国历史上被尊为战神,他骁勇善战、疾恶如仇,富有正义感。海外华人、华裔对他尤为尊从。早在20世纪40年代,林语堂就曾这样评论关公:"关公是中国历史的一个军人楷模,死后变成战神,保护正直的人,谴责那些残酷、不诚实的人"(1989:84)。赵健秀熟悉中国经典文学作品,对关公、孙悟空、哪吒、林冲、李逵、鲁智深等人物喜爱有加,特别是对关公更为情有独钟。在他心中,关公不仅是个完美无缺的人物,而且也是敢于挑战权威的化身。"在《三国演义》中,关羽虽然不是主角,但是确实是个家喻户晓的人物。通俗文化很快在历史、戏剧和文学中将这个人物塑造成武圣和文魁……他是完美、清廉、正直和复仇的化身"。中国历史上的关公形象与赵健秀的时代关怀不谋而合。他直接把这个中国历史英雄人物嫁接到自己的作品中,希望通过关公的力量和精神,使得他的作品中的人物更加强大,更有号召力,从而向读者传递他的心声:大家要像关公一样,不畏强暴,不断战斗,要有自己的族裔感性,敢于同种族主义做斗争,一点一点地挖掘出以前曾被埋没的历史,重构美国华裔历史;要敢于捍卫自己族群的利益,打破各种刻板形象,再现华裔的阳刚之气,重构美国华裔文化。

关公形象对读者产生了巨大的影响。赵健秀的作品经过读者的介入参与,逐渐显示出原来的意义或者新的意义。读者通过阅读其作品,慢慢理解领悟到关公形象的真实含义,把他当成男子汉和正义的化身,从心理上向他看齐,从而在自己的人生道路上树立一个目标。"对士兵来说,他是战神,对高傲的索取者来说他是掠夺之神,对舞文弄墨的文人来说,他是文曲星,对于那些在舞台上扮演他的人来说,他是保护神"(Chin,1981:xxvi)。

赵健秀笔下的关公对美国华裔文学的发展起了巨大的推动作用。赵健秀一开始就注意捍卫美国华裔文学的纯洁性。1974年,他以自传并非中国文学所特有为由,将黄玉雪、黎锦扬、林语堂等作家排除在《哎呀!美国亚裔作家选读》之外,因为他们是美国化的华裔作家,致力于传记创作。1991年,赵健秀在《大哎呀:美国华裔和日裔文学文集》中专辟一章——"真真假假的美国亚裔作家都现身吧"——全面批判以汤亭亭为代表的美国华裔作家如何歪曲篡改中国经典作品,如何迎合白人读者的趣味,详细论述作者本人对中国历史人物关公的推崇,从而全面引发了以赵健秀为代表的和以汤亭亭为代表的美国华裔作家两大阵营的论战。① 这场争论看似没有必要,其实却对美国华裔文学的发展起了促进作用,因为许多作家、批评家和读者,包括白人,都积极参与讨论,从而扩大美国华裔文学的影响。

关公形象的塑造反过来进一步影响赵健秀后来的生活和写作。作为第五代华裔,赵健秀深深感受到种族主义对华裔族群的偏见和歧视。他的第一部小说《唐老鸭》完成后却没有出版社愿意出版,因为出版商担心作者的观点和书中的内容会得罪白人读者而影响到经济效益。各种关于华裔的刻板形象仍有一定的市场,如男性华人的奸诈邪恶、唯唯诺诺、软弱无能等。为了与种族主义做斗争,赵健秀决定以关公为榜样。"我母亲身上的关公血脉意味着,我的剧本创作就是打战,抛弃一切以获得安宁"(Chin,1981:xxviii)。他负起"天命",发出呐喊,用自己的实际行动反对"种族主义之恨""种族主义之爱"和种种形式的刻板形象。

正是有了关公这种刚直不阿的性格,赵健秀有着自己的族裔价值观:要像关公一样捍卫自己的族群,敢于同任何有损于华裔族群形象和利益的行为做斗争。他在《甘卡丁之路》中塑造的本尼迪克·韩和潘多拉·托伊就是对美国华裔作家黄哲伦和汤亭亭的戏仿。尤利西斯·关就是赵健秀的化身。本尼迪克的剧本,如《傅满洲弹奏弗洛曼柯舞曲》等,误现中国文化,丑化华人形象。尤利西斯没有因为他们俩是好朋友而置之不理,而是毫不留情地批评本尼迪克。而潘多拉的作品《村庄的声音》虽然受到主流社会的好评,尤利西斯抨击她是在利用非小说体裁吸引白人读者,迎合他们的猎奇口味。本尼迪克却为她辩护,"同志,听好。她这样对我解释。他们只有把她的书当成非小说才要出版。他们认为这本书不会以小说的形式出售。小说,非小说。这是市场经济。看看她的书。她通过东拼西凑,改写中国文化,让白人能够接受。她这样做是为了展示真理和内在意义"(Chin,1994:261)。赵健秀通过戏仿这两位华裔作家,讽刺他们像甘卡丁一样出卖族群利益,是华裔族群的汉奸。

赵健秀的关公形象体现出作家对自己时代的关怀,让读者通过他们的作品看到时代的本质和生命的意义。换句话说,读者的期待促使作者写出有深度的、能够反映时代追求的作品。赵健秀的关公形象是对美国种族主义的修正,呼吁华裔要有使命感,敢于斗争,打破白人强加在华人/裔身上的刻板形象,重构美国华裔历史和文化。通过分析赵健秀对关公形象的塑造,我们可以

---

① 笔者曾就此话题专门撰文进行分析,详见张龙海.关公战木兰——透视美国华裔作家赵健秀和汤亭亭之间的文化论战[J].外国文学研究,2004,5:95-101.

得出这样一个结论:赵健秀虽然是华裔作家,或者说是少数族裔作家,但是他有着时代的关怀,有着作家自己的"天命";也就是说,赵健秀笔下的人物体现出其个人焦虑、社会关注和时代关怀。

参考文献

[1]林语堂.唐人街[M].上海:上海书店,1989.

[2]王岳川.当代西方最新文论教程[M].上海:复旦大学出版社,2008.

[3]Frank Abe. Frank Chin: His Own Voice [J]. Contemporary Literary Criticism. 1991, 135: 3-4.

[4]Frank Chin. The Chickencoop Chinaman and The Year of the Dragon [M]. Seattle: University of Washington Press, 1981.

[5]—. Donald Duck [M]. Minneapolis: Coffee House Press, 1991.

[6]—. The Big AIIIEEEEE! An Anthology of Chinese American and Japanese American Literature [G]. New York: Merdian, 1991.

[7]—. Ganga Ding Highway [M]. Minneapolis: Coffee House Press, 1994.

[原发表于《外国文学研究》2016 年第 1 期]

建构华裔积极形象：
赵健秀剧作《鸡笼中的唐人》*

徐颖果**

（天津理工大学美国华裔文学研究所）

摘要：美国华裔戏剧在20世纪70年代开始登台美国主流剧场，第一部在主流剧场上演的由华裔剧作家原创的剧作是赵健秀的《鸡笼中的唐人》。该剧开启了美国主流对华裔原创戏剧的评论，从而结束了美国戏剧批评中华裔戏剧缺失的历史。该剧以重塑美国华裔族群的形象著称，对美国主流重新认识华裔族群起到积极的作用。本文研究赵健秀在建构华裔群体积极形象中的现实主义戏剧艺术特点。

关键词：美国华裔戏剧；赵健秀；《鸡笼中的唐人》；华裔积极形象

赵健秀（Frank Chin）于1940年生于加利福尼亚州的伯克利市。父亲是中国移民，母亲是加利福尼亚州奥克兰唐人街的第四代移民，赵健秀经常称自己是第五代移民。赵健秀创作的《鸡笼中的唐人》（Chickencoop Chinaman）于1972年在美国纽约的天地剧场上演。这是纽约上演的首部由华裔原创的剧本（Huang, 2006: 85）。1974年他创作的《龙年》（The Year of the Dragon）同样在该剧场上演。这两部戏剧奠定了赵健秀在美国华裔戏剧史上的开创者地位。其开创者地位的莫定，不仅仅是因为他的戏剧是首部在美国主流剧场上演的戏剧（Chin, 1974: xiviii），更为重要的是，他的戏剧所塑造的华裔形象是对流传于美国历史近百年的华裔刻板形象的极大颠覆。不同于一向顺从、安静、唯唯诺诺的华裔形象描述，他首次塑造了敢怒敢言、具有反抗精神的华裔新形象。正是因为这个原因，他引起广泛的注意，他的剧作也作为新出现的

---

* 基金项目：本文系2007年国家社科基金艺术类立项课题"美国华裔戏剧研究"（项目编号：07BB18）的阶段性研究成果。

** 作者简介：徐颖果，教授，硕士生导师，主要研究方向为美国女性文学和族裔文学。

华裔戏剧而受到主流媒体的评价,而被主流媒体评价是华裔作家非常看重的一件事情。① 虽然对《鸡笼里的唐人》有不同看法,但所有评论都承认其在美国戏剧史上的显著地位,因为这是纽约出品的第一部原创的亚裔美国戏剧,也由此开始了对亚裔美国戏剧的讨论。加之扮演谭伦的演员兰德尔·达克·金(Randall Duk Kim)的出色表演,一个愤怒的华裔形象出现在美国的戏剧舞台上。从此,美国戏剧界开始注意赵健秀(Lee,2006:56)。

一、重塑华裔族群形象

《鸡笼中的唐人》的剧情如下:主角谭伦(Tam Lum)是一个作家和电影制作人,他想找到前拳击冠军阿华田·杰克·丹瑟(Ovatine Jack Dancer)的父亲,来拍摄一部纪录片,讲述一个黑人拳击冠军如何成长为英雄的故事。查理·爆米花(Charlie Popcorn)以前是拳击训练师,现在经营一家色情影院。他被谭伦误认为是阿华田的父亲。在此过程中谭伦拜访了发小"日裔黑人"健治(Kenji)。当时住在健治家的还有一位欧亚裔妇女李(Lee)和她的儿子罗比(Robbie)。李有好几个前夫,他们分别是白人、黑人和亚裔。罗比的父亲汤姆(Tom)是成功的美国华裔,但是谭伦看不惯汤姆,因为汤姆认同于白人文化。查理·爆米花否认自己是阿华田的父亲,这使得谭伦的英雄故事电影流产。谭伦从这次经历中改变了对自己父亲的认识,也改变了他对华裔作为族裔群体的认识,以及对自己的认识。

《鸡笼中的唐人》是赵健秀试图重建美国华裔的积极形象的一个努力。就主题而言,该剧有三个重要主题:重塑华裔形象、重塑华裔男性形象和重建华裔的文化身份。首先,关于重塑华裔的形象问题。在赵健秀看来,美国社会公认的华裔形象是一种胆小怕事、没有英雄气概的鸡仔。这个意思由该剧的标题就一目了然了。标题暗示了华裔就像鸡笼里的鸡一样,胆小怕事,没有勇气,只知道呱呱叫,没有行动能力,比如剧中谭伦和健治恶搞海伦·凯勒的一场(Chin,1981:11)。

海伦·凯勒因战胜了常人难以克服的困难而创造出行为奇迹,因此深受

---

① 《哎哟》再版时,赵健秀在《写在修订版之前》中抱怨说,《哎哟》出版十几年了,至今没有人评论,呼吁亚裔美国评论家和作家去研究亚裔文学和历史,并郑重表示"我们期待着黄皮肤的评论家们,文化权威以及其他人能写一些书评"。

美国人民的赞赏和崇敬,但是赵健秀在此时对她的刻画,有明显的恶搞嫌疑。在恶搞中谭伦说:"但她没有发动暴乱!没有大肆劫掠!没有用暴力手段!你们这些支那佬和日本佬也能办到!"借此讥讽华裔没有行动能力。就像在发声、听力和视力方面都有障碍的海伦一样,华裔有行动障碍。作品以此对华裔族群的文化行为特征进行抨击。

在另一处,谭伦和健治以及李,都不无自嘲地说自己是胆小的鸡仔(Chin,1981:28)。与鸡仔微不足道的、胆小的形象形成鲜明对照的,是以挥舞拳头为生的黑人拳击手、谭伦一路走来追寻的英雄偶像—前拳击冠军阿华田·杰克·丹瑟,以及谭伦认为制造出这个英雄的父亲查理·爆米花。赵健秀通过这样一对有鲜明对照的形象,加深了鸡仔的隐喻意义,放大了鸡仔的行为缺陷,从而突出了这个对比的修辞作用。

虽然赵健秀不断通过讥讽和角色的自嘲把华裔称为鸡仔,但是,他真正描述的却是华裔对英雄的追求。在鸡仔华裔中找不到英雄后,谭伦便转向黑人寻找崇拜的英雄。这个转身有着深刻的社会意义和文化意义。

在民权运动之前,美国的种族斗争一般都指黑人与白人之间的种族矛盾。因此可以说黑人在美国具有悠久的反对种族主义的斗争史。在斗争中,黑人的语言不断进入美国流行文化。黑人的歌曲、黑人的体育运动、文学中的黑人方言等,不断构建着"黑是美丽的"的概念。美国文化在不知不觉中接受黑人文化为美国主流文化的一部分。我们今天甚至不能想象没有迈克·杰克逊和麦克·乔丹的美国文化。黑人的反对种族主义的斗争应该说是相当成功的,成功到足以鼓舞任何其他少数族裔,包括美国华裔群体。因此,赵健秀在黑人中寻找偶像,是不难理解的。正如谭伦在剧中所描述的,在他所上过的学校里,讲黑人的话意味着生存的策略。

黑人不但有英勇顽强的战斗精神,也有令人鼓舞的战斗成果。因此,对于赵健秀而言,学习黑人的范儿就是学习斗争的精神,崇拜黑人英雄就是崇拜成功的典范。在《鸡笼中的唐人》中,崇拜黑人英雄是华裔重塑其族裔形象的战略,是华裔鸡仔变英雄的战术。

赵健秀之所以锁定黑人成为华裔心中的英雄,还和一个更重要的原因有关,那就是美国梦。美国梦是成千上万移民心中的梦,也是美国文学中经久不衰的主题。但是出乎人们意料的是,黑人比白人更加追求美国梦。据一些学者考察,美国梦激励了从 1915 到 1919 年的黑人迁徙浪潮。他们发现,非洲裔美国人比美国白人更为笃信美国梦……也就是说,美国梦中有某些元素使少数族裔更为向往(Jiang,2005:10)。因此,学习黑人,在赵健秀看来还有像黑人那样追求美国梦的寓意。

当然,美国文学中的美国梦并不都是成功的,不少人的美国梦都是没有结果的,有些甚至是一场美国噩梦。但是噩梦也能发挥积极的作用。在对1960年之后出版的100部小说进行研究后,凯瑟琳·休姆发现这两种美国梦都很显著地成为美国小说的动力。在她的《美国梦、美国噩梦》一书中,美国梦被浓缩为三个特点:平等、公正、兴旺。其中物质成功是关键,拥有自己的房子是人们崇拜的偶像(Jiang,2006:19)。平等和公正是精神需求,是法律和社会层面的,而兴旺是指财富的充裕,是物质层面的。无论是精神层面的平等和公正,还是物质层面的兴旺发达,都是移民梦寐以求的。对于备受种族歧视的黑人和美国华裔来说,也许平等和公正更为重要,因为它们是取得物质富裕的前提和基础。黑人所进行的反对种族歧视的斗争,就是争取平等和公正的斗争,而这也是华裔所希望得到的。在《鸡笼中的唐人》中,黑人作为一个族裔群体,具有社会、政治和文化的象征意义。

该剧中的主角谭伦对英雄的渴求以及华裔英雄的缺失,都源自华裔在美国的悲惨经历。

华裔的美国噩梦是如此的不堪回首,以至于老一代的人们要年轻人忘掉过去:"我曾经问过一个老人这是不是真的。他说知道这些事情对我没什么好处。让这些往事跟他们这些老人一起慢慢消失吧。"(Chin,1981:26)年轻人也同样对屈辱的过去不愿提起。谭伦有意忘却历史,遗忘自己的父亲,甚至希望自己的后代遗忘他自己。谭伦后来坦言说:"我辜负了所有信任我的人们。我出卖他们,看着他们去世,忘记他们的姓名。"忘记过去成为华裔青年老年的共同愿望。然而忘记并不能解决现实问题。忘记华裔不能承受的屈辱历史,并不能对现实生活中华裔忍受的种族歧视有任何的改变。事实上,过去仍然对当下发生着影响,产生着作用。

赵健秀在该剧中提出的一个重要问题就是,由于种族主义者用种族歧视的眼光看待华裔,使得华裔也觉得自己是卑贱的,因而对自己产生了负面的评价,甚至自我厌恶。在该剧中,亚裔统统瞧不起自己,比如谭伦;黄色皮肤的恨不能自己是黑人,比如健治;华裔愿意与白人为伍,比如汤姆;华裔甚至假装白人,比如李。这种自我厌恶的心理也许非常普遍,但是华裔作家很少有以此做文章的。赵健秀并没有停留在对自我厌恶的讥讽和批评上,而是进一步发掘这种现象下面的深层原因。该剧结束时,谭已经改变了自我厌恶,开始能够接受自己了,也能够接受父辈了,从广义上说,是能够接受华裔族群了。

通过谭伦的认识过程,赵健秀引导观众看到华裔自我厌恶的原因是他们受到白人种族主义的影响,是用种族主义的有色眼镜看待自己,所以觉得自己可恨、讨厌。这是种族主义的立场和观点。但是问题在于,他们受到种族主义的影响之深,以至于他们都没能感觉出来。

赵健秀在这里表现出犀利的洞察力和冷静的批评。他用整个戏剧说明的正是这样一个问题,那就是种族歧视对华裔在心理深层的伤害。赵健秀在该剧中刻画了华裔的心理和他们内心深处的感受,刻画了华裔由于种族歧视而遭受的误解和贱视,以及由此而造成的心灵创伤,是非常生动感人的。赵健秀的这个剧第一次让主流社会看到华裔族群的内心世界,看到这部分人对自己处境的逼真感受,从而让观众认识到华裔也和其他族裔一样,需要得到承认和尊敬。《纽约时报》的克莱大·巴恩斯的评论也许有一定的代表性:"说实话,我不大喜欢这个剧,但它却让我看到了以前没有见到的族裔态度。"(Lee,2006:56)

二、重塑华裔的男子汉形象

与该剧的第一个主题紧密相连的,是华裔男性被女性化的问题。在该剧中,华裔男性的刻板形象是鸡仔,完全没有男子汉气概。而且剧中的华裔都没有安全感。汤姆虽然算得上是华裔中的成功人士,有不错的工作,但是他还是需要娶一位白人妇女为妻,以增加其安全感。而且缺乏男子汉气概的男人当然不可能是好父亲。他们担当不起父亲的责任:"华裔作父亲都糟透了。我可知道,因为我就有一位。"(Chin,1981:23)

谭伦貌视他的父亲。他的父亲是位洗碗工。不会讲英语,没有谭伦的帮助,他甚至无法洗澡。父亲在洗澡时总穿着裤头,因为当年怕那些白人女工在钥匙眼里偷窥他。父亲让谭伦感到可耻。谭伦不但对父亲失望,而且对自己作为父亲也并不感到骄傲:"我不想让我的孩子像我一样,也不希望他们了解或者记着这个他们叫'爸爸'的人。"(Chin,1981:27)

没有男子汉气概的华裔男性需要英雄的激励。谭伦先后找了三位英雄来效仿:独行侠(Lone Ranger)、阿华田、查理·爆米花,以便给自己增加一些英雄气概。而且他认为英雄是父亲培养出的,所以相信阿华田之所以成为英雄,背后一定有一位英雄父亲。

华裔男性甚至在华裔女性面前也被小瞧:汤姆小心翼翼、很谨慎地和李保持距离,而李则把他当成了空气(Chin,1981:53),当他不存在。华裔男性没有男子汉气概的证明之一就是他们永远不会去斗争,永远是只说不练。比如谭伦的前妻离他而去,他没有去闹,他的母亲夸奖谭伦是大度,而此表扬在谭伦听来像是讽刺。赵健秀对华裔男性缺乏抗争精神的批评不止在这个剧中发表出来,在其他作品中也有类似的表述。赵健秀认为,华裔的艰辛奋斗史是美国西部历史中不可或缺的一部分,但华裔在种族主义的重压之下,已经或者情愿忘却这段历史,他们更渴望融入美国的主流文化而不愿再提过去的辛酸。然而这种选择的代价是巨大的,特别是对男性们而言。华裔男性已经给美国人留下了缺乏主见、亦步亦趋、难以接近这样一类根深蒂固的印象,谦卑恭顺、软弱无能成了他们的代名词(McDonald,1981:ix)。赵健秀借用美国文化中西部牛仔的形象予以对抗。赵健秀在和诗人、劳工组织者本·菲(Ben Fee)第一次见面时穿了一袭黑衣,被本·菲戏称为是"唐人街牛仔"。这其实正是赵健秀所希望取得的效果。

西部牛仔的形象在这里有两个重要的意义。首先,西部在美国文化中占有不同寻常的意义。西部不仅给作家提供了硬汉形象和人物,它还常常作为一个强大的意识形态策略,并作为美国(和美国观念)自身的象征。拉尔夫·瓦尔多·爱默生在谈到西部时曾热情地、几乎是预见性地宣布:"我在西部找到了新的、无与伦比的美国。"西部是一个地理学意义,也是一个地形学意义,但也许更重要的是它的象征意义。当早期的定居者向西部迁移,从大西洋到太平洋时,这个地理现象带来了强大的文化影响(Wade,2005:286—287)。莱斯利·A.韦德(Leslie A. Wade)在评论夏普德的《真正的西部》(*True West*)中的兄弟时说,西部的价值观念就是力量、竞争的决心、自强和保证实现目标。一句话,西部展示出的就是美国男子汉的形象(Wade,2005:295)。美国西部代表的价值观是勤奋刻苦、沉默寡言、自强不息,以及个人主义。在这些作品中,夏普德运用西部主题,赞美自由,去除社会约束。在这些戏剧中,牛仔就是解放的化身(Wade,2005:295)。赵健秀的牛仔装扮要传递的信息是,华裔是这样的人:他们自强不息、勇于奋斗、不怕困难、勇往直前。总而言之,他们绝不是鸡仔像剧中的谭伦在结尾所说,也许他的拳头"不能击碎一只鸡蛋",但他却"永远不会被打败"(Chin,1981:51)。

西部形象的第二个重要意义是,西部是华裔的先辈开始美国迁徙的第一站。华人移民先驱背井离乡来到加利福尼亚州,正是基于这样一个机会均等的信念。别人能来淘金,我们华人当然也可以。西部是华人移民美国梦开始的地方。西部不但给奔赴这里的人们以精神鼓舞,对他们还意味着希望和机会。广袤的西部是自由的,每一个到这里的人都有机会从头开始。对华人来说,机会均等。事实上华人劳工对西部做出过重大的贡献。内华达山脉的铁路建立在成千上万华人劳工的尸骨之上,这也是赵健秀念念不忘西部铁路的原因。但是出于严重的种族歧视,在铁路竣工后的庆功合影中居然没有华工的身影。① 这是后来的华裔后辈所不能承受的屈辱。他们要还华工一个公道,还历史以真相。所以,出于对历史的尊重,不少华裔作家对华工当年修建铁路的历史都大书特书。赵健秀声称美国西部的历史就是华裔的历史(Mc-Donald,1981:xi)。作为华工后代的华裔们,都是在艰苦卓绝的西部奋斗不息的牛仔。

西部与牛仔,和华裔的刻板形象鸡仔之间有天壤之别。通过将西部和牛仔比喻为华裔男性的新的形象,赵健秀极人地颠覆了长达一百多年来美国的种族歧视刻画的华裔鸡仔的负面形象。赵健秀要表示的是,华裔是受美国西部文化哺育的牛仔,而不是受所谓阴柔文化教育的软弱无能的鸡仔。这里面既有颠覆刻板形象、树立正面形象的意义,也有认同于美国文化的立场和态度,体现了赵健秀对华裔身份重建的努力。

可以说 China Man/Chinaman 是一个在现实生活中缺失的、一个根据赵健秀的需要建构的理想的文化身份。由于华人在美国面对种族歧视的现实问题,他们必须打破西方人对华人的歧视性观念。解构东方主义式的华人脸谱化形象,塑造有力的华人形象,是赵健秀最关切的问题(徐颖果,2008:15)。因此,在解读赵健秀的关于华裔的文化身份认同的时候,不能局限于个别名词的运用,也不能就事论事,而是要把握华裔所在的历史、社会和文化的大背景,避免见树不见林。

参考文献

[1]徐颖果. 跨文化视野下的美国华裔文学[M]. 天津:南开大学出版社,2008.
[2]Dorothy Ritsuko McDonald. "Introduction." The Chickencoop Chinaman/The Year of the Dragon. Two Plays By Frank Chin[M]. Seattle and London: University of Washington Press,1981.
[3]Esther Kim Lee. A History of Asian American Theatre [M]. Cambridge: Cambridge University Press,2006.
[4]Frank Chin. Introduction: Fifty Years of Our Whole Voice [G]// Aiiieeeee! An Anthology of Asian American Writers. Washington. DC: Howard University Press,1974.

---

① 华裔戏剧人庄平在《中国风格》中通过现代影视技术,在原来没有华工的照片上加入华工,令人感动。详情见本人另一篇庄平研究论文。

[5] Guiyou Huang. The Columbia Guide to Asian American Literature Since 1945 [M]. New York: Columbia University Press, 2006.

[6] Jiang Tsui-fen. The American Dream for Chinese America in Frank Chin's *The Chickencoop Chinaman* [C]. International Symposium on Asian American Literature. Taipei: Chinese Culture University, 2005.

[7] Leslie A Wade. Sam Shepard and the American Sunset: Enchantment of the Mythic West [M]//Ed. David Krasner. A Companion to Twentieth-Century American Drama. MA: Blackwell Publishing, 2005.

[8] Tsui-fen Jiang. Imagining the Fantasy or Living Nightmare? The American Dream for Chinese American in Frank Chin's The Chickencoop Chinaman [C]// International Symposium on Asian American Literature. Taipei: Chengchi University, 2006.

[原发表于《世界华文文学论坛》2012 年第 1 期]

《甘加丁之路》的性别政治与人物叙事策略*

董晓烨[**]

(东北林业大学外国语学院)

摘要:在当代后种族主义文化语境之下,种族问题往往包含着性别隐喻。赵健秀的最后一部长篇小说《甘加丁之路》一以贯之将性别身份作为种族和政治抗议的手段。在小说中,赵健秀探讨了华裔美国男性在特定的文化和种族语域中面对的性属焦虑,进而运用性别政治式的文学抗争手段:安排华裔男性成为在场、设置独特的男性空间、设计阳刚十足的男性充当故事的主要动作者和叙述者等,以此打破亚裔男性被长期消音和扭曲的历史。本文借鉴修辞性叙事理论,采用文本分析和文化批评相结合的方法,研究作家凸显华裔美国男性气质和以性别身份强化政治抗议的叙事目的、文本的叙事手段和读者所感知的叙事效果之间的有机互动关系。

关键词:《甘加丁之路》;华裔美国男性气质;修辞性叙事;性别政治

一、引　言

享有"现代亚裔美国文学之父"(Wei,1993:67)美誉的赵健秀(Frank Chin)为当代亚裔美国文学的建制做出了杰出的贡献。他为《唉咦!——亚裔美国作家文选》(*Aiiieeeee*！*An Anthology of Asian-American Writers*,

---

* 基金项目:本文系国家社会科学基金项目"当代华裔美国文学叙事学研究"(编号:13CWW028)、中央高校基本科研业务费专项资金项目"华裔美国文学的叙事空间研究"(编号:DL13BCX02)和"赵健秀长篇小说的叙事特征研究"(编号:DL12BC12)的阶段性成果。

** 作者简介:董晓烨,副教授,黑龙江大学中国语言文学博士后流动站博士后,文学博士,主要研究方向为亚裔美国小说与叙事学。

1974)撰写的前言被比作爱默生的《论美国学者》和亚裔文化民族主义的宣言,"一部知识及语言的独立声明和对亚裔美国人男子气概的认定"(Mc Donald,1981:xix)。亚裔学者肯定赵健秀等亚裔美国文学先行者的贡献,认为"《唉咦!》在70年代所引发的政治能量和族裔兴趣对亚裔美国作家来说非常重要,它使我们作为独特文化的创造者得以显现并且获得身份。我们不再被忽略,不再沉默。像美国的其他有色作家一样,我们开始挑战长期以来由白人男性主宰的仇外主义的文学传统"(Hagedorn,1993:xxvii)。

然而,由于赵健秀对汤亭亭等广受欢迎的亚裔女作家的大肆攻击(董晓烨,2010:57),他的厌女症症候招致一干亚裔女性作家和评论家的痛恨,他所提出的"种族主义之爱""种族主义之恨""亚裔美国感性"及"文化整体性"等曾对亚裔美国文学批评起过重要作用的观点已没入历史的尘埃,甚至他曾大受褒奖的戏剧和小说创作也被有意识的遗忘了。近年来国外本已不多的赵健秀研究更是数量锐减,甚至有销声匿迹的趋势。人们再谈起他时,似乎只记得他是一个由嫉妒驱使,对女性同胞疯狂攻伐的沙文主义者。例如,被誉为"描写生动,有吸引力和说服力"(Stuhr-Rommereim,1994:111)的《甘加丁之路》(*Gunga Ding Highway*,1994)(以下简称为《甘加丁》)是一部当代美国亚裔生活经验的百科全书,又是赵健秀早期创作的总结。它展现了"令人发狂的,可憎的,缀段式的父子关系的传奇……嘲讽了从电影到音乐、毒品、政治、媒体、色情、种族主义等一切与美国相关的东西"(Seaman,1994:111)。尽管小说的文学价值得到肯定,但是评论界反响寥寥。"仅有的(研究)材料不过是一些报纸和杂志上的书评,而且其中的大部分只是简短的通告"(Nelson,2000:52)。国外较有代表性的研究仅有《从唐人街到甘加丁之路——对赵健秀与华裔美国叙事的反思》。文中,约安(San E. Juan Jr.)从族裔政治的视角出发,认为《甘加丁》体现了赵健秀讽刺性地以陌生化的手段再现亚裔美国常识的写作策略。以此,赵健秀质疑了模范少数族裔神话和多元文化主义,并试图在美国的历史语境中重新定位族裔写作。与此相比,国内对于《甘加丁》的研究数量略多,但研究深度明显不足。研究对象主要集中在赵健秀对主流文学塑造的华裔男性刻板形象的批评和对华裔身份建构的探讨上面。除此之外,也有一些较有启发性的切入角度,如研究小说的神话原型框架和后现代写作技巧等等。① 总体来说,上述研究仍囿于上世纪 70 年代开始的对赵健秀进行的性别与文化批评,虽具有一定的穿透力和启发性,但大多为泛泛感悟,而且略欠灵活。本文试图整合与推进以往的思想菁华,从分析《甘加丁》的人物叙事内容和话语入手,考察赵健秀小说创作的美学价值,认为赵健秀对于性别身份的凸显是他实现政治抗议的手段,提出文本呈现的多维人物塑造手法和多元男性气质实际上出于作家的叙事目的,并以此重申赵健秀作为一位亚裔美国作家的创造性价值。

二、叙事目的:华裔美国男性气质的确立

《甘加丁》延续了作家一贯的关注,以父子两代人的不同追求为故事主线,探讨了亚裔美国人的男性气质问题,体现了赵健秀对亚裔美国人男性气质失落和重申的思考。这部小说的人物塑造被认为是失败的例子,人物刻画不够深刻。"小说中包含了大量的人物,但大多数人物的出场次数不多"(Ho,1996:161)。不仅如此,这些人物中的"大多数无法引起我们的同情和关注⋯⋯其轻蔑的语调拉开了与读者的距离"(Ricci,1995:16)。在两位评论者看来,赵健秀笔下的人物形象并不符合传统人物观所要求的鲜明和生动的标

---

① 参见卢婧洁.〈甘加丁公路〉:解构美国电影中的华人刻板形象[J].当代外国文学,2003(3):62-66;安晓宇.华裔男性形象的解构和建构:解读《甘加丁之路》中的男性形象[J].长城,2011,10:55-56;覃晓霞.华裔男性形象的嬗变与构建:以〈甘加丁之路〉为例[J].武汉冶金管理干部学院学报,2013(3):75-77;张洪伟等.〈甘加丁之路〉的神话原型解析[J].齐齐哈尔师范高等专科学校学报,2007(4):57-58;徐刚.赵健秀的〈甘加丁之路〉的后现代主义视角分析[J].内蒙古民族大学学报,2010:27-28.

准。依照费伦的三维度的人物观①来理解，人物形象的模仿性不够突出，没有取得似真化效果，因而无法唤起读者的情感反应。但二人并未对其论断给出解释。"人物的出场次数不多"和"轻蔑的语调拉开了与读者的距离"恐怕也不能成为人物塑造不成功的理由。

实际上，有意消解人物的模仿性特点与功能正是后现代小说创作的一个共性特征，模仿性的消解恰恰是为了突出人物的符号意义和主题性。《甘加丁》展现了多个人物的生活侧面，却并不着力塑造他们的不同性格和心态，但这并不能说明作家不善于创造人物，而是他的创作重点不在于写人性和人情。赵健秀有意消解人物的个性和内心深度，恰恰是为了突出人物的主题性，这充分体现了他解构华人刻板形象和建立具有英雄气概的亚裔美国男性气质的决心。另外，虽然上述学者都认为小说中作为个体的人物形象不够立体，难以令人信服，但不可否认，与以往的华裔美国文学创作相比，《甘加丁》对华裔男性群像的塑造是个不小的进步。故事发生在一个独特的男性空间之中，华裔男性不但成为《甘加丁》中的在场、主要动作者和叙述者，而且阳刚十足，这打破了亚裔男性长期被消音和扭曲的历史。从这一意义上来讲，与以往那些简单化和脸谱化的刻板形象相比，小说中的华裔男性形象是真实、立体和有感染力的。下文以小说中的主要人物关龙曼和他的儿子尤利西斯为例，探讨人物的主题性特点和主题性功能。

行动与人物是叙事的两个基本因素，两者相继相生。人是行动的主体，反之，只有行动中的人才具有性格。《甘加丁》中的主要人物的个性是在叙事进程中逐渐显露的，而贯穿全书的主要冲突是关家父子二人的紧张关系。关龙曼是一个一心想在好莱坞发迹的华人演员，但在种族歧视的社会语境下，他只能反复扮演必死的中国佬和陈查理的四儿子。虽然如此，他仍自诩是陈查理的儿子中美国化程度最深的，并以此自豪。作为"种族主义之爱"的代表，陈查

---

① 在《阅读人物与情节》一书中，费伦修正并综合了古典文论和经典叙事学研究的成果，提出了三维度的人物观研究模式，认为人物同时具有模仿性、主题性和虚构性三种功能。模仿性强调人物像真人，主题性认为人物为表达主题服务，虚构性强调了人物是人工建构物。在此基础之上，费伦将三维度人物观同叙事进程的研究相结合，进一步提出了一个平行的分析模式，区分了人物的"主题性特点"与"主题性功能"，"模仿性特点"与"模仿性功能"，"虚构性特点"与"虚构性功能"(Phelan 9—14)。"特点"具有静态模仿性，是指脱离作品语境而独立存在的人物特征。"功能"具有动态模仿性，是在叙事进程（作品不断向前发展的结构）中对特点的运用。"特点"只有在作品的进程中才会成为"功能"(243—344)。

理这一"最不真实的亚洲流行形象"(Hagedorn,1993:xxi)体现了主流话语"对于华人文化的有意误现和再现不足"(Ho,1996:158)。关龙曼渴望成为第一个在电影中扮演陈查理的华人演员的梦想体现了他对主流文化的自觉适应以及希望被主流社会所接纳的迫切要求。在赵健秀看来,这种自我同化和殖民内置的意识破坏了华裔男性的真实形象,并给他们带来了心理创伤。"整整七代人在法律的种族主义和被委婉地称为'种族主义之爱'的压迫之下形成了亚裔美国人的自我轻视、自我排斥和自我瓦解的心理定势"(Chin,et al,1983:xii)。

尤利西斯化身为作者的替身,以反抗父辈的方式试图打破这一"继承性创伤"(Cheng,2000:88)。尤利西斯与以往文学作品中的华人或华裔男性形象均不相同。他叛逆不羁,不但与家庭成员尤其是父亲的关系紧张,还在中文学校调皮捣蛋,常受鞭打。作为关龙曼的道德和专业行为的旁观者和评判者,尤利西斯体现了另一种伦理向度。他对父亲争演陈查理的愿望与努力不屑一顾,对种族歧视和文化帝国主义深恶痛绝。他反抗同化,反对成为陈查理或关龙曼式的模范少数族裔,而自觉选择成为"中国佬",①并以此建立文化身份的完整性,即赵氏所谓的"亚裔美国感性"。为了凸显华裔男性气质,赵健秀将尤利西斯和关公的形象融为一体。关公是华人崇拜的偶像,是勇气、智慧和力量的象征。赵健秀发掘并重述了关公等英雄人物,并将他们认作体现中国古代侠义男性主体意识的英雄形象和代表了自由、反抗和创造等支配型男性气质的典型。② 在《甘加丁》一书中,赵健秀有意将尤利西斯塑造为关公精神的当代体现。尤利西斯以关公自诩,与本尼迪克和迪戈模仿刘关张桃园结义。这表明他继承了进攻性的、强悍的、梁山好汉式的华人男性英雄传统,并以此反

---

① "中国佬"这一表达广泛地出现在赵健秀的创作实践中,是理解赵健秀文学创作和理论主张的一个关键点。如他的《鸡笼中国佬》和《太平洋与旧金山铁路公司中国佬》分别以"中国佬"命名。赵氏为"中国佬"这一蔑称赋予了全新的含义,在赵健秀笔下,这一词汇的外延不再指涉"异教徒",而成为理想华裔文化身份的代言。他用这一称谓表明既非白人也非中国人的"亚裔美国感性"和既反抗东方主义脸谱化又反抗同化的文化态度。

② 罗伯特·康奈尔(Robert Connell)将男性气质划分为四类:支配型男性气质(在主流社会生活中处于领导地位)、从属型男性气质(受压迫、受歧视的一方,如同性恋男性对异性恋男性的从属)、共谋型男性气质(指那些支配型男性气质不明显又从支配型男性气质中受益或潜在地支持男性霸权的男性)、边缘型男性气质(指占统治地位的男性气质与从属阶级或集团的边缘男性气质之间的关系)(104)。在东方主义霸权话语的统治之下,白人男性被赋予支配性特征,而华人男性则由于在社会和文化上处于从属地位,被边缘化而成为边缘型男性。

驳华人"不坚强、不进取、不勤奋、不冒险"(Roosevelt,1926:319－322)的刻板形象。通过对桃园结义的原型再现和华裔男性的群像塑造,赵健秀重现了当代华裔美国人的创世神话,将一个体叙事转化为宏大的种族与民族共同体的代表。

此外,不同于中国传统文化中不近女色的关公形象,赵健秀以华裔作家的特定立场赋予其笔下的关公以男性性感魅力。美国亚裔男性的主体性是由种族主义者有关种族阉割的想象来决定的。在以往美国主流文化对亚裔的再现中,"亚裔男性被描写成没有任何性能力"(Kim,2005:69),并且"在形体上缺乏吸引力"(Iwamoto and Liu,2008:218)。"北美的流行文化中有两种(华人)男性形象:'软弱的书呆子'和'功夫大师'。第一种人完全否定了男性气质,第二种人往往信奉禅宗的禁欲主义而被去性化"(Fung,1991:148)。小说中,关公被称作中国的约翰·韦恩和克拉克·盖博(59),①赵健秀以此对无性化的华人男性形象提出了反驳。在美国主流社会,"男性"的含义是指"支配型男性气质",而"有色人种男性不得不证明他们的男性特征,即支配型男性气质,否则他们会面临被女性化和同性恋化的危险"(Chan,1991:11)。然而,单纯赋予华人男性以支配型的白人男性气质似乎还不足以强调华裔男性的雄风。为了对抗西方话语对华裔男子的"阉割",赵健秀突显华裔男性的性经历和需求,甚至有意将华裔男性塑造的比白人男性更具性征。父辈关龙曼是"唐人街的花花公子"(Chin,1994,Gunga Din:387)。他风流倜傥、四处留情。子辈同样将垮掉派的性自由作风发挥到了极致,尤利西斯等人从七八岁起就开始看色情电影和杂志,并不断地追逐变换着女友。他的好友迪戈更是自称"我的朋友们都知道我会对他们的女儿起色心。我是这个城里的野兽,是黑人中国佬,是都市里的土著"(337)。在赵健秀笔下,性特征成为一种身体政治。虽然有矫枉过正之嫌,但不容否认赵健秀肯定华裔男性身体的阳刚和生机以及重塑其文化和社会身份的努力。

通过对父子两代人的塑造和比较,赵健秀向读者展示了两种截然对立的华裔形象和价值观。关龙曼是种族同化的代表,而尤利西斯则是一个反叛的颠覆者、中国佬和战士的形象。通过把当代华裔塑造成玩世不恭、满口俚语、

---

① 约翰·韦恩(John Wayne,1907—1979)和克拉克·盖博(Clark Gable,1901—1960)都是上世纪好莱坞黄金时代的著名演员。韦恩多扮演西部英雄的角色,盖博有"好莱坞男星之王"之称,素以扮演粗犷和富有男子气概的角色闻名。两人都被认作是勇气、力量、性感、幽默等男性魅力的化身。

崇尚暴力和性的华裔垮掉派,赵健秀打破了长期存在于主流社会之中的"种族主义之恨"和"种族主义之爱"的刻板形象,表明了做一名既非纯粹的美国人,也非纯粹的中国人,更非模范少数族裔的具有民族感性的"中国佬"的决心。在故事的结尾,赵健秀通过一个具有象征意义的场景重申了自己的文化和种族立场:母亲遭遇离奇车祸,哥哥小好莱坞病入膏肓,关龙曼的葬礼最终以闹剧收场等一系列的死亡事件象征了同化时代的终结,而尤利西斯开车送即将生产的管家太太去医院,和对母亲受孕过程的想象则象征了"中国佬"精神在美国社会的诞生和延续以及新一轮的华裔"创世"的开始。

三、叙事策略:修辞性人物的叙事功能

依据修辞叙事学的理论,文本的故事与话语互为目的和功能。人物特征通过多变的塑造手法展现出来,不同的塑造手法又往往同人物的特性相结合,给读者带来不同的情感体验。在《叙事虚构作品》(*Narrative Fiction: Contemporary Poetics*)一书中,里蒙·凯南(Rimmon-Kenan)比较了直接和间接两种人物塑造方法,认为直接法主要通过形容词、抽象名词、喻词等的运用直接向读者点明人物特点,而间接法一般通过对人物的行动、语言、外貌、环境的描写来映衬人物性格。比较而言,直接法主要用于以人物为中心的传统小说,而现代作家多青睐更为开放和灵活的间接法。《甘加丁》独特的人物塑造方式有效地烘托了作家的创作主题。

为了反拨华裔男性被消音的历史,《甘加丁》汇集了华裔男性强大的叙述声音。相对于每一个叙述者所对应的叙事层次而言,叙述声音都异常强大。以尤利西斯的讲述为例,在他所对应的故事层几乎没有谈话的对象,这使得他的讲述犹如一场戏剧独白,没有阻碍、一泻千里地展现在读者面前。在其滔滔不绝的讲述中,读者获知了他的童年经历。"我"时常受其他孩子的欺侮,并在与白人养父母出去时被"二战"老兵当作日本孩子而羞辱。回到中国家庭之后,"我"仍未找到归属,"无论对家里的中国人来说,还是对西尔维娅的家人来说,我都是陌生人,城里的陌生人,家里的陌生人"(Chin,1994,Gunga Din:59)。这使"我"经受了"落入陌生人手中""被诱拐"(53)的恐惧,从而表现得孤僻和叛逆。一般来说,独白更适合表达强烈的情感。通过独白的讲述方式,作为人物叙述者的尤利西斯直接向读者宣泄了他的情感缺失和愤怒不平,这使得读者对亚裔男性在主流社会的属下身份与华人家庭的文化隔绝给主人公带

来的心理创伤感同身受,因此能够更深刻地理解主人公的愤怒、孤独和缺失,以及文化身份带给华裔男性的无法抹去的"种族主义忧郁"。

对梦境的描述是赵健秀用以表现华裔男性的种族创伤和反抗的另一独特手段。童年的尤利西斯反复做着同一个梦。"梦里的时间是1949年的一个下午,下着雨。地点是加利福尼亚,奥克兰的唐人街。梦里的我是超人,正缓慢地在笼罩着矮小砖木房屋的灰暗暮色中低飞"(61)。根据弗洛伊德的分析,梦是对现实的补偿,在现实世界中无法实现的愿望会在梦境中以变形的形式出现,并间接地获得满足。但此处尤利西斯的超人梦却并不是简单的男孩成长过程中的偶像崇拜。实际上,尤利西斯对梦境的描述颇具黑色幽默的色彩:"我只能飞得很低很慢。我的红披肩拖在人行道上。老太太们踩到上面,跌倒了。她们的胫骨一下子撞上了我的铁肋,很痛。我咬紧牙关,竭尽全力往高处飞。啊,我要飞快!飞高!"(62)。超人梦体现了尤利西斯对于男性气质的渴望,但不成功的起飞尝试暗示了在主流社会建立族裔男性气质的艰难。正是现实的严峻使得尤利西斯的梦越来越糟,而且越来越可怕。"我双臂掉下许多土块……我是死尸……身体里面全烂透了,疼痛无比,每一点骨髓,每一节骨头,每一块肌肉都烂了"(63)。在尤利西斯的梦中,超人、幽灵、僵尸与陈查理纠缠在一起,这说明了种族主义的幽灵困扰着华裔男性,使他不堪重负。这个种族主义的噩梦对华裔男性的影响如此之大,他们虽极力挣扎却无法摆脱。直至小说的最后,年逾五旬的尤利西斯仍然受到这个纠缠了一生的梦魇困扰。通过将同一个梦分别安排在小说的开头和结尾,赵健秀表明对梦的解析不仅有助于理解人物的心理需求,它的设置还同小说的结构和主题意义相关。对于梦境的描述使小说在形式上构成了一个循环,暗示了一代华裔男性的宿命。他们渴望获得支配型的男性气质,但是同化和去势的陈查理的幽灵纠缠于他们的生活,只有当他们摆脱了"烂透了"的陈查理的"死尸"之后,才能从这不断重复的噩梦中"醒过来"。

为了突出华裔男性气质的复杂特点,赵健秀还广泛使用了类比法。类比是一种辅助性的人物塑造方法,使用类比能使人物的性格更加突出。作家常常通过姓名、空间和人物之间的类比来进行人物塑造(Rimmon-Kenan,2002:67)。主人公的名字"尤利西斯·关"隐喻了东西文化的杂合。作为身处"两个世界之间"的华裔,尤利西斯的身份体现了詹姆逊(Fredric Jameson)所谓的"精神分裂性"(schizophrenia)和赵健秀所谓的"双重人格"(dualpersonalities)的特征。此外,这个名字也点明了主人公的个性特征。作者将尤利西斯与关公联系起来,既暗示了主人公的男性气概与对中国传统的继承,又暗示了主人公无论在精神上还是在肉体上都过着漂泊流浪的生活。"尤利西斯"这个属于古希腊的流浪英雄和爱尔兰游荡者的名字所带有的文化隐喻指明了族裔身份的流动性、个体的非完整状态、情感缺失和巨大压力。物质世界的漂泊象征了文化身份的不确定和难以捉摸,而文化身份的边缘化又使他不可避免地感受到了华裔男性在主流社会所受的遗传性心理创伤。正如"尤利西斯·关"这个名字所暗示的,在男主人公身上,历史创伤、民族创伤、文化创伤和集体心理创伤融合在一起,共同构成了他的文化身份中不可去除的一部分。

小说中的空间类比同样引人注目。内华达乡下意味着无忧的"黄金之乡"。被从自己认同的空间强行剥离之后,尤利西斯永远失去了家的归属感。他对唐人街感到陌生,无法形成家的体认,最终自我放逐成为华人文化中的他者和达摩流浪汉式的精神漂泊者。他既不属于白人社会,也不属于唐人街的华人社区,而是处在一个含混的第三空间之中。更为严重的是,他还失去了精神的自由。在乡下,他是可以隐藏的。黑暗成了他的保护色,使他既可以躲避郊狼也可以逃开成人世界,但唐人街到处充满了监视的眼睛。"高大的橡树下,一些老年华人在下中国象棋,他们戴着帽子,像防贼一样监视这一地带"(Chin,1994,GungaDin:63)。"监视"一词表明,唐人街是一个密不透风的格托(ghetto)。在这个狭小的空间里,华裔后代处在父辈和宗族的控制之下。整个华人社区不存在任何个人隐私。"隐藏"和"监视"的对比也似乎在暗指尤利西斯族裔身份认知的不同阶段。生活在白人中间的时候,尤利西斯的族裔身份是隐藏的,他并未对此有足够的认知;回到了华人社区,尤利西斯的族裔身份反而得到突显,他和周围的人都清楚地意识到这种身份的特殊性。在亚裔男性刻板形象的阴影下,亚裔男性难以对本族文化形成归属感、认同感和自豪感,因而产生焦虑。

论者抨击《甘加丁》因为出场人物太多而导致人物刻画不够深刻。但是从叙事学的角度分析,众多人物的设置可以取得类比效果。小说中众多陪衬人物的存在成了主人公的参照系数,共同展现了尤利西斯性格的多个侧面和华裔男性气质的复杂构成。前义提过尤利西斯父子分别代表了华裔男子同化和反对同化,概念化和反概念化,本质主义和反本质主义的不同伦理价值取向。除此之外,赵健秀借用三兄弟的原型来制造小说的伦理张力。本·尼迪克和迪戈是尤利西斯的好友,他们与尤利西斯效仿刘关张结为异姓兄弟。对于三兄弟的刻画构成小说的基本结构。本·尼迪克、尤利西斯和迪戈分别认同了刘、关、张三个角色,但在他们成年后却走上了不同的道路。这实际上表明了当代华裔男性的不同文化认同倾向和华裔男性气质的整体构成之复杂性。与异姓三兄弟的故事形成对应,中国大哥、小好莱坞和尤利西斯这组血缘兄弟的故事构成了情节发展的暗线。虽然本和戈迪的形象不够立体真实,但他们的身上毕竟还保留着某些个性化的特征。与他们相比,中国大哥和小好莱坞被设置为象征性的符号。他们的象征意义取代了行动意义,其存在的唯一理由是强调尤利西斯性格中相互拉扯的"中国"和"美国"特性,而这一特性是通过他们对父爱的争夺和理解而戏剧性地展现出来的。这些类比人物成为对尤利西斯的性格和经历的补充,在对他们的讲述中,尤利西斯的人物特征逐渐显现。而且两组三兄弟原型的使用带来了人物塑造的张力,在展现了华裔男性内部在知识、价值、判断、见解和信仰等伦理方面的分歧的同时,又显示了华裔男性共同的生存困境。

由上述分析可以看出,《甘加丁》广泛又深刻地探讨了华裔美国男性所面对的性别、文化和种族问题,其中,对华裔美国人男性气质的探讨成为其文学实践的聚焦。为了凸显这一叙事目的,赵健秀采取了创造性的叙事策略,如以对位的人物类型来探讨华裔美国男性的自立意识和复杂的种族构成;以强大的叙述声音来凸显华裔男性被消音的历史;以梦境这一模糊的语境来表示族裔身份的重压和反思等等。这些匠心独具的叙事手法表明赵健秀是一位成熟的作者,其创作不但体现了美学价值,而且有效地行使了文学的社会价值与战斗功能。

四、叙事语境:赵健秀的性别政治

"性别政治"一词最早见于凯特·米利特(Kate Millett)的《性别政治》(*Sexual Politics*,1969)一书,指的是"从政治的角度与权力关系上看待和分析两性关系"(王先霈,2009:652)。本文研究赵健秀通过塑造反定型化的华裔男性形象来争取权力的政治目的,虽然同米利特一样关注性别与权力和统治问题的关系,但赵氏所侧重的性别与种族问题的纠结明显不同于米氏探讨两性关系的切入点,因此本文在探讨赵健秀的文学创作与政治主张的关系时,采用更具隐喻意义的、强调社会、文化和心理因素的"gender"代替"sex",以此凸显本文的研究重点和族裔作家不同于女性作家的创作旨趣。

从上述分析可以看出《甘加丁》独特的人物形象和叙事设计体现的是赵健秀以文学实践来进行政治抗议和树立新的华裔男性文化身份的叙事伦理。作家的创作目的使作品的人物摆脱了传统老套的社会角色,显得新颖而独特。

华人和华裔男性形象在美国主流话语体制中有几个不同的演变阶段。19世纪60年代之后,由于西部开发的需要,华人劳工开始进入美国。早期华人形象被美国主流话语体制肆意歪曲,罗斯福总统公开宣传"中国人和中国不坚强、不进取、不勤奋、不冒险,因此只能承担其后果……中国是一个不适应战争的、贪图安逸的国家,最终被那些没有失去雄性冒险特征的国家远远甩在了后面"(Roosevelt,1926:319—322)。上述言论通过污蔑中国和华人男性缺乏西方主流社会所定义的支配型男性气质来突出美国的个人和国家的男性气质。其结果是华人男性被人为地女性化,成为逆来顺受、做事畏缩和缺乏进取心的代名词。在这种言论的主导之下,无论是在杰克·伦敦、布莱特·哈特和弗兰克·诺瑞斯等主流作家笔下,还是在流行文学作品中,都涌现出了大量的华人刻板形象:"渴望权力的君主,无助的异教徒,性感的龙女,滑稽忠诚的仆人,满口之乎者也的、矮胖的、毫无性感的侦探等等"(Kim,1982:3)。而且,"生活在美国的亚裔男性实际上较亚裔女性的刻板形象更具有否定性,更被社会所拒绝"(Cheung,2000:285)。他们是操着洋泾浜英语的、不可捉摸的、狡猾的异教徒中国佬,①是傻气的、滑稽的、奴性十足的仆人,是鸦片贩子、性变态和折磨妇女的暴徒。后来,随着华人经济能力的增强和文化素质的提高,更由于美国对华政策的改变,这一消极的刻板形象也有所变化,华人被赋予了"模范少数族裔"的特征,成为"安静、克制、努力、臣服、不干涉、本分、令人愉快的民族"(Takaki,1990:474)。白人文化对于华裔男性的形象设置是一种性别政治。人为设定的不平等角色和地位的等级制度具有浓厚的意识形态色彩。此时出现在白人作家笔下的华人形象无一例外是扁平人物,简单化、脸谱化、漫画式的刻板形象消减了模仿性,最大限度地体现了功能性和符号性的结合,其存在目的不但是为了引起噱头和带来滑稽可笑的效果,更是为了宣传美国的主导话语和配合对华政策的变化。赵健秀洞见了白人社会强加给华人的刻板形象,将其归纳为"种族主义之恨"和"种族主义之爱"。前者的代表是暴虐、奸诈、邪恶的傅满洲,后者的代表是温顺、谦卑、女人气的陈查理,他致力于揭露白人文化对华裔男性的歧视和压制的努力同样体现了一种性别政治。

尤其令赵健秀愤怒的是,面对主流话语的认知暴力,一些华裔作家不但不

---

① "异教徒中国佬"源于哈特的一首诗。该诗叙述了一个表面木讷,内心却十分狡猾的华人赌徒阿辛(Ah Sin)如何通过卑鄙手段赢得赌局的故事。在此,"异教徒"不仅指宗教信仰不同,也暗指华人是与纯洁、天真的美国社会对应的"恶"的象征,如同阿辛的名字所影射的一样。

加以反抗,反而内化了种族霸权的凝视。在他们笔下,被阉割的华人男性形象不但没有消失,反而被进一步强调。他大量的文学评论充分发挥了文学的战斗功能。他批评汤亭亭等人的创作目的是为了迎合白人的价值观,"发展有关中国文化的刻板形象,将其表现得极端邪恶,对女性极端残酷和变态"(Chin,1991:11)。的确,读者无法在那些在美国社会流传甚广的华裔作家作品中找到正面的华裔男性形象。《华女阿五》展现了一个女性地位低下的华人社会,父亲是一个压制女性个体成长的顽固不化的暴君;《女勇士》和《喜福会》中几乎没有男性角色,偶尔的提及和影射要么是洗衣煮饭的女性化形象,要么是女性的迫害者;《蝴蝶君》中的男性形象毫无阳刚之气,是一个异装癖和同性恋。赵健秀对这些作家内化了的种族主义式的创作深恶痛绝。在他看来,这些华裔作家笔下的男性形象是猥琐的、刻板的、消极和反面的。他们有意识的将华裔男性形象贩卖为美国大众文化的消费品,实际上强化和传播了假的、想象的华人男子的刻板形象。为了纠正这些女性化或无性化的华裔男性形象,赵健秀充分发挥"写作即是战斗"的宗旨,将其文学创作当作政治抗议的手段。在其创作中努力颠覆消极的华人/华裔男性形象,恢复华人/华裔男性的阳刚气概和他们在历史中的真实自我形象,进而树立华裔男子的主体性和合法地位,这同样是赵健秀式的性别政治。《甘加丁》就是这样一部"讽刺和抗议的雄心之作"(Ho,1996:158)。

性别支配是当今文化中无处不在的意识形态。对于少数族裔来说,性别问题更是与种族问题复杂地纠结在一起,种族问题往往包含着性别隐喻。"种族语言也是性别语言,对于种族主义的影响和其超验可能性的思考常常是由性别修辞所规划的"(Kim,2005:xv)。为了反抗东方主义的凝视和白人男性在社会中的霸权地位,赵健秀有意从政治与权力关系的角度来塑造《甘加丁》的人物形象。不同于以往的白人文学和华裔文学,赵健秀以个性化的方式凸显华裔男性气质的构成和复杂,以此作为抗议手段,设计产生权力意识形态的场所。

赵健秀致力于打破边缘型和从属型华裔男性气质藩篱的努力值得肯定。受传统白人文学和主流意识形态的毒害,西方读者将消极被动的边缘型华裔男性气质视为天经地义。赵健秀的作品打破了种族主义对性别角色的划分,突破了定型化形象,超出了以往文学规约为华裔男性形象设定的行为、姿态和态度的准则,在一定程度上抵制了华裔美国男性气质所受到的威胁,因而具有新意。赵健秀围绕艺术与文学批评展开斗争的实践是有意识的性别政治策略,体现了作家身为华裔男性和精英知识分子的责任感和行动力。可以说,赵健秀开创了一个新的时代,他对东方主义式再现策略的反抗和打破霸权主义秩序的努力振聋发聩。其后一些重要的华裔男性作家,如徐忠雄(Shawn Hsu Wong)、李健孙(Gus Lee)、雷祖威(David Wong Louie)等人继承了赵健秀通过强化华裔男性形象来争取权力的做法,继续批判华裔男性被降格、误解和排斥的现状。至此,在当代华裔作家笔下,华裔男性不再是低贱的他者,女性化的、非人化的、边缘化的和难以理解的异类。他们或孤独,或失落,或愤怒,或反叛,却无一例外地为彰显华裔男性的阳刚之气而努力。

但是,赵氏所构建的新文化寓意和政治想象超出了当时美国读者的阅读预期,也与中国文化传统所强调的"知和而和"的思想相去甚远,这是他的创作蒙尘于历史的主要原因。而且赵健秀对于支配型华裔男性气质的确立缺乏牢固的根基。他按照西方男性霸权气质的尺度衡量和建构华裔男性气质,而非突显华裔男性自身的文化和社会特征,这在不自觉中抹除了华裔男性与白人男性的差异,因而缺乏对华裔男性自身特性的探求。尤其是赵健秀为了凸显华裔男性气质而体现出对华裔女性的敌视,实际上是在以霸权反霸权,这与他寻求华裔形象受到公正对待的努力有所违背。由此,赵健秀试图以文学想象来重新分配政治权利的努力也终于没有实现。

五、结　　语

综上所述,赵健秀是一位以捍卫亚裔美国感性和文化整体性为己任的作家。不满于亚裔男性成为殖民话语暴力的牺牲品和东方主义式的霸权形态将亚裔男性的历史和现实边缘化和他者化。在《甘加丁》一书中,赵健秀通过独白、梦境、姓名、空间和人物类比等方式探讨了华裔男性所承受的继承性创伤和华裔男性群体在面对上述问题时的不同伦理取向等问题,从而努力将亚裔男性上升为具有命名权和发言权的支配型男性主体,以达到对西方主流话语和亚裔的偏颇自述进行补充与修正的叙事伦理目标。从上述解读可以发现,不论从在亚裔美国文学建制和传播中的地位,还是对亚裔男性形象的突破性塑造,将政治诉求融入文学创作的努力,或从对性别和权力问题的探讨,以及叙事技巧和美学实践等方面来讲,赵健秀都是一位重要的代表性人物,对于他的研究仍有很大的解读空间。赵健秀的创作不但体现了进步知识分子对时代的回应,还构成了亚裔文学发展链条上不可或缺的一环。在新世纪新时代,定型化的亚裔男性形象仍存留在美国民众的心中,[①]赵健秀所开创的道路不应被遗忘。

参考文献

[1] Anne Cheng. The Melancholy of Race: Psychoanalysis, Assimilation, and Hidden Grief [M]. New York: Oxford University Press, 2001.

[2] Claudia Ricci. Review of Gunga Din Highway [J], New York Times Book Review, 1995: 68—93.

[3] Daniel Y. Kim. Writing Manhood in Black and Yellow: Ralph Ellison, Frank Chin, and the Literary Politics of Identity [M]. Stanford: Stanford University Press, 2005.

[4] Derek Iwamoto and William Ming Liu. Asian American Men and Asianized Attribution: Intersections of Masculinity, Race, and Sexuality [G]//Eds. Nita Tewari and Alvin Alvarez. Asian American Psychology: Current Perspectives New York: Taylor and Francis, 2008: 211—232.

[5] Dorothy Ritsuko McDonald. Introduction [M]//*Chickencoop Chinamen* and *The Year of the Dragon*. Seattle: University of Washington Press, 1981.

[6] Donna Seaman. Review of Gunga Din Highway [J]. Booklist, 1994, 15 (9): 111.

[7] Elaine H Kim. Asian American Literature: An Introduction to the Writings and their Social Context [M]. Philadelphia: Temple University Press, 1982.

[8] Elaine H Kim. "Such Opposite Creatures": Men and Women in Asian American Literature [J]. Michigan Quarterly Review, 1990 29: 68—93.

[9] E. S. Nelson. Asian American Novelists: A Bio-Bibliographical Critical Sourcebook [G]. Westport: Greenwood Press, 2000.

[10] Frank Chin et al. Aiiieeeee! An Anthology of Asian-American Writers [G]. Washington: Howard University Press, 1983.

[11] Frank Chin. Come All Ye Asian American Writers of the Real and the Fake [G]//Eds. Jeffery Paul Chan et al. The Big Aiiieeeee: An Anthology of Chinese and Japanese American Literature New York: Meridian, 1991.

[12] —. Gunga Din Highway [M]. Minneapolis: Coffee House Press, 1994.

[13] James Phelan. Reading People, Reading Plots: Character, Progression, and the Interpretation of Narrative [M]. Chicago: University of Chicago, 1989.

[14] Fomald Takaki. Strangers from a Different Shore [M]. New York: Penguin, 1990.

---

① 如在当下流行的《破产姐妹》(*Two Broke Girls*)、《废柴联盟》(*Community University*)等美剧中,亚裔男性扮演的仍是持续了百余年的滑稽、胆小、无能、失败、毫无男性魅力的漫画式形象。这也说明了赵健秀所提问题的尖锐与顽固。

[15] Jessica Hagedorn. Charlie Chan Is Dead: An Anthology of Contemporary Asian American Fiction [G]. New York: Penguin Books, 1993.

[16] King-Kok Cheung. Art, Spirituality, and the Ethic of Care: Alternative Masculinities in Chinese American Literature [G]// Ed. Judith Kegan Gardiner. Masculinity Studies & Feminist Theory: New Directions. New York: Columbia University Press, 2000.

[17] Rebecca Stuhr-Rommereim. Review of Gunga Din Highway [J]. Library Journal, 1994, 1 (10): 119.

[18] Richard Fung. Looking for My Penis: The Eroticized Asian in Gay Porn Video [G].// Ed. Bad Object-Choices. How Do I Look? Queer Film and Video. Seattle: Bay Press, 1991: 235-253.

[19] Rimmon-Kenan, Shlomith, Narrative Fiction: Contemporary Poetics [M]. London: Routledge, 2002.

[20] Robert Connell. Masculinities [M]. Cambridge & London: Polity Press, 1995.

[21] San E. Juan, Jr. From Chinatown to Gunga Din Highway: Reflections on Frank Chin and the Representation of Chinese America [G/OL]// Ed. Csaba Polony. Left Curve, 2000 (24) [2014-05-18] http://www.leftcurve.org/LC24WebPages/chinatown.html.

[22] Sucheng Chan. Asian Americans: An Interpretive History [M]. Boston: Twayne Publishers, 1991.

[23] Theodore Roosevelt. The Works of Theodore Roosevelt [M]. New York: Scribner, 1926.

[24] Wen-ching Ho. Review of Gunga Din Highway [J]. Amerasia Journal, 1996, 2 (22): 158-161.

[25] Williams Wei. The Asian American Movement [M]. Philadelphia: Temple University Press, 1993.

[原发表于《当代外国文学》2014 年第 3 期]

《灵感女孩》:
一个救赎与献祭牺牲的现代神话

闫建华*

(浙江工业大学外国语学院)

摘要:《灵感女孩》的主人公邝被美国评论界誉为谭恩美笔下最成功的人物形象,也是作品备受关注的一个主要原因。在祭祀文化的视域内考察邝的形象塑造,我们发现作者从体貌、脾性、成长环境等各个维度将邝动物化,然后再让她充当自觉自愿的动物牺牲,以救赎现代西方自我的灵魂,亦即西方自我的精神再生有赖于中国人物的肉体消亡,这种中西两种文化之间你死我活的关系模式就构成了《灵感女孩》的精神实质。

关键词:灵感女孩;谭恩美;邝;献祭;救赎

当代美籍华裔女作家谭恩美继《喜福会》和《灶神之妻》之后于1995年推出她的第三部长篇小说《灵感女孩》(The Hundred Secret Senses)。与前两部小说一样,这部作品取得了巨大的成功,评论界对此书的赞誉大有超过前两部之势,如《今日美国》就认为该书是"谭恩美最优美的一部作品"(Brggs,1995:4)。除此之外,评论界对小说人物形象的关注也似乎超过前两部作品。小说主人公邝被看作"作者最具原创性、最成功的人物塑造"(Huntly,1998:112)。《纽约时报》对邝的评价则是,"一个值得铭记的创造……能有这么一位姐姐,我们所有的人都有指望。"(Messud,1995:11)。由此观之,我们可以说邝的形象塑造是作品在美国取得成功的关键。邝具有通灵的神奇本领,她的灵性直觉与那遥远而又神秘的印象式中国相得益彰,颇能给白人主流读者耳目一新的感觉。但这似乎还不是邝被看好的主要原因。那么邝到底是一个什么样的人物呢?她所代表的中国形象为什么会有如此大的魅力呢?本文拟从邝的形象塑造入手,在祭祀文化的视域内来考察《灵感女孩》中中西两个文化实体之

---

* 作者简介:闫建华,副教授,研究方向为英美文学及教学法。

《灵感女孩》：一个救赎与献祭牺牲的现代神话

间的关系模式,进而对作品的精神实质进行重新评价。

我们知道,传统的祭祀活动在今天仍然盛行不衰,仍然和我们生活于其中的世界发生着联系,原因不外乎两点:从心理学的角度来看,祭祀往往能够解除或释放祭祀主体内心的恐慌和忧虑,使心灵得到安息,生活充满赐福与欢乐;其次,高度发达的现代工业文明对人的异化以及对人的生存空间的不断挤压使现代人感到空前紧张和忧虑,于是原始的、自然的、"农家的",凡是与"朴拙"有关的,都派上了用场,仿佛离现在越远,离过去越近,就越有可能摆脱被"异化"的危险,于是发端于原始初民时代的祭祀文化在这样的语境下自然得到现代人的青睐。虽然不同的种族、地域、宗教有不同的祭祀对象,祭祀的动机和目的也不尽相同,但有一点是相同的,即祭祀主体必须向神灵供奉祭品,而且祭祀主体的祭品越是珍贵,越能表明其虔诚之心。据记载,人类所能供奉的最宝贵的祭品便是人牲。《圣经·旧约》中的亚伯兰险些杀了独生子以撒,作为对上帝的燔祭;希腊神话中的阿迦门农和赫刺克利斯都将爱女当作人牲祭献。随着时代的进步,献祭人牲的做法开始遭到先民的排斥和反对,于是人牲逐渐被动物牺牲或是其他物品所取代。从人本主义的角度来看,动物牺牲较之人牲少了许多惨烈,较之其他祭品如谷物又多了许多庄重(为牺牲仍然要流血),所以在当今盛行的各类祭祀活动中,动物牺牲便成了人们普遍认同的祭祀品。这类祭祀品是人类与神灵进行交换的媒介,人类要得到神灵的帮助,首先必须有所付出。这种人与神之间的价值交换已然成为当今消费社会的显意识和潜意识,在文学作品中也得以充分体现:为了拯救某个人的生命或是救赎某个人的灵魂,该人物或是与其有关的其他人物必须付出这样那样的代价。《灵感女孩》中的邝为了拯救现代西方主体的灵魂充当的正是这种动物牺牲的角色。

奥利维亚是邝同父异母的美国妹妹,她的精神危机是西方现代文明步入困境的征。她自幼丧父,得到的母爱也"菲薄如纪念品"。为了避免深度失望带来的伤害,她学会了对事情别太认真,并把自己的"希望贴上封签搁到难以企及的高架上"。缺乏父母之爱的童年造就了奥利维亚扭曲、破碎的人格,这对她后来的婚姻生活产生了极其不利的影响。与西蒙结合以后,奥利维亚一直生活在西蒙已逝女友艾尔萨的阴影中,担心西蒙过去对艾尔萨的爱会削弱对她的爱,但为了不让西蒙察觉她的心思,她还得强装欢颜与西蒙一道欣赏艾尔萨生前创作的曲子。奥利维亚对爱的怀疑和伪装使得她和西蒙之间没有了"好声气,更不用说爱情了"最后两人只好分手。更为糟糕的是,离婚前奥利维亚对自己未来姓氏的确认又使她对自己的身份感到困惑,第一次意识到她还从未有过任何真正适合自己的身份。离婚以后她自然不会再随西蒙的姓,跟父亲姓叶也让她感到不舒服,而继父的姓——拉贾尼是意大利尼姑随意给孤儿编造的姓,使她缺乏认同感和归属感,爱的阙如和自我迷失使奥利维亚陷入婚姻危机和身份危机的双重困境中,患上了严重的精神衰竭症。邝的使命就是要借助爱的力量将奥利维亚从这种困境中解救出来,抚平她的精神创伤,使她成为完整健全的现代人。为此,她付出了惨重的代价。

首先,这位拯救者必须得变成动物,但绝不是那种讨人喜欢的动物,而是遭人唾弃、鄙视和愚弄的动物。狗是邝最鲜明的外部特征。她在美国机场首次见到奥利维亚一家的举动"就像(利维亚)放出车库的一条狗"。由于奥利维亚的告密,邝的通灵本领被看作严重的心理障碍,她因此被强行施以电疗,电疗以后她的一头乌发不见了,取而代之的是不堪入目的阴阳头,令她看上去像"一只在大街上被车辆碾压过的动物"而等她的头发重新长出来时,其坚韧程度就如同"英国小猎狗的毛"。邝去查看为什么奥利维亚的屋子里会有奇怪的声响,这本来是很平常的一个举动,但在奥利维亚看来,"邝就像一只狗在搜寻着它感兴趣的灌木丛"。邝不仅外表像狗,脾性也和狗一样。她很容易满足,为此奥利维亚十分鄙视她:"怎么任何蠢事儿都能让她和那条狗马上就开心起来呢?"从小到大,邝给予奥利维亚母亲般的关爱,但得到的回报却是背叛和愚弄鄙视和羞辱奥利维亚甚至当面骂她是坏狗、呆子。尽管如此,邝始终像狗一样对奥利维亚忠心耿耿,从前世到今生,从中国到美国,始终不渝地追随在主子的身后。概言之,邝所代表的形象就是狗的形象。在西方主流读者眼里,这条狗并不陌生,不仅不陌生,而且还有点似曾相识,因为"华人与狗"在特定的历史时期已经被符号化,因此很容易给他们一种互文性提示和联想。所不同的是以前"华人与狗不得入内"被看作莫大的民族屈辱,而现在似乎只有"华人与狗"才能"进入"谭恩美所构想的神秘的东方世界,屈辱变成了荣耀。从这个意义上来讲,狗象征着多元文化背景下的文化和种族歧视,它是一个多重能指,其所指既是具体的,又是抽象的。据此我们可以说,邝并不像 Huntly 所认为的那样是作者"最具原创性、最成功的人物塑造",她的原型其实早就积淀在西方的文化和心理结构之中,谭恩美只是将西方主流读者的这"集体无意识"外化成具体的人物形象而已。或许正是因为如此,作者不仅对邝进行了动物化处理,而且还将邝的出生地中国也用夸大的笔墨描写成动物的国度。姑且不论作者这样做是出于有意还是无意,作为一名中国读者,我们在阅读该作品的时候感受到的是一种强烈的不平。

我们看到,为了多视角、全方位表现邝的动物特质,作者不惜将邝塑造成一只会变换脸谱的"多面兽"。多数情况下邝看上去像是一只狗,但在有些场合她又会变成鸭子、驴子、猫、牛、苍蝇等,除此之外,这只"多面兽"还与其他动物有着密切的联系。邝离开中国时带给奥利维亚的是一只东方化了的怪诞神秘的蚂蚱,回中国以后她所做的第一件事就是放飞一只行将送上餐桌的雪白美丽的猫头鹰。作者想让我们通过邝与动物的关系看她身后的世界。邝的辞去和归来之所以都离不开动物,表明邝的动物属性不是孤立的、偶然的,而是整个中国动物属性的必然呈现。在作者看来,如果没有中国这一"动物国度"做广义上的背景支撑,邝的动物形象就不会如此丰满生动。为此,作者从整体上对中国形象进行了动物化处理。读者看到,旧中国的流民会像飞鸟一般扑上去抢夺外国人扔在地上的铜板,农民耕作贫瘠的土地时得像山羊似的站立,男人娶一个吃苦耐劳的女人等于得了三头牛等等。不仅如此,中国人的感官也像动物一般敏感,他们不是靠理性,而是靠本能来"感知这个世界的"。

　　作者大肆渲染中国人的野蛮和残忍,作者就这一点进行了大量的渲染。且看作者对杀青蛙所做的描述:"只见(云)快速地把剪刀插进青蛙的屁股,'嘶'地一声就剪到了嘴边,再用大拇指插入刀口,猛地一拽,青蛙的肠肠肚肚就出来了,整个手接着顺势一拉,青蛙的皮也剥掉了。"由于青蛙是被活活宰杀的,所以即使在油锅里烹炸时,青蛙们"鲜活的大腿还会时不时地动弹几下"。但似乎这样做还不足以刻画中国人野蛮残忍的一面,作者又为读者描绘了一幅抢吃鸽子的画面:凯普将军从笼中放出一群鸽子,客家人见状一下子喧腾起来,争着抢着要捉住那些鸽子,这时候,"只见一个男人向前翻倒在一块石头上,他的脑袋迸裂开来,脑浆都开始流出来了。但是人们跳过他的身子,继续追逐着那些罕见而珍贵的鸟"。一开始读者还以为客家人追逐鸽子只是出于好奇或喜欢,没想到这是作者在卖关子,等读到段尾最后一句话"于是某个人就在那天晚上吃了一顿肉"时,读者才恍然大悟。毋庸讳言,这种连同类的死活都不顾,只顾满足自己口福之乐的行为不是禽兽又是什么?类似这样的描述在作品中俯拾即是。谭恩美如此书写中国形象,既突出了邝的动物特质在中国的普遍性,又迎合了西方读者有关中国的怪诞神秘的想象,带有浓厚的东方主义色彩。

　　至此,作者从体貌、脾性、成长环境等各个维度完成了对邝的动物化。唯其如此,让她充当动物祭献才显得堂而皇之,概因当今人们普遍认同和接受的是动物牺牲。

　　在古希腊的一些神话中,当祭祀的时辰到来时,作为牺牲的动物往往会主动奔向祭坛。邝颇似希腊神话中自觉自愿的动物牺牲,只是她迈向祭坛的旅程更加遥远,从中国到美国,再从美国到中国,跨越了东西两个半球。为了挽救奥利维亚和西蒙的婚姻,邝以种种方式促成了他们三人的中国之行,而从他们动身的那一刻起,邝就已经开始了她迈向祭坛的第一步。中国长鸣的长眠洞就是邝奔赴的祭坛。根据长鸣当地的传说,任何进入长眠洞的人都不可能活着回来,因为陷在那里的鬼魂需要找到替身才能超生。西蒙和奥利维亚吵架以后进了长眠洞,果然被陷在里边出不来。邝在来中国之前早就料到会发生这一幕,而她来中国的使命就是要从长眠洞换回西蒙,以弥补她在前世因好心使班纳小姐(利维亚的前身)和她的另一半(蒙的前身)分离的一个过错,从而最终弥合奥利维亚和西蒙现世的婚姻。邝知道一旦她走进长眠洞,就再也回不来了,但她还是去了,悲壮而又快乐地永远消逝在虚无中。作为自觉自愿的动物牺牲,邝的死亡发挥了巨大的救赎功效。首先,虽然邝自始至终给予奥利维亚母亲一般的关爱,但奥利维亚却从未爱过她,感激过她。当邝最终以生命的代价证明了她对奥利维亚的爱时,两人之间的反差便形成一种强劲的张力,释放出震撼的情感能量,唤醒了奥利维亚灵魂深处的良知和亲情。其次,奥利维亚在西蒙失踪以后经受了精神和肉体上的双重煎熬,第一次认真反省自己,第一次认识到西蒙对她来说是多么的重要,而邝以生命的代价换得西蒙的复归就使得她倍加珍惜他们的爱,一度熄灭的爱情火花又一次燃烧起来。为了感念邝的"大恩大德",奥利维亚最终和女儿一道随了邝的姓氏李,从而使她的身份也得以确认。据此我们可以说,邝的牺牲换回的是奥利维亚生命主体的回归,奥利维亚不仅重新找回了失落的爱情,而且也整合了她那破碎的人格,成为有爱心的灵与肉和谐一致的现代人,真正懂得"这世界并不是一个地方,而是灵魂的广袤。那灵魂不是别的,就是爱,无限的、无尽的爱"。

荣格认为,"任何一个时代都有它的偏见和心理病症……需要补救调整"。婚姻危机与身份危机正是现代西方文明的心理病症和精神伤痕,也是谭恩美在作品中着力表现的主题之一。但是为了补救西方人自我的心理偏弊,治愈西方的精神伤痕,东方的他者必须付出代价,充当动物牺牲,亦即美国人物的精神再生有赖于中国人物的肉体消亡,这就形成了中西两种文化之间"你死我活"的关系模式。James Moy 一针见血地指出:"(一些亚裔美籍作家看来)亚洲只有死了,或是消隐了,它才对西方观众显得真实。"这里的"真实"在东方主义话语中是功能性的,具有不可替代性,这也许可以解释谭恩美为何如此热衷于中国人物的亡。在谭恩美的其他三部小说中,中国人物也是以这样那样的方式死亡。《喜福会》中,中国母亲吴宿愿之死在心理和情感上为她的美国女儿吴晶妹回归中国确立自己的族裔身份做好了铺垫;《灶神之妻》中,杜阿姨的死起到了一种牵线搭桥的作用,拉近了母亲温妮与她的美国女儿珍珠之间的距离,使珍珠得到了生理和心理上的双重解救;在《正骨师的女儿》中,母亲陆玲虽然没有死去,但却患上了老年痴呆症,这时候她的美国女儿露丝才试图解码母亲的过去,并在了解和帮助母亲的过程中找回了自我。在自然界,人的利益一旦和动物发生冲突,首先要做出牺牲的就是动物。这种法则同样适用于谭恩美笔下的社会关系:只要是对作为主流文化的美国人物有利,那么作为边缘文化的中国人物就得充当替罪羊。

综上所述,我们可以得出这样的结论:谭恩美笔下的中国人物总得以这样那样的方式死亡,以换取美国主人公的自我实现和自我完善。Dickstein认为,美国无论是60年代反文化的 代,还是七八十年代自我欣赏与自我关注的一代,都是在寻求自我实现和自我完善.谭恩美在90年代无疑传承着这笔遗产。奥利维亚和西蒙的精神救赎归根到底仍然是对以自我为中心的美国性格或文化的关注,所以必然能够得到西方主流读者的认可,引起他们的共鸣,此其一。其二,邝作为女性,其死亡本身就具有强烈的感官刺激,而当这种强烈的感官刺激与异域动物性的野蛮和精神的高扬黏着在一起时,就产生了一个救赎与献祭"高贵的野蛮人"的现代神话,最大限度地满足了西方主流读者对中国的东方式想象。这,不能不说是《灵感女孩》走俏美国的一个主要原因,也是邝备受关注的一个重要因素。

参考文献

[1]陆扬.精神分析文论[M].济南:山东教育出版社,2000.

[2] Claire Messud. Ghost Story [J]. The New York Times Book Review. 1995,29(10):D11.

[3] E. D. Huntly. Amy Tan: A Critical Companion [M]. Westport: Greenwood Press,1998.

[4]Emma Parker. "Apple Pie" Ideology and the Politics of Appetite in the Novels of Toni Morrison [J]. Contemporary Literature,1998,39(4).

[5]James Moy. The Death of Asia on the American Field of Representation[G]//Eds. Shirley Geok-linlim & Amy Ling. Reading the Literatures of Asian Americans. Philadelphia:Temple University Press. 1992.

[6]Morris Dickstein. After Utopia: The 1960s Today [G]//Ed. Barbara L.Tischler. Sightson the Sixties. New Brunswick: Rutgers University Press,1992.

[7]Sheng-mei Ma. "Chinese and Dogs" in Amy Tans' *The Hundred Secret Senses*: Ethnicizing the Primitive ala New Age [J]. MELUS. 2001,26(1).

[8]Tracey Wong Briggs. Tans. Nimble Trip into the Spirit Word [N]. USA Today,1995-10-26(D4).

[原发表于《解放军外国语学院学报》2005 年第 6 期]

谁在诉说,谁在倾听:
谭恩美《拯救溺水鱼》的叙事意义*

张 琼**

(复旦大学外国语言文学学院)

摘要:谭恩美2005年发表的《拯救溺水鱼》体现了作家创作上的开拓和创新。作品一改以往对文化身份、族裔特色及母女主题的探索,在深化谭恩美式的"个人神话"和精神疗伤特色的同时,进一步渲染了超自然的艺术虚构领域。本文从分析故事叙事者和倾听者的关系入手,从文化差异的角度探讨了贯穿文本内外的"拯救"和"被拯救"的隐喻关系,以期揭示作品所隐含的华裔文学的发展趋势。

关键词:《拯救溺水鱼》;美国华裔文学;叙事

美国著名华裔作家谭恩美于2005年出版的《拯救溺水鱼》(*Saving Fish from Drowning*),是继《喜福会》(*The Joy Luck Club*)、《灶神之妻》(*The Kitchen God's Wife*)、《一百种秘密感觉》(*The Hundred Secret Senses*)、《正骨师之女》(*The Bonesetter's Daughter*)四部长篇小说,及随笔集《命运的另一面》(*The Opposite of Fate: Memories of a Writing Life*, 2003)之后的又一部新作。小说讲述了一群美国人到中缅一带旅游所引发的戏剧性故事。据说,小说的情节来自真实的故事,但从创作的角度看,作家似乎更乐于沉浸在譬譬诙谐、古怪的叙述中,以看似荒谬、滑稽的笔调探索命运、家庭、民族、文化、人权等恒久问题。值得注意的是,这部作品是谭恩美首部几乎不涉及中国人和美国华裔的文化认同、归属、母女冲突等主题的长篇创作。一些学者认为,这部作品是谭恩美的一个转折,也有人认为,这部作品是谭恩美自身对华裔文学创作及美国主流文学的一次深思,作品更多反映了后现代社会里的文

---

* 基金项目:本文为上海市重点学科建设项目(编号 B105)阶段性成果之一。
** 作者简介:张琼,文学博士,副教授,主要研究方向为英美文学。

化误解和冲突。① 但总体上说,似乎谭恩美一旦离开了族裔或母女冲突的主题,便多少离开了主流批评的关注,这从近年来国内外对此部作品的批评性研究不多可以得到印证。②

必须指出,目前大多数评论依然延续传统的批评视角,其关注点依然是政治、文化,甚至是族裔,而忽视了一个重要的、基本的事实,即谭恩美的小说创作首先是文学作品,这些作品之所以能赢得读者和批评家的注意,除了其中的政治、文化、族裔等内容外,其文学性和文学形式(包括叙事手段和语言等)也是十分重要的因素,而在《拯救溺水鱼》中,彰显其文化冲突主题的,正是其独特的文学性,特别在语言方面,作家一改以往有意为之的"华裔"风格,通篇没有使用简单、平面、可爱的洋泾浜语言,淋漓地展现了作者对英语语言游刃有余的驾驭能力,文字优美生动、诙谐简练、精湛典雅。

更值得注意的是作品的"灵异叙述"手法。小说的第一人称叙事者是美国旧金山一位从事中国艺术品收藏和交易的华裔女子陈璧璧(Bibi Chen),她以当地社交名流的身份,亲自安排了这次旅行,却在出行前几日不幸身亡,而且死因不明。因此,她只能魂系朋友,跟随并目睹了他们一路的经历,成为讲述所谓"异故事"(heterodiegetic)的"事外叙述"(extradiegetic)者,从而使故事情节在"谁在诉说""向谁诉说""谁在倾听"等问题中发展推进,使作品叙事虚实交杂,呈现出复杂的多重、多角度和多元观点,将叙事者和隐含听众之间由文化裂缝所产生的错位和冲突推到前台。

小说的12名美国游客在年龄、性别取向、种族背景上多有不同,既有抑郁症患者,也有性情乐观开朗的人,有华裔主妇、从事种植的专业人士、生物学家、心理学者、同性恋者、两个十来岁的孩子,甚至还有一名已成为电视节目红人的驯狗师,但他们都抱着探索艺术的目的。在中国云南的丽江,这群游客因缺乏文化敏感而遭遇不快,被迫改变原来的路程和时间安排,前往缅甸。圣诞节清晨,其中11名游客登船游览了缅甸当地一个薄雾迷蒙的美丽小湖,之后便消失得无影无踪。然而在"全知"的叙事者视线中,他们实际上是被困在山区丛林深处,因为隐居在那里的"叛逆部族"认为,游客中的少年鲁珀特是部落神灵"白弟弟"的化身,他能抗击暴政,并具有让大家隐形的神力,从而能将部

---

① 见 Kirkus Reviews,Library Journal,[J].2005(10):70.
② 例如,2004年之前的谭恩美批评,大多集中在《喜福会》一书,如发表于《当代外国文学》2002年第2期及2003年第3期上的3篇文章,该刊2006年第4期上的一篇文章探讨了谭恩美的"女性言说",但《拯救溺水鱼》似乎不在作者的视界之内。

落从奉行军国主义政策的政府那里拯救出来。于是,这群游客在缅甸原始丛林里度过了一段终生难忘的日子。难民部落遁世隐居着,但他们却通过偷来的电视机接收到了卫星电视节目。11名游客(驯狗师哈里因病未加入这次游湖旅行)失踪的事件也在电视媒体中被大肆报道,成为国际大事件。最后,游客和难民在对传媒曝光的信任和一系列阴差阳错中,终于回到了社会群体中,而游客们原本乐观估计的"拯救政治难民"的企图却被无情粉碎。无论是来自发达世界的美国游客,还是来自"落后"部落的缅甸人,他们都发现了新闻公开和真相的实际距离。这一细节从一个侧面,揭示了"叙事"和"倾听"之间,"叙事者"和"倾听者"(隐含叙事对象)之间的各种割裂。

不过,谭恩美在这部作品中依然追寻着真实与虚构的微妙联系,在亦真亦幻的叙述中展开情节。例如,她在小说开篇的"致读者"中,先叙述了自己的一段"真实"经历:一日,作家在曼哈顿遭遇了一场阵雨,随后她走进一幢被称为"美国灵魂研究协会"①的大楼躲雨,发现了一本出自加州某位女子"自动写作(幽灵写作)"(automatic writings)的手稿。作者告诉读者,这手稿是该女子在陈璧璧的魂灵附体后写的。此后,谭恩美有意插入一篇新闻报道,用现实事件来对照此后立即出现的"幽灵写作",并告知读者,随后的故事部分来自那份幽灵手稿,部分来自想象,这让读者在进入阅读状态后,顿时迷失在真实和虚幻,甚至是古怪的模糊界线里。根据旧金山当地的新闻报道:"12月25日拂晓之前,来自旧金山湾区的一群旅客(四名男子、五名女子,以及两个孩子)最后一次出现在漂浮岛屿景区的殷乐湖。这些美国游客和他们的缅甸导游登上两条有人驾驶的大船,去看湖上日出。通常,该行程需要90分钟时间。但是这些游客们没有返回,人和船全体失踪"(xvi)。于是,作家就这个报道展开创作,但问题的关键在于,她是以一种"真实可信"却又匪夷所思的笔调构建整个故事的,真假之间没有任何说明性的过渡。璧璧在生前安排了这次旅行,并称其为"跟随菩萨的足迹……一次走入往昔的神奇之旅"(Tan, 2005: 2),但由于璧璧只能以灵魂的形式陪伴大家旅行,小说情节便一直通过已不在人世的亡灵的叙述和视角来展现。然而,在明显的虚构叙述中,小说又掺杂着当地的政治现状和旅行中的真实见闻,这不禁使读者产生一个个疑虑:我们如何来辨别真实和虚构?我们该相信哪个部分,哪个细节?谁在叙事?叙事是否真实完整?谁在倾听?谁应该在倾听?这些问题,都增加了作品的文学性,特别是通过文学手法传达的主题信息的深度。从表象上看,这些问题对于嗜好文学和虚构

---

① 据查,美国确实有"美国灵魂研究协会",但并无作家所谓的"自动写作"档案。

的读者来说似乎有些滑稽,但作品偏偏要在"艺术基于真实却又高于生活"的创作准则之下,以近乎荒诞却又真切的叙述来抹杀,甚至讽刺"高于"或"基于"之间的关系。游客在被困丛林为生存而奋斗时,看到了一档标榜真实的电视真人秀——"达尔文的适者生存"(Darwin's Fittest),于是,真正陷入适者生存状态的游客体会到了真人秀的滑稽和浅薄。

也有人指出,谭恩美《拯救溺水鱼》的结构和幽默调侃的风格,模仿了英国作家乔叟的《坎特伯雷故事集》。① 在这种怪异的"超自然"叙述中,最先出现的陈璧璧被人"谋杀事件"和故事中不断上演的不幸遭遇都没有让读者过于伤心,反而使小说在真实和虚幻的交织中产生了一种喜剧效果。不过,作家意在将严肃的思考藏在滑稽效果的背后,让一段段故事具有"坎特伯雷"式的寓言意义。在现代的跨国旅游中,语言障碍、越境手续、护照检查等细节似乎都在暗喻着现代人所不能逾越的某段模糊的距离。

从作品的叙述声音来看,《拯救溺水鱼》还是继续了谭恩美以前作品的风格,大力渲染超自然色彩,以及强调人所无法超越的神秘疆域。进入小说正文后,谁在诉说和叙述的问题就一直萦绕在读者心里。虽然作家在简短介绍完自己夏天的避雨经历,并将夹杂着"幽灵篇章"和作家想象的叙述推出后,就几乎退场了,但是显然,当代读者是不会真相信"魂灵附体"的。不过,作家依然渲染着这种气氛,认为"无论人们是否相信与死者进行交流一事,当读者沉浸于小说时,他们还是愿意将这种怀疑悬而不议。我们得相信,通过别人的想象而涉身的世界真的是存在的,而且相信叙述者正在,或者已经在我们当中了。"(139)那么,究竟谁是小说真正的叙述者呢?是谁一直在诉说呢?这个问题看似滑稽,却成了读者始终追索的焦点。有趣的是,璧璧这个显在的叙述者对大家说:"佛教说死者要在尸体周围盘旋三天而不去,此后再过四十六天才能转生。"(142)因此,作家隐藏在璧璧的灵魂叙述之后,巧妙地以全知全能的视角描写这些美国人的东方旅程,以近乎超自然的神秘氛围创造了一个似乎真实的现代人的顿悟和心理诊疗过程。虽然情节不同,笔调迥异,但是细心的读者会发现这仍然延续了一贯以来的"谭恩美式的治疗神话"。

这样,尽管谭恩美这部小说大量涉及"政治"和现代传媒,她却巧妙地在小说伊始亮出"幽灵写作"的防身面具,在虚虚实实之间,借"别人"的话语进行大胆坦诚地揭示。幽灵写作,这种形式具有心理疗伤的功效,从宗教角度来看,它具有神秘的招灵色彩,而无神论者则认为这种写作方式其实是潜意识的某

---

① 作家并不否认这一点,不过,她认为大多数读者或许并不会看出这种结构上的暗合。

种外泄。不过,谭恩美的用意似乎已经超出了探究"幽灵写作"意义的范畴,因为她是在进行艺术创造,虚构是她安身立命的职业,而作家要探究的是:我们究竟从何处得到真理?生活中是否有很多真实的假象和假象的真实?正如作品中人物所言:"当你生命中所有丢失的片断都被发现后,当你用记忆和理性的胶水将它们粘连后,你会发现仍有更多的片断要去发现。"(472)当然,多数人会质疑超自然及神秘因素,他们更执意要寻找神秘底下的隐喻,更愿意倾听心灵深处的声音,相信幽灵只是潜伏在生存与死亡、现实和虚拟交界地带的人类自身的潜意识中,只是像心理学家所言:"在弗洛伊德看来,超自然之'症结'恰恰就是心理分析之内部和外部的一个不确定地带。"(Luckhurst,1999:53)

那么,在看似荒诞的璧璧亡灵的叙说背后,究竟是谁在诉说,是谁在与读者交流这些生活、历史、艺术的体验和感受呢?作家和她笔下的叙述者有着怎样的距离呢?第一人称叙述者陈璧璧年过60却孑然一身,她选择单身生活的原因是:"据我观察,当爱的麻醉作用消散后,余下的总是痛苦。"(15)另外,璧璧常常觉得自己缺乏情感的冲动,觉得正是因为成长过程中缺失了母爱,失去了最初能填充孩子心灵,教诲爱之欢欣的母亲,自己才会如此寡淡冷静。然而,璧璧却在艺术中寻找到了精神的慰藉,她认为"一幅画能诠释我心灵的声音,我的情感全都在那里……自然、自发、真切、自由"。(31)从这个声音里,读者听到的是大多数现代人的孤独和心灵的渴望。当旅游团队进入滇藏边界的香格里拉后,璧璧又和大家分享她的观点,她认为真正的"香格里拉"不能成为旅游产业的陈词滥调,它是一种思维状态,一种适度和接受。但是,如果忍让和安静成了政治家驯服民众的信条,那么艺术就具有了颠覆性的力量,它会冲破限制和平静,"没有艺术,我就会淹死在静寂的水下"。(44)

正如小说中陈璧璧所言:"可是我就像理解自己一样清楚地体会着别人的感受;他们的情感变成了我自己的。我秘密地参与着他们的心思:他们的动机和渴望,负罪感与后悔,欢乐和恐惧,包括理解他们所言事实的各层含义,以及他们不愿说出的话。这些思想像一群群游弋在我周围的彩色鱼儿,就像人们所说的,他们的真实感受从我这里猛然穿越。"(34)作家也自如地穿行在她的人物中间:温迪带着满腔的政治热望来到缅甸,要为人权、民主、言论自由而战斗;哈里和玛莲娜似乎在彼此间找到了爱情……这样的诉说基调使读者越来越靠近那个真诚而孤独的声音,甚至会使人混淆叙述者和作家的距离,觉得那个声音就是来自作家的诉说。"我阅读,为了逃避到一个更有趣的世界去……我爱小说仅仅是因为它们的虚幻性,是因为作家展示魔法的技巧。"(146—147)谭恩美的创作历来被西方读者认为是逃离喧嚣现代生活的精神抚慰,是遥远的东方给大家开启的心灵栖息地,正如书中所言,"没有电线,电话架线杆,或卫星天线来破坏视觉"(147)。璧璧的朋友也正是冲着佛教的虚幻才前往云南和缅甸的。从这一点看,《拯救溺水鱼》无疑是对《坎特伯雷故事集》的戏仿,因为它讲述的不啻是现代人一次追求精神治疗的朝圣之旅。璧璧一路的诉说似乎不断在批判并消解现代文明人对于财富、名誉、地位、权力的欲望,让习惯纷繁嘈杂生活的人们学会"到湖边凝视着氤氲的升腾"(228),在青山的倒影里思索自己烦碌的人生。

然而,"谁在诉说"的问题再次出现:这样的叙述到底是"灵异"的小说叙事者所为,还是作者借其口所传达的声音。从作品看,谭恩美惯有的创作基调依然在文字底下涌动,她的笔下,东方、佛教都是虚空的载体,不必较真去辨别真伪。她不断通过璧璧的声音在诉说:生活仅仅是幻象,不必执象而求,要学会放弃和放松,生和死的距离也只是一线之隔。在小说中,璧璧及大多数游客总是在描述一些具体的经历之后跳出叙事,让读者逐渐忽略那些不断诉说的声音,因为它们总是来自一个地方,来自作品的终极叙事者,来自作家和读者真诚交流的心灵。有几个偶然的片刻,读者甚至会觉得那些诉说根本就是来自自己的内心,而自己就是溺水的鱼,或者就是那个执意要将鱼从水中救起的"文明人"。叙事者和倾听者的界线不是模糊了,是融合为一,而那个似乎身处故事之外的璧璧则忠实地传达着大家的声音,"我们看不到灿烂大自然的99%,因为这同时需要宏观和微观的双重视域"(252)。

正因为缺乏这种双重视域,美国游客才会一厢情愿地同情贫穷地区人们的悲剧,以自己的经验来看待隐居难民在军国主义镇压下的痛苦,并努力给予援助,而他们采用的途径,如传媒报道、新闻曝光、经济资助、教育留学资助等却只成了"拯救溺水鱼"的荒诞行为。因此,究竟是谁在诉说,诉说者是否给得出答案,诉说者是否真有洞察一切的能力? 这些问题,指向了作品更深层的意义:在似乎真实的当地政治局势中,人们在所谓的"拯救"行为中,得到的是什么? 除了真实旅游中司空见惯的细节外,更重要的恐怕就是文化差异造成的冲突。因为极端的文化差异,当地部落民众以为鲁珀特是转世神灵,能施魔法将大家变成隐形人,躲过政府的追击;而被劫持的美国游客却以为靠自己的努力和媒体的力量可以拯救他们。虽然整个劫持事件从小说的第 230 页之后才开始描写,作家似乎并无渲染此事件的意思,但全书却一直在强调着一点:善良的动机并非一定导致好的结果,这种现象尤其体现在跨文化、跨种族的交流上。例如,旅程中个人的疏忽会被认为是亵渎神灵,一厢情愿的礼物会使接受者遭受灭顶之灾。仅书名"拯救溺水鱼"就明白揭示着因文化无知导致的一厢情愿的荒诞。

值得注意的是,故事的"灵异"叙事者具有东方背景,而叙事中的行动主体基本上是西方人,但故事发生的地点又在东方。叙事者、叙事内容和叙事行为,无一不受文化差异甚至割裂的影响。两个截然不同的世界造成了文化感受和理解的差异,而在这种差异和距离所导致的近乎滑稽和荒诞的效果背后,还有着更为深刻的文化甚至政治信息。谭恩美擅长的就是以其特有的叙述节奏来捕获读者,让人们认真地倾听,甚至对那些絮叨和琐事发生浓厚的兴趣。小说具有众多的人物,多次的漫谈甚至偏题,但总是带着淡然、从容、纯熟的话语节奏,这令读者逐渐深入拯救和被拯救的问题,探究事件的本因。谭恩美在作品中不无揭示性地讽刺了美国人因优越感所产生的忽略甚至是主观武断的行为,例如,美国的中学课本中除了提到美国飞虎队外,几乎没有涉及二战时期的中国;游客们对于落后国家和地区的态度大多是同情或给予经济资助,而对于自己的旅游则是抱着让未知的国度诊疗和解救自己在美国的精神困境的目的;看到当地人们将鱼捞出水面,还抱着不让鱼淹死的仁慈信念,美国游客们愕然了。或许只有游客德怀特(Dwight)认识到:"我们在其他国家的行为也不比这好……把人们从自身的安适中拯救出来,干涉他们的国事,让人民经受我们所谓的间接灾难,以拯救的方式使他们遭遇杀身之祸"(162)。作品以很小的篇幅一针见血地点题:我们不能仅有好的动机而不考虑结果,究竟是谁遭遇结果?谁得救了?谁没有?作品中有一处精湛的警句:"这表明了新闻是如何决定世界发生了些什么的!"(322)游客们最终走出丛林得救了,他们在事件的过程中和事件之后都受到了媒体的大力报道,人们也只能在报道中看到媒体希望并指引他们看到的东西,而对于那53个难民,公众在看到他们被集体拯救并得到政府原谅他们的许诺后,就再也得不到任何后续消息。这些人仿佛消失一般,局外人根本无法知道这一场拯救之后的真正结局。在佛教的幻象之说中,在神秘的国度,人们无法辨认小说故事里上演的是悲剧还是喜剧,或许它们原本就没有界线,而在作家的叙述节奏和风格里,读者逐步被这种个人的神话所渗透,模糊了最终的差异和彼此的阻隔。因此,无论小说如何以超自然的形式出现,最终还是使我们逐步明白,幽灵的存在是因为我们内心界定并承认了它们,用叙述和思考让它们有了生命,有了对我们生命的操控和假设。

从谭恩美的创作发展看,这部《拯救溺水鱼》依然延续着作家渲染超自然因素的写作风格,和《一百种秘密感觉》类似的是,小说中有幽灵叙述,有对于不同种族差异的政治讽喻,但更多的是揭示人物对于生活态度的感悟。虽然,从表象看,谭恩美似乎改变了以往作品对文化同化和身份认同的探索,更多关注了"政治局势",但她最擅长的"个人神话"和精神疗伤仍然发挥着功效;而且,从某种程度看,作家似乎不再随性渲染文化的交流和沟通,承担族裔文化译介的角色,而是将更多的笔墨和关注投向了对美国价值、行为方式、生活观念、传媒影响的探究,她自身在族裔问题上的矛盾情结也有了一种新的拓展。在艺术模糊性上,谭恩美一贯游刃有余,从沉缓细腻的叙说中,不断经历生活历练和人世思索的作家正在从全知全能的视角中跳出来,她似乎在谦逊地告诉大家:我无法解释文化的差异,我只有通过我的思索来展现,因此,在熟知和无知的矛盾中,我选择诉说,把困惑和盘托出。

参考文献

[1] Amy Tan. Saving Fish From Drowning [M]. London:Fourth Estate,2005.
[2] Roger Luckhurst. "Something Tremendous, Something Elemental": On the Ghostly Origins of Psychoanalysis [G]//Ed. Peter Buse and Andrew Stott. Ghosts: Deconstruction, Psychoanalysis, History. New York: Macmillan Press Ltd,1999:53.

[原发表于《当代外国文学》2008年第2期]

"和":谭恩美长篇小说伦理思想的核心

邹建军**

(华中师范大学文学院)

摘要:谭恩美的长篇小说表现了一种以"和"为核心的伦理思想,这种伦理思想体现在小说中的与"和"相关的正向与反向的伦理景观及其两者的辩证统一上。正向与反向的伦理现实构成了一种复杂的伦理结构,由此产生了少有的思想张力,并给其小说带来了一种引人入胜的艺术境界与艺术力量。其小说中对"和"的正向与反向、东方与西方、阴界与阳间的描写,引起我们对"阴阳凝视""时空混合体"等问题的思考。以"和"为核心的伦理思想的提出与探索,对于当今世界人与人、人与自然、东方与西方关系的处理,都具有重要的启示意义。

关键词:"和"的正向与反向;伦理思想;"阴阳凝视";时空混合体;东方与西方

一

在谭恩美的长篇小说中,存在惊心动魄的伦理景观,正是这些伦理景观让世界各国的读者感动不已。谭恩美长篇小说中的所有伦理维度都是指向"和"体现了作家90年代以来的思想与艺术探索。"和"作为中国传统文化中的重要观念,正可以体现谭恩美伦理思想的核心。但是,在其长篇小说中,并不是

---

* 基金项目:本文系邹建军主持的国家社科基金项目"美国华人文学与中外文化"(04BWW001)的阶段性成果。
** 作者简介:邹建军,教授,《外国文学研究》副主编,主要研究方向为美国华裔文学、比较文学。

时时发生的都是和和气气的事件,也不是从头至尾都是一片和谐的声音;正好相反,其小说中的描写往往都是以人与人之间所发生的矛盾与冲突为主要内容,占主要篇幅的都是美与丑的对抗、善与恶的对立、真与假的较量,并且由于小说所反映的是那一特殊的历史时代与特定的历史语境,真、善、美的事物在与假、丑、恶事物的对抗中,往往处于不利地位,因此,所展示的往往是一种悲剧性的结局,一种令人伤感的现实,一种令人惋惜的事件;读者阅读的时候所产生的往往也是一种悲伤、愤怒与反抗的情绪。而作家的审美指向却是一种更美好的东西,是对一种与此相反的事物的呼唤。正是因此,在谭恩美的长篇小说中形成了"和"的正向与反向同时存在的奇特伦理景观及其复杂形态。

所谓"和"的反向,是指与"和解""和谐""和睦"相反的伦理现实。在谭恩美的长篇小说中,这样的伦理现实是大量的、普遍的存在,也是小说中最为感人、独到与深刻之处。《喜福会》[①]对表现母与女之间的对立与冲突,所叙述的皆为忧伤与惆怅:不论是母亲讲述从前在中国大陆发生的故事,还是到美国以后的人生故事;不论是女儿讲述小的时候与母亲之间所发生的故事,还是目前与母亲之间正在发生着的故事,总是那么严肃与冷凝。在中国大陆出生的母亲们所能够回想起来的,往往是灰色的记忆:许安梅小的时候看见的是母亲的自杀、外婆的去世、舅妈的骂人;龚琳达讲述的是早年的"红烛泪"她与洪天余之间无性而痛苦的婚姻;顾映映讲述的是早年与那个卑劣男人的痛苦生活。在美国出生的女儿们讲述的则是与母亲不和的苦恼、与男友不和的忧伤,以及在工作上与同事们之间所发生的一些烦恼。在《灶神之妻》[②]中,江文妮讲述的是早年在大陆的不幸生活,战争让她产生逃难的痛苦,男人让她受到残酷的虐待,并使她失去了可爱的三个儿女,这正是她一生抹不掉的心痛。在《接骨师之女》[③]中,母亲刘茹灵以手稿的形式描述早年在中国痛苦的人生经历,母亲宝姨惨烈的自杀,因为母亲自杀而产生的沉重心理负担,以及"毒咒"对她所产生的巨大影响;而女儿露丝,与母亲之间一直存在冲突,对母亲的许多东西都不了解,也不想了解;在她看来现在母亲身上出现种种老年痴呆症状,她为此十分焦虑。同时,她与自己的客户之间,与同居十年的男友亚特之间,也发

---

① 谭恩美.喜福会[M].程乃珊等,译.上海:上海译文出版社,2006.
② 谭恩美.灶神之妻[M].张德明,张德强,译.杭州:浙江文艺出版社,2003.
③ 谭恩美.接骨师之女[M]张坤,译.上海:上海译文出版社,2006.

生了种种严重的问题。在《拯救溺水鱼》①中,作为幽灵的陈璧璧通过自己的回忆,讲述了自己足可留恋的一生:出生时母亲就去世,日本军队的入侵让他们举家搬到美国;由于一直都没有正式结婚,始终过着一种没有伴侣的生活;她作为幽灵与美国旅行团一起来到兰那王国,一路上所见到的都是可恶的、落后的现象,美国人在一路上所遇到的也尽是各种各样的麻烦事、烦心事;在云南石钟寺,由于他们在无意之中侵害了圣地子宫洞,而受到神的诅咒与当地人的驱逐;到了兰那王国,无意之中又受到原始部落的善意绑架,如此等等。所以,谭恩美小说中呈现的往往都是"和"的反向现实,即不和、不善、不美的事物。其中,邪恶的力量与正义的力量总是发生这样那样的冲突。结果是正义的力量往往在一种不对称的对抗中遭到失败,于是产生痛苦,并发生严重的悲剧。

在《喜福会》中,洪天余也许是无所谓善恶的;但是,顾映映早年所嫁的那个男人,无疑是恶的典型之一;龚琳达早年的那个婆婆,不问青红皂白就对她无情地指责与打骂,无疑是一个恶的典型;商人吴青在杭州强奸那么一个孤独无助的弱女子,并强迫她嫁给自己为妾,无疑也是"恶男人"的典型。在《灶神之妻》中,文福自然是一个十恶不赦的恶霸,正是他造成了江雯丽的痛苦,其罪恶可以与烧、杀、抢、掠者并论。在《接骨师之女》中,罪恶的根源来自两个方面:一是日本军队的入侵,一是恶霸张老板。张老板可不是一个一般的人,他简直就是人面兽心、虚伪狡辩的伪君子,表面上和和气气,背地里一肚子祸水,就像一条毒蛇一样阴险与狡猾。令人深思的是"仙心村"所有人(除宝姨外)都没有能够识别他的真面目,这正是造成宝姨、刘茹灵悲剧的真正根源,也是造成两个家族悲剧命运的真正根源。所以,谭恩美小说从正面描写了各种各样的人生悲剧,而悲剧的发生并不是因为主人公自己的失误,而往往是因为在当时的社会里有一批恶霸与坏人的胡作非为;正是在他们身上,体现了那个社会的黑暗、凶险与非正义。所有这些,都构成"和"之反向的艺术现实。

谭恩美的小说中也存在"和"之正面的艺术现实。所谓"和"的正面,是指小说中存在的人物与人物之间的关系,经过艰难与曲折所达到的一种"和谐""和解"与"和睦"的境界,而这正是其小说最为重要的伦理指向。在《喜福会》中,吴精美与她的母亲吴素云在最后总算达成了高度的和解,虽然这在很大的程度上只是在女儿身上所产生的单向度情感;在许露丝与许安梅之间也达成

---

① 谭恩美.沉没之鱼[M].蔡俊,译.北京:北京出版社.本文采用《拯救溺水鱼》译名,比较符合 Saving Fish from Drowning 的原意,2006。

了和解,虽然还不是十分明显与充分。在《灶神之妻》中,江文妮与女儿珍珠之间,虽然误会多多、误解重重,但母亲在最后亲自送给她一个灶神像,表示母亲的衷心祝福。在《通灵女孩》①中,奥利维亚与母亲之间虽然没有发生和解的故事,但李邝姐姐与奥利维亚之间在情感上实现了充分的融合:姐姐对妹妹充满着一种如母亲一样的关爱;姐姐为了寻找自己的妹夫西蒙而消失于山洞,奥利维亚真正地理解了姐姐,发现了姐姐的高尚与伟大。在姐妹之间所达到的高度融合的境界,至为感人。在《接骨师之女》中,宝姨在生前与刘茹灵之间没有达成和解,她正是因为亲生女儿执意要嫁给杀父与杀夫仇人,而绝望地自杀了;但是,当女儿看到母亲留下的全部手稿,真正地认识到宝姨正是自己的亲生母亲,并且回想起从前的生活,感觉到母亲对她丝丝入情的爱的时候,她才在床上睡了六天,不吃、不喝、不说、不笑,心情悲凉到了极点。可以说,这时候的刘茹灵对于母亲的理解,是一种少有的原谅、忏悔与和解。在刘茹灵与自己的女儿露丝之间,虽然也曾经发生过种种令人心痛的悲剧故事,但到了最后,母亲不仅深切地理解了女儿,女儿也充分地理解了母亲;更为重要的是,女儿还通过母亲进一步地发现与理解了自己从未谋面的外婆,让小说达成了具有特别重要意义的"三重影子"②的写作。在这里,小说中所呈现的那样一种和解的境界,不仅是极为独到的,也是极为动人的。所有这些让人动情的、欢快的、幸福的事件,构成了谭恩美长篇小说中的一种走向,这正是走向"和"的一种力量,所产生的结果正是"和"之正向的艺术实现。虽然其小说中大量存在的是"和"之反向的艺术现实,而"和"之正向的艺术现实,总是到了最后或者最为关键的时候才出现,但这种"和"的正向的艺术现实,正如在夜空中闪闪发光的火焰,代表着正义与道德的力量,让人看到人间的真情与希望。这种正向的艺术现实,正体现了谭恩美长篇小说最主要的伦理指向。

在谭恩美的长篇小说中,"和"的正向与反向景观形成一种相反相成的辩证关系。其小说中"和"之正面的艺术现实与"和"之反面的艺术现实不是分离的,而是统一的。在其所有小说中,没有哪一部小说只是描写和谐、和解与和睦的生活现实与人伦关系,当然,也没有哪一部小说只是单纯讲述分离、对立、

---

① 谭恩美.灵感女孩[M].孔小炯、彭晓丰、曹江,译.杭州:浙江文艺出版社。本人认为《通灵女孩》能揭示人物的独特个性,1999。

② "三重影子写作",是指《接骨师之女》中的"鬼写手"露丝在了解了自己外婆和母亲苦难的一生之后开始了小说创作。在小说的结尾处,露丝在写作的时候,外婆、母亲似乎坐在自己的身旁,并进行指点,她们三代母女在情感上达到了共鸣境界,实现了高度的和解。

矛盾与冲突的生活现实与人伦关系；在其小说中，与"和"相关的正向与反向的艺术描写与审美现实，往往呈现出共生共存形态，两种因素往往相互依赖、相互渗透形成一种生活与伦理的原生态形态。这说明，在其小说中并不存在伦理思想的理性形态，存在着的只是伦理思想的感性形态，即只是故事、情感、想象与对话等艺术形态。"和"只是其长篇小说的审美指向，它是通过种种与"和"相关的艺术描写（包括正向与反向）体现出来的，只有通过对其小说中人物与人物之间关系的分析与评价才能被揭示出来。"和"不仅体现在正面的和谐、和解、和睦等，也体现在与此相反的分离、对立、冲突等方面，更重要的是体现在两者的有机统一上。"和"的反向艺术现实越突显，对"和"的呼唤就越强烈；"和"的正向艺术现实越弱小，对"和"的渴望就越深切。"和"之正向与反向力量的强与弱，并不能以篇幅的大小与人物的多少进行测量，因为"和"的伦理思想，在许多时候往往处于隐在形态，而难以从理论上进行清晰的把握。如果看到正义力量比较弱小而反动的力量比较强大，就说"和"的伦理思想没有得到有力的抒写，那自然是笑话；如果看到正义力量得到伸张而反动的力量得到惩罚，就说"和"的伦理思想得到稳固的确立，那自然也是一个笑话。因为"和"的伦理思想正是在与"和"相关的种种伦理现实中得到生存与呈现的。其小说中"和"的反向力量比较强大，"和"的正向力量比较弱小，因此其中的人物往往是悲剧性的，他们给读者带来的多是愤怒、悲伤、忧愁、苦恼与失望。但是其小说中同时存在一股正义与公道的力量，悲剧的产生让这种正义与公道的力量发出耀眼的光亮，体现的正是作家的审美理想与道德力量。因此，我认为"和"的正向与反向的艺术现实，辩证地存在于谭恩美的长篇小说中，构成了在整个中外文学史上都少见的奇特而奇妙的伦理景观，这正是谭恩美具有卓越的伦理思想与艺术才华的体现。

二

由于谭恩美小说中存在以丑恶与反动为一方所构成的"和"的反向力量，而同时也存在一种"和"的正向力量与之抗衡，因此往往就产生了一种相反、相对、相存、相生的艺术结构，人物与人物之间产生尖锐的矛盾冲突，存在并发展成一种强大的伦理张力。这正是其小说之所以感人、动人与引人关注的主要原因。

谭恩美小说中人物与人物之间在情感与思想上的冲突，正是来自这种伦理的张力;而张力的产生,也正是来自这样尖锐、激烈的伦理冲突。不论是在母与女之间,还是在姐与妹之间;不论是在男女两性之间,还是在两个具有敌对性的阵营之间、具有两种文化取向的族群之间,在观念、思想、利益、情感、道德与伦理方面,往往都存在着种种尖锐的对立,并由于对立而发生严重的冲突;对立与冲突的进行,往往产生一种运动的力量,让我们能够看到两种力量的较量过程及其所产生的严重后果。在《喜福会》中,桂林附近所发生的普通中国民众严重的逃难与惨死事件,正是由于在中国与日本军队的较量中,一方过于弱小而一方过于强大;在《灶神之妻》中,"南京大轰炸""南京大屠杀""昆明大轰炸"等重大悲剧的发生,是由于当时的中国与日本力量的过于悬殊,这种实力的不对称性而发生的;在《接骨师之女》中,接骨大夫与刘沪森之死以及宝姨的自杀,是由于在那个黑暗的社会里张老板的恶行与凶狠而产生的;潘开京与小赵等中国知识分子的惨死,是由于中国军队的弱小与日本人的凶残而产生的。小而言之,在母女之间、姐妹之间与夫妻之间种种悲剧的发生,也是由于两种力量的严重冲突;只不过不能说哪一方为善而哪一方为恶,他们之间冲突的产生,主要是因为其文化传统、伦理观念、生活理想、行为方式等方面存在的巨大差异。人物与人物之间的冲突产生了故事,并且是一种曲曲折折的故事;同时,由于人物与人物之间力量的不平衡性而产生种种悲剧性的故事。其小说所讲述的,正是这种种悲剧性的人生故事,所以,我们读到的总是那些不愉快的事情,看到的总是那些灰暗的形象。正是两种相反力量的对决,才产生严重的冲突;正是这种严重的冲突,才让小说产生一种运动的幅度与流动的美感。两种相反相成力量的构成,让谭恩美的小说产生了一种外在的伦理张力。

在其小说的主要人物身上,也存在两种呈相反方向的力量,正是因此而产生情感的冲突,让他们的心灵得不到平静,呈现出不安、烦躁、惆怅、焦虑的特点,而这正是其小说人物心理描写独到性与深刻性的来源。在那些凡是发生过自杀悲剧的主人公身上其情感与性格往往都存在这种复合结构。《接骨师之女》中的宝姨,一方面深爱着自己的父亲,可是父亲却因为女儿的婚事为恶人张老板所杀;另一方面深爱着未婚夫刘沪森,在没有正式成婚之前,就让他提前享受了洞房之乐。张老板凯觑接骨大夫祖传的疗骨秘方,要她嫁给自己为妾,却遭到无情的拒绝,张老板才因自己的性格无声无息地就下此毒手。她对此相当清楚,其仇恨时时积累于胸,那从地下室里不断传出的敲击铁桶的声音,就是反抗力量的象征。可她只是一个弱女子,在如此黑暗的社会里,她实在是没有想出别的办法来复仇;其处境真是有苦不能诉、有冤无处申。这只是她身上第一层的爱恨交织。第二层的爱恨交织,是女儿居然执意要嫁给仇人家的张老四,是她无论如何也没有想到的。她当年之所以悲愤于父亲与丈夫的惨死而自杀,自杀未遂而又活了下来,就是因为肚子里已经有了刘沪森的小孩;生下来以后,她一天一天默默无闻地以自己的力量将她养大。而之所以能够如此,一方面是出于对刘沪森的感情与自己天然的母爱,另一方面是希望有报仇雪恨的一天。从小说中的描写来看,宝姨对女儿的爱真是超乎常人的,作为女儿的刘茹灵是真正地感觉到了;不过因为环境特殊,宝姨在十多年的时间里每天每时所付出的,只是一种不明不白的母爱罢了。而当她得知女儿要嫁的是自己的杀父与杀夫仇人的时候对女儿的爱终于转化为一种少有的仇恨。于是,在多次劝说无果的情况下,宝姨终于悲愤、绝望而勇敢地自杀身亡了。所以,在宝姨身上,多种多样的情感集中地、强烈地交织于一体。正常的爱与反常的恨,不能共存于一个人身上,两者相互冲突并形成了一种强大的力量;正是这种强大的力量,让她失去了心灵的平衡,自杀则是一种必然的选择。

在谭恩美小说中的人物与人物之间,有着两种相反力量的共存与共在;正是它们的共存与共在,让小说产生了一种少有的冲突与力量。在谭恩美小说中某一个人物的身上,往往也存在两种相反力量的冲突;这两种相反力量的冲突,造成了其人物身上的矛盾性格,正是这种矛盾性格让人物的心理更加奇妙、情感更加复杂、性格更加明显、思想更加独到、形象更加丰满。这正是其小说中的人物之所以鲜明生动、个性独特的根本原因,也是其人物与人物之间产生互动与力量的内在因素。

三

谭恩美长篇小说是以"和"的伦理为核心进行艺术构思与人物设置的。她并非只是要求在人间的人与人之间的关系要实现"和"同时也关注在阴界的鬼魂与鬼魂之间那种平静与平衡的关系。其小说中有一种现象值得关注,几乎每一部小说都有"通灵"情节的发生。在《喜福会》中,龚琳达嫁到洪天余家以后,洪太太急于抱孙子,而洪天余由于自己的性无能,不能与自己的妻子同房,所以不能生育;为此,她受到了婆婆的辱骂。为了逃离这个火坑,有一天她突然大声叫喊地跑出自己的房门,向她婆婆等人说自己做了一个奇怪的梦,梦见天余的祖先说她不能再与天余一起生活在这个家里;如果她还不离开的话,天余身上的肉会一点一点地烂掉,直到死去。这样的梦自然不会是真的,只是她为了逃离家庭而灵机一动编造出来的,可是婆婆却信以为真,真的让她就这样离开了。"做梦"与"通灵"自然不是一回事,但总是与阴界的鬼魂对话,有其相通之处。在《灶神之妻》中,有一天,江雯丽与她的花生妹妹来到街上,无意之中请算命先生算了一命,说她们未来的夫婿就在不远的地方,如此等等。"算命"与"通灵"自然也不是一回事,但"算命"本身也具有一种灵异性,与"通灵"存在相当联系。在《通灵女孩》中,姐姐李邝自然就是一个能够通灵之人,她不仅了解人的前世与今生的来龙去脉,并且能够与100多年以前在一起生活过而现在已经成了鬼魂的人进行对话,还能通过阴界的一些人了解到多年以前已经去世的人目前的下落;当然,她自然能与刚刚去世的大妈进行对话。这种"通灵"其实正是谭恩美长篇小说艺术构思的一个基石,因为如果不能"通灵"的话,李邝也没有办法说明西蒙与奥利维亚的前身与来历,特别是他们在前世的姻缘等,而这正是她们一行回到中国的原因。在《接骨师之女》中,存在着许多"算命""通灵"之类的故事情节。张老板与刘沪森都喜欢宝姨,于是他们两个都请仙心村里的算命先生给算了一命,其中还发生了一些笑话;宝姨自杀以后,她的鬼魂到了北京,不但大闹并火烧刘家的墨店,而且让刘家的生意从此一败涂地;稍后,刘茹灵与刘高灵在街上遇见一个瞎子,说有一个女人要与她们说话,这个女人正是刚死去的宝姨;那个瞎子给她们写下了一段奇怪的诗句,犹如一种预言;刘茹灵到了美国以后,时常要女儿拿出沙盘来与宝姨对话,而且据此来决定是不是搬家、投资哪一只股票之类的重大事情。她也时常通过女儿向宝姨询问:毒咒是不是结束了?如果没有,什么时候才能结束?因此,刘茹灵一辈子都是在"通灵"中度过的。在《拯救溺水鱼》中,由陈璧璧的幽灵叙述了整个故事,她的鬼魂与美国旅行团的12个成员一起,乘飞机转汽车,才来到了遥远的东方;后来,鬼魂又与他们一起回到旧金山。其小说着力于表现人间的生活,书写人与人之间的种种伦理关系;同时,她也致力于表现阴界的鬼魂与鬼魂之间的关系,有的已经死去了许多年,有的则刚刚死去。所以,其小说中"和"的伦理思想,并不只是关乎人间,也与阴界实现了自由的对接与转换。

将阴界与人间的伦理现实联系起来,对于谭恩美"和"的伦理思想的表现具有重要意义。人间的生活,是看得见摸得着的;人与人之间的对立与冲突,也让我们产生种种悲感;在人间,"和"自然是人们一种现实的要求,也是一种高尚的伦理理想。但是,如果将人类的过去与现在联系起来,则更能够体现人间善与恶的对立、美与丑的对比、真与假的对决,能够让小说中人物情感的强度拉大,让人间的伦理现实扩展到另一个世界。这样,小说的空间感就得到了极大的增强,时间观也得到了无限的扩展。其实,其小说中对阴界的描写,并不表明她相信真是存在那么一个为人所不知的世界,也并不表明她相信自己能够与阴界进行对话;因为小说中那些喜欢算命与看相的人物,后来自己也并不相信真是有鬼魂在与自己对话。在《接骨师之女》中,露丝每一次沙盘演习后,她对刚才所讲的话与所作的笔画,也感到不是太可信,往往只是她自己的意思,并不是真的有一种力量在左右她。作家之所以要这样写到算命与通灵事件,其真实意图就是为了让人与人的情感达到一种非正常的形态,让人间的伦理也适合于阴界并直接地达到阴界,让人间的伦理情感与观念能够达到一个为一般的人所不能感知的世界。对此,我们只能用一个新的术语进行言说:"阴阳凝视"。所谓"阴阳凝视"是指谭恩美小说中出现的一种现象,即人间的人能够与阴界的鬼魂进行交流,人间的人能够与阴界的灵魂进行心灵的对视与眼光的碰撞;正是在这种凝视与碰撞中,母与女的关系、姐与妹的关系、夫与妻的关系才得到了独到而深刻的表达。在其长篇小说中,几乎都有具有通灵本事的人存在;没有通灵本事的人,往往也喜欢通过算命、看相、捉鬼、做梦等方式了解来自另一个世界的神秘信息,让自己的情感与思想能够与之进行交流。而那些能够通灵的人,如《接骨师之女》中的露丝、《通灵女孩》中的李邝、《拯救溺水鱼》中的陈璧璧等,不仅她们以自己的女性身份实现了阴阳的凝视,并且让另外的人能够与阴间的灵魂进行交流,从而更加深刻地思考人生与世界的意义,更加全面地探索与人类、宇宙相关的重要问题,这样就加大了小说的历史、哲学与伦理容量。如果没有"阴阳凝视"也许其小说中所呈现的伦理现实就比较平面化,以"和"为核心的伦理思想的表达就比较单薄。所以,"阴阳凝视"不仅是其小说中存在着大量神秘现象的来源,也是其独到的人生观与艺术观的体现。

如果没有"阴阳凝视"的人物关系及其相关的故事情节,那小说也许就不是那样的丰富多彩与奇幻怪诞,其小说的读者面与在世界各国的传播幅度就会受到影响。同时,正如作家自己所说,她在许多时候似乎也存在一种通灵能力,比如每一年在一定的时段里说不出话,如《接骨师之女》中的露丝一样;在日常生活中总是敏感地发现自然界与人类社会存在的神秘力量,好像自己真有一种超越常人的感觉能力。在创作《通灵女孩》的时候,时时地感觉到真有阴界灵魂在驱使着自己的笔。她说:"我不得不写我必须要写的东西,包括存在于我们普通感官之外的生命的问题。"①而她自己所拥有的这种能力与独异的感觉,往往体现在其小说中阴阳凝视的故事情节与人伦景象之中,这正是她对当今世界与人类自身的一种发现。更为重要的是,其小说独到的艺术构思与叙事技巧往往就体现在这种"阴"与"阳"的"凝视"之间,如《拯救溺水鱼》中的幽灵叙事、《通灵女孩》中的阴阳对话、《接骨师之女》中的问命于沙盘等,都是作家独到的艺术构思与创造性艺术想象的体现。

四

从地理空间的角度进行观察,谭恩美的长篇小说存在一种东方与西方共时存在的结构。在《喜福会》中,大陆出生的第二代女性早年生活在中国的北方与南方,40年代后期才移民到美国;在美国出生的第一代女性,生活在美国,其活动范围也主要在美国,但是有的人物如吴精美等人,却回到遥远的东方与姐姐相见。在《灶神之妻》中,江文妮与海伦早年在中国叫江雯丽和胡兰,40年代后期移民美国,并在新大陆重新组成家庭,开始了一种新的生活;像露丝与亚特他们,则出生与生活在美国,是典型的美国人,他们还没有回过东方的中国。在《通灵女孩》中,李邝早年生活在中国,到了18岁的时候才移民到美国,与在美国出生的妹妹奥利维亚生活在一起;而西蒙等人,则是土生土长的美国人,后来,在李邝姐姐的安排下,他们一起重回中国。李邝姐姐在长鸣消失于山洞后,奥利维亚与西蒙在依依不舍中又回到了美国,并在那里生下了他们在东方所得的一个小孩子。在《拯救溺水鱼》中,陈璧璧出生于上海,当日本军队入侵上海的时候,他们一家逃到了美国旧金山。到了此时,陈璧璧则以一个幽灵身份与由12个旧金山成功人士所组成的东方旅行团来到云南以及亚洲腹地兰那王国参观,并经历了许许多多的曲折与磨难。小说的空间到达了西方美国、东方中国与古老的兰那王国等许多地方,呈现了真正的跨越东方与西方的辽远时空。所以,其小说中的人物的生活范围往往超越了某一个国家与民族,甚至超越某一个洲而达到了另外的洲。其人物故事的发生,往往跨越了东方与西方,涉及多个国家与多个民族,这样的地理空间,在其小说中具

---

① 参见 The Salon Interview:Any Tan[EB/OL].[2001-12-15].http://www.salon.com/12nov 1995/feature/tan 2.html.

有特别重要的意义。在此我们用"时空混合体"①来进行解读,说明其小说在时间与空间的建构方面都有自己的独立性。这种跨文化的意义,是其他只具有单一国家与民族背景的小说所不具备的。

首先,跨越西方与东方的"时空混合体"小说的确是一种新小说,正如有的美国批评家所说的,她以此开创了一种新的小说体式。从前的绝大部分小说,故事情节与人物活动的空间往往局限于一个民族与国家;有的小说中的时空,虽然与不同的国家与民族相关,甚至与东方、西方相关,但基本上是一种想象的产物,少有地理上的真实性与空间上的实有性。谭恩美小说从自我的家族历史出发,以自我的体验来编织东方与西方一体化的故事,因而开创了美国小说写作的新时代。其次,故事情节与人物活动在由东、西方所构成的时空中延展,无形之中拉大了人物情感与思想的落差,对主题的表达与空间的开阔,具有巨大作用。这种典型的心理小说,重点是表现人物的情感及其在情感支配下的言行,如果只是局限于一个小小村庄,其感人的力量也许就很有限;但如果将其扩展到地球的东方与西方,文化与伦理的普遍意义就会通过情感与心理得到极度的伸张。再次,东西方一体化的"时空混合体"对于其以"和"为核心的伦理思想的表达,特别有力。在东、西方巨大时空中所展示的"和"具有深厚的象征意义;谭恩美作为一个具有强烈伦理意识的作家,作为一个具有深厚道德责任感的族裔作家,其小说之伦理指向不仅是西方民族内的母与女之间的和解、两性之间的和谐、姐妹之间的和睦,也是指向东方民族内的母与女之间的和解、两性之间的和谐、姐妹之间的和睦,而且是指向地球上所有的民族成员、人类成员甚至大地生命共同体中所有的生物成员之间的共生与共存。

在谭恩美的长篇小说中,人与人之间的关系构成人类的伦理关系,虽然由于时代与文化等方面的原因,人与人之间的矛盾与痛苦往往占据绝大部分篇幅,但它所体现的审美理想与伦理指向,却是明显的、不可逆转的。同时,在其小说中也存在着对人与自然关系的种种描写,涉及东方中国、兰那王国的自然山水,也涉及美国的旧金山等地的自然山水。所以,东方与西方的自然山水往往共存于同一部小说中。在对人与自然关系的描写中,谭恩美没有将人与自然分离开来,而总是将人与自然的和谐关系进行全方位的展示,表现了人与自

---

① "时空混合体"是我对谭恩美小说中时间的过去与现在、空间上的东方与西方相互联通现象的一种概括。家族自传体小说并不就是现实主义小说,时空混合其实是由后现代主义文学破碎与片断的组合所造成的,因此,作为当代美国作家的谭恩美受到现代主义、后现代主义小说的影响是明显的。

然的共生共存形态。在《喜福会》中,顾映映小的时候游太湖而落水,但她眼里的太湖依然是美丽而难忘的;在《通灵女孩》中,奥利维亚来到桂林时没有发现其甲天下的美丽,但当她来到长鸣时,却发现了东方自然山水的神秘与神奇;在《拯救溺水鱼》中,作家对香格里拉、丽江与石钟寺自然风光的精细描写,无不让人产生人与大自然的关系必须和谐的印象。小说里所呈现的是主人公眼里的大自然,而主人公看到这样的自然风光是愉快的、欣喜的,甚至是喜不自胜的。在《拯救溺水鱼》中,作家通过对兰那王国政府为了自己的私利而开发"蛇煎"活动的描写,体现出了独到而深刻的生态伦理思想:人与自然生态必须和谐,如果人为地破坏自然,那无疑会给整个人类带来灾难。旅行团回到美国之后,仍然关心兰那"无名之地"部落的生存环境。因此,小说中所展示的人与自然的关系,自然涉及东、西方的多个国家与民族,生态主题就具有了普遍的意义。因此,这种时空混合的描写在"和"的伦理思想的表现中,就具有了一种特殊的意义。

  同时,谭恩美小说中普遍存在的东、西方一体化的"时空混合体",对于表现全球化语境下的民族文化身份认同具有重大意义。关于民族文化身份问题,从前的学者多有探讨。"美国华裔的这种双重文化背景使得她们具备双重文化身份和意识。当她们遇到问题时,他们会自觉或不自觉地用两种文化方式去处理。然而当他们用中国方式去处理所遇到的问题时,在现实社会中往往会遇到困难;当他们用美国方式去解决所遇到的问题时,他们在潜意识里会受到中国文化的影响,而且还常常会遇到来自家庭和华人社会的阻力。因此,两种碰撞的文化常常使他们困惑,使他们陷入困境"(程爱民、张瑞华,2001:87)。这里对其小说中美国华裔身份问题困境的分析,是符合实际的。其小说中对在中国大陆出生的那一代女性,到了美国以后产生的自我身份危机有十分独到而深刻的描写;对在美国出生的那一代女性,生活在华裔家庭与西方主流文化之间而产生的身份危机,也有独到而深刻的描写。之所以产生这样的身份危机,是因为她们生存在多种文化与传统的混和环境里,受到来自多个方面的伦理力量的冲击;如果这种冲击比较剧烈的话,她们就会产生深深的危机感与身份困境。在其小说中,主人公们往往都是这种同时具有多种文化身份的人,所谓的"文化混生"[①]现象正体现在她们的身上。特别是在《通灵女孩》

  [①] "文化混生"是指谭恩美小说中存在的一种现象,西方文化与东方文化、传统文化与现代文化在一个人物身上同时呈现,并决定了人物文化身份的复杂性。"文化混生"不仅让其小说人物更加真实与丰满,也为其艺术表达增色不少。

和《拯救溺水鱼》中,在一些主要的人物身上,不仅具有血缘上的混生性,同时具有文化上的混生性,如《通灵女孩》中的奥利维亚、西蒙与奥利维亚的母亲,《拯救溺水鱼》中的电视节目制作人柏哈利等。小说中所着力经营的"时空混合体"对于在多元文化语境下生存与发展的人物形象,具有巨大的表现力;同时,之所以出现"时空混合体",从人物形象本身的多元混生现象与文化的多元混生现象可以得到合理解释。因此,从这个意义上来说,"时空混合体"对于其小说中以"和"为核心的伦理思想的建构具有重要意义,因为它让这种"和"的思想涉及东方与西方、东方的人类与西方的人类,东方的文化与西方的文化。这样的艺术现实正是表明,人类与宇宙的"和"是谭恩美的长篇小说终极的审美目标与最高的伦理指向。

五

以"和"为核心的伦理思想,在世界文学史上具有重要意义。

首先,以"和"为核心的伦理思想,在世界文学史上具有开创性。在西方,多数作家关注的是父子之间或父女之间的冲突,如莎士比亚的戏剧《李尔王》中李尔王与女儿之间的故事、巴尔扎克的《人间喜剧》中葛朗台与欧也妮之间的冲突等。虽然也曾经有一些作家关注母女关系,却很少有对母女关系的集中描写与深入刻画。在中国,张爱玲《金锁记》中的故事围绕母女关系而展开,提出了由于民族文化传统与时代环境双重影响,母亲身上发生的异化人格问题,其中对曹七巧的心理刻画让人触目惊心,但这样的作品在中国并不多。谭恩美关注母女关系问题的小说,不仅故事情节与人物描写非常集中,对问题的分析与对人物心理的刻画也十分独到:从人物个体而言,达到了惊心动魄的地步;从母女关系的整体而言,往往将这种关系提升到一种文化传统与民族伦理的高度进行审视。她以长篇小说形式连续关注母女关系的话题,并对之进行深入的探讨,这在世界文学史上也是并不多见的。在其小说中生存与发展的是一种往往非常特别的母女关系:以冲突为故事情节的主要框架,有的母女之间走向了和谐,有的到了最后也没有出现和解的迹象。正是这种令人心动的母女关系,传达了一个美国当代作家所具有的深刻而丰富的伦理思想。无论是女儿还是母亲都无不为那种以忧伤为基调的女性情怀所震动,无不为那些对人物精细的心理描写所迷醉,无不为那些作为象征性意象出现的自然景观描写而叹息。因此在美国文学史乃至世界文学史上,以母女关系、两性关系与姐妹关系为描写对象来表现自己的伦理思想,开创了一个新的小说时代。

其次,对文学审美与伦理观念之间关系处理的启示意义。其小说中所表达的并不是政治、国家与民族之间的关系,而只是母亲与女儿的情感不和、夫妻之间的对立与冲突、姐妹之间的分离与和解之类的人间生活。其小说虽然也涉及当今国际的一些大事,如《拯救溺水鱼》中所写的"9·11事件"之类,但其小说不是政治小说;她的小说也写到战争,包括100多年以前发生的太平天国起义以及清政府对它无情的镇压,写到日本侵略者所发动的"上海战争""七七事变""南京大屠杀""昆明大轰炸"等,写到兰那王国历史上的无数次战争,以及王国政府军对"无名之地"部落的镇压等,但是她的小说并不是战争小说。其小说主要的叙述对象是家庭里母亲与女儿之间的关系、丈夫与妻子之间的关系、姐姐与妹妹之间的关系,或者一个族群中成员与成员之间的关系,并没有上升到政治与战争的层面。但是,这样的家庭琐事并不是没有意义,相反具有十分重大的意义。其小说具有多方面的价值,正如她的小说具有多重主题一样;她的小说在世界上拥有广泛的读者群,自然就会发生其影响力。其小说集中叙述母女之间的对立与冲突,以及这种对立与冲突给双方带来的忧伤、烦恼与伤害;有的母女之间的关系甚至发展到了悲剧的地步,其间发生了种种死亡事件;有的虽然没有发生死亡事件,却发生了许多严重的问题,不论是母亲还是女儿,往往都生活在一种不幸的阴影中。其小说对女性心理的刻写,是那样的独特与独到,是那样的细致与精到,如同层层波浪与颗颗珍珠,既五彩缤纷又闪烁光辉,只要是有一点同情心的读者,都无不为之动容。作家对她所关注的母与女关系中的心理描写,既有对立与冲突的部分,也有理解与和解的部分;并且,从实际描写而言,对立与冲突虽然是核心的部分,理解与和解却正是小说中人物关系的一种走向,也是作家审美趣味的集中体现,是其伦理理想的集中体现,是她审美思想的集中体现。从表面上看,读者并不认为她的长篇小说是一种伦理小说,而是一种对现实的审美观照,情节曲折动人,感情细腻真挚,并没有体现一种表面上的教育意义,也看不出什么样的伦理思想的直接表达。谭恩美认为作家一定要有自己的道德感但她在从事小说写作的时候,却是出于一种审美的需要与情感的需要,小说中所展示的总是一种生活化的伦理景观,是情感、心理、形象、意象、情节、语言等小说的艺术现实,而不是一种伦理的观念与思想的表白。其长篇小说为后来作家树立了一种审美的范本。

再次,两种甚至多种文化关系的隐喻意义。谭恩美的小说可读性很强,人们读了她的小说,在母与女、夫与妻、姐与妹的情感纠纷中能够得到情感上的陶冶与提升,能够让我们的家庭生活更加温馨,可以让我们的母女之间、夫妻之间、姐妹之间,推而广之,让我们所有的家庭成员之间,让我们社会上的所有成员之间,能够相互理解、相互支持,从而让我们每一个人的人生更加美好;这样,人间自有深情在,人间自然是春天。并且,其小说更有一种象征性的意义,这在《喜福会》的结尾、《接骨师之女》的结尾、《通灵女孩》的结尾都有明确的呈现:她所谓的母女关系其实是象征着中美两国、两个民族、两种文化传统之间的关系。那么,如果东方与西方的两个伟大的国家与民族,能够如作家所期待的那样,由对立、冲突到和解、融合,那人类的和平与发展大业将成为现实。中国是世界上最大的发展中国家,美国是世界上最大的发达国家,两个国家能够和平共处、共同发展,是整个人类能够幸福生活的重要保障。其小说中的母女关系并不总是处于一种对立与冲突形态,表明作家提出了一个重要问题:根源于不同的两个民族与两种文化的母亲与女儿,即使是从人类本性来讲具有血缘关系的、非常亲密的母与女之间,也会产生种种的矛盾与存在多种多样的问题,何况在一个国家与另一个国家、一个民族与另一个民族之间?处于同一个民族与文化传统中的母亲与女儿,由于代沟问题或者其他不明的原因,也会产生种种的对立与冲突,因此,一个民族内部的人与人之间、群体与群体之间产生对立与冲突,也是理所当然的。因此,把母女冲突作为其长篇小说的核心主题,就成为一种明智的选择。谭恩美正是通过超越中、西两种文化之间的母女关系的写照,表现了独立的、独特的伦理思想,并且以此隐喻了更为深刻的民族文化之间的关系,包括已经有的关系和可能有的关系,以及我们应当如何处理与如何才能处理好这样的关系。小而言之,是家庭内部的母女之间的关系;中而言之,是一个国家内部各民族文化之间的关系;大而言之,是国家与国家之间、具有深厚基础的两种民族文化或东西方文化之间的关系。所以,首先要认识到其小说中最基本的主题与关系,就是母女关系;同时,也要认识到她对如中、美这样两种在世界上具有重大影响的文化之间关系的思考,以及对关乎人类整体生存与发展问题的探索。

最后,以"和"为核心的伦理思想所具有的哲学意义。谭恩美以她对世界的观察与人间的体验,特别根据自己的家族历史,在作品中展现了十分生动且让人惊异的伦理现实,全面而深入地探讨了一种具有哲学色彩的伦理思想,那就是以"和"为核心的伦理思想,以及它对人间与世界的重要性。她以自己的小说实现了与中国传统文化中最根本思想的一种对接,并与西方文化史上的和谐伦理观念实现了对话。以"和"为核心的伦理思想自然不是全部来自古老中国,因为她并没有系统地接受过中国的传统文化教育,对中国古老的传统文化并不十分了解;她也从来没有说过她对中国传统文化中"和"的审美理想与哲学思想感兴趣。作为一个当代美国的作家,她自然也只是以自己的历史与自己的家族的历史为基础,来从事小说的写作;她以长篇小说写作自然地、集中地提出与探讨这样一种具有重大现实意义与历史意义的伦理思想,是一种了不起的选择。以"和"为核心的伦理思想,首先是来自她自己的家族,她的母亲以及母亲的母亲给她所留下来的宝贵的精神遗产,其实就是一种伦理的遗产与文化的遗产;其次是来自她在西方所接受的教育,她早年的对医学与心理学的系统学习;第三,来自她自己的生活经历。在她一生中发生过许许多多在别人看来不可思议的事,并且影响了她对世界的看法和她全部的人生观。正如有的报道所描述的那样,"在叛逆的青春期,她出过两次车祸;被人用枪指着脸部,几乎被强奸;受到死亡威胁、几乎被泥石流冲走。20多岁那年,她最好的朋友在生日那天被入室抢劫者捆绑勒死,她被叫去辨认尸体,从此中途辍学,放弃博士学位"(张英)。其实,她所经历的远远不止这样一些。在她小的时候,父亲与哥哥因脑瘤相继离世,这让她的母亲对命运产生了严重的怀疑,于是她们都陷入一种悲观与绝望之中;她在青春期因为不听妈妈的话,执意要与德国不良青年谈恋爱,她妈妈用刀架在她的脖子上想杀了她再自杀,这对她产生了震动;她的小说的编辑对她有巨大的帮助,可是却无端地为人所害,非常凄婉地死去,如此等等。特别是她的母亲与她长期不和,给双方造成了极大的精神伤害,有的时候可以说是痛不欲生,让她不得不思考人与人之间的关系问题。所有这些,都是其以"和"为核心的伦理思想的来源;同时,也正是这样一些悲切的人生体验,让她小说中的伦理关系及其所体现出来的"和"的伦理思想上升到了一种哲学的高度。

  谭恩美长篇小说具有深厚的伦理思想,它来自美国现实的生活,也来自遥远的东方中国,更是直接地来自作家自己的家族与自我的生活。她作为一个当代美国作家对当今世界所发生的一些重大事件进行思考,对于人与人、人与自然、人与社会之间的关系进行深入探讨,取得了丰硕的成果,这种思考集中体现在她的五部长篇小说中。小说作家可以是也应当是一个思想家,可是并不以理论形态进行表述,而只能以艺术形态进行呈现。根据对其小说的全面考察与深入分析,我认为"和"正是其伦理思想的核心,也是她对当今世界的一大贡献。本文的论述只是笔者初步的思考,许多重要问题的展开有待于来日。只是我想再次强调的是,分析与研究谭恩美的长篇小说,特别是研究其小说中的以"和"为核心的伦理思想,具有重大的现实与历史意义。

参考文献

[1] 程爱民,张瑞华.中美文化的冲突与融合:对"喜福会"的文化解读[J].国外文学,2001,3:86—92.

[2] 张英.谭恩美:为母亲而写作[EB/OL]//太原新闻网.[2006-11-6]http://www.tynews.com.cn/whgc/2006－11/06/content _2719663.htm.

[原发表于《外国文学研究》2008年第5期]

从生态批评的角度重读谭恩美的三部作品

王立礼*

(北京外国语大学英语学院)

摘要：处在环境危机时代,研究文学与自然环境的关系的生态批评应该得到更广泛的运用。本论文拟从生态批评的角度重读谭恩美的三部近期作品:《百种秘密感官》《正骨师的女儿》和《拯救溺水鱼》。论文的讨论将围绕以下问题展开:这些作品中自然环境是如何被呈现的?自然环境背景在小说的情节中起了什么作用?这些作品所表述的价值观与生态智慧是否一致?和种族、阶级、性别等一样,"地方"是否也应该成为一项新的批评类别?重读这三部作品可以发现,它们在选择场景方面显示了作者对有鲜明原生态特点的自然环境的浓厚兴趣,反映了作者的生态意识和生态智慧。

关键词：谭恩美;生态批评;自然背景;地方;生态智慧;生态意识

本论文拟从生态批评的角度重读谭恩美的《百种秘密感官》(*The Hundred Secret Senses*,1995)、《正骨师的女》(*The Bonesetter's Daughter*,2001)和《拯救溺水鱼》(*Saving Fish From Drowning*,2005)三部作品。

这篇论文的题目可能导致疑问:恩美的小说是生态文学文本吗?我们能否运用生态批评的理论来分析她的作品?要回答这两个问题,首先要讨论生态文学和生态批评的定义。中国学者王诺在《欧美生态文学》一书中把生态文学界定为:"生态文学是以生态整体主义为思想基础、以生态系统整体利益为最高价值的考察和表现自然与人之关系和探讨生态危机之社会根源的文学。生态责任、文明批判、生态理想和生态预警是其突出特点。"(王诺,2003:11)如果说概念是抽象的,那么当我们想到美国生态文学的两位最杰出的代表作家梭罗和卡森时,生态文学就变得生动具体了。正像王诺指出的,梭罗在这裸露

---
* 作者简介:王立礼,教授,主要研究方向为美国华裔文学等。

和被雨水冲刷得褪了色的大地上,认识了他人类的朋友和人类的伟大祖母。他要观察和认识的是这伟大祖母本身以及她所有的子孙、所有动植物兄弟姐妹。显然,梭罗所强调是整个自然,人不是自然的主宰而是自然的孩子,人与自然万物的关系是平等的兄弟关系(王诺,2003:107)。卡森是20世纪最著名的生态文学作家,她的主要作品有《海风下》《我们周围的大海》《海的边缘》和《寂静的春天》,其中《寂静的春天》被看作划时代的生态文学作品。此书"以大量的事实和科学依据揭示了滥用杀虫剂对生态环境的破坏和对人类健康的损害,激烈抨击了这种依靠科学技术来征服、统治自然的生活方式、发展模式和价值观念"(王诺,2003:129)。

按照王诺对生态文学的定义和以梭罗和卡森为榜样,显然,谭恩美的小说不能归于生态文学的范畴。那么,是不是说我们就不能从生态批评的角度阅读她的作品呢?这个问题无疑要涉及如何界定生态批评。在《生态批评读本》一书的导论《环境危机时代的文学批评》一文中,美国生态文学批评的主要倡导者和发起人之一格罗费尔蒂这样界定生态批评:"什么是生态批评?简单地说,生态批评研究文学与自然环境的关系。正如女权主义批评从性意识角度考察语言与文学,马克思主义批评把生产模式与经济阶级的意识纳入文本阅读,生态文学批评运用以地球为中心的角度研究文学。"(Glotfelty,1996:xviii)我们应该注意两点:第一,这里格罗费尔蒂并没有说生态批评仅仅局限于研究生态文学,而是说研究文学与自然环境的关系。如果说生态批评只能运用于生态文学,就如同说女权主义批评只能局限于女性文学和马克思主义批评只能用于马克思主义作品一样狭隘。第二,进行生态批评不一定掌握生态方面的科学知识,而是要运用生态学的基本哲学,其核心就是与主宰现代文明的人类中心论为对抗的、被格罗费尔蒂称之为"以地球为中心的角度"。美国生态批评的领先学者斯科特·斯洛维克认为生态批评是宽泛的,包罗万象的。他对生态批评界定得更为清楚和具体。他说:"生态批评即指以任何学术路径所进行的对自然写作的研究,也反过来指在任何文学文本中对其生态含义以及人与自然的关系所进行的考察,这些文本甚至可以是初看上去对非人类的自然界毫无提及的作品。"(Slovic,2000:160-162)

说到这里,本论文可以回答本文开端提出的第二个问题了,即我们能否运用生态批评的理论来分析谭恩美的作品?答案是肯定的。格罗费尔蒂认为在进行生态批评时,批评家和理论家就文学与自然的关系提出了一系列的问题,其中有几个问题引我的特别兴趣与关注,即在这部作品中自然是如何被呈现的?自然背景在这部小说的情节中起了什么作用?这部作品所表述的价值观与生态智慧是否一致？和种族、阶级、性别等一样，地方是否也应该成为一项新的批评类别？在我的论文中，我试图对以上问题进行思考，特别针对自然背景在小说中的作用集中探讨。重读谭恩美的这三部近作，我们看到，作者为这三部小说选择的场景——《百种秘密感官》里的广西古老偏僻的小村落、《正骨师的女儿》里的人类祖先北京人的遗址、《拯救溺水鱼》里的缅甸原始森林——均是具有鲜明原生态特点的自然环境。我发现这三部小说的场景选择与其前两部小说有着明显的不同。《喜福会》和《灶神之妻》中地理背景横跨中美两国，但无论是在中国还是美国，是城市还是乡村，地理背景只是起着交代小说情节、衬托小说主题的传统辅助作用。但是，在这三部近期作品中，作者创作构思的灵感来自场景，并有意识地把地方变成小说的"人物"之一，场景对故事情节的发展起着至关重要的作用，对人物的变化有着重要影响。

作者在一次访谈时指出，"从（构思小说）一开始，我也需要地点背景。这通常是受我去过的地方的启发，一般都具有历史或地理的特色。"《百种秘密感官》的创作灵感来自作者在广西古老偏僻村落中所看到的天然景象。1992年至1993年谭恩美与《喜福会》剧组在桂林拍摄影片，她在《命运的对立面》里描写了她和一个演员、一个摄影师到桂林南郊的游览经历。他们无意之中来到一个十分古老的小村子，村里的房子是石头堆砌而成，没有道路、电或其他现代设施，仅用手动抽水机操作的灌溉渠和一条流经山谷的小溪。村里只有两百多人。接着作家写到：

> 我们穿过村子，爬上周围的山坡。从高处，我们可以看到山谷里的小溪和水池以及山峰的倒影，一些石头建筑物，一条条的小路弯弯曲曲地绕过一簇簇的树木，巨石和小溪弯道造成的天然屏障。
>
> 在山顶我们发现一道沿着山梁走向的一丈高的石墙，看上去像是中世纪为抵御外部敌人的防御工事。为什么有人要侵犯这样一个小村庄？走过一个拱形门，又一个青翠的山谷展现在我们眼前，谷底是一道道纵横交错的石头围墙……我们继续前行，前面又是山，山梁上还是一丈高的石墙。我们走过拱门去看山那边的风光。
>
> 这时，气氛一下子变了，变得令人生畏。眼前是石头废墟，山坡上布满了石洞。天色暗下来了，黑云压顶。土地看上去从没有耕耘过，地势起伏不平，长满青苔的巨石拔地而起，山谷中央有一个倒塌的小石屋，似乎被遗弃了几百。这是一片荒凉之地。（Tan,2003:252－253）

演员和摄影师要冲下山坡，给这块神秘的地方拍照。但谭恩美制止了他

们,她说:"我感到我们闯入了一个禁区,我们站的地方曾经发生过可怕的事情。"(Tan,2003:253)

无疑,眼前的景象使谭恩美感到震惊。在他们驱车回桂林的途中,谭恩美决定这就是她下一部小说的场景,这就是小说《百种秘密感官》高潮的场景。在小说的后半部里,男女主人公来到广西旅游。他们住在一个村子里,早饭后他们到村外走走,来到山。山里有古老的石墙,山谷里乱石成堆。这一片荒野是女主人公从未见到的景色。它与世隔绝,无人打搅,没有受到时间的触摸,苍凉的气氛令人生畏,和繁华的现代城市形成强烈反差。这里没有大城市里的高楼大厦把人和大自然分割。站在空旷的大地和黑云翻滚的天空之间,人显得渺小和无奈。这样的景色和气氛对人物的心理具有不可抗拒的冲击力和魔力,让人思绪翻滚,莫名的不安,迫使人物去掉平日社会生活中的一切伪装,赤裸裸地面对自己和现实,开启长久埋藏在内心深处的疑虑。她直截了当地向丈夫提出了一直不愿谈的婚姻危机,两个人大吵了起来,他们长期压抑的情感像火山一样总爆发了。至此小说的情节进入高潮。这个古老村落的废墟成为女主人公寻求自我之旅的场地。在这里,人物不主宰场景,而是场景左右人物。

《正骨师的女儿》的故事分成两半,前半部发生在美国的旧金山市,由女儿叙述;后半部发生在中国北京郊区周口店附近的小村庄,由妈妈讲故事。作者说:"一天,我接到一个电话,邀请参加一次晚宴招待会,纪念在中国工作过的考古前辈,他帮助挖掘北京猿人。后来,那次的晚宴给了我写《正骨师的女儿》的一些场景的灵感。"这个选择看上去很偶然,但这个决定基于作者对有历史和地理意义的场景的浓厚兴趣。

正骨师的一家住在在离北京郊区周口店不远的龙骨山。深得祖传技艺的正骨师把正骨的秘诀传给了独生女儿。只有正骨师和女儿知道在哪个山洞可以找到治病接骨的"龙骨",即不同种类的古兽化石。为保守秘密,正骨师的女儿失去了父亲和丈夫。她自己吞下火焰,毁坏容貌。不久,中外科学家来到周口店的龙骨山挖掘采石场和洞穴,并从药铺里买走所有的古骨头。一个夜晚,正骨师托梦给女儿说,他传给她的骨头并非龙骨,而是祖先的骨头。因为他们偷了骨头,遭到祖先的诅咒,所以家里的人差不多都死光了。正骨师让女儿把骨头还回到山里去,否则诅咒将延续。第二天一早,正骨师的女儿就把龙骨放回了山中,她的心平静了下来。不久消息传来:科学家发现了"北京人"的牙齿,"北京人"是生活在百万年前人类的祖先。这一消息招来一批批的挖掘者,人们都说谁发现了"北京人"的骨头就会发大财。这次为了保守秘密,正骨师的女儿自杀了,她的尸体被抛进了山谷。之后,正骨师孙女一家的命运也和"北京人"遗骨密切联系在一起:她的丈夫参加了周口店遗址的保护,被袭击周口店遗址的日军枪杀了。

我们不难看出,作为场景的周口店绝非仅对故事起衬托的作用,它实际上决定故事情节的脉络和发展走向。小说情节曲折,但所有的一切跌宕起伏都紧紧围绕周口店的北京猿人遗址发生。故事中的生与死、爱与恨都和周口店遗址密切相关。对于祖先的遗址和遗骨的态度,反映了小说人物的价值观、决定了小说人物的命运。周口店是人类祖先的遗址,龙骨是北京猿人的遗骨。这是一块试金石或一道分水岭,把故事中的人物分成势不两立的对立面:方面是考古科学家们,他们认识到周口店北京猿人遗址的宝贵科学价值,他们埋头努力挖掘北京猿人的完整遗骨,以便对人类发展的历史研究做出重大突破。他们对这一笔人类遗产异常珍惜,小心翼翼地保护现场和获得的骨片和他们站在一起的还有像正骨师的女儿这样的当地居民,他们虽然不完全了解北京猿人遗骨的科学价值,但他们有朴素的信念,深信必须保护遗骨以及有关的秘密,才对得起祖先,为此他们准备做出必要的牺牲,包括自己的生命。正骨师的孙女嫁给年轻的考古工作者象征着这两股力量的结合。对立面的另一方是一伙贪婪的人们,他们认为北京猿人的遗骨的价值可以用金钱来衡量并转换成金钱。因此他们千方百计地收买和盗窃遗骨,目的是转手出卖发大财。日本侵略者也属于这一类,他们袭击考古工作者,试图盗窃遗骨,把人类共同的遗产窃为己有。这些人代表人类的贪婪,和对原生态的利用、破坏以及掠夺,而正骨师的女儿则代表着人类保护原生态、与大自然和谐共存的生态理想。

谭恩美以讲母女故事著称。《正骨师的女儿》讲述了三代女人的故事:为女儿的叙述者、她的母亲和祖母。这三个人中属祖母,即正骨师的女儿的故事最完整、最生动、最能打动读者的心,这首先归功于作者选择了周口店这样一个具有鲜明历史和地理特色的场景。不夸张地说,在这个故事里,场景发挥着决定性的作用。

《拯救溺水鱼》的场景的选择完全根据作者于 2000 年末到中国和缅甸的文化艺术旅行。作者说:"如果我没有到过缅甸的话,是不会把故事的背景设在那里的。虽然我可以根据想象力创作。但背景本身是故事人物之一,我需要触摸我的故事人物走过的地方。"这部小说讲述一个美国旅游团在云南和缅甸的不平常的经历。旅行团由住在旧金山的十几位美国人组成,他们性别、年龄、职业、性格和种族各异,但共同的是他们都来自西方国家的大都市,对于他们来说,中国的云南和缅甸都是陌生神秘的东方。他们的向导是个华裔美国人,她了解和熟悉东方,由她作为导游可以弥补团员对东方文化的无知。但不幸的是,在他们出发之前,导游突然去世了,代替她的是一位和其他团员差不多的白种男人。值得庆幸的是已故导游为旅游团准备了丰富的背景资料,供他们旅游观光时学习参考。

云南山区是小说的第一个场景,一个叫石钟寺的地方,寺里有大大小小的岩洞和雕刻,其中有些可追溯到千年以上。已故导游希望成员们通过岩洞和雕刻了解不同民族的风俗文化,在给旅行团提供的资料里她特意为成员们讲述了其中一个女性生殖器岩洞的文化象征意义。她写道:"其中一个神龛被恰当地命名为女性生殖器岩洞。这个地区和很多民族、部落相信世界的创造是从黑洞洞的子宫开始的。所以,人们无比尊重岩洞。而这个岩洞很有意思,里面的神龛高、宽不过 20 多英寸,雕刻成外阴的形状……"(*Tan, Saving Fish from Drowning*:75)显然这是一条重要的文化信息。然而,旅行团的成员根本没有在意,他们甚至没有阅读为他们写的这段说明,结果闹出一个大笑话。其中一名团员忍不住要如厕,于是他沿着小路往前走,忽然看到一个他认为的"露天厕所"。它呈岩洞状,里面有一个约 20 英寸见方的池子。这个团员解了手,浑然不知自己解手的地方正是导游资料里特别交待的被当地人奉为神龛的女性石雕。无疑,他的行动严重地亵渎了神灵,犯了不可饶恕的错误,致使当地人愤怒地向他跑来。石钟寺参观彻头彻尾地失败。

造成这个结局的原因可以解释为文化误读,是由于美国游客对地方民族文化的无知。然而主要原因不是语言障碍,因为导游资料是英语写成,旅游团还配备了讲英语的当地的导游。语言的障碍已经搬开,误解本可以避免,所以无知只是表象,归根结底是团员有文化优越感,他们居高临下,认为西方文明才是真正的文明,其他边远地区的少数民族原生态文化是落后的、不开化的。他们甚至把已故导游准备的资料看成一个有关性的笑话。原生态文化是当地原生态环境的产物,是原生态的一部分,脱离了当地的自然地理环境就没有原生态文化。原生态文化是自然的、野生的、质朴的、不经人工修饰的、边远地区特有的、非城市化的、非工业化的、非商业化的。谭恩美笔下的云南山洞正是这样一个浸透着原生态文化的场所。通过美国游客的故事,作家批评现代人对地方民族原生态文化的不尊重,并讥讽现代人与自然原生态的疏离关系。

被云南当地人赶出来后,旅游团来到缅甸。在那里他们也经历了一番历险。他们的英语导游不见了,当地一个克伦人告诉他们导游给他们准备圣诞惊喜去了,现在由他带领大家前往迎接惊喜。他让大家上了一辆卡车,指着前面的高山告诉他们说要到山里去,那里住着善良的人们。旅游团的成员们纷纷表示愿意看看当地人的真实生活情况。卡车经过崎岖不平的山路,开进了一个用树枝掩盖的洞门。

  他们进入一个绿色的新世界,一个生机勃勃的、纯绿色的野生动植物世界。游客所到之处都是爬行动物,悬挂在树上的藤本植物像蟒蛇在树中蜿蜒,挡住了人们的视线,以为这就是丛林的尽头。如此浓郁的绿色令人迷失方向。大树的枝干覆盖着青苔,被各种附生植物装点着:蕨类植物,有凤梨科植物,还有生长在幽深处和树的缝隙中的淡淡的小兰花。鸟儿不安地鸣叫。远处有一个动物,大概是猴子,压断了树枝,发出吱吱的响声。(Tan, Saving Fish from Drowning, 239)

他们既惊讶又兴奋地赞叹,"不可思议""像天堂一样""超现实"。然而,这并不是圣诞惊喜。克伦人告诉他们要步行前往目的地。于是,他们跟着当地人深入天然雨林,一步一步接近一个期待他们到来的克伦部落。这个被政府军镇压的部落希望这些白人能够拯救他们。不久,他们的去路被一个深渊截断,深渊上架着一个由竹片和绳索制成的桥。美国游客一个个忽忽悠悠地过了桥,他们到达了一个叫"无名地"的秘密地方。这里的克伦人为躲避政府军的攻击,可以随时收起绳索桥,受到天然深渊的保护。美国游客在"无名地"受到克伦人的热烈欢迎,当地人围着客人高兴地唱着跳着。林间空地中央有一个石头垒起的灶锅中煮着香喷喷的饭菜,无疑这就是他们盼望的圣诞午餐,让美国人吃惊不已的是克伦人竟然住在树屋,每一个树洞里能睡下一至二人。

不料,在一切娱乐和吃喝结束、客人们要赶回旅馆时,他们被告知深渊上的绳索桥坏了,他们必须留在"无名地"过夜。更让他们意外的是,他们必须滞留多日,桥修好后才能离去。这期间,数人患了疟疾。在同伴陷入困境时,其他人伸出了帮助之手,奉献了关怀和爱心。最后,疟疾病患者喝了克伦老婆婆的草药汤得以康复。

《拯救溺水鱼》一书后半部描写的是发生在原始雨林里的故事,这里有许多描写自然的细节,表现了作家对自然以及人和自然的关系的兴趣。所谓人不是抽象而是具体的。在小说中,人分成两个群体:一个是缅甸的古老的克伦人部落,他们在当地的自然环境中土生土长,和大自然有着天然的、密不可分的关系。当受到政府军迫害时,他们投向原始森林,在那里寻求保护。他们虽然也利用自然,向自然索取,但在态度、方式和目的上,他们与人类中心论者绝然不同。他们对自然的利用仅仅是为了自身的生存,因此是有节制的,不影响天然雨林生态的平衡和自然修复。而人类中心论者把自然看成剥削利用的对象,为了经济利益而不惜对自然进行大规模的掠夺,对野生动物大屠杀,大面积地砍伐原始森林,使自然受到毁灭性的破坏,其结果是无法再生和恢复。

在这个原始森林中的另一个群体是美国游客,他们和自然的关系也值得我们认真考察。初进天然雨林时,他们对大自然的美丽和奥秘充满好奇、惊讶和兴奋,但是我们注意到,此时他们是作为观光客来到原始森林做短期停留。当知道他们要在森林里过夜并住一段时间时,顿时好奇和兴奋被疑虑和恐惧所代替,因为他们长期与自然疏离,不了解自然,在自然环境里感到不安全。幸运的是,他们有克伦人当老师。在克伦人的具体指导下,他们渐渐接近自然、接受自然、享受自然。首先让他们的态度转变的是森林里的草药。一部分游客患了疟疾,没有药,病情一天天恶化,生命垂危。克伦人老婆婆给病人煎了草药汤,但美国人不相信,拒绝服用。克伦人老婆婆偷偷地给一个病人服用了汤药后,这个病人有了明显的好转。事实最具有说服力,这时美国游客允许其他病人喝草药汤,结果大家都痊愈了。起初,美国游客怀念宾馆的软床和热水澡,但他们躺在克伦人编的竹床上时才知道其实很舒适、凉快。他们也学着克伦人在清凉的小溪里洗澡,享受到了乐趣。开始时他们怀念披萨和冰淇淋,但他们逐渐喜欢上森林里的有机食物,他们的身体和自然的关系密切了。更重要的是,自然和朴素的当地部落人改变了他们的思想和态度。在大自然中,在共同患难中,在克伦人慷慨热情的帮助下,美国游客的心灵发生了微妙的变化:对父子的感情加深了,父亲日夜照顾患病的儿子,表现了前所未有的父爱;一个孤僻的女人毫无保留地为患者贡献出她的药品;来互相看不起的男孩和女孩成了好朋友;对男女坠入爱河;一直争吵的人们和好了。他们的心胸比以前开阔,他们学会了照看别人、关心别人。游客之间的关系融洽,因为他们学会了分享,不那么自以为是,不那么自我中心了。

在作家笔下,地方背景是小说的一个人物,因此它是有性格和生命的,是能够和其他人物互动的。在这部小说中,自然是母亲,哺育、保护着人。森林里的动植物和人像兄弟姐妹一样和睦相处。在自然与人的关系中,不是人改造自然,而是自然改造人。人不再是自然的中心和主宰,自然中的万物都有它们生存的理由,它们的价值不由人类的经济利益衡量,而是来自自身。人类和万物平等,不分高低贵贱,人与自然的关系是和谐的。这些生态意识和生态智慧在小说《拯救溺水鱼》中得到了充分体现。

2009年笔者在清华大学聆听了美国生态批评领先学者斯洛维克教授关于生态批评的系列讲座,他介绍了生态批评的起源、历史,以及它的三个浪潮。根据斯洛维克教授的分析,生态批评的第一个浪潮从1980年到现在,以研究非虚构的自然写作、非人类自然、荒野为主;二个浪潮从1995年到现在,研究的范围大大增加,包括多种文学艺术类型、多文化、环境公平、城市与郊区、当地和国际;三个浪潮从 2001 年到现在,研究地方的全球概念,趋向于比较研究、后自然化以及后民族化。这三个浪潮一个接着一个,然而又是重叠存在的,也就是说,第一个浪潮到现在并没有结束。斯洛维克说,第一个浪潮比较狭窄,生态批评者希望开拓批评的范围,因此掀起了第二个、第三个浪潮,目的是让更多的批评者加入生态批评的领域,同时让更多的作品向生态批评敞开大门。本篇论文的写作得益于斯洛维克教授的讲座。我想,虽然谭恩美是读者比较熟悉的作家,关于她的作品已有许多研究,但生态批评为我们提供了一个新的视角,使我们能挖掘作品的生态内涵。反过来说,我们读者对生态内涵的关注和兴趣也会促使作家们更关心我们生存的大环境,扩大他们的视野,使他们不仅关心历史和现在,也重视未来;仅注意唐人街发生的事,也关心全球的事,关心我们人类共同赖以生存的唯一星球。作家和读者最终的共同目的是建立人与自然之间的真正和谐,达到"天人共泰"的完美境界。

参考文献

[1]王诺. 欧美生态文学 [M]. 北京:北京大学出版社,2003.

[2]Amy Tan. A Conversation with Amy Tan [M]// Saving Fish form Drowning. New York:Ballantine Books,2005.

[3]—.Saving Fish from Drowning [M]. New York:G .P.Put am'sons,2005.

[4]—.The Bonesetter' Daughter [M]. New York:G .P.Put am'sons,2001.

[5]—.The Hundred Secret Senses [M]. New York:G .P.Put am'sons,1995.

[6]—.The Opposite of Fate [M]. New York:G. P.Put am'sons,2003.

[7]Cheryll Glotfelty. Introduction:Literary Studies in an Age of Environmental Crisis [G]// Eds. Cheryll Glotfelty and Haroid Fromm. The Ecocriticism Render:Land marks in Literary Eonlogy. Athens:University of Georgia Press,1996.

[8]Scott Slovic. ECOCRITICISM:Containing Multitudes,Practicing Doctrine [G]//Ed. Laurence Coupe. The Green Studies Reoder:Form Romanticism to Ecocriticism. London and New York:Routledge,2000.

[原发表于《外国文学》2010 年第 4 期]

《喜福会》:"天鹅"之歌与政治隐喻

何卫华[**]

(浙江理工大学外国语学院,
德国不莱梅雅各布大学)

摘要:根据德勒兹和瓜塔里的论述,少数文学是集体政治的重要表达。在当下这一全球化时代,由于人生的偶然或故国的凋敝,流散成为越来越多人切实的生活体验,而德勒兹和瓜塔里意义上的少数文学也自然成为21世纪的重要文学现象。作为一部重要的少数文学作品,谭恩美的《喜福会》讲述了四位移居异国他乡的华人母亲及各自女儿的故事。通过对个体人生遭遇的叙述,该文本描述了四对母女在身份建构上的彷徨、努力和抉择。由于不同缘由抛却故土来到美国,空间上的转移让母亲们得以逃脱故国的不堪。虽都无法完全挣脱过去记忆的梦魇,但母亲们都寄希望女儿们能成功融入美国社会,完成从丑小鸭到白天鹅的蜕变。作为在美国出生的新一代,四位女儿则分别讲述了各自成长过程中的挫折。虽存在价值观上的差异和沟通上的障碍,但在人生抉择的路口,母亲的苦难的过去最终都演变为智慧的启迪和行动的力量,帮

---

[*] 基金项目:本文为教育部人文社会科学研究青年基金项目"雷蒙·威廉斯:文化研究与'希望的资源'"(项目批号:12YJC752011)和浙江省哲学社会科学规划课题"英国文化研究的现代转型与政治使命"(项目批号:13NDJC140YB)的阶段性成果。本研究同时还得到中国博士后科学基金(项目批号:2012M520879;2013T60438)以及"浙江理工大学521人才培养计划"的资助。

[**] 何卫华,华中师范大学外国语学院教授,《外国语文研究》副主编,清华大学与美国杜克大学联合培养博士,上海交通大学博士后,剑桥大学访问学者,"之江青年社科学者"。在2014年8月至2015年1月间,应邀担任德国不莱梅雅各布大学(Jacobs University Bremen)客座教授,同时兼任该校新成立的"中国与全球化研究中心"客座研究员。主要从事西方文论、英语文学和文化研究等领域的研究,目前已在《外国文学研究》、《外国文学》、《文艺理论研究》、《外语教学》和 Cultural Dynamics 等中英文刊物和报纸发表论(译)文近60篇,其中20多篇发表于CSSCI源刊,出版专著1部,同时翻译有《新前卫与文化工业》等学术著作多部。主持并完成国家社科基金项目、教育部青年基金项目和省社科规划项目等项目多项,参与国家社科基金重大项目多项。

211

助女儿们超越自身和确立主体性,从而奏响人生的"天鹅"之歌。以少数文学的政治为视角,本文将母女的故事分别解读为德勒兹和瓜塔里意义上的"逃逸"和共同体的重新辖域化,由此论述文本中杂糅性主体身份的欺骗性及其与美国当下文化策略的关联。

关键词:《喜福会》;移民;少数文学;共同体;主体性

一、引　言

在论述少数文学时,吉尔·德勒兹和瓜塔里曾指出:"少数文学并非产生于少数族裔的语言。它是少数族裔在多数(major)的语言内部建构的东西。"(吉尔·德勒兹、瓜塔里,2003:111)在德勒兹和瓜塔里看来,少数文学中的任何陈述都为政治诉求所充斥,因此不可避免是政治性的,并都具有集体价值。生活在一种不属于自己的语言之中的卡夫卡,不仅提出过少数文学的概念,而且他本人的文字也就是对少数文学这些特征的最佳演绎。在论述第三世界文学时,理论大师詹姆逊也曾指出这些作品在某种意义上都可以被解读为政治寓言,因为它们在"讲述关于个人和个体经验的故事时最终包含的是对整个集体本身经验的艰难叙述。"(詹明信,1997:545)尽管德勒兹的少数文学还是詹姆逊的第三世界文学,但它们在理论旨趣上可谓是具有异曲同工之妙;事实上它们都指明一种现象,任何在为自己命运抗争的弱小群体的文学,都可以因为其不可避免的政治性而被解读为政治寓言。在当今世界,对于跨越国界生活在异国他乡的少数族裔,这些文本就是典型的具有此类政治性的少数文学。在叙述个体挫折、苦难和欲望的同时,他们的文学同时也折射出整个共同体的集体经验。作为少数文学的代表,通过展现华人移民及华裔融入美国生活的艰难历程,谭恩美的《喜福会》成功地在美国这一移民国家引起广泛关注。其出版后曾连续八个月荣登《纽约时报》畅销书排行榜,并获得海湾地区图书评论奖以及联邦俱乐部金奖。采取故事讲述的形式,小说由此被赋予不可替代的现实主义色彩,其描画的生活图景也因此更具真实性。然而本文认为,这一文本所获得的巨大成功,和其对全球化时代美国文化策略的迎合是分不开的。母亲们的故国记忆及女儿们的成长故事,实质上是美国这一新"帝国"文化政治的演绎。换言之,《喜福会》同样无法逃避作为集体性政治寓言的命运,此类少数文学鼓噪的反本质主义的、流动的和生成的身份正是"帝国"新时期意识形态的重要元素,本文则试图结合德勒兹和瓜塔里的理论对此进行解读。

二、族群的流散与少数文学

在德勒兹和瓜塔里的历史视野中,解辖域化和重新辖域化的交替构成了整个世界的历史。少数族群和战争机器四处游牧、突围和装配,不断生成新的关联、结构和可能性,流变、逃逸、捕捉和符码化构成了不断变动中的世界史。随着全球化时代的到来,由于战乱、贫困、工作、学习或婚姻等各种原因,越来越多的人开始跨越边界,成为生活在异国他乡的少数族群。正是在这一全球性迁徙大潮中,在美国生活和工作的中国人逐渐增多,成为独特的少数族群共同体。少数文学不仅有很高的艺术价值,同样也是表达政治诉求的重要手段。

19世纪下半叶,美国的淘金潮和第一条横贯美国大陆铁路的修筑,吸引了大量华人进入到美国充当廉价劳动力。这些离乡背井的华人,不仅承受着极为繁重的体力劳动,还得遭受类似如1852年的"外国矿工税"和1882年的《排华法案》等不公正的对待,后者曾被李鸿章称为"世界上最不公平的法案",有时甚至于在种族仇恨的大潮中惨遭屠戮。但这些华人移民始终忍辱负重,经历一波又一波的排华风潮后,最终还是在美国扎下了根。如果说最早的中国人形象,是那些前往中国的传教士、商人和政客为美国人所提供;那么,随着越来越多的华人涌向美国,他们的现实在场让美国人对华人开始有了最早的直观印象,并开始以文字讲述自己身边华人的故事。除开少数华人留学生和外交人员的记述外,这一时期大多关于华人的作品都由白人创作。现实的低下地位,使得早期出现在美国文学中的华人大多都是以苦力、男仆和皮条客等下层人形象出现,而女性则往往被刻画为不道德的妓女或充满异国情调的性感尤物,如罗默(Sax Rohmer)笔下的傅满洲、比格斯(Earl Derr Biggers)笔下的陈查理,以及根据英国作家梅臣(Richard Mason)改编的《苏丝黄的世界》(*The World of Suzie Wong*)等影视作品中女主人公。这些华人的形象往往是低劣的、狡诈的、堕落的和充满肉欲的,笔调主要是嘲笑、讽刺和愚弄,以迎合当时的种族中心主义思想和不时出现的排华风潮。

在20世纪六七十年代,由于各种反文化和民权运动蓬勃发展,美国国内各种少数族裔和弱势群体开始为自己的地位和权利进行不懈斗争。在这些民权运动的启示下,再加上华人生活环境和地位的逐渐改善和教育程度的提高,以一种反抗的姿态,和其他的少数族裔一道,众多华人和华裔知识分子也开始关注自己的话语、文化和政治权力,致力于在文化领域发出声音,因此华人作家在文坛大量涌现也就理所当然。此外,全球政治经济战略和跨国公司的不断深入和发展,促使美国对自身重新定位,赋予所有人自由以及平等的抽象口号成为定义国民身份的全新原则,这也是不容忽略的重要原因。对恩怨情仇、坎坷人生和世态万象的描画,这些作家向世人传达了美国的华人史。正如有批评家指出,在这些美国移民的作品中,"移民的经历饰演着举足轻重的角色,以及与之紧密联系的边缘性和边界生活的问题,此外还不断地探讨双重文化、语言和身份抉择等相关话题"(Huntley,1998:20)。因此,历史上对华人的冷眼、偏见和排斥,以及华人在新的国度中对文化身份的寻求,在这些浸染着血泪的文字中都历历在目。同时由于中华文化积淀非常深厚,众多美籍华人,尤其是第一代移民往往对中国文化割舍不下,这些特殊背景使得华裔少数文学有着自身的独特性。

  如果说最初主要是白人在书写华人,那么随着华人教育程度的提高,华人开始自己描写自己。在美国白人对华人的书写中,大多数白人都是以俯视的姿态,讲述着形形色色的拯救神话。在这些文本中,华人往往被浪漫化或"妖魔化",需要被防范、排斥和启蒙。只有在后来,华人自己书写华人的文学才是真正意义上的少数文学。在这一时期,以汤亭亭的《女勇士》为代表,赵健秀、汤亭亭、伍慧明、黄哲伦和谭恩美等华裔作家开始在文坛获得一席之地,不仅成功地发出了华人的声音,而且对美国公众产生了重大影响(Huntley,1998:21—28)。在少数文学中,作为新移入的少数族裔,相对于多数族群,他们的身份是流动的、不确定的和有待形成的。在空间上的位移,促使他们孜孜不倦地追求和建构自己的新身份;跨越边界的经历,也使得他们对本质主义的种族身份和本真的文化概念都充满疑惑并不断质问。因此,讲述正在形成中的身份是少数文学无法逃脱的梦魇,在文学创作中,少数族裔的作家们不可避免地将身份建构带入文学想象。因此,正如德勒兹和瓜塔里所言,少数文学总是集体性的,是集体命运的寓言。虽然涉及华人生活的方方面面,但这些作家对身份的建构及少数族群在新的共同体中所扮演角色的表征,始终是批评界最为关注的重要主题。

  作为少数族裔,从之前的领地中逃逸出来后,就必须在新的国度对新的身份和共同体进行实验和探索。新的身份和共同体的建构,往往并不是非此即彼的二元选择,而是混杂。换言之,在重新辖域化的过程中,他们所携带的文化密码也必然会融入其中。这往往通过记忆或乡愁意识在文学文本中表现出来,被自己抛却在背后的故国不断地浮现,试图在主流话语中找到自己的声音。在移民神话中,家乡是破碎的、无序的和无法忍受的,而目的地则代表着各种各样的文化和经济上的机会,代表着自由和正义。因此,移民文学中的乡愁是这些作家双重流亡的结果,他们一方面外在于宗主国文化,另一方面又外在于他们所追忆的本土文化。但是,正如下文所提到的,在文化抉择上,移民作家是赞同宗主国文化的,他们对身后的本土文化总体上是持否定性态度的。尽管谭恩美多次强调自己的作品并不能被归类于种族写作(Huntley,1998:39),但这并不妨碍读者将这一部小说解读为少数族裔的寓言。告别过去意味着失落、残缺和不完整,因此移民们的乡愁强调的不是返乡,而仅仅是重新寻访,对个人过去、自传和身份连贯性的重建,重新修正自己和过去的关联。伴随新的身份的确立,探索、重新想象和建构新的共同体同样是少数文学的目标。对于少数文学作家而言,当下的社会构型并没有为自己设定一个令人满意的位置,但是新的、替代性的集体主体性还不存在。少数族裔的作家们不是去描述确定的共同体,而是在寻找属于自己的意识和感受性,为通往新的共同体打开通道。

在这一文化觉醒大潮中崛起的华裔文学,对关于华人低劣形象的纠偏和树立更积极正面的华人形象毫无疑问有重要意义。但仍需指出的是,少数文学目的并不是要去对质帝国的虚假叙事,而是要确立自己的新的身份,这同后殖民文学或者说是第三世界文学有着一定的区别。后殖民文学企图恢复的是本真的身份,而少数文学作者们并不相信这一点,他们认为身份是流动的、建构的和非本质主义的,他们的终极目的是要形成自己在多数语言中的地位。受到自身政治诉求的局限,这些叙事无法真正跳脱西方中心主义色彩,并没有公正客观地呈现两种对话中的文化。在思想渊源上,后结构主义中的虚无主义、反本质主义和建构主义思想更契合少数文学的气质;在某种意义上,这些文本实际上配合的是新殖民主义的步调。《喜福会》中的主人公们最终都成功融入美国社会,成长故事昭示着新的共同体及其中的主体性的生成。根据英国批评家威廉斯的考证,"共同体"这个英文词在14世纪就已出现,"共同体"包括两个方面的含义,"一方面,它(共同体)有'直接、共同关怀'的意思;另一方面,它指各种不同形式的共同组织,而这些组织也许可能、也许不可能充分表现出这种关怀"(Williams,1983:76)。然而,主体性和共同体的形成不仅涉及个体的选择、认同和诉求,同样还关涉权力和利益的博弈、排斥和收编,充满着复杂和凶险。这一生成机制,在《喜福会》中得到了很好演绎。

三、"逃逸"与故国的"他者化"

全球化进程的加速,跨越边界的商业、政治乃至于战争,导致传统意义上的主权国家开始出现众多孔洞;这些孔洞为德勒兹和瓜塔里意义上的"欲望"的逃逸、流变和生成提供了空间。散居他乡成为越来越多人的现实生活状态。作为两种重要的跨越边界方式,移民和"流亡者"都"从一社会或民族群体到另一社会或民族群体,但对新的主体文化流亡者的态度是否定的,而移民的态度则是肯定的"(Jan Mohamed,1992:101)。换言之,故乡总萦绕在流亡者心头,始终挥之不去的是乡愁,有朝一日回归故里是夙愿;移民们代表的则是逃逸的欲望,有意地拥抱新的环境后,移民们对自己的原有文化、传统和身份并不留恋,他们的态度通常是批判、否认和弃绝。《喜福会》中,很多故事直接源于谭恩美自己的亲人和朋友,吴精美母亲的故事很多就是以谭恩美自己母亲的人生经历为原型。在《喜福会》中,故事的讲述成功地将中美这两个不同空间进行对比,在更为立体的参照体系中从价值上将中国打入另册。

这两种不同的空间又被在线性的叙事上进行对比。在这种进步的叙事逻辑上,东方永远是落后的,从而完成了对中国的"他者化"。不可避免地,在移民文学建构出的中西方二元对立中,中国被表现为"原始的、迷信的、传统的和无力的",而西方则被表现为"进步的、文明的、理性的和现代的"。这类的二元对立是在不断地得到加强,而不是被解构。在叙事中,故国不过是想象的精神原动力,但正如下文所述,它们在现实中则永远是应当被抛弃的对象。故国的苦难体现在各个不同的层面,例如个人的堕落、家庭的混乱和社会的无序。从某种意义上讲,几位母亲都从小就在破碎的家庭中成长。这种苦难是多重的,战乱、父权式的家族社会、对女性的偏见和愚昧和冷漠的国民。正是这种种不堪,导致这些女性远涉重洋,来寻求自己的解放和主体性。有些类似于由赛珍珠的小说改编而成的电影《庭院中的女人》中,不过在这里实施拯救行为的不是一位神父或者勇武有力的西方男人,而是抽象的信念、价值认同和空泛的美国梦。在新的全球语境下,不可能去实施《庭院中的女人》中的那种拯救形式,而采取的是东方女人主动投靠的形式。四位之前在中国都在苦难之中,只有通过前往美国才能够获得解脱,如同受难的耶稣,在苦难后才会迎来新生,完成凤凰涅槃式重生,从而在真正意义上把控自己的命运。毫无疑问,这是等待拯救的东方的变体而已。

在《喜福会》中，生活在中国国土上的男人永远逃不出那种猥琐、抽大烟、逛窑子和父权制的刻板形象。这些男性形象是程式化的，他们都是冷酷、堕落和没有道德感的家长式人物。吴青不仅三妻四妾，还强奸了许安梅的母亲。映映·圣克莱尔的丈夫也是四处招蜂引蝶，勾三搭四，对自己妻子毫无忠诚可言，最后丧命于被自己玩弄的女佣刀下。龚琳达恭顺地伺候自己的小丈夫天余和婆婆，天余对自己的妻子颐指气使。在这种混乱、无序和堕落的空间中，生活着一群没有精神追求的、品质低下的男人，他们对女性没有任何的尊重可言。但是到了美国后则完全不一样，在美国的华人男性则呈现出另一副形象，正所谓"橘生淮南则为橘，橘生淮北则为枳"。吴精美的父亲在得知自己的妻子在中国还有两个孩子，虽然吃惊，但还同自己的女儿一起，陪伴她来中国寻找妻子之前遗弃的孩子。还有龚琳达的丈夫略显滑稽的方式向她求婚，无不显示了美国华人男性的温柔、体贴和可爱。

父权制的专横和残暴，导致女性生活的艰难和地位的低下。吴精美母亲在战乱中被迫抛弃自己的两个孩子；许安梅母亲的悲惨故事，实质上是对中国的那种父权制社会的控诉。正如在《大红灯笼高高挂》中一样，这种一夫多妻的生活图景满足的正是西方对东方的窥视癖。对男性继承人的渴望、对媳妇的残忍和妻妾成群的家庭生活，这一切都反映了其时女性在封建时代的低下地位。作为童养媳的龚琳达，必须忍受洪家人的种种苛责和惩罚。最后，她利用洪家人的迷信，终于从自己的桎梏中逃脱出来。这些女性只能慢慢地忍受，安梅认为自己是按照中国的方式培养出来的女性，正如许安梅所言，自己"是以中国生活方式长大的；我被培养成清心寡欲，吞下别人栽下的和自己种下的苦果，正所谓，打落了牙齿，连血带牙往肚里吞"（谭恩美，2012：212）。她希望自己的女儿能够摆脱"东方女性的优柔寡断"，坚强地面对自己的婚姻和坚持自己的权力。除开上述社会中种种对女性的"仇恨"，为了争宠和巩固自己的地位，女人的威胁还来自女人。为了稳固自己的地位，吴青的二姨太竟然帮助自己的丈夫诱骗并强奸许安梅母亲。龚琳达的婆婆，洪太太也是一副女酋长的架势，对儿媳妇是呼来喝去、百般挑剔和折磨。然而到美国后，这些女人们却能够生活在为"姐妹情谊"所主导的小群体中。吴精美的母亲过世后，为了帮助她实现遗愿，这些朋友们还出钱让吴精美回国寻找母亲在战乱时遗失的孩子。

当然，故国也并非一无是处。在《喜福会》中，风水、五行、属相和命理等传统中国元素，赋予几位母亲神秘力量，并在文本中最终都演变为智慧启迪。这种神秘化力量，在其他华裔少数文学作家作品中司空见惯，汤亭亭的《女勇士》中的母亲同样被赋予了某种通鬼神的神奇力量。正是这些无法解释的力量，帮助女儿们从困局突围，完成了自己变成天鹅的梦想。通过对故国回访的历程，帮助吴精美确定了中国元素在自己身份建构中的位置；这一确认并不会改变她是美国人的实质，或者说这只是增加了其身份的复杂性、丰富性和多元性，而这种后现代式身份正是美国当下意识形态中的重要元素。因此，这种非理性的和被浪漫化的思维方式，是西方自身需要的投射，同时也是解决自身问题的资源。在文本中，母亲和她们的故事代表的是种族差异性，但是她们只是被检阅、消费和赏玩的奇观；或者换言之，她们是渴望融入美国多元文化中的异质性元素。因此，母亲的存在是一种吊诡的悖论，她们既是异质性的，但又处于"生成美国人"的过程之中。中国的在场，或者说是既往的中国经历，由此而展现出的故国智慧承担着浪漫的拯救功能，是个体文化身份形成中的催化剂和辅助性力量。在萨伊德意义上的东方学视野中，传统、落后和愚昧的东方可以提供精神上的启发性动力，这里的东方经验同样被西方话语体系重新编码，从而被赋予全新意义和现实功能。

空间性外在经验的对比，最后都在时间维度上被重新结构。故国是孔洞、缺失和不在场，因此对充盈、自足自在和在场的欲望始终强健有力。在进步主义线性时间轴上，中国因此也就陷入落后的桎梏中而无法自拔，貌似客观的对比由此也就被赋予了价值上的意义。《喜福会》中的超越眼光，居高临下呈现出的中国形象，折射出的是作者的优越感。堕落的男人和阴毒的女人，交织出负面的中国图景。很显然，回忆在这里并非中性的，而是被赋予了显在的价值判断。在价值判断的背后，这一隐讳的方式揭示出的是故国所存在的可供逃逸的孔洞；对不堪故国的表征，为的是对逃逸的行为进行合法化。缺失是欲望的起因，欲望意味着界限的突破和跨越，这里的欲望实质上是对光明、自由和正义的欲求，这也就是德勒兹和瓜塔里意义上的解辖域化和解码。这也是缘何在《喜福会》中，读者感受到的是主动地将自己融入美国主流文化的冲动，是"生成美国人"的欲望的涌动。在这一意义上，谭恩美的"记忆"不过是更高明的东方主义话语翻版，表面客观叙述背后的支撑性逻辑仍是根深蒂固的二元价值判断。从各个方面对故国的解构，使得跨越和打破边界的欲望显得合情合理也就为逃逸行为抹上了一层亮色，对传统共同体的叛离因此成为弃暗投明的合理行为。

四、重新辖域化与身份重构

各种从旧有层级化秩序中逃逸的"流"(flow),在德勒兹和瓜塔里看来,它们将遭到各种新的国家机器的围堵、捕捉和组装,将它们固定下来或重新辖域化。作为对各种为"冲破民族、殖民制度、帝国主义统治所划分的分界"的努力的回应,"帝国"也随之脱颖而出并演变为新的统治形式。在德勒兹和瓜塔里的启发下,哈特曾指出,帝国是"一种以建立新秩序之名而得到认可的权力观,这种新秩序将包容它认定的文明世界的每一寸土地,包容一个无边无际、四海如一的空间"(哈特,2005:11)。在既往的殖民时期,主权形式的主要任务是对他者施行压制、排斥和隔离;但"帝国"则不一样,帝国的组织原则创造出自由流动的空间,崇尚的是对他者的承认、礼赞和接纳。正如有学者所指出,哈特的"帝国"实质上就是美国的代名词,帝国的结构是对美国文化政治的极好阐释。在帝国的视野中,对纯粹的、本质主义身份的坚持被扔进了历史的垃圾篓,转而拥抱新的、流动的和超越本质主义的身份观,让少数族裔在美国的主流文化中发出自己的声音;这一文化策略背后是对超民族式认同的鼓吹,所谓的全球正义和普世主义配合的是美国的全球化步伐。在新的语境下,新型的主体形式恰恰就是以这些空洞的理念为基础,推行美国新时期文化战略的力量源泉也正在于此。

对于这些移居海外的少数族裔,一切都是不确定和有待探索的,由于跨越边界后的漂浮状态,使得他们能更为深刻地理解文化、身份和种族的建构性。由于旧有身份的丧失和新身份的不确定,在少数文学中,对身份和共同体的重新想象始终是紧迫的任务。华人学者徐贲曾指出:"正如其他形式的身份,种族身份并非固定的本质,也不是自足的、统一的和自我生成的。它是一种自我意识,以区分和语境化为基础。因此自我不是给定的,而是创造;超验自我并不存在,不管是种族的还是其他的形式。"(Xu,1994:16)结合这一论述,可以看出,少数族裔的身份是不确定的,有待形成的,在抛却了固有的身份之后,少数族裔的身份建构不仅仅取决于自身的努力,同样还决定于移居国的态度。

对新价值体系的认同、企盼和憧憬,是移民们共同的集体性心理结构,逃逸和融入宗主国是他们共同的欲望。这一心理现实在吴精美母亲的话中有着极好的阐释:"在美国,任何梦想都能成为事实。你可以做一切你想做的:开餐馆,或者在政府部门工作,以期得到很高的退休待遇。你可以不用付一个子的现金,就可以买到一幢房子。你有可能发财,也有可能出人头地,反正,到处是机会。"(谭恩美,2012:123)在母亲们的心中,美国是能点石成金、让丑小鸭变成白天鹅的神奇之地,自己的孩子们都能成为秀兰·邓波儿之类的明星。龚琳达也指出:"什么叫美国的环境?假如你在美国出身贫穷,这并不是什么永世不得翻身的耻辱,你可以先争取到个奖学金。如果你让哪片屋瓦,不必为你的晦气而哭泣,你可以去控告屋主……在美国,反正你可以任意改变你身处的境地。"(谭恩美,2012:248)因此,移民们往往是受到强大力量的召唤,这种力量不仅仅是物质的,同时也是精神的。美好的乌托邦是这一召唤的许诺,这里有着新的价值认同、规则和充盈,所有跨越边界的人都可以借此完成自己的华丽转身,而实现这一切的途径就是对这一新共同体全然的臣服和依附。

  在德勒兹和瓜塔里看来,突破旧有共同体藩篱而逃逸的"流",新的国家装置必须对其进行重新组合和装配。也就是说,主体性在宗主国的生成,不仅仅是移民们欲望的实体化;然而,在他们的主动选择之外,宗主国国家装置的捕捉和组装也是重要原因。在迁徙后,对宗主国文化的有意选择和认同并不能保证在新环境中的生活,还必须懂得新的生存之道。正如薇弗莱·龚在回忆自己的母亲时曾说过的一番话:"每个人来到异国他乡,首先都得遵守当地的规矩。如果对此一无所知,裁判就会说:'你这个人怎么搞的,滚回去。'"(谭恩美,2012:81)而要想成功地融入主导文化,避免排斥、被边缘化、被斥为不适宜甚至遭受迫害,抛弃自身的少数族裔文化并认同新的文化、道德和社会规范就是必需。"由于不能成功融入主流中产阶级白人美国的文化、话语和价值观,母亲作为移民、有色人种的工人阶级女性遭受到的拒绝和排斥,这都是她们耳濡目染的。因此,她们害怕自己长大沦落为像中国母亲那样的人。"(Ho,1999:165)在德勒兹和瓜塔里看来,国家是"有网格的"和"条纹状的",这种种拒绝和排斥,实际上是国家装置对个体进行捕捉和组装的方式,促使个体成为帝国网格上的固定点。

  不管是有意抉择,还是生活必需,法侬意义上的殖民心理就是这一境遇结出的硕果。这时你会为自己的文化而自卑、羞愧甚至憎恨,希望自己能彻底摆脱这一如影随形的魔咒,也正如谭恩美所回忆道:"当有人过来看我慢慢准备食物时,自己经常感觉到羞耻。因为她不会做冷冻快餐和使用罐装食品。她使用新鲜的蔬菜,做好的鱼头也不去掉。"(Huntley,1998:3)此外,这一同化的过程还往往伴随着对原来语言的有意遗忘,移民们拒绝让自己的子女说自己的语言。而语言往往意味着文化、传统和价值观念,语言的遗忘意味着彻底决裂。子女们对母亲的文化不愿意去了解、接受和学习,当薇弗莱·龚将"太原"当成了"台湾",第二代华裔和第一代移民间的隔阂也就无法避免。正如吴精美所指出:"她们的女儿,也是像我这样,对自己的母亲同样的了解不多,对她们这代所怀的美国梦,同样的浑然不觉。她们的女儿们对母亲之间用中国话交谈显得很不耐烦,还嗤笑她们这么长时间仍讲着一口结结巴巴、词不达意的中国腔英文。"(谭恩美,2012:29)这种强大的心理力量,使得他们不仅想从文化上改变自己,甚至连自己的外表都想要改变。谭恩美本人就曾为外表而自惭形秽,甚至考虑通过整容来彻底改变自己。作为移民的故事,"这些故事代表的是华人流散史的一个侧面——背井离乡的创伤,以及在异国他乡的新身份和社会性的实现和命名所带来的令人惊诧的美丽和力量"(Ho,1999:239)。也就是说,身份的构成才是叙事的终极旨归。因此,在这种环境中成长起来的华裔第二代,由于内外压力,他们认同的是宗主国文化,而故国的文化则是他们需要超越的对象,女儿们的最终结果就是:"事实上,除了她的头发和皮肤是中国式的外表,她的内部,全是美国制造的。"(谭恩美,2012:247)这也导致母女间的隔阂。在这一成长故事中,母女间的交流障碍实质上体现的是两种不同价值观的矛盾,女儿们不断试图超越和弃绝以母亲为代表的东方遗产,从而形成新的主体性。

在"帝国"的文化语境中,新的主体性建构需要语言、价值观和生活方式的全方位重新组装,而不仅仅限于空间上的位移。在《喜福会》中,女儿们身份的最终形成,并在全新的共同体中找到位置,并非是在两种纯粹的身份间的抉择,这也是谭恩美的高明之处。殖民时代的统治建立在本真性的民族身份之上,二元划分维持着其权力架构,在自我和"他者"之间设定泾渭分明的界限。在《喜福会》中身份的建构过程,却超越了简单的二元对立式分类、选择和拒斥,而是以美国人这一新身份对异质性因素的吸纳为特点,从而使自己更为强大。当龚琳达谈论自己的女儿时,"十年前,她会因为不像中国人而叫好,但现在,她却迫切想做个中国人,而今这是很时髦的"(谭恩美,2012:247)。这折射出的正是美国在全球化时代文化战略的转型,美国试图以"帝国"的形式将全球纳入其监管体系之中。小说的喜剧性结尾,是逃逸"流"在新的空间中完成自身重新组装的表达,同时也是新的国家装置对其进行捕捉、驾驭和重新组织,跨越边界的、流动的和杂糅性的新身份是"帝国"空间中的固定"点"。在文本结尾吴精美的"回归",实质上是对自己在"帝国"中的新的主体性的再次确认,对绝对"他者"的告别仪式。

五、结　　语

在莎士比亚的戏剧《奥赛罗》中,作为异质性存在,幻想的身份最终让奥赛罗付出了惨痛代价。但在《喜福会》中,虽说两种文化的纠葛,在彷徨、犹豫和心结之后,小说中的主人公们最终都成功完成了自己的蜕变,在美国找到了自己的主体性。成功"生成"的杂糅性主体一方面是欲望生成的结果,另一方面则是外在压力的结果,是由于"帝国"机器对"流"的成功捕捉。将全球纳入到自己体系之中,实际上是哈特意义上的"帝国"的意识形态,文本中的混杂共同体实际上就是美国的代名词。凭借所谓的"普遍价值观"和全球正义的幌子,这一意识形态同样许诺为所有差异性提供自由流动的空间,但其根本上仍是美国中心主义。事实上,《喜福会》中中国女性在父权制中国历经磨难,最终却都在美国得到收容和救赎,这种温婉的向"帝国"投靠的方式显然迎合了美国中心主义的观点。母亲过去的苦难,现在则转变为人生抉择的智慧启迪,帮助女儿们完成对自身的重新编码以确立新的主体性,完成了成为"天鹅"的美丽蜕变。在类似谭恩美这类作家笔下,东方或者说故国更多的是被作为一种衬托,一种事业和一种资源,帮助"帝国"的主体在超越民族国家的空间中完成自己主体性的重新组合,"天鹅"之歌的故事演绎的是"帝国"的政治隐喻。对非本质主义身份、杂糅性和"帝国"的吹捧,是对美国新的全球性文化战略的迎合,最终投射的是美国在全球化时代的意识形态。正如米格诺罗所指出,殖民性并不仅仅局限于政治经济领域,同样还涉及知识和主体性等众多领域(米格诺罗,2012:112)。换言之,谭恩美并未跳脱先前的刻画中国的思维范式,貌似客观的关于个人故事的讲述,实质上是身份和移民共同体生成政治的美学化,是"帝国"的凯歌。如果说其在美国的大获成功是必然,那么其在中国的无批判性接受则应引发警醒,因为"天鹅"之歌是娇艳的毒玫瑰。

参考文献

[1]吉尔·德勒兹、费利克斯·瓜塔里.什么是少数文学[M].陈永国.游牧思想:吉尔·德勒兹、费利克斯·瓜塔里读本.长春:吉林人民出版社,2003:111-128.

[2]迈克尔·哈特.帝国[M].南京:江苏人民出版社,2005.

[3]谭恩美.喜福会[M].上海:上海译文出版社,2012.

[4]沃尔特·米格诺罗,何卫华,谢海燕.和谐的愿景与去殖民性的世界想象[J].马克思主

义与现实,2012,4:110-120.

[5]詹明信. 晚期资本主义的文化逻辑[M]. 北京:三联书店,1997.

[6]Abdul R JanMohamed. Worldliness-without-world, homelessness-as-home: Toward a Definition of the Specular Border Intellectual [G]// Ed. Michael Sprinker. Edward Said: a Critical Reader. Oxford & Cambridge: Blackwell Publishers,1992.

[7]Ben Xu. Memory and the Ethnic Self: Reading Amy Tan's *The Joy Luck Club* [J]. Mellis,1994,1: 3-18.

[8]David Leiwei Li. Imagining the Nation: Asian American Literature and Cultural Consent [M]. California: Stanford University Press,1998.

[9]E. D. Huntley. Amy Tan, a Critical Companion [M]. Connecticut & London: Greenwood Press,1998.

[10]Raymond Williams. Keywords [M]. New York: Oxford University Press,1983.

[11]Wendy Ho. In Her Mother's House: The Politics of Asian American Mother-Daughter Writing [M]. California & Oxford: Rowman & Little-Field Publishers,Inc,1999.

[原发表于《外语教学》2015 年第 2 期]

《蝴蝶君》中全景敞视监狱意象

唐友东*
(上海外国语大学)

摘要:《蝴蝶君》是对东西方话语权力关系的一次颠覆。西方通过创设一套话语符号系统和机制建构了东方,在这种"全景敞视监狱"式话语监视下,话语的所指不自觉地将这种压制或权力关系铭刻在自己身上,成为廉价话语权力的受害者。但辨证和历史地看,这种话语符号系统是一把双刃剑。一方面,西方世界的少数族裔以及广大非西方在西方强势的话语中失语和失去根性;另一方面处于权力中心的西方白人世界同样受到该体系的监视和束缚,从而形成话语的内部殖民并造成自身权力的被放逐,《蝴蝶君》即是后一种情况的代表性展现。

关键词:《蝴蝶君》;全景敞视监狱;内部殖民;颠覆

华裔剧作家黄哲伦(David Henry Hwang,1956—)的室内剧《蝴蝶君》(*M. Butterfly*,1989)是对普契尼歌剧《蝴蝶夫人》(*Madame Butterfly*)的戏仿。对于《蝴蝶君》,国外评论界自始至终有三种不同的声音:第一种,正如作者多次强调的,它旨在解构东西方固有的刻板印象(Hwang,*M. Butterfly* 1989:95),这种陌生化的处理颠覆了西方白人至上的传统思维;另一种声音认为东方人善于欺骗、男人女性化,而《蝴蝶君》无疑固化了这种认识(Moy,*Theatre Journal*,1993:54);第三种观点认为"《蝴蝶君》在挑战东方主义刻板观念的同时又重写和加强了这种刻板偏见"(Shimakawa,1993:356)。自20世纪90年代以来,国内华裔美国文学的研究渐成气候,但对黄哲伦的《蝴蝶君》的研究还寥寥无几,研究的视野也较狭窄。评论者分析较多的是主人公性别或文化身份的建构、颠覆问题,而忽视了作品隐含的话语和权力等主题,以及作品在揭示它们时使用的隐喻结构。《蝴蝶君》比较突出的一个叙述方式是

---

* 唐友东,副教授,主要研究方向为华裔美国文学。

对福柯的"全景敞视监狱"(panopticon)结构的使用,特别是通过主人公代表的隐形权力结构的对立与转换揭示了西方用话语来构建东西方知识与权力框架的荒谬,指出西方对东方用话语构筑的权力注视阻碍了西方获得东方真理的可能性和东西方的深层交流。

"全景敞视监狱"理论的实质是权力对知识的占有,以及知识如何"批准权力的行使,并使其合法化"(丹纳赫等,2002:127)。被福柯称为"政治解剖学"或"权力力学"的人的管理手段诞生于18世纪,这是一种操纵、塑造和规训他人肉体的技术。18世纪晚期边沁(Jeremy Bentham)构想出了福柯称之为"层级监视"的全景敞视监狱,其结构为"四周是一个环形建筑,中心是一座瞭望塔。瞭望塔有一圈大窗户,对着环形建筑。环形建筑被分成许多小囚室。"(福柯,2003:224)这样,一种自动的注视就产生了。这是一个高效的人体控制技术,高明之处在于瞭望塔中只需一个人,仅仅通过注视就可以控制囚室中所有的犯人;瞭望塔即使拉上窗帘,中间没有监视的人,小囚室里的犯人也会感到窗帘后面有双"注视"的眼睛,并将这种压力施加在自己身上,变成自我监视的一种手段。在这个全景敞视监狱中,瞭望塔中的监视者不仅是管理知识和真理的拥有者,更是游戏规则的制定者和权力的执行者,而权力的来源对于囚犯而言是符号(瞭望塔)的存在,即西方建构的话语体系(并非真理)。西方把自己与瞭望塔中的那个似在非在的存在画上了等号,而非西方的则被视为囚徒,必须接受来自瞭望塔的监视,并将其内化为自己的行为,成为自我监视的一种手段。这是一种西方设计的、高效和理想化的对东方管理的模式。

"全景敞视监狱"理论是福柯权力理论的重要组成部分,国内运用该理论进行文本分析的文章并不多见。[①] 本文从《蝴蝶君》中东西方权力结构的分布和更迭,探讨东西方由于交流断隙(conversation gap),即知识的缺失衍生出的权力问题。东西方交流一直具有单向和单维度特质:单向指作为西方的代表,加利马尔并不了解,也不想了解中国京剧旦角宋莉玲及其代表的文化,而宋莉玲却通过母亲及多种方式对加利马尔代表的文化有着透彻的了解;单维度指加利马尔对东方的东西并不感兴趣,他着迷的是要找一个心目中的"蝴

---

① 在《外国文学》2005年第2期登载的《权力的控制与实施——论麦尔维尔小说〈比利·巴德〉中的"圆形监狱"意象》中,杨金才教授运用福柯的"圆形监狱"意象理论,从权力结构的分布入手,深刻分析了赫尔曼·麦尔维尔在小说《比利·巴德》"战威号"舰这个微型等级社会中如何实现和控制权力,从而得出了"战威号"舰就是资本主义社会权力趋向缩影的结论。

蝶",借此来展示和炫耀他作为西方白人的荣耀和尊贵。由于缺乏对自己和他人的"文化自觉"力,即缺乏对自己和外国文化的足够了解、分析和选择的能力,加利马尔自因于"种族优秀"的虚幻想象中,最终成为"自恋灾难"(Juan,2002:45)的牺牲品。《蝴蝶君》中加利马尔权力的流放暗示白人种族主义者关于解决知识与权力关系的矛盾心理:他们认为知识会产生真理、催生权力,同时又缺乏自省、自知和知他的勇气和能力。这个矛盾以不同的形式在性别文学、种族文学以及流放文学等研究中存在,全景敞视监狱理论为解决这个问题提供了一个思路。

《蝴蝶君》中全景敞视监狱意象的运用,全景式、多层次、充分地展示和阐释了禁锢加利马尔精神的本质原因和形成过程,打破了西方长期构筑并引以为傲的话语体系和权力架构,令人耳目一新。该剧的故事结构是:法国谍报人员加利马尔在大使身份的掩护下,偕妻子来到中国。因工作出色被提升,同时他也陷入了宋莉玲的情网之中,甚至"把升职归功于宋莉玲"(38),他的那个"蝴蝶"、他"俯首帖耳"的东方女人。为了证明他作为白人的优越地位,"他搜集所有的证据证明宋莉玲对他感兴趣,甚至怕他。"(37)最后,他不能接受宋莉玲——他心中的"蝴蝶"的男性身份的事实,更不愿面对大众,只有选择"光荣地死去"(Hwang, M.Butterfly,1989:92)。加利马尔的死亡源于他对白人身份和文化的盲信、宋莉玲对他的顺从和低调迎合,但更多的是因为他对东方的无知。在与宋莉玲交往的过程中,加利马尔始终不愿接受宋莉玲代表的文化,因为他觉得中国"文化的古老,其实就是衰败"(18)。他宁愿相信西方对东方毫无根据的政治描述,也不愿面对和接受眼前真实的东方。失去了正确的认知,也意味着他和宋莉玲的交往中丧失了话语权和行动力,即瞭望塔中监视者的能力。因此,他和宋莉玲的关系渐渐从"注视/被注视"转化为"被注视/注视"。在这个知识与权力转换的悖论中,加利马尔无疑是失败者。

一直以来,西方主流话语都在对东西方的性别、身份进行编码和符号化。创造符号就是创造对西方有利的话语知识,"制造出有关被殖民者的知识形态,使他们成为殖民者监视对象的一种手段。"(丹纳赫,2002:127)福柯认为:"符号的使用与我们一起界定了权力的停泊之处。"(转引自梅基奥:119)追求符号背后的权力,定义、注视他者并最终在制造游戏过程中,让被定义者把"这种权利关系铭刻在自己身上,成为征服自己的本源"(福柯,2003:227),这才是西方制造东方话语的企图,也是作者通过作品向观众传达并力图颠覆的旨趣所在。

事实上,这种被编码的话语知识是把双刃剑:一方面,西方主流的陈规话语规定了东西方的权力场域,"界定"了西方对东方的统治方式;另一方面,这种刻板话语客观上对种族主义者本身也起到了反制的作用。西方精心构建的"层级监视"体系并非十全十美。他们通过强大的军事侵略、经济和政治制裁,尤其是后殖民时期,通过制造种族优越论等话语习惯传达他们的价值观念,使得广大的非西方一直处于威压的"注视"之中。但在《蝴蝶君》中,这种注视和被注视的关系却倒置了过来,加利马尔成了被注视的对象。他所接受的注视来自两个方面,一是来自宋莉玲的权力操作策略,表面上宋莉玲在按加利马尔的思维行事,但这种以退为进的策略却牵制了加利马尔;另一方面来自加利马尔自身的白人种族主义文化,加利马尔在自身文化的规束之下,失去了辨别是非的能力,困住了思维和手脚。这两个方面贯穿全剧、交互作用为加利马尔设定了层层枷锁。

  东西方在政治、经济和军事等方面的不平衡决定了宋莉玲在和加利马尔的交往中必须采取迎合的策略。长期以来,西方对东方所有的知识以扭曲的性别关系为隐喻,并建立在二元对立的逻辑基础之上。在西方话语中,东方是阴性、缄默和顺从的,"如果好胜是统治阶级的特点,顺从必定是从属群体的特点"(米利特,2000:40)。所以,东方屈服于西方变得顺理成章。东方人娇小的身材和谦卑温顺的性格,也助长了西方对东方的强势和控制心理。加利马尔来到北京,面对陌生的文化,并不清楚自己接受的西方文化与所处环境冲突,对自身文化的优越感使他失去了解和学习他族文化的兴趣。宋莉玲的迎合策略为他抹平了现实存在的文化差异,解除了他对宋莉玲的警惕。这种迎合策略强化了加利马尔对白人种族文化的盲从,也成了此策略忠实的维护者。虽然在他心中,宋莉玲是一个异域的、被注视的角色,但实际上一种新的"全景敞视监狱"的模式已经形成。在这个新的权力场内,加利马尔无法挑战和逃避宋莉玲的权力操纵,他对东方所谓的权力在宋莉玲的操弄策略中渐渐被置换过来,成了宋莉玲"精神对精神的权力"的对象(福柯,2003:231)。如果质疑宋莉玲,无疑是在质疑自己的文化,质疑自己存在的合理性,所以加利马尔只有按照宋莉玲所设定的模式活动,成为自己监视自己的囚徒。

  宋莉玲迎合的策略首先表现为交际身段的柔软。她"恰当、别有用心地展示了被西方推崇的'东方'女性的气质——诚实、拘束和胆小。"(Kondo,1996:16)在与宋莉玲的交往中,加利马尔"第一次发现作为真正男人的自我"(17),他享受着这种男人的绝对权力。在他眼里,即使是宋莉玲的"西化的男子气的"外表也"仅仅是一种做作,来掩盖她内心'东方'女人的特性……并且(她)永远改变不了这种'东方'气质。"(16)他在用自己已有的知识解读宋莉玲的所有行为,他眼中的东方经过他所接受的文化过滤而失去本真。这是"西方男人和东方一接触就已经糊涂了"(Hwang, *M.Butterfly*, 1989:82)的真实原因,加利马尔的这种心理也为宋莉玲对整个事件的操控拓展了更大的时间和空间。其次,宋莉玲的策略表现为交往手段的灵活,具体表现为易装和产子。"《蝴蝶君》中,中国一直被描绘成'女性化的场所'"(Suner, 1998:54)。宋莉玲的易装不仅是加利马尔接受宋莉玲的前提,也是这一整体环境的需要。面对加利马尔的疑虑和步步紧逼,宋莉玲为加利马尔"生"出了一个小孩儿,这不仅消除了加利马尔对宋莉玲性别的怀疑,也使他"关于自己男性生殖能力的疑问得到圆满的答复"(53)。"产子"情节的安排,不仅契合了西方对东西方权力结构的心理认知,也将宋莉玲的示弱推向了极致。

　　加利马尔同样是白人种族文化的追随者和受害者。"在追求宋莉玲的过程中,加利马尔是精于算计、主动和自信的"(Kerr, 1991:127)。这种自信源于他对西方构筑的东西方权力结构的笃信和痴迷。加利马尔实际上自囚于自己的文化,他对自身文化的注视超越了他的理性思维能力,他孱弱的个性逃不出这个怪圈。正如他在第二幕第三场结尾坦言:"我们都是所处时代和地域的囚徒"(Hwang, *M.Butterfly*, 1989:47)。就整剧而言,无论是性别的困扰、身份的转变和权力的置换都与文化的认知有关。困扰加利马尔的不仅仅是自身的性格和能力缺陷,而且是西方文化创造的有关白人自身和他者的虚幻概念。东西方之间的"障碍不是实体的,而是文化和象征意义上的,并且不会被清除"(Juan 39)。加利马尔注定要从一个监狱转到另一个监狱,从一个心灵的监狱到另一个实体的监狱,这个转变有很强的象征意义。黄哲伦指出:"种族主义、男性至上主义和帝国主义都企图贬损'他者',使'他者'低于自己。"(Hwang, "Evolving"1990:18)而这种企图和努力反过来又使自己"深陷自设的虚妄的枷锁中"(Moy, *Marginal Sights*, 1993:50)。加利马尔们深受这种枷锁的束缚,完全失去自己的思维和行动的自主性。

　　加利马尔有关自身的知识来自两个方面。一方面来自西方主流文化的宣传。他笃信白人主流文化的宣传,尤其对歌剧《蝴蝶夫人》喜欢有加。他被剧中幻化的女主人公巧巧桑,那个献身海军平克顿的女主角、"美丽而勇敢"的日本艺妓、"喜欢受虐"的蝴蝶深深吸引。对加利马尔这些白种男人而言,"蝴蝶(巧巧桑)有难以抵制的诱惑力……我们很少有人会错过成为平克顿的机会"。(Hwang, *M.Butterfly*, 1989:42)在白人种族主义者眼里,东方和东方人只不过为愉悦西方而存在,东西方之间不平等的权力结构是不容改变的。另一方面来自他生活氛围的影响。加利马尔的妻子黑尔格以及身边的朋友不断地向他传输有关东方落后文化的"知识",这强化了他对东方的陈旧印象。黑尔格对中国及中国文化有根深蒂固的偏见,第一幕第七场,她一出场就引用英国诗人兼小说家吉卜林在《东西方的叙事诗》(*The Ballad of East and West*)中的诗,对加利马尔说:"你不会改变他们,'东方是东方,西方是西方……'"(18),对于宋莉玲出演《蝴蝶夫人》,她更是充满疑问和不屑,"她用汉语,还是意大利语表演?""她能行吗?""她有漂亮的戏服吗?""她变态吗?"(19)这一场黑尔格共有十句话,一连串有四句歧视性的问语,这无疑是对宋莉玲话语权的责问,暗示宋莉玲有冒犯、玷污西方话语纯洁性的意图。至于玩世不恭、整天和女人厮混的马克对东方女性的偏见则表现得更为露骨:"她心底深深地埋藏着某个东西……她不能自已……她一定会委身于你,这是她的命。"(25)

宋莉玲的迎合与白人文化的灌输使加利马尔对心中的"蝴蝶"充满了幻想,迫切地想展示他强壮的臂膀拥她入怀,因为"人体是权力的对象和目标"(福柯 154)。他坚信虽然他"不英俊、勇敢,也没有吸引力,但我们能像平克顿一样,值得拥有像蝴蝶夫人一样的女人"(Hwang, *M.Butterfly*, 1989:10)。在来自宋莉玲和自身文化的双重注视下,加利马尔被虚幻的优越感和权力意识牢牢地控制住,在这个本质上由自我设置的精神监狱里,他不愿也不能摆脱这种束缚,他甚至"宁愿接受这种欺骗(宋莉玲一直男扮女装的身份),这个游戏"(Jr,1989:43)。法庭上,当宋莉玲男人的身份暴露无遗时,他说"我心里有一种感觉,虽然我的幸福是短暂的,我的爱情是个骗局,但我的理性却不让我知道真相,这样我心里会好受一点"(Hwang, *M.Butterfly*, 1989:88),至此,新的全景敞视监狱的结构形成了。瞭望塔中是否有人,即宋莉玲做什么对加利马尔并不重要,他已将自己囚禁起来,他只想得到心中的"蝴蝶",他只想按照自己所受的"教育",在设定的框架内行事。对于西方种族主义者而言,真实的东方是什么并不重要,他们根本不把非西方看在眼里,更不会有沟通和交流的兴趣。因此,加利马尔们不仅失去了自知的能力,也对宋莉玲以及他所代表的文化一无所知,自然就成了"全景敞视监狱"中被注视的"囚徒"。

西方关于东方神话的全部秘密在于白人种族主义者的这种"强奸心理"(82)。加利马尔并不是一开始就自愿成为被注视的对象,虽然他和宋莉玲交往几次后,很想"拥她入怀,甚至保护她、带她回家"(16),但他对东方更多的还是居高临下的不屑和嘲讽。他不认可宋莉玲所代表的"衰败"的文化,对宋莉玲感兴趣,也只是想试一试他是否能"抓一只蝴蝶,然后让它在针尖上慢慢痛苦地挣扎"(32)。所以,加利马尔才会突然"在长达五周的时间里,既不去剧院,也不打电话或写信,(他)知道她在等(他)给她电话,(他)故意捉弄她,不和她联系。"(32)但他没想到,正是他这种高调的示威为宋莉玲权力的操纵提供了广阔的空间,正是他对自己文化的盲目笃信切断了他的退路。

加利马尔从一个侵略者和注视者的角色转变自身文化和宋莉玲注视下的"囚徒",他与宋莉玲在"全景敞视监狱"中身份和权力的转换,本质上是由西方的文化傲慢与东方交流的断层引起的。在西方创造东方和"他者"的过程中,他们往往被自己创造的文化"蒙住双眼,从而失去了解真相的能力"(Hwang,"Evolving",1990:18)。加利马尔最后拔剑自杀也暗示"他成了其自身文化和历史所形成的规则的牺牲品"(Kondo,1990:15)。

加利马尔与宋莉玲的权力结构的变化暗合了福柯"全景敞视监狱"结构中隐藏的知识与权力关系:占有知识意味着拥有权力。加利马尔在本剧开始以全知的姿态进入西方创造的东方世界,他不能接受任何与自己认知相左的事物。他忽视了一个基本的事实,那就是白人种族主义理论只不过是西方用话语制造的"真理游戏",但其与真理知识相差甚远,这给宋莉玲的权力操纵提供了舞台。加利马尔的文化"自恋"使他失去了自知和知他的能力和勇气,他不愿失去令东方尊崇的地位,也不愿面对宋莉玲男性的身份。福柯的"全景敞视监狱"赋予了"监视者"知识与权力,失去一切的加利马尔被迫继续"选择虚幻的符号"(Hwang,*M. Butterfly*,1989:91)。

黄哲伦通过"全景敞视监狱"中东西方权力结构的更迭,深刻地揭示了西方创造"东方"等概念和术语的本质:企图使广大的非西方把这种话语的注视铭刻在自己的身上,并内化为检视自己,驯服于西方的力量,但这种努力在知识与权力认知方面是荒谬可笑的。加利马尔们不愿承认"在东方主义的陈述里,东方和女性的存在仅仅用来支撑白种男性的(权力欲望)幻觉(但幻觉所产生的毁灭性结果)不是由女性、他者的阴性身体来承担,而是落在白人男性的身上"(Suner,1998:61),这是《蝴蝶君》给西方和日益发展的东方提出的警示。在倡导多元文化的今天,不同文化背景的交流双方必须对自身和对方的文化有客观、理性的判断和取舍,克服单向和单纬度的交流所衍生的矛盾和问题,寻求能够接受的精神价值。"这种精神价值,并不是站在文化输出的一方,而是站在文化接受方的立场、为接受方所认可的那种带有普世性的精神价值。"(盛宁,2008:12)这样的一个普世价值,是"与异域、异族和异己文化进行交流的一个价值基础"(12),也是人类最终消弭隔阂,建立和谐的基础。黄哲伦期望剧中呈现的一些价值观念"能对政策的制定者在考虑全球范围内的问题时有所影响"(Hwang,"Evolving",1990:18),这样我们就不会有东西方交流时狭隘的视野,交流的心态也会更开放和积极。

参考文献

[1]杰夫·丹纳赫.理解福柯[M].刘瑾,译.天津：百花文艺出版社,2002.

[2]J. G.梅基奥.福柯[M].朝阳红,译.北京：昆仑出版社,1999.

[3]凯特·米利特.性政治[M].宋文伟,译.南京：江苏人民出版社,2000.

[4]迈克·福柯.规训与惩罚[M].刘北威等,译.上海：三联书店,2003.

[5]盛宁.全球化语境下的文化自觉三议[J].当代外国文学,2008,1:12-19.

[6]Asuman Suner. Postmodern Double Cross: Reading David Cronenberg's M. Butterfly as a Horror Story[J]. Cinema Journal,1998,2: 61-62.

[7]David Henry Hwang. M. Butterfly [M]. London: Penguin Group,1989.

[8]—. Evolving a Multicultural Tradition[J]. MELUS,1990,3:16-19.

[9]Dorinne K Kondo. M. Butterfly: Orientalism, Gender, and a Critique of Essentialist Identity[J]. Cultural Critique,1990,16: 15-17.

[10]Douglas Kerr. David Henry Hwang and the Revenge of Madame Butterfly[G]//Eds. Mimi Chan and Roy Harris. Asian Voices in English. Hong Kong: Hong Kong University Press,1991: 119-130.

[11]E. San Juan Jr. Symbolic Violence and the Fetishism of the Sublime: A Metacommentary on David Hwang's *M. Butterfly* [J]. Journal of International Studies,2002,1: 33-46.

[12]James S Moy. Marginal Sights: Staging the Chinese in American [M]. Iowa: University of Iowa Press,1993.

[13]—. David Henru Hwang's *M. Butterfly* and Philip Kan Gotanda's Yankee Dawg You Die: Repositioning Chinese American Marginality on the American Stage[J]. Theatre Journal,1993: 1: 51-63.

[14]Karen Shimakawa. "Who's to Say?" or, Making Space for Gender and Ethnicity in *M. Butterfly* [J]. Theatre Journal,1993,3: 349-362.

[原发表于《当代外国文学》2010 年第 3 期]

黄哲伦戏剧中的京剧元素

王 菲[*]

(天津理工大学外国语学院)

摘要:在全球化的今天,各种文化的相互吸收和融合已经成为文化发展的常态。美国华裔剧作家在用英文创作的戏剧中加入中国京剧元素,一方面让作品贴上多元文化戏剧的标签,另一方面也使京剧元素产生了新的含义。通过对黄哲伦代表剧中京剧元素运用的研究,可以看到京剧在海外被本土化后产生新的艺术形式以及由此产生新的艺术价值。

关键词:黄哲伦;《新移民》;《舞蹈与铁路》;《蝴蝶君》

近年来,美国华裔戏剧中多有中国京剧元素出现。从西方人的眼光看,京剧无疑是中国文化的代名词。京剧元素在华裔戏剧中的运用,不但赋予了这些戏剧多元文化的色彩,而且也使中国京剧产生了新的含义。黄哲伦是美国华裔跨文化剧作家中的佼佼者,他在借鉴中国京剧方面颇具代表性。在他的代表作《新移民》(FOB)、《舞蹈与铁路》(The Dance and the Railroad)和《蝴蝶君》(M.Butterfly)中,多有对京剧元素的运用。

一、《新移民》

《新移民》(FOB)是英文"fresh off the boat"的首字母缩拼词,意为"刚刚下船",特指那些初到美国的华人。剧中的故事围绕着三个年轻人展开。史蒂夫是刚从中国香港来到美国的留学生,即刚刚下船的新移民。戴尔是第二代华裔,出生在美国,是所谓的 ABC,即 America born Chinese。格蕾丝是一个介于史蒂夫和戴尔之间的人物,她 10 岁时来到美国,是第一代华人。这部戏

---

[*] 王菲,讲师,主要研究方向为英美文学、美国华裔文学。

剧表面上是"两男争一女"的老套故事，深层次却反映了作为美国社会中的少数族裔华裔被同化的过程以及不同华裔阶层对身份属性的不同定位。作为刚刚来到美国的新移民，史蒂夫依然认同自己中国人的身份，自比为中国传统文化中的关公。戴尔则截然相反，他代表了第二代华裔，除了生有一张中国人的面孔之外，他们没有一个地方像中国人。他们渴望完全融入白人主流文化，甚至不惜放弃自身的中国文化特质。格蕾丝作为第一代华人，已经在美国生活了十年，认同美国的生活方式和价值观，但是她并没有完全忘记中国的传统文化。她同情史蒂夫的处境，努力扮演着戴尔和史蒂夫之间矛盾调解员的角色。史蒂夫、格蕾丝和戴尔各自的经历代表了华裔在美国被同化的三个阶段，也表明了三种华裔阶层对自身身份的不同感受。

京剧元素是该剧的一大亮点。黄哲伦在这部戏剧中巧妙运用中国戏曲中大段的独白与旁白的技巧来深化戏剧的主题。在中国传统戏曲中，很多角色都是通过"自报家门"的方式来介绍自己或是与戏剧相关的背景。在序幕中，黄哲伦即运用中国戏曲的这一叙述性特点，点明整部戏剧是围绕 ABC 与 FOB 的区别展开的。戴尔一出场即用尖刻的语言描述自己新来的同胞：

戴尔像个大学老师一样用黑板来说明他的观点。

戴尔：F—O—B。刚刚下船的人。你能想到有哪些词儿可以用来形容他们吗？笨拙、丑陋、脏兮兮的 FOB。吵吵嚷嚷，傻傻乎乎的四眼鬼……如果你有妹妹，你绝不会让她嫁给这种人。如果你是个女孩，你也不愿意嫁给他。当然，我们是在假设讨论刚刚下船的男孩。刚刚下船的女孩子不是那个样子。刚刚下船的男孩是最糟糕透顶的，是些煤渣。他们是所有 ABC，包括所有 ABC 女孩不共戴天的敌人。ABC 女孩宁可被毁容，也不愿意被见到星期五的晚上在西伍德与 FOB 男孩一起约会 (Hwang,1983:13)。

通过戴尔的大段独白，黄哲伦向观众清晰而有力地阐明该剧的主题即是 ABC 和 FOB 两个华裔阶层之间的冲突。FOB 新移民史蒂夫是初级阶段移民的代表，他们在文化认同上更倾向于中国文化；已在美国生活 10 年的格蕾丝是中间阶段移民的代表，他们既认同美国文化又没有完全抛弃中国文化传统；而出生在美国的 ABC 戴尔是第三阶段移民的代表，他们渴望成为文化上真正的美国人。ABC 和 FOB 之间的差异正表现了华人在移民美国以后在文化认同方面的认知变化，这是文化融合的一个必然过程。

京剧元素的运用还增强了《新移民》的舞台视觉和听觉效果。在第二幕中,三个年轻人在一起讲故事,史蒂夫化身为关公,格蕾丝化身为花木兰。扮演格蕾丝的演员下场取来大刀和矛,把矛抛给史蒂夫,二人在舞台上用京剧中的招式对打起来。较之西方戏剧写实主义的舞台设计,《新移民》的舞台实在简单,只有两张大桌子和一面背景墙。这看似简单却宽阔的舞台为演员表演打斗提供了足够的空间。为了突出京剧步法移动的美感,乐手们用京剧戏曲中的传统乐器木鱼、钹、锣和笛子来配乐。演员们和着京剧乐曲的曲点在舞台上表演着京剧的各种程式化动作。黄哲伦采取京剧的表演方式来处理这一场景,极大地丰富了戏剧的表现力,使观众能够更为直观地感受到二人身上的寓言色彩。在这里,京剧元素已经超出视觉感受的范围,变成了极具政治和文化内涵的叙事语言。

二、《舞蹈与铁路》

顺应美国多元文化运动的潮流,华裔戏剧家利用自身的族裔背景,创作出的具有异族文化元素的戏剧越来越受到主流媒体的关注和大众的欢迎。黄哲伦在自己的创作中也频繁利用中国文化元素作为叙事语言。中国文化元素的加入既突出了华裔戏剧家的个性特质,又扩大了戏剧及戏剧家的影响力,同时也丰富了美国戏剧舞台的多元文化色彩。

《舞蹈与铁路》反映了早期在美国修建铁路的华工的生存状态。戏剧的背景设置在美国西部某个洲际铁路将要完工的地方。剧中主角只有两个人物:龙和马。龙到美国大约有两年,而马是新移民,刚到美国四星期。龙对京剧颇有研究,是一个叛逆的艺术家,嘲笑其他没有精神追求、如同行尸走肉般的华工。剧中,他经常离开其他华工,独自到山上练习京剧动作,因此和其他华工产生了隔膜。而初到美国的马执着于金山梦,认为美国下的雪也是温暖的。他的梦想就是在美国发大财,回国娶 20 个老婆。但残酷的现实很快粉碎了他的梦想。华工们从事繁重的筑路工作,但收入微薄。戏剧开始时,华工们为了缩短工时、提高待遇正在罢工。

龙的孤僻性格被年轻有为的马觉察到了。马试图说服龙传授自己京剧,但龙并不愿意。戏剧结尾,华工们经过妥协同白人工头达成了协议。龙和马二人通过沟通,也各自发生了转变。龙开始重新审视自己同其他华工的关系,意识到自己也是他们中的一员。马也意识到自己的金山梦遥不可及,最好的下场可能只是客死他乡。两人对自己的身份都有了新的认识。龙也从一开始拒绝转变为最后主动教授马京剧。京剧作为两人共有的文化背景,为两人的沟通及最终的和解提供了一个契机。

黄哲伦在《舞蹈与铁路》中同样试图将东西方文化融合在一起。仅从两个主要角色的姓名,就能感觉到强烈的中国文化。龙和马的名字,明显来自中国文化中的龙马精神。不仅如此,该剧延续着黄哲伦运用京剧元素的策略,运用了京剧中的锣、叉,清唱,京剧的步法和姿势,以及武打动作和程式化的舞蹈——马的劳动舞以及马和龙的作战舞。京剧元素的加入丰富了戏剧的内涵,使该剧明显具有多元文化的特征。

三、《蝴蝶君》

《蝴蝶君》是黄哲伦的代表作,他成功地将中国戏曲观念与西方的戏剧性融合在一起,得到了评论界和观众的一致赞誉。批评家伊斯特·凯姆说:"黄哲伦在《蝴蝶君》中运用了中西方的戏剧形式和超戏剧的表演模式,探索了性别、性属性和东方主义表面与本质背离的矛盾。这种感知与蒙骗之间的动态互动影响使得《蝴蝶君》成为美国二十世纪最重要的戏剧之一"(徐颖果,2009)。对此,黄哲伦也谈道,"理智地看来,亚洲与西方戏剧的融合对我来说是一件有趣的事情。我并不是第一个亚裔美国剧作家,在我之前还有许多先行者,他们已经试图按进步的政治观念,甚至用辩论的方法去创造亚美综合物。我认为从形式方面来处理问题显得更加有趣。就我看来,如果你采用多种形式并把它们融合,你就会以更加戏剧化的方式来发表你的政治声明"(Savran,1988)。在《蝴蝶君》中,黄哲伦把东方和西方的戏剧传统完美结合,成功地实践了自己的创作意图。京剧元素在该剧的舞台布景、服装配乐、人物造型等多方面广泛运用。

1988年上演的《蝴蝶君》的舞台设计为双层结构,中心舞台后面有一道倾斜的弧面,弧面始于舞台右角末端,沿着舞台背景从右至左向下延伸,在前台左角处伸入舞台前端。剧中的想象场景以及过去发生的情节都在这个倾斜的弧面上表演。剧中的真实场景以及正在发生的情节则在中心舞台上表演。弧面与中心舞台相连结,演员可以在两个舞台之间来回穿梭,实现故事在过去与现在、想象与现实之间灵活地跳转。在西方观众眼中,红色代表中国,所以红色是整个舞台的主色调,与弧面的白色形成鲜明对比。中式的红色桌椅和绘有墙窗图案的中式红色移动屏风被安放在舞台的中央。借鉴京剧中"一桌二椅"的舞台设计,通过改变桌椅和屏风的摆放位置来表明场地的变更。冲破时空的束缚,演员可以在简单却自由的舞台上尽情表演。

从服装配乐的使用上来看,黄哲伦把某些中国京剧本身的要素运用到他的戏剧处理中来,起到了全面渲染氛围的作用。最为明显的就是剧中主人公宋丽伶本身就是一位京剧男旦演员。京剧乐曲总是伴随着宋丽伶的身影而出现。在表演"贵妃醉酒"的一场戏中,宋丽伶穿着中国京剧传统的贵妃盛装,在锣鼓点的伴奏下,双剑齐舞,令人惊叹。在京剧顾问关鸿钧的指导下,演员都穿着更加正规的戏服,刀枪武打场面的设计也更加优美真实。京剧元素的大量运用不仅突显了东方文化的斑斓和神奇,更强化了该剧多元文化的特质。

剧中的人物也不是单一身份的固定形象。通过服装的更换,剧中人物可以具有多重身份。每个演员根据剧本的要求,都要先后扮演两到三个角色。男主人公加利马尔,在剧中大多身着正装,以外交官的身份出现。剧情需要时,扮演加利马尔的演员也会在观众的注视下戴上一顶海军上校的帽子,改扮成《蝴蝶夫人》中的平克顿。到最后一幕,这个演员又会戴上女式假发,换上蝴蝶夫人的服装,变身成不幸的蝴蝶夫人。这样,剧中的人物可以自然而随意地穿梭于过去与现在、想象与现实之间。这种表演手法使得演员和观众都感觉到是在演戏。这一点与中国戏剧中处理演员与角色的方式相类似。"中国戏曲演员具备被观看的自我意识。戏曲演员仿佛是杂技演员,他们坦诚地选择向观众显示自己的最佳位置。更进一步的手段是艺术家们同时也在观察着自己。"(都文伟,2002:24)中国戏曲演员在舞台上并不是与自己所扮演的角色完全融合,而是通过采取程式化的表演手法,与角色保持相对独立。演员既是自己所扮演的角色,同时又不时地提醒观众不要完全入戏,自己只是在扮演角色而已。

除此以外,《蝴蝶君》对于道具员的处理也借鉴了中国戏剧的处理方式,让身穿黑色戏服的道具员直接出现在观众面前,与台上或台下的演员一起搬桌椅、移动屏风、帮助其他角色更换戏服。就像在中国传统戏曲舞台上那样,道具员会扛着绘有不同标志的旗帜,象征不同的地方。特别是在历史背景发生变化时,这种用法会频繁出现。比如,道具员扛起法国标语的大旗出现在屏风前面的中心舞台,就是要向观众表明故事发生在20世纪60年代后期混乱的巴黎。演员角色的转换、道具员的上场或者让象征性的标志来指示,这些都是黄哲伦有意识地采用中国戏剧的风格。在《蝴蝶君》排演过程中,黄哲伦雇佣中国戏剧顾问一起工作,获得了丰富的中国传统戏曲知识。

在《蝴蝶君》中,男主人公加利马尔会向观众介绍几乎每一个新上场的人

物,这和中国京剧中人物的上场独白如出一辙:

> 加利马尔:(当海尔佳首次上场时)我娶了海尔佳——一个比我还要大的女人。
>
> 海尔佳:我爸爸是驻澳大利亚大使。我在罪犯和袋鼠之间长大。
> (Hwang,1988:16)

除加利马尔这个主要叙述者外,剧中其他的人物也会担当起叙述者的角色。依据情节发展,当舞台背景需要发生改变时,原先摆放在舞台表演区的桌椅并没有被挪动,只是由宋丽伶的扮演者向观众交代一下场景的变换:

> 1961年。这是一套加利马尔先生为我俩租的公寓。这是在他走后的一个晚上。(Hwang,1988:38)

扮演宋丽伶的演员为将要演出的场景交代了年代、地点和时间。这种叙述手段多出现在无真实布景的空舞台上,而空舞台的概念源于中国传统戏剧舞台。

像中国的京剧舞台一样,《蝴蝶君》利用象征手法,创造性地使用道具来表达各种意念。比如,中国红色桌椅的摆放,象征了剧院、办公室、公寓、法庭等。椅子倒摆,宋丽伶将其重新摆正,象征着她正在再教育农场被劳动改造。当蝴蝶夫人举刀刺向自己的喉咙自杀时,演员从和服的领子里抽出一条红丝巾,象征着鲜血飞溅。在戏剧的结尾,加利马尔穿上了巧巧桑的和服,至死抱着对东方的幻想,呼唤着"蝴蝶"的名字自杀;而宋丽伶则穿上了男装,叼着烟卷,用鄙视的目光冷漠地看着这一幕。加利马尔和宋丽伶角色的对调象征了东方对西方的颠覆,进而在文化意义上解构了存在已久的西方对东方的模式化印象。象征手法的运用将戏剧推向高潮,深刻颠覆了男性化的西方与女性化的东方之间的刻板关系,突出了戏剧的主题。

黄哲伦在戏剧中加入中国京剧元素,凸显出华裔的少数族裔特质,这就使得该剧无论是主题,还是表现形式都明显不同于美国的传统主流戏剧。华裔多元文化生存状态的展现增大了该剧获得主流认可的比率。同时,中国京剧在美国戏剧舞台上的跨界运用也让中国文化和戏剧元素在海外得到了发扬和传播。

四、结　语

早在18世纪,中国传统剧目就已经登陆美国舞台,而中国戏剧在美国以京剧最为常见。2010年京剧被列入联合国教科文组织非物质文化遗产名录,这是世界对中国传统文化艺术的尊重。黄哲伦作为20世纪80年代美国华裔戏剧界的领军人物,通过运用京剧元素,成功构建出一个不同于主流、更加醒目的美国族裔文化,开启了华裔戏剧进入美国主流戏剧的大门。京剧在海外传播的过程中,不仅影响了当地的戏剧理念和舞台艺术,同时也经历了被本土化的过程。京剧在海外本土化后产生的新的艺术形式,是京剧在海外传播的产物,是京剧不断发展繁衍而成的新的戏剧表演形式。京剧通过美国华裔戏剧在中国域外进行传播,这不仅体现了京剧在海外的传播和继承,更是京剧作为全世界人们一笔宝贵文化遗产的重要价值体现。

参考文献

[1]都文伟.百老汇的中国题材与中国戏曲[M].上海:上海三联书店,2002.

[2]徐颖果.美国华裔戏剧的历史与现状[J].南开学报(哲学社会科学版),2009.5.

[3]David Henry Hwang.FOB and the House of Sleeping Beauties[M]. New York:Dramatists Play Service,1983.

[4]—.M.Butterfly [M]. New York:Dramatists Play Service,1988.

[5]David Savran. Their Own Words [M]. New York:Drama Communication Press,1988.

［原发表于《江西社会科学》2014年第7期］

间离与批判[*]
——论《蝴蝶君》的戏剧艺术及主题

詹 乔[**]

(暨南大学外国语学院)

摘要:华裔美国剧作家黄哲伦的《蝴蝶君》作为舞台剧大获成功,与其戏剧技法的运用关系密切。本文对《蝴蝶君》的戏剧结构、演员表演、舞台背景中所运用的离间效果进行分析,探讨黄哲伦是如何通过间离法来批判东方主义和倡导多元流变的文化身份观的。

关键词:《蝴蝶君》;间离效果;东方主义;文化身份

1988年黄哲伦的《蝴蝶君》获得美国托尼最佳戏剧奖,成为华裔美国戏剧的巅峰之作。作为第一部在百老汇公演的华裔剧作家的作品《蝴蝶君》不论在票房还是在评论界都大获成功。在众多评论中,以其对歌剧《蝴蝶夫人》的戏仿和颠覆最为评论家所关注,因而为数众多的评论把焦点集中在了本剧的种族、性、政治等主题研究上。这类评论大致又可分为两种声音,一种认为《蝴蝶君》成功地颠覆了潜藏在《蝴蝶夫人》里的东方主义情结和东方女性的刻板印象"不仅解构了西方人心目中东方女子作为蝴蝶夫人的刻板印象,而且也颠倒了原有的东西方权力关系,成为与西方中心主义相对立的他者的声音,对原有的东西关系中潜在运作的文化霸权与权力关系进行了一次惊人的倒置。"(卢俊,2003:3)而另一种则认为《蝴蝶君》是对东方主义的"不完全解构",因为剧作家在置换了施虐者和受害者位置的同时,却没能塑造正面的东方男女形象,反而从另一角度强化了东方男子"狡黠"、女性化的刻板印象(丁文莉,2007:2)。这两种见解或褒或贬,各执一词,却都只看到了本剧表层的意义建构。笔者认为《蝴蝶君》除了批判东方主义之外还包含着另一层更为深远的立意:对

---

[*] 基金项目:本文为教育部人文社科研究一般项目"美国华裔戏剧美学研究"(批准号:11YJA752030)的阶段性成果。

[**] 詹乔,副教授,主要研究方向为美国华裔文学。

二元对立的解构。这一隐性主题是剧作家通过故事情节与戏剧技法的有机结合来加以表现的。《蝴蝶君》首先作为舞台剧大获成功,但其电影版却票房惨淡,这正说明其舞台表现形式的重要意义。我们甚至可以说《蝴蝶君》对西方经典歌剧《蝴蝶夫人》在主题上的颠覆,很大程度上是通过戏剧艺术的巧妙构思而得以实现的。倘若撇开戏剧艺术,把它当作小说文本来研究,就忽略了其作为戏剧文本的魅力所在。有鉴于此,本文将探讨舞台剧《蝴蝶君》中最典型的戏剧技巧——间离效果是如何彰显本剧的深层主题的。

间离效果(verfremdung),也称陌生化效果,是德国剧作家布莱希特(Bertolt Brecht)叙事剧的核心概念,其目的是通过不同于亚里士多德戏剧传统的"陌生化"的戏剧法,破除观众在观看表演时产生的情感共鸣,从而理智地接受、评判剧情及其所揭示的社会问题。成名于1980年代初的美国华裔剧作家黄哲伦自称不是布莱希特式的剧作家(Hwang,1989:33),可是但凡了解布莱希特戏剧理论的读者都不难从黄哲伦的作品中看到布氏技法的踪影。笔者甚至认为,正是布氏间离法为《蝴蝶君》提供了表现颠覆性主题的最佳艺术形式。

《蝴蝶君》取材于一则《纽约时报》上的新闻,而情节的构思则是对歌剧《蝴蝶夫人》的戏仿和颠覆。大多数评论者都认识到这一明显的创作初衷,剧作家本人也对此予以认可:"我写《蝴蝶君》是尝试探讨东方主义中的一些因素。……这部剧被看作是评论甚或批判西方对东方之态度的文本,我认为这个评判是准确的。"(Hwang,1989:33)要在西方阵营内部将东方主义这样习焉不察的集体无意识揭示出来予以批判,既需要勇气,更需要策略。对西方资本主义社会不满的布莱希特把戏剧看作改造世界的工具,他提倡的间离法就是要将人们已熟悉的事物以陌生化的形式展现出来,通过引发惊异1989。继而对这一熟知的事物有清醒、理智的判断。黄哲伦在《蝴蝶君》中对间离法的运用,有效地把他致力于批判的西方中心主义,经由对接受者/观众而言"认识(熟悉)—不认识(不熟悉)—认识(理解)"的心理过程,形象地揭示于他们的眼前。值得一提的是,以社会批判为目的的布氏间离法在《蝴蝶君》中得到了创造性的运用。

一、戏剧结构

《蝴蝶君》共分3幕,每一幕又分别分为13场、10场和3场。在这部由3

幕27场构成的戏剧中,场与场之间的逻辑关系都不太强,事件和地点十分跳跃。全剧虽然有一条贯穿始终的情节主线,但这一情节表现得并不连贯。总体而言,本剧的结构是片段式、插曲式的,完全打破了三一律的整一性。叙事主线时断时续,常常被角色的评论、回忆、梦境、想象等穿插其中的小片段所打断。在整部剧中,现实世界与回忆、梦境、幻觉、潜意识,以及"戏中戏"相互穿插,虚实相间,情节表述穿梭于时空的倒错、外部活动与人物内心的交替之中。片段式、插曲式,以及"戏中戏"的戏剧结构正是布莱希特所提倡的:"布莱希特坚信'史诗剧'这种开放的松散的间断性戏剧结构,不但可以阻止观众的共鸣,同时还可以通过蒙太奇的任意组接拼合,使原来没有显现的社会关系和历史本质昭然若揭于观众。"(杜彩,2010:2)以《蝴蝶君》第一幕的几个场景为例,我们可以看到此类戏剧结构是如何达到这一目的的。

第一幕的第一场发生在20世纪80年代巴黎的一间牢房内,5岁的迦利玛观看着舞台后方宋丽玲(他心目中宋的幻影)旁若无人地舞蹈。随即幻影消失,他迫使自己回到现实,开始向观众介绍起自己的服刑情况,语带自嘲,却不乏悲情。悲剧气氛没能停留太久,迦利玛随即把观众的视线引向舞台上由灯光划分出来的另一区域。在这一场景中,不知名的两男一女正在讨论着迦利玛与宋之间匪夷所思的恋情,而迦利玛此时也在一旁观看着他们的讨论,并加以评论。第三场又回到牢房,迦利玛继续描述着自己的处境,并在《蝴蝶夫人》的音乐声中开始叙述这部歌剧的故事情节,与此同时,他开始扮演《蝴蝶夫人》中的男主角美国人品克顿,并向由马克扮演的美国领事沙普勒斯谈起自己即将娶蝴蝶为妻。第四场发生在1947年普罗旺斯省的一间国立学校里,中学时代的迦利玛和同学马克在谈论女孩子,相比马克的世故和风流成性,迦利玛显然对女性缺乏经验,表现得相当拘谨。第五场又再次回到牢房,迦利玛继续简述《蝴蝶夫人》的故事,此时,舞台上方出现一个性感的海报女郎,背对观众宽衣解带诱惑迦利玛,象征着外表毫无吸引力的迦利玛内心对美丽异性的渴望;不久,在秦同志扮演的铃木帮蝴蝶换新婚礼服时,迦利玛的妻子希尔加也上台来帮他换上了他扮演的品克顿结婚时穿的男士晚礼服,同时迦利玛和妻子面向观众分别介绍各自的身份和他们的婚姻状况,从中观众得知迦利玛之所以娶希尔加为妻是基于现实利益的考虑而非真正的爱情,可是他对爱情和漂亮女人仍然心存幻想。第六场来到1960年北京的德国大使馆,在那儿,迦利玛第一次见到了正在演出《蝴蝶夫人》的宋丽玲。在此后的数场中,关于迦利玛与宋关系发展的情节叙事比较连贯,但也时常被颇具表现主义风格的插入性情节所打断。

以上列举的 6 场都很短,时间和地点的跳跃性很大,情节没有连贯性,每场制造的氛围又各有差异,这就使观众无法顺着一条完整的叙事主线沉醉于剧情创造的情感氛围,因而很难产生共鸣。在这种情况下,观众的理性思维被调动得更为活跃,而感性思维则要相对滞后,因而观众要移情也是比较困难的。再者,有些场景是剧作家通过形象的方式来进行说明、阐释、剖析的一种情节设置,旨在引导观众在头脑中形成理性批判的思维路向,而不至于在情感上过度认同从而丧失判断能力。比如,第二场轻松的氛围打断了第一场略带悲情的气氛,既再现了西方普通民众对此事的反应,又隐晦地提出了性别与种族、性与政治等的关系问题。第四场的情节看似与故事主线毫不相干,却展现了迦利玛在本族女性面前自卑的性格特点,为他日后梦想在东方女性身上寻找情感补偿、施展男性权威埋下了伏笔。

值得一提的是,黄哲伦在《蝴蝶君》中对布莱希特的"戏中戏"进行了创新。在布氏著名的《高加索灰阑记》中,格鲁雪抚养总督弃子、平民法官阿兹达以灰阑断案的故事,实际上是剧本序幕中两个集体农场的成员决定了苹果园的归属后演出的一场戏中戏。与此类似,莎剧《哈姆雷特》中那场著名的"戏中戏"也是把完整的情节个体嵌入主要情节中,无论是"戏中戏"还是戏剧主体的情节都保持了相对的独立性。黄哲伦则把扮演迦利玛的演员对《蝴蝶夫人》的情节叙述和由《蝴蝶君》中的主要演员参演的《蝴蝶夫人》"戏中戏"穿插在不同场景的主要情节中,使"戏中戏"具有了同整部剧结构相类似的片段性。普契尼的歌剧《蝴蝶夫人》在欧美早已深入人心,形成了西方人心目中的审美定势,因而,短短的几句唱曲就能挑起西方观众的共鸣,激发他们关于东方印象的集体无意识。将《蝴蝶夫人》片段化是缩短、中断观众这种情感共鸣的最有效的方法;同时在使"戏中戏"与主体情节的穿插并置中,迫使观众对表层模式相近的两剧进行比较,更有利于揭示迦利玛对宋的爱的本质。

正如布莱希特后期的辩证剧《蝴蝶君》并没有绝对禁止感情共鸣。但其片段式、开放式的短场景和间或插入的"戏中戏"由于情节的跳跃性和氛围的差异,有意识地缩短了共鸣时间,总是在关键时刻阻断观众的移情,并以变动不居的形式促使观众进行理性思考,如此既产生了间离效果,又丰富了观众的审美感知。

二、演员表演

演员的表演是布莱希特戏剧美学中一个非常重要的因素,他认为非亚里士多德戏剧的演员应该摒弃传统的易制造"幻觉"的模仿式表演程式,与所扮演的人物保持心理距离,最终要达到"让戏剧暴露为戏剧"的目的。为了达到这样的效果,在方法上"他建议演员采取如下一些措施:边抽烟边表演,角色反串,变身体表现为口头叙述,直接向观众说话,跳出情节之外对人物和故事进行评论个演员在同一剧中扮演不同角色,等等"(黄应全,2002:2)。

在《蝴蝶君》中,布氏表演法则几乎得到了全面的贯彻,比如最典型的"自报家门"、演员直接面对观众发表评论、一人分饰多角、演员充当导演或舞台总监、演员当众换服装等等技法。当然,黄哲伦还是根据主题需要对之进行了创新,并加入了表现主义的表演风格。如前所述《蝴蝶君》的结构比较松散,自成一体的各场次之间主要靠演员的口头叙述来衔接。为了使演员和他们所扮演的角色产生距离感,布莱希特通常是让他的演员同时充当故事的讲述者;在充当讲述者时,演员便完全脱离了角色,作为旁观者直接向观众提出问题、寻求解答。黄哲伦则没有让演员完全脱离角色,而是创造了3个层次的迦利玛。剧本以倒叙的形式开始,第一幕第一场中身陷囹圄的迦利玛在回忆过往,因而整部剧都好像是在他的回忆、想象中展开的。第一个层次的迦利玛像小说文本中的叙述者一样,使用第一人称全知视角对故事进行叙述和评论。故事是在他的回忆中呈现,因此他也承担了导演、舞台监督、场记和评论家的职责,引导着观众的视点和思维;第二个层次的迦利玛是故事展现中的迦利玛,他的表演采用的是相当于第一人称局限视角的角度,比如他对宋的身份和任务一无所知,却常常暴露自己的内心世界;他是第一层次的迦利玛,以及观众所审视的对象;第三个层次的迦利玛以《蝴蝶夫人》中的美国水手品克顿的面貌出现。剧作家让迦利玛带上一顶水手帽就变身品克顿,是有意展现二人的同质性。与一般回忆录式结构的戏剧所不同的是,作为叙事主体的迦利玛,乃至于宋丽玲和其他角色在表演中都可以任意穿越各自不同的角色层次:正扮演着品克顿的迦利玛会即时翻译起《蝴蝶夫人》的唱词;在迦利玛与其他角色的对话中,第一个层次的迦利玛会突然附体,出其不意地转向观众发表评论;扮演办公室人员的马克会一边煞有介事地办公边又以马克的口吻和身份与迦利玛在潜意识领域进行交谈等等。这种不以时间、地点、角色为虑的、梦幻般的戏剧表演赋予了本剧极强的喜剧性和批判效果。比如第二幕的第六场末尾,迦利玛要求宋宽衣,而宋则以自己已经怀孕作为借口搪塞。紧接着的第七场是插入的情节,表现宋如何向秦同志索要一个混血男婴;与此同时,迦利玛在上方舞台注视着他们的表演。当秦同志终于离开后,宋马上转而面向上方舞台注视着这一切的迦利玛,两人开始了超乎剧情的交涉:

> 迦利玛(在秦后面喊道):走得好!(对宋说):你可知道,如果你肯回到我身边,重新做我的蝴蝶,我可以在瞬间把所有背叛都抛诸月脑后。
>
> 宋:没这可能了。你眼下可正在服刑呢,正在监仓里慢慢腐烂。而我此刻已在飞机上,准备回中国去了。你知道吗,有关我们的罪行,你们的总统已经赦免了我。
>
> 迦利玛:我看了那个报道。
>
> 宋:这肯定让你感到……沮丧透顶吧。
>
> 迦利玛:可是,你就没有一丁点儿想和我在一起的愿望吗?
>
> 宋:我是个艺术家,瑞内。你是对我演技最大的挑战。(她大笑起来)不管我的回答有多么烂,你还是会爱我的,对么?这就是为什么我会爱你了,瑞内。(她指着观众说道)好吧——你此刻正在告诉你的观众那天晚上我宣布自己怀孕了。
>
> (迦利玛搂着宋的腰部。他和宋的姿势与第六场结尾时一样。)
>
> (Hwang,1989:63)

在这场戏中,无论是演员跳出人物发表评论或表达感想,还是突然间插入影响剧情连贯性的情节,都戛然打断了剧情中渐次堆积起的煽情气氛,宛如一只充满气体的气球突然间被刺破了,使得整个事件显得滑稽荒诞。这样做所产生的间离效果,让观众直接看到了事件的本质,也意识到了迦利玛的可笑和可悲:尽管他已经完全了解了事情的真相和宋的"背叛",但深植于心的"蝴蝶夫人"情结还是令他无法接受眼前残酷的事实—曾经信誓旦旦地表示要为他付出的"蝴蝶夫人"宋丽玲,摇身变成了薄情寡义地抛弃他独自回国的"品克顿"。剧作家此处以外显的戏剧形式演示了迦利玛内心的矛盾和痛苦。尤其是在接下来的第八场中,剧情接着第六场的末尾,宋又回复到那个柔弱而无怨无悔的"蝴蝶夫人"。第七场与前后两场中的宋丽玲之间强烈的反差极具讽刺意味。比照他从前在迦利玛眼中的形象——"在大头针下痛苦扭动的蝴蝶"(Hwang,1989:32),以及迦利玛曾踌躇满志地对上司图龙所描绘的东方人印象:"东方人总是屈服于更强大的力量"(Hwang,1989:46),迦利玛这个东方主义情结的西方受害者被反衬得尤为可笑、可怜、可悲!

三、舞台布景

　　布莱希特不但通过戏剧结构和演员表演制造间离,舞台布景也是他拆除"第四堵墙"不可或缺的手段。为了使表演显现为表演,他不主张在舞台上复制现实生活的自然主义的舞美设计:"除了道具外,舞台应是空荡荡的,只是一个在其间讲述一个故事的开放性空间。换景应在观众众目睽睽的情况下进行。"(英　J.L.斯泰恩,2002:703)在许多戏剧技巧上,表现主义对布莱希特的影响是毋庸置疑的,事实上,简化舞台背景是德国表现主义剧作家们对莎士比亚剧场艺术重新挖掘的成果。他们对此有更为明确的要求,表现主义之父斯特林堡曾说过一句著名的话:"一张桌子及两把椅子! 这是最理想的!"(英 J.L.斯泰恩,2002:534)以批判社会现实为目的的表现主义戏剧家企图通过没有过多修饰的舞台触发观众的联想,营造梦幻般的氛围,以使人物的心理冲突外化。

　　在《蝴蝶君》一剧中,舞台布景与上文论及的戏剧结构、演员表演共同构成了产生本剧间离效果不可或缺的戏剧美学元素。无论是开放式、插曲式的戏剧场景,还是角色间瞬间转换的表演模式,都要求舞台设计能够配合剧情进行快速的布景转换,具有能使演员在时空间任意穿越的灵活性。为了达此目的,黄哲伦创造性地吸收了表现主义戏剧和布氏间离法的舞台布景,采用了"以不变应万变"的舞美设计。本剧的舞台在每一个场景中都布置得相当简单,仅仅摆放着几件代表性的道具,如板条箱、桌子、椅子、沙发和录音机等。舞台地面采用了跃层式结构,舞台靠后方的区域比前方区域要高,以表现幻象或用于呈现电影式的时空并列等。聚光灯的使用也在舞台上划分出了不同的区域、场景,实现了不同空间、时间共时显现的效果,方便剧情在现实与梦境、现在与过去间穿梭。黄哲伦没有像布莱希特一样用电影放映和字幕提示来增加戏剧的历史性;他是通过主要演员的口头描述和表演,以及背景音来提示情节背景和环境的,由此也有效地增加了戏剧的叙事性。如开头第一场,身陷囹圄的迦利玛对自己牢房的描述,第一幕第八场,迦利玛和马克在空无一物的舞台上模仿走在北京大街上的情境等。如此一来,空荡荡的舞台没法让观众产生身临其境的感觉,从而阻隔了观众可能产生的共鸣,演员对自身所处环境的独白式的介绍又成功地使表演显现为表演,间离便由此产生。

重要的是,间离效果还不是《蝴蝶君》一剧舞美设计的唯一目的,与其他表现主义戏剧的简约舞台不同《蝴蝶君》一剧的舞台布景对表现主题有着决定性的意义。以第一幕第八场为例,剧本的舞台指示上写着"1960年的京剧戏院和北京的街道"实际上戏院只是用灯光照亮的上方舞台来表现,宋丽玲和两名演员在台上表演京剧,而迦利玛就站在下方舞台仰视着他们。随后,喧闹的锣鼓声戛然而止,两名京剧演员退场,灯光发生了转换,宋丽玲径直走下舞台,来到迦利玛身边,并当众脱去戏服。尔后两人在舞台上边走边聊,模拟着走在北京夜晚街道上的情景,而实际上舞台上空无一物,只有背景音提示着街道的嘈杂。如此一来,观众便可以更专注于二人的对话,不受其他影像、文字因素的干扰。而且这一段对话恰恰包涵了宋丽玲对东方主义直白而尖锐的讽刺,挑明了剧本的主旨之同时也巧妙地契合了剧情的需要,表现了宋欲擒故纵的戏法。这时,上下方跃层式舞台的设置更是别有深意。此处被顺理成章地当作京剧舞台的上方舞台为迦利玛提供了"凝视"东方女性的最佳视角。当宋丽玲直接从舞台上走向观看演出的迦利玛,并当众脱去表演服时,这种对舞台表演和现实生活的极为突兀的跨越,粗暴地干预了观众观剧时可能产生的幻觉,达到了间离的目的;与此同时,也打破了舞台、戏剧与真实生活的界限,揭示了"人生如戏,戏如人生"的哲思,既隐晦地讽刺了迦利玛在真实人生中体验着《蝴蝶夫人》的戏剧情节,又提醒着台下的观众,舞台上上演的这出戏剧有可能正外化着他们自身的某种心态。

《蝴蝶君》一剧的舞台与生活、现实与梦幻、过去与现在的界限都只是通过这个跃层式设计和灯光的转换来实现的。布景没有墙和门窗,需要时,演员可以穿越舞台由道具、台词和声音虚构的界限,从一个时空来到另一个时空。这一设计人为地消弭了边界,打破了由以上各对立的时空界限所代表的二元对立的思维定式,暗示了本剧的"跨越"主题。如前所述,有评论认为本剧是对东方主义的解构和颠覆,从情节结构来看也的确如此,被普契尼凄美的《蝴蝶夫人》定格了的东西方男女关系和权力关系在《蝴蝶君》中被完全倒置了;前者悲怆的悲剧氛围也被后者的间离所带来的强烈的讽刺意味所代替。也有人认为《蝴蝶君》一剧是对东方主义的"不完全解构"当然这一评判也不无道理。或者说,剧作家在颠覆解构了东方主义的同时,却没能建构一个正面的东方形象。然而,解构和建构并非是一对互生互长的事物,解构的同时是否一定要重新建构一个新的价值体系?如果黄哲伦在颠覆东方主义的同时又树立了一个与西方人的自定义形象相仿的东方形象,以此来对抗西方人眼中的东方套话,那么就很有可能会重新落入与"东方主义"相类似的本质主义的窠臼。从本剧运用的戏剧技巧和诸多细节来看,黄哲伦并没有志在建构一个或可称为"西方主义"的价值体系,而是倡导解构主义的去中心化、去二元对立,具体表现为有意地模糊,甚至消除边界,制造各种"不确定性"。比如上文提到的对现实与梦境、舞台与生活、过去与现在这些明显相对立的境地的跨越,角色间不考虑时空、身份的任意转换,乃至于艺术门类的模糊化等等。关于后一点,作为京剧演员的宋丽玲却出现在德国领事馆表演西方歌剧《蝴蝶夫人》。稍有音乐常识的人都知道,无论是唱腔还是表演方式,这都是两种差异极大的演唱类别。即使对京剧不甚了了的西方观众疏于察觉,但学音乐出身的黄哲伦不可能忽略这样明显的硬伤。唯一个可能性就是他有意为之,打破艺术门类,乃至所有可以称之为边界的东西。剧本中还有一处可以提供佐证。黄哲伦最初将本剧命名为《蝴蝶先生》,即法语的"Monsieur Butterfly",后经夫人点化,将其改为法语缩写的"M.Butterfly",中文译为《蝴蝶君》。与英语不同,法语的缩写"M.",既可表示先生 Monsieur,也可表示夫人 Madame。黄哲伦对标题做如此调整,如他所说,意在令其更为"神秘和模棱两可"。巧的是中译的"君"字同样表现了这种性别的不确定性。而剧作家有意对标题性别的模糊化与消弭了边界的舞台布景一样,旨在反对二元对立,进而反对本质主义身份观。多琳·康多对这一点有详细的论述:

> 通过其标题所展现的性别的模棱两可,……通过权力的倒置,通过在全球政治的变幻无常中建构这些身份,黄隐藏、揭示,尔后质疑了所谓的"真实"的身份,向我们提出了重新定义"自我"的可能性《蝴蝶君》展现的不是一种充满了"内在真理"的、由于肤色的缘由而与"世界"和"社会"相隔绝了的孤绝的本质,而是通过软化甚或消解那些边界向"世界"展现"自我","身份"被置于世界中一系列建构于权力和意义之上和之中的不断移动着的点。……
>
> 《蝴蝶君》向我们暗示了,想要全面地描述和从修辞上确定一种从权力关系及具体境况和历史事件中提取的"自我的概念"是个不切实际的任务。相反,身份通过种种领域得以建立,并且建立于这些领域之中,也是通过种种磨砺和叙事传统得以产生的。身份远不是界限分明、一以贯之、易于理解的词条,而是在权力的基岩中孕育出来的多重的、含糊的、变换着的位置(Kondo,1990:5—29)。

康多的观点不仅可于《蝴蝶君》的主题分析中萃取,更可于以上所分析的戏剧技法中得到印证。

四、结　　语

　　黄哲伦在《蝴蝶君》中要破除东方人的刻板形象这一意图是非常明显的，但在解构之后如何树立一个族裔的正面形象显然不是他的创作初衷或重点。他或许也意识到宋丽玲这一形象会有误导的成分，或重塑刻板形象的危险性：在反证了东方女性的柔弱的同时，他似乎又塑造了一个极具女性特质的狡黠而无情的东方男性的刻板形象。他解决这一悖论的策略是借助戏剧技巧，将颠覆主题融入文化身份的探索之中。文化身份是华裔美国文学绕不开的主题，而就这一主题，现今大多数的亚裔作家和批评家都倾向于赞同非本质主义的身份观，亦即赞同族裔文化身份的多元性和流变性。黄哲伦运用开放式的戏剧结构、演员多重身份的互换式表演，以及可以任意穿越的空间布局，从戏剧美学的角度呈现了他欲表达的深层主题——边界的含混和可穿透性，如此在显性层次上批判了东方主义，又在隐性层次上应和了亚裔作家们去中心化的多元文化身份观，在主题上达到了和谐统一也就淡化了宋丽玲这一形象可能带来的疑惑和争议。不仅如此，他对布氏间离法的创造性运用不仅大大地增强了讽刺和批判的效果，而且其集表演、舞蹈、戏曲、歌剧为一体的丰富的表演形式也激发了观众的想象力，大大地丰富了观众的审美经验。

参考文献

[1] 杜彩.布莱希特"史诗剧"的此在——彼在寓言结构[J].文艺理论研究,2010,2.

[2] 丁文莉.论黄哲伦在《蝴蝶君》中对东方主义的不完全解构[J].徐州师范大学学报(哲学社会科学版),2007,2.

[3] 黄应全.让戏剧暴露为戏剧——布莱希特陌生化理论之我见[J].戏剧,2002,2.

[4] J.L.斯泰恩.现代戏剧理论与实践[M].第三卷·表现主义与叙事剧.刘国彬等,译.北京：中国戏剧出版社,2002.

[5] 卢俊.从蝴蝶夫人到蝴蝶君——黄哲伦的文化策略初探[J].外国文学研究,2003,3.

[6] David Henry Hwang and Louis Digaetani John. "M. Butterfly": An Interview with David Henry Hwang [J]. TDR,1989,33 (3).

[7] David Henry Hwang. M. Butterfly[M]. New York：Plume,1989.

[8] Dorrine Kondo. M. Butterfly Orientalism, Gender and a Critique of Essentialist Identity [J]. Cultural Critique,1990,16.

[原发表于《中国比较文学》2014 年第 2 期]

美国华裔剧作家黄哲伦笔下的
性别表演及表征政治[*]

许双如^{**}

(暨南大学外国语学院)

摘要:《蝴蝶君》(*M.Butterfly*)是美国当代杰出剧作家黄哲伦的代表作。以往对此剧的评论多集中于作品对东方主义话语模式的解构或是东西方之间的对抗。其实,若将《蝴蝶君》置于当今性别政治和文化政治语境之中,可发现作品所触及的文化层面要更为深入和广泛。本文围绕剧中"蝴蝶"图像的建构与解构,以及性别表演的戏仿修辞,分析此剧所反映的性别和种族表征政治,探究造成东西方文化误识和错误表征的根源。黄哲伦以一只伪装的"蝴蝶"戏仿了西方人的"东方蝴蝶"迷梦,目的在于揭示符号与权力、表征与心态的关系,揭示表征的权力本质和符号的虚构性,但其意不在鼓动权力的争夺,而是说明不同文化之间平等对话、坦诚相待的重要性。

关键词:黄哲伦;《蝴蝶君》;性别表演;表征政治

黄哲伦(David Henry Hwang)是美国当代杰出的剧作家,曾获得包括"托尼奖"在内的多个美国戏剧界大奖。美国《时代》周刊誉其为自阿瑟·米勒之后在美国的公众生活中第一个重要的剧作家,而且,很可能就是最好的剧作家。《蝴蝶君》(*M.Butterfly*,1988)是黄哲伦最具知名度的代表作品。

《蝴蝶君》讲述了一个耐人寻味的故事:派驻北京的法国外交官伽利玛在观看歌剧《蝴蝶夫人》时,迷上了扮演蝴蝶夫人的京剧旦角宋丽玲,他将宋丽玲当成自己心目中的"蝴蝶",殊不知这只"蝴蝶"是中国政府派来获取美国情报

---

* 基金项目:本文系教育部人文社科基金项目"面具政治:华裔美国文学'身份表演'书写研究"(项目号:14YJA752017)的阶段性成果。

** 作者简介:许双如,文学博士,副教授,主要研究方向为流散文学、亚裔美国文学、跨文化研究。

的间谍。两人在一起经历了20年的分分合合,最后伽利玛因被指控泄露情报罪而被捕。在法庭上与宋丽玲对质时,方知自己深爱了20年的"蝴蝶"竟然是个男人,而且还是间谍!"蝴蝶"梦碎的伽利玛无法接受事实真相,像"蝴蝶夫人"一样自杀了。

以往对《蝴蝶君》的评论集中于作品对东方主义话语模式的解构或是两性之间、东西方之间的对抗,有评论甚至认为这是一部"反美国的戏剧",是"东方对西方的胜利"。其实,仅仅看到《蝴蝶君》对西方/东方权力关系的颠覆是有失于片面的,《蝴蝶君》所触及的文化层面更为深入和广泛。围绕"蝴蝶"意象的建构与解构,以及性别表演的戏仿修辞,在分析此剧所反映的性别和种族表征政治也可以探究造成东西方文化误识和错误表征的根源。

一、"蝴蝶":权力运作下的"他者"表征符号

《蝴蝶君》与歌剧《蝴蝶夫人》的互文关系在剧名中已有暗示。"蝴蝶夫人"是一个在西方广为流传的异族婚恋故事,有着多个版本,但都基本按照同一模式:美丽而娇弱的东方女子为了傲慢而薄情的西方男子的爱情而无怨无悔为之献身。最著名的版本当属普契尼的歌剧《蝴蝶夫人》。

《蝴蝶夫人》讲述的是,美国海军军官平克顿来到日本,和日本姑娘巧巧桑相爱。不久平克顿回国,抛下已有身孕的巧巧桑,许诺不久将回到她身边。痴情的巧巧桑一边独力抚养婴儿,一边忠贞不渝地等候平克顿。三年后,她终于等来平克顿,不料他已经结婚,回到日本是为了向她索要孩子。心碎的巧巧桑拔剑自刎,结束了年轻的生命。剧中的巧巧桑美丽而脆弱,温顺而贞节,就像一只蝴蝶,满足了西方男子的观赏欲和自大心理的需要。这部歌剧被公认为最优美、最具诗意的艺术作品,尤其是"蝴蝶"自杀一幕,让无数西方人扼腕叹息,甚至迷恋其中而欲罢不能。其实,在"优美"和"诗意"的高雅面纱后面,还掩盖着不那么高雅的性幻想和性欲望,正如康多(Dorinne K. Kondo)所言,"他们在一朵精致优雅的莲花不可避免的死亡中发现了美感并坚信日本女人的固定身份:蝴蝶即是艺妓"(1990:9)。

《蝴蝶夫人》的成功成就了"东方蝴蝶"意象。在文学和文化领域里,"东方蝴蝶"已成为一个东方女性的象征性符号,林英敏称之为"蝴蝶图像"。所谓"图像"(icon)就是"寻求模仿或类似其对象的再现","图像被简化且不加思索地一再使用,时日一久便成了刻板印象"(林英敏,1996:185)。在文学与文化

的领域里,"蝴蝶夫人"以各种不同的艺术形式不断地被演绎、被观看,成为东亚女人的图像和刻板印象,它代表着西方男子心目中理想的女性形象:美丽而柔弱,需要男性的保护和拯救。它甚至还代表着整个东方民族。正如黄哲伦在《蝴蝶君》后记中所言:"说起亚洲女性,我们有时会说,'她在扮演蝴蝶夫人',意思就是说她在扮演顺从的东方角色……"(Hwang,1988:86)。

其实,"蝴蝶图像"并非艺术家的即兴之作,而是从18世纪以来西方对东方的想象和论述中孕育出来的一个表征符号。据林英敏(Amy Lin)考证,普契尼歌剧版的《蝴蝶夫人》改编自柏拉斯可(David Belasco)独幕剧,这一独幕剧又是根据美国费城律师龙恩(John Luther Long)的短篇故事《蝴蝶夫人》改编而成的。而龙恩又是从洛帝(Pierre Loti)的《菊子夫人》(*Madame Chrysantheme*)中得到灵感,这是洛帝根据其在日本的短期游历写成的虚构日记。洛帝是个喜好寻欢作乐、四处猎艳的浪子,尤喜富有异国情调的褐色皮肤女性。他喜欢用昆虫来形容女人,所以当他看到菊子夫人张开双臂、穿着和服而睡时,他想到了"一只巨大的蓝蜻蜓,栖息在那儿,一双残酷的手把她钉在地板上"(林英敏,1996:202)。这便是蝴蝶夫人的前身。

"东方蝴蝶"符号一经产生并进入西方文化和语言系统,就被不断地复制、编织进各种符号文本中,但它并不仅仅作为艺术意象,或是仅仅作为一个所指,而是被运用于表征实践,发挥意指功能。也就是说,"东方蝴蝶"既是表征实践生产出来的符号,又继续参与其他表征实践。斯图尔特霍尔认为符号生产事实上是由某种文化或意识形态创造的一个可以解码的符号文本,其中隐含多种支配和被支配的关系或权力政治含义。实际上,符号自其进入语言系统之始就不是自足自为的,而是权力和意识形态的建构。同其他表征符号一样,在"东方蝴蝶"这个符号的产生过程中,明显可见潜行于背后的权力运作。

首先,是在性别层面。"蝴蝶夫人"这一符号符合了西方男性对于理想女性的幻想。在奉行菲勒斯(Phillus)中心观念的社会中,女性是作为证明男性价值的"他者"而存在的,是男性的参照物。著名女权主义理论家波伏娃指出,"并不是他者在将本身界定为他者的过程中确立了此者,而是此者在把本身界定为此者的过程中树立了他者"(1998:13)。此言即是,女性的"他者"身份是由男性出于确立自身主体地位的需要而树立的,正是出于这一需要,男性热衷于按自己的设想表征女性。在男性主宰的话语中,女性"他者"总是与柔弱、被动、顺从等词联系在一起,以衬托出男性的强大,树立起男性的权威。这就是波伏娃所说的"连最平庸的男人在和女人相比时,也会觉得自己非同凡响"的原因。或许由于近现代西方女性主义运动的蓬勃发展,白人男性感到他们长期以来享有的权威受到威胁,因此迫切需要重构一个不同于西方女性的"他者",以重振男性权威。"东方蝴蝶"恰好满足了西方男性的心理需求,她具有外表的美丽柔弱、"从属者最高德性"的"忠贞诚信"和作为"女人本分"的"柔顺谦卑",成为西方男性心目中理想的女性形象,而且还无怨无悔地为"最不值得爱的薄情的西方男子"奉献一切,这让西方男子的自尊心获得极大的满足。所以说,在西方男性的"蝴蝶情结"中潜行着男性对于女性的权力欲望,这就是"蝴蝶"作为表征东方女性的符号之所以深得西方男性欢心的一个重要原因。

其次,"东方蝴蝶"的符号也体现了权力在种族层面的运作。洛帝/平克顿所生活的19世纪后半叶正是欧洲和美国的殖民扩张时期,西方人带着征服者的心态,怀着猎奇和冒险心理来到亚洲,搜刮奇珍异宝、东方情调的器具物品,然后仅凭一点浮光掠影的印象大书特书所谓的"东方文化",建构所谓的"东方学"知识。所谓的"东方学",实质上是西方实施其文化霸权以控制东方的一套话语系统,它体现了东西方之间的关系其实是"一种权力关系、一种支配关系"(Said,1978:5)。在这一权力关系中,西方是"东方"的代言人、表征者,而"东方"则沦为被表征者,被建构为他者。"东方蝴蝶"这一符号极其吻合了西方人对东方的设想,被视为是东方的隐喻。它提供了一个便利的表征工具,使人可以不假思索地联想起一个女性化的、孱弱的、非理性的、落后的东方,不仅可以将东方置于他者位置,而且使西方从参照中获得自大的优越感。这就是《蝴蝶君》中宋丽玲在法庭上的话之所以发人深省:"我是一个东方人。作为一个东方人,我从来不可能完全是个男人"(62)。也即,即使没有扮成女人,东方男性在西方人眼里也是女性化的人。这是因为,东方男性早已经被西方的话语阉割了。对此,宋丽玲在下面这段话中继续予以无情的揭露:

"西方认为自己是男性的——巨大的枪炮、庞大的工业、大笔的钞票——所以东方是女性的——软弱的、精致的、贫穷的……"

"她(东方)的嘴里说不,但她的眼睛却说是。从内心深处,西方相信,东方在骨子里想要被支配——因为一个女人不可能独立思考。"(62)

黄哲伦通过宋丽玲之口所要表述的是:西方将东方表征为女性,其实是为了满足其权力欲望。黄哲伦在此使用了一个惊世骇俗的说法——"西方对东方存有一种国际强奸心理"(The West has sort of an international rape mentality towards the East),话虽尖刻,但不无道理。正是基于此种心理,"东方蝴蝶"符号才在西方如此深入人心,"蝴蝶"的形象才如此令人着迷。

可见,《蝴蝶夫人》等文本所创造的"东方蝴蝶"意象,不仅是一个文学形象,更是一个蕴含丰富的性别和种族政治内涵的文化符号。西方霸权话语以此符号(以及其他诸如此类的符号)构建其对"东方"的表征话语,并实现对亚洲身体的铭刻。

二、扮装:作为对"他者"表征的戏仿和解构

黄哲伦创作《蝴蝶君》的初衷无疑是要解构"蝴蝶夫人"符号,并以此为突破口挑战以其为代表的性别和种族表征中的陈词滥调。为此他采取了巧妙的戏仿策略,通过宋丽玲和伽利玛的"性别表演",成功上演一出扮装游戏,以仿拟的"蝴蝶"解构"蝴蝶夫人"。

巴特勒在《性别麻烦》中指出扮装是一种文化实践,它戏仿了原初的性别身份概念,其政治性意义在于揭示了"仿品"与"真品"之间有比一般想象更为复杂的关系。她引用以斯帖·牛顿对美国女性扮装秀艺人的如下分析:

> 就其最复杂情形而言,"扮装"是一种双重的倒错,它告诉人们:"表象是假象"。扮装说:"我的'外在'面貌是女性,但我的'内在'本质'身体'是男性。"同时它又象征了反向的倒置:我的"外在"面貌"我的身体、我的性别"是男性,但我的"内在"本质"真正的我自己"是女性的。(1990:137)

这两个绕口令般的告白相互矛盾,充满了悖论性,迫使我们去思考某些固有身份范畴(如男性/女性,以及西方人/东方人)的位置和稳定性。黄哲伦通过《蝴蝶君》中宋丽玲与伽利玛的扮装和角色互换,目的是引起我们重新思考西方主流文化对于性别和文化身份的预设。

《蝴蝶君》中宋丽玲就是一个性别扮装者。与巧巧桑一样,宋丽玲也是以理想的"蝴蝶"形象出场的。"她"穿着和服,表演巧巧桑殉情自尽一幕。"她"美丽、迷人、娇弱,还有表演结束后鞠躬谢幕的羞怯神态,简直就是伽利玛心中理想的那只"蝴蝶",一下子就让伽利玛迷恋上了。诚如巴特勒所言,"(性别)表演带来的快感,它令人眼花缭乱的地方,部分就在于面对文化所设定的因果关系上的统一性"(1990:137)。宋丽玲出于完成政治任务的需要,有意拨用西方霸权文化为"东方女性"所预设的身体符码,包括行动、姿态、服饰,以使其演绎出来的"东方女性"形象与伽利玛头脑中"蝴蝶"形象一拍即合,取得两者之间的"统一性",难怪伽利玛情不自禁地称赞宋丽玲的表演"完全令人信服"。请看宋如何尽情表演"东方女性"的羞怯气质:

请走吧。虽然我尽力想要使自己变得现代,说起话来像个男人,装出一个西方女人那样的坚强的脸孔……可是,我还是失败了。一颗小小的、受惊的心儿跳得太快了,使我显露出了原形。伽利玛先生,我是个中国女人。我还从来没有……从来没有邀请一个男人到我的寓所来过。我的鲁莽行为使我害臊得皮肤都发烫了。(27)

这只"蝴蝶"如此美丽而娇羞,让伽利玛深信不疑。他已经为眼前这只"蝴蝶"而倾倒,从其身上得以实践从未有机会实践的男性气概,想把她拥进怀里,保护她,宠她。

宋丽玲的性别/文化身份表演之所以能获得伽利玛的认同,很大程度归因于表演者/宋丽玲与观看者/伽利玛双方共享"东方"服饰符码,尽管一方为有意拨用,另一方则是受西方模式化观念所预设。台湾学者张小虹认为,"在跨文化的接触中,服饰总是在认同与他者的互动游戏中扮演着主要意符的角色"。尤其在西方认识和表征"东方"时,服饰的作用被发挥得淋漓尽致:"服饰捕捉了东方的本质,并将其客体化。服饰如同珍奇的纪念品般成为物神化(fetish)的图腾,代表着可供消费的东方世界。"所以,正如张小虹借彼德·沃伦(Peter Wollen)之言所说的,"东方的服饰成为生动的视觉意符,代表了异国情调的他者,因此也就变成了西方帝国主义者将东方视为逾越与幻想式情欲所在的最有效媒介"(1996:141)。无怪乎伽利玛视"穿着旗袍和服的苗条女子"为其理想中的"完美女人",一个属于他的东方幻影。

剧中宋丽玲一出场就是一身京剧旦角服饰,在京剧曲调中轻移莲步,翩翩起舞,在舞台上、在伽利玛面前塑造了一个美丽女子形象。此后随着剧情发展,"她"时而换上艳丽的日本和服扮演楚楚动人的蝴蝶夫人,时而穿着紧身旗袍和半透明的绣花睡袍扮演娇媚的情人,这些具有符号性的服饰无不意指着女性气质和东方情调,成功地帮助宋丽玲在伽利玛面前确立起"东方女性"身份。然而,建立在一堆服饰之上的身份认同本身就是最大的反讽。到剧本末场,宋丽玲在伽利玛面前褪去蝴蝶夫人的戏袍,换上男式西装,观众发现其服饰表演原来是有意的扮装,是有意识的性别操弄。宋丽玲赤裸的男性身体与伽利玛初会宋丽玲时对其表演做出的"完全令人信服"的评论形成强烈反差,扮装的欺骗性在此处却取得了反讽效果,狠狠讽刺了伽利玛的肤浅和无知,并进一步揭示西方对亚洲女性的性别化表征的虚构性。

值得指出的是,宋丽玲扮装的批判性并不仅仅停留在对性别表征模式的解构。实际上《蝴蝶君》对于性别和文化关系的探讨是交织在一起的,剧本中的性别关系同时构成了西方/东方关系的隐喻,因此剧中的戏仿策略同时将批判的矛头指向西方对东方文化身份的表征。在西方对"东方"的表征话语中,"东方"总是作为强大的西方的参照物,是在西方的俯视下卑躬屈膝的弱者。在这种话语的浸淫之下,西方人面对"东方"时总是油然生出无名的傲慢心态。宋丽玲的扮装最终以自我曝光的形式,狠狠地击破了伽利玛的蝴蝶幻象,讽刺了西方对于东方一厢情愿的幻想和傲慢心态。

剧中并非只有宋丽玲这一角色在进行性别表演,伽利玛自始至终也在进行性别表演,而且相对于宋丽玲有意设计的伪装,伽利玛无意识的性别身份表演更具批判性。剧中的伽利玛完全不同于西方主流话语中的西方男性形象,他既不英俊潇洒,也毫无男性魅力。其第一次性经验给其感觉是被女人强奸,令其深感耻辱,以至于此后在西方女人面前他就像被阉割了似的。这个"既不英俊,也不勇敢,又没什么权力"的平庸之辈,尽管在西方女人面前毫无男性尊严,却坚信自己有权力得到一只"蝴蝶"。他幻想"蝴蝶",渴望"蝴蝶",以便能获得一个参照物,一个"他者",让他能够扮演阳刚男性形象,重拾男性自尊。所以,当见到宋丽玲扮演的蝴蝶夫人时,陡然变得自信十足,获得了极大的权力感,幻想着"把她保护到我强大的西方人的怀抱中"。

在宋丽玲的伪装配合下,伽利玛扮演起主宰者角色。他甚至自作聪明耍起欲擒故纵的把戏。他自以为已经捕获了"蝴蝶"的芳心,故意不去探望宋丽玲,以为小施残忍心计就能折磨折磨这只"蝴蝶"小小的脆弱的心,以此体验男人对女人的权力:

> 我决定做个试验。在《蝴蝶夫人》中,巧巧桑害怕那个西方男人,因为他抓住一只蝴蝶后会用一根针刺穿它的心脏,然后任由它死去。我开始感到好奇:要是我也抓住一只在针上挣扎的蝴蝶呢?……我第一次感觉到那种权力的冲动——这是一个男人的绝对的权力。(28)

此时,伽利玛所扮演的俨然是一个掌握权力、意图掌控一切的男性形象,拥有权力的感觉让其陶醉,然而讽刺的是,这一自我形象却是建立在谎言和幻想之上的。可见,"东方蝴蝶"形象不仅仅是宋丽玲的表演结果,更是伽利玛对固有性别和种族符码的操演而创造的幻影,从象征意义上,这个幻影是西方男性权力欲望的投射。

东方蝴蝶幻影如此深入伽利玛灵魂,以至于他在幻想破灭之时依然执迷不悟地守护其蝴蝶梦。在第三幕第三场,宋丽玲向其展露裸体,面对残酷的事实真相,伽利玛依然选择逃避,拒绝接受现实,宁可待在想象中。剧末,这个白人男子在脸上涂脂抹粉,换上蝴蝶夫人的行头,与自己心目中那只"蝴蝶"融为一体:"爱情扭曲了我的判断,蒙蔽了我的双眼,重新排列了我脸上的皱纹……直到我在镜子中看到的,只是……一个女人"(68)。他唱起《蝴蝶夫人》殉情的经典唱段,拿起刀,以切腹方式结束自己的生命,以彻底成为殉情的蝴蝶夫人的方式献祭死去的蝴蝶梦。而此时,宋丽玲却身着男式西装,在舞台后方"像男人一样站着",抽着烟,冷冷地看着这一幕,口中轻轻地呼唤着:"蝴蝶?蝴蝶?"这一幕令人想起一开场伽利玛看宋丽玲舞蹈时说的第一句话"蝴蝶,蝴蝶"。此时,两人的角色发生了戏剧性逆转,谁才是蝴蝶?显然,黄哲伦反向仿拟东方女性为西方男子殉情的刻板情节,刻意扰乱既存于殖民话语中的性别和文化身份符码,制造性别和文化定位的含混,以此质疑西方殖民话语中的性别/文化表征模式,同时揭示性别和文化身份仅仅是一种权力结构,所谓的性别和文化特质是文化建构和表演的结果,而非本质性的存在。

巴特勒曾分析性别戏仿(gender parady)对于性别政治的意义,认为性别戏仿有效瓦解了本体论的性别身份概念:

> 性别戏仿……并不是假定存在有一个此类戏仿身份所模仿的真品,事实上,这里所戏仿的是真品这个概念本身;……性别戏仿揭示了性别模塑自身所依照的原本身份,本身就是一个没有原件的仿品。(1990:137)

黄哲伦在《蝴蝶君》中通过宋丽玲和伽利玛的性别戏仿,意在揭示并没有一个性别以及文化身份的原件存在,宋丽玲和伽利玛所模拟的"东方女性形象"和"西方男性形象"只不过是一个幻象,是西方为了满足其权力欲望而臆想出来的神话。

三、蝴蝶的启示:从权力博弈走向对话

无论是"东西方关系逆转"论还是"同性恋"论,都是对《蝴蝶君》的简单化解读,也是对黄哲伦文化情怀的误解。对于"同性恋"说,黄哲伦曾做过如下解释:

> 对我而言,这并不是一个同性恋的题材。因为在此脉络中同性恋或异性恋的名称是毫无意义的……而且我是以法国外交官的角度来陈述这个故事,本剧明确的主题应该是"一个男人爱上一个由男人创造出的女人"。就我而言,这种角色刻画,比"同性恋"或"异性恋"这些粗略的称谓都要来得有用。(张小虹,1996:154)

可见，黄哲伦所关怀的不仅仅是性别问题，而是异质文化如何交流和相处的问题，这在全球化趋势下各国文化交往日益频繁密切的新形势下，尤显其重要性。

黄哲伦在《蝴蝶君》后记中提及其创作是受到一桩真实的间谍案——法国外交官与间谍石佩普之间的故事的启发，他惊讶于外交官与石同居20年竟无察觉其男儿身，由此意识到其悲剧是源于西方对亚洲的误识，而此类误识——"东方的神话、西方的神话、男人的神话、女人的神话"——已经浸透了人们的意识，严重影响了性别之间、文化之间的交流和相互理解，"以至于在民族和爱人之间的真正联系可能只是英勇的努力的结果"（2010:154）。

更具批判性的是，黄哲伦在戏剧中暗示，伽利玛对于"东方蝴蝶"的迷恋并非个案，随着西方表征话语确立了牢不可破的地位，蝴蝶神话之类对亚洲的误识已经深深植根于这个话语体系，成为普遍性"知识"。从《蝴蝶夫人》在整个西方世界的广为流传到伽利玛坦言没几个西方人会拒绝做平克顿的机会，可以断言，无论是真实发生的法国外交官的悲剧，还是作为艺术虚构的伽利玛的悲剧，其实都具有内在的普遍性，其根源在于西方对"东方"固有的傲慢和无知，在于西方对"东方"根深蒂固的误识，在于西方对"东方"表征的固执和一厢情愿。只要西方不改其对待"东方"或者其他"非西方"文化的态度，此类悲剧将不可避免。

值得一提的是，在黄哲伦看来，造成西方和亚洲之间的误识，亚洲也负有一定的责任。他指出："这部剧也表明东方对西方也存在着误识。""东方为了眼前利益，而不顾及强化这些种族刻板形象的长期恶劣影响迎合了西方的这种居高临下的态度"（Louis,2000:1585-1576）。

那么，西方和亚洲如何才能破除误识，达至真正的相互理解呢？首要的工作是让西方从对亚洲的臆想中醒悟过来，双方放弃成见，回到彼此平等的基础上进行交流。审视宋丽玲和伽利玛的"性别易装表演"，可以发现，那些认为这是对"西方/东方"的殖民与被殖民、支配与被支配的权力关系的置换的评论其实有失片面，因为这样做无非是重新回到那一套互为他者的二元对立模式，根本无助于消除文化之间的误识，反而是"保持在一个表面的、误识横行的世界上"（2010:154），而这恰恰有悖于黄的初衷。

实际上，黄哲伦在剧本后记对其创作意图有过清楚的说明：剧本创作的目的不是对于西方支配东方、男人支配女人的简单谴责，而是"穿透我们各自的层层累积的文化和性的误识，为了我们相互的利益，从我们作为人的共同的和平等的立场出发，来相互真诚地面对对方"（2010:154）。黄哲伦以一只伪装的

"蝴蝶"戏仿了西方人的"蝴蝶"迷梦,其目的在于揭示符号与权力、表征与文化心态的关系,揭示表征的权力本质和符号的虚构性,但其意不在鼓动权力的争夺,而是说明平等对话、坦诚相待的重要性。无论是西方还是亚洲,唯有放弃成见和臆断,平等交往,坦诚相待,方能破除彼此的误识,达成相互之间真正的理解,从而避免交往过程中的文化冲突。

参考文献

[1]西蒙娜·德·波伏娃.第二性[M].陶铁柱,译.北京:中国书籍出版社,1998.

[2]黄哲伦.蝴蝶君[M].张生,译.上海:上海译文出版社,2010.

[3]林英敏.蝴蝶图像的起源[G]//何文敬,单德兴.再现政治与华裔美国文学.台北:"中央"研究院欧美研究所,1996.

[4]张小虹.性别越界[M].台北:联合文学出版社有限公司,1996.

[5]Butler Judith. Gender Trouble [M]. New York:Routledge,1990.

[6]David Henry Hwang.M. Butterfly [M]. New York:Dramatists Play Service,1988.

[7]DiGaetani and John Louis. M.Butterfly:An Interview with David Henry Hwang [G]// Ed. Lee A. Jacobus. The Bedford introduction to Drama, 4th. Boston:st. Martin's Press,2000:1575-1576.

[8]Dorinne K. Kondo. M. Butterfly:Orientalism,Gender,and a Critique of Essentialist Identity [J]. Cultural Critique,1990,16:9.

[9]Edward W. Said. Orientalism[M]. New York:Penguin Books,1978.

[原发表于《世界华文文学论坛》2015年第4期]

《金童》中的空间解读

汤 红[*]

(安徽工业大学外国语学院)

摘要:《金童》是美国著名华裔戏剧家黄哲伦继《蝴蝶君》后推出的又一力作,被认为是剧作家最成熟的戏剧。黄哲伦打破了历史与现实,记忆与想象,西方与东方的界限,将现实、幻想、历史糅合在一起。《金童》在记忆时空—心理时空—现实时空的 3 层空间中不停转换。不同的空间在个体影响下被赋予了不同的意义,也直接影响了剧中人物的身份建构。剧作家在实现戏剧空间转向的同时,表达了其守护故土空间,以及对多层空间并存的期望。这一舞台尝试不仅提升了空间对戏剧的重要性,更创造性地将空间重新组合和拓展,缔造了一种新的整体化剧院空间形式,实现了对传统戏剧空间的超越。

关键词:空间;身份;意义;超越

法国评论家安托南·阿尔托曾经指出:"将戏剧固定在一种语言里:书面话语、音乐、灯光、声响,这标志着在短期内它要消亡。"(2006:7)他提倡进行戏剧改革,使一种总体戏剧观复苏。空间则是这场改革的重点。按照阿尔托的观点,戏剧家应该用空间说话,向它提供养料,填满它,让空间成为戏剧表达的媒介。(2006:88)如果将华裔戏剧家黄哲伦的作品《金童》放在这一观点下审视,我们发现,在戏剧题材和人物角色塑造上,该剧作继续承袭了流散作家一贯关注的探求多元文化差异共存的问题。但更值得注意的是,这部被评论家认为是黄哲伦最成熟作品的戏剧除了从时间维度上探讨过去生活经历对现在身份构建的影响外,更具备了空间维度上的鲜明特征。在戏剧情节的安排上,黄哲伦更偏向空间和结构。其中历史与现实,记忆与想象,西方与东方之间的张力充斥了整部剧。此外,整出戏剧的主体部分是主人公对后代的一次讲述家族史的过程,也可视为一次寻根之旅,对自身归属的困惑和思考一直伴随着

---

[*] 作者简介:汤红,讲师,主要研究方向为英美文学。

主要人物漂浮不定的经历。空间和身份的关系也成为该出戏较大的一个亮点。《金童》的这些特征契合了现代戏剧对于空间诗意的强调,让观众在感知戏剧空间的同时参与到空间表征的过程中。戏剧家巧妙利用空间的多元表达和转换,实现了戏剧中几个不同空间的共存和延宕。

一、戏剧空间的转向

《金童》的第一幕从金童阿安的鬼魂和儿子安德鲁在卧室中的交谈这一情景开始,引出其对家族史的回忆及叙说。在阿安的回忆中,整个家族在1918年所经历的一系列事件一一浮现:父亲的回归,各房的争斗,改变家族信仰皈依基督教等等。观众亲身体验了20世纪初期时代变迁下的中国厦门的一个普通家庭的经历。整幕戏以回忆为载体。鬼魂阿安的叙说既是时间维度上的追溯,又带领观众进行了一次空间维度上的重访。第一幕近百年的时间跨度记录了家族史中意义深刻的两个时间点。在浓缩的时间维度中频繁更换空间。处于最外层的空间是阿安的儿子安德鲁位于曼哈顿的家中卧室。阿安试图劝说安德鲁为家族传宗接代,延续香火。

  安德鲁:妈,我从来就没想过要当爹。这次怀孕——完全是个意外。
  阿安:这可是上帝给你的最后机会——传宗接代,延续香火。
  安德鲁:你总是往死里逼我:生孩子呀,去教堂呀,听从基督的安排等等。我压根就不想跟这种生活沾边。
  阿安:你从不去教堂做礼拜。她已经是你的第三任太太了,这足以证明你是个大罪人。现在胎儿一天天在长大,你该平心静气,听我把家族的故事再讲一遍——不仅要把它听到耳朵里去,更要听进心里去。(黄哲伦,2006:123—124)

阿安劝说无效,于是打算再次向儿子讲述家族的故事。母子的谈话至此结束,时间跨度较短。阿安的回忆的第一层空间是阿安幼时的家。三间厢房绕着作为起居室的大厅。几房太太正在忙着接待抛妻别子三年的丈夫,彼此间口角不断。第二层空间转向家中的厢房,包括阿安刚归家的父亲延彬在内的众人在各自的厢房祭拜祖先。第三层转向家中的大厅,三房太太为延彬在此接风洗尘。第四层空间再次回到各自的厢房。借助更替的时空来安排事件发生的序列,各个回忆片段依次出现。同时作为讲述者的阿安在回忆中时不时地以安德鲁母亲的身份登场,提醒观众另外一层现实空间的存在。记忆时空—现实时空并置且交叉出现。这一跳跃式的空间安排类似于现代戏剧中为改造空间而做出的推倒舞台空间的第四堵墙的努力。布莱希特认为戏剧表演的舞台不仅仅有三堵墙,观众所坐的地方则是第四堵墙。"这样就造成和保持了一种假象,即舞台上发生是生活中的一个真实事件,那自然不会有观众。用第四堵墙的方式演剧就如同没有观众一样。"(1990:181)第四堵墙将舞台构建成一个封闭的空间,观众易于同演员产生情感共鸣,从而难以形成自己独立的价值判断。因此布莱希特提倡推倒第四堵墙。在第一幕中,金童阿安在现代空间中结束了同儿子安德鲁的谈话后,空间迅速更迭到1918年的福建沿海的一个小村庄。这时,"阿安拿出一件20世纪初中国男子穿的长衫,套在安德鲁身上。他开始扮演起了自己的外祖父"。(布莱奇特,1990:124)安德鲁的妻子伊丽莎白则换上了"一副鬼魂打扮,身穿长袍,用爱玲的声音说话。爱玲便是三太太,一个二十出头的中国女人。"(124)就连阿安本人也"开始用10岁女孩的声音讲述。"(124)安德鲁、伊丽莎白和阿安"在舞台上既是演员本人,又是剧中人物,这两个不同身份认同之间产生间离的效果。"(沈家乐,2013:31)这正是布莱希特希望达到的目的,有助于打破剧院空间的习惯性的两分法,让表演者和观看者之间产生空间交换。第一幕结尾处,"灯光切换到庭院。中国民间器乐营造出哑剧的氛围:璐安、爱玲和秀邑在院中打麻将。一个仆人送来一张名片,秀邑接过来看,其他女人退回到各自的房间。班尼斯神父——一个五十多岁的白人——进来了。后面跟着的是安德鲁和阿安,这次阿安是以安德鲁母亲的身份出场"。(黄哲伦,2006:137)舞台提示很清楚地表明演员和剧中人物不再是被动地接受说教,而是在别人的凝视之下参与到舞台上发生的事件中来,能够"用惊异者和反对者的态度,阅读他的角色"。(布莱希特,1990:206)观众在看"故事"之外,看到了演员"演故事";在看"演员"之外,又看到了叙述的第三者,进而打破了传统封闭的一维讲述模式。布莱希特曾将剧院空间比喻为街景:演员就像站在街头,作为目击者面向观众,模仿并解释之前发生在这个空间当中的一个事件。而相当于围观者的观众则通过演员的表演对事件做出自己的评判。观众在"这样的剧场空间中感受自己的在场,恢复了自我的主体意识,能够做出独立的价值判断。"(布莱希特,1990:63)安德鲁和阿安不仅演出了家族中发生的故事,还作为观众和围观者给出自己的评论。

  阿安:牧师来访那天,这是我第一次看到母亲回避某个人。我父亲奋力抗争——要改变我们的家。但是当变革的熊熊大火真的到来时,却没有人知道谁会活下来,谁会迷失自己。(138)

  安德鲁:他(外祖父)想和自己所爱的女人建立一个新家。为了达到

目的,他力图撼动天地。(157)

《金童》的两幕中的注意力和聚焦点都是在一前一后的两个时间段里替换。第一幕开始于现代。"舞台上显出一个中国女孩的身影。她叫阿安,10岁,但说话却是一个85岁老妪的声音。"(123)说话声音代表了现代空间的存在,而10岁的女孩身影则是过去时空的浓缩。结束之际,阿安以安德鲁母亲的身份登场。第二幕阿安再次以小女孩的身份出场,表明第二幕始于过去。同样第二幕的结尾处,阿安又再次变成了一个老妪。一前一后的两大空间之间你中有我,我中有你,使观众暂停从一个空间点上进行观看,同时从一个空间点上注意情节平行的发展。黄哲伦在两幕中都坚持用这种敞开式互动的空间呈现方式推动了情节的发展,有助于增加观众观看事件的多维效果,让他们在观看时将每个独立而又彼此关联的片断在一前一后的两个时空中联系起来,从整体上理解每一个片断的意义。同时每一幕的开端和结尾空间都相同,整出戏以圆形的结构构成一种周而复始。在这循环往复的空间变换中营造出了剧中人物的记忆时空和现实时空,打破了历史和现实、记忆和幻觉的界限。

二、空间与身份

黄哲伦曾坦承:"在我的许多剧本中,人都成了他人。这个问题与本性与环境哪个影响大的问题相关。也就是说,在多大程度上你是受遗传的影响,在多大程度上你的人格是周围环境所塑造的。"(殷茵,2010:11)从此意义上来说,空间环境即是生活的空间(lived space),被赋予了意义和主观性,具有私人化的特征。空间与人物的性格、命运和情感息息相关,表现出了一种地方感。翁家的大屋是阿安周围的生活环境,也和整个家族和个人的回忆密切相关,更成为日后阿安向后辈讲述家族历史的附着之地。在阿安的叙述中,观众得知父亲延彬抛妻别子三年后重返家园。虽然延彬在国外受到了新式思想和生活的熏陶,甚至想改变全家人的信仰,但心灵深处,他却时刻谨记自己的祖先和母体文化,为自己的一些大逆不道的想法感到惶恐不安。

照在太太们厢房的灯光渐暗,聚光灯慢慢转向延彬。他径直走进大厅,跪在祖宗的祭坛前。

延彬:爹、娘。我明白,到如今我都没能成为最有出息的儿子。(他叩头,烧纸钱)那是个全新的摩登世界。可是,回到家,回到这个村庄,一切还是老祖宗和你们留下来的那一套,叫我怎么说出自己的感受啊?你们就在这个闭塞的小村庄过了一辈子,生老病死都不曾离开过半步,至今也没谁破过这些老规矩,你们能理解吗?我现在对你们教给我的那些规矩疑虑重重,我该怎么办呢?爹,小时候,您让我俯首听命,对您言听计从,您那有力的大手一挥,什么事就没得商量。那时候的日子过得多清简啊。(他掏出一个小小的十字架,正对着祭坛)我从菲律宾的教堂带回了个纪念品。一个光着身子,被钉在木板上的男人。他们说,要想交好运,就得亲他的脚。西洋人虽是奇怪,但却满怀希望。他们时时都在谈论新发明,新思想,没有什么比谈及未来更让他们激动的!(中国民乐响起)哦,我得去准备赴宴了。二老放心,做儿子的总算还孝顺,我曾有过各种躁动,但每起一点忤逆的念头,我都会责骂自己。总而言之,祖宗在上,晚辈就算年纪再大,也永远是小孩!(126—127)

延彬的心理独白直接向观众剖析了他的内心世界,突出体现了故土—新世界这一对立的概念。故土既是他难以割舍的根基,也代表了他的记忆和过去。"在菲律宾的时候,我记得最真切的是你们在村里做年糕时的情景。"(128)国外的生活经历让他对父辈的规矩产生疑虑,然而他依然谨遵先祖的训诫,不允许自己有忤逆行为。因为"背叛祖先便是分离你的灵魂与肉体;不孝的儿子收获的将是饥荒和毁灭;抛弃过去的人将会有舌不能言,有眼不能看;他身后的七代子孙都会遭到诅咒,只有傻子才会摒弃千年的智慧"。(137)用大太太秀邕的话,他"揭掉那张皮,终究是个传统的男人。你其实需要的是一位传统的太太,你希望我保持原样"。(150)那个全新的摩登世界让他觉得奇怪,对其只有较为模糊的理解和一种天生的怀疑和戒备,因此他小心谨慎地守护着自己的故土领地。显然,在他个体经验的影响下,不同的空间被赋予了不同的意义。这种对于空间的直接感受直接影响着个人的身份建构,令其在成为上帝的选民和父母的孝子之间徘徊不定。

延彬的生活经历说明了空间所赋予人的地缘感。对他来说,故土是他的生活之根。他从海外回归家园其实是结束了自己无根飘零的生活状态。当他将翁家的大屋贴上闭塞守旧的标签,甚至试图推倒祭坛,烧掉祖屋,也无异于斩断了他在故土空间的根基,为整个家族招致了灾难。三太太爱玲难产死后,他痛苦地喊道:"现在,你(爱玲)把一切都拿去,一切都带走,我所有的理想,我对这个世界的记忆,我远在他乡的经历,还有所有的房子,里面尽是些空洞的话语,变化呀,进步呀,所有藏着我们未来的房子都带走。爹,娘,这就是你们对不肖儿子的惩罚吗?是的,由于迷信西方,我终于成为——独立的人。我应该听你娘(大太太)的话。"(156)独立的人同时也是孤独的灵魂,没有故土和家族的记忆。这显然违背了他的初衷。不可否认对故土及其文化的膜拜已经成为了其身份中不可或缺的组成部分。

和父亲相比,阿安对故土有着更深的精神和情感上的依附之情。她在关键时刻及时出现阻止父亲烧掉祖屋。在母亲自尽之后,她被带离故土,送去被称为新大陆的美国,但她心中永远感念故土。因此才不厌其烦地一遍遍向自己"离经叛道"的儿子安德鲁讲述家族的历史,劝他认祖归宗,延续香火。整出戏的核心就是阿安对于家族历史的记忆。"记忆中有连续感、身份、和个人生活经历的价值等等,含义之多,时间特性反倒不如空间特性明显。"(苏珊,1986:167)尽管已经成为华人基督徒,但每当她"打开《圣经》,对耶稣基督祷告时,实际上是在献祭——对你的父亲献祭。"(157)在劝说成功后,安德鲁决定和妻子伊丽莎白共同等待新生命的来临,阿安又建议他将家族的故事写下来还要在市郊买栋房子。看起来写故事和买房子两者之间毫无联系。归根究底,还是她对家乡的记忆附着一直萦绕心间,渴望自己的后代能够在新土地上依然建立起这样一块空间守护住自己的家族记忆,使之不会随着时间的流逝而湮灭。不然他们的脸就会渐渐地淡出他们(子孙后代)的记忆,甚至"连他们的名字也会被彻底遗忘。"(155)

三、空间的并列

《金童》对空间的关注不仅令观众耳目一新,更有着深层的社会和文化意义。《金童》的多数场景都设置在房间里:安德鲁曼哈顿的家中卧室、大太太的卧室、三太太的卧室。根据苏珊郎格的观点,房间代表着社会的单元,它创作了一个世界的表象,而这个世界则是自我的副本。(朗格,1986:18)"空间看似是均匀的,从纯粹意义上来说,好像是绝对客观的,然而一旦深究起来,它实际上是一个社会产物。"(Lefevre,1991:62)黄哲伦在接受采访时也表示"对我们身处的新国际时代"很感兴趣。(殷茵,2010:15)在戏中,人物的处境和生存与其身处的更大的社会环境密切相关。在这出戏中,我们也可以将"房间"看成一种社会隐喻的符号。空间碎片和时间碎片在"房间"中交织出现,揭示了剧中人物生存的破碎感和身份的不确定性。

大太太秀邕恪守传统,固守一隅。她叮嘱女儿阿安"保住这个家是你作为好女人的首要职责。如果失败了,你的子孙就会在你年老时抛弃你。"(2006:135)她对外面的世界很不适应,认为那里是极天极地,尽是些魔鬼跟猴子。

(126)在她看来"自由是件多么可怕的礼物。"(137)而她本人也"根本不适合生活在新世界"。(155)之前,她在家中拥有绝对的权威,主宰整个家族。延彬回家后,她极力想维持家中原状,却在二太太璐安的凌厉攻势之中败下阵来,处于劣势。延彬也渐渐偏向璐安,还准备改变全家的信仰。和大太太恰恰相反,璐安积极主动地适应向新世界的转向。空间在她那里没有束缚性,她可以轻松自由地穿梭其间,甚至还利用这一机会试图提高自己的身份地位。她深信"要是老爷成了基督徒,一切都会改变的。所有的角色都会重新定位,谁破的规矩越多,谁就是赢家。"(132)家中固有的平衡被打破,随着角色即将被重新定位,秀邑越来越无法驾驭原有的空间,只能无奈地接受现实。这对于她来说无疑是毁灭性的打击,自身的生存随着本土空间的不断被蚕食经受着严峻的考验。她无法忍受本土的空间被渐渐征服和剥夺,最终服毒自尽。

具有讽刺意味的是,延彬并未因为璐安的积极态度而对她另眼相看。在秀邑自尽,爱玲又难产身亡之后,他软瘫在祭坛前,悲叹上天"从我这儿夺去了我钟爱的三太太,还有我尊敬的大太太,留下一个在我看来什么都不是的女人。"(156)璐安看似赢得了最后的胜利,但却成了丈夫眼中什么也不是的女人。秀邑被固定在本土,无法适用空间的流动变化。但璐安摒弃故土的行径亦不被认可,因为剥离了本土空间不仅会导致自身的归属感缺失更会触发深层的文化认同危机。这一点无论是延彬还是阿安都意识或者体验到了。所以阿安其后才会向儿子安德鲁表示她"身上兼取了东西方文化的精髓。"(123)这也符合黄哲伦一直以来所倡导的"必须找到一个共存的方式"以及"文化不是静止不变的,它是流动"等观点。(李筱怡,2009:41—44)那么,《金童》的戏剧空间形式就形象地呼应了跨文化社会背景下人们的时空观、地缘感以及文化身份认同等问题。

象征着家族过去历史的大太太和二太太,代表着现在的安德鲁和伊丽莎白他们在最后的场景中共同登场。金童本人则有双重的身份:既代表了过去的阿安也是现在安德鲁的母亲。同时存在着暗示着未来的伊丽莎白腹中的婴儿。黄哲伦将历史与现实以及未来三者糅合在一起。这或许也是黄哲伦对如何解决上述问题的暗示。

福柯曾用"同时并列""邻近与遥远并肩"(1986:22—27)等概念来形容共时性的空间及其延伸的历史。这一幕形象地传递出了福柯这一历史观和空间观。在《金童》这出戏中,家族和人物的历史并非一种历时性的进程,转而成为一种共时性的空间延伸。历史的发展不再是循序渐进的过程,而是由过去,现在以及将来这些空间中的点和线来交织构成的一张网。

黄哲伦就用自己精心组建的这张网来让历史和现实在其中开展对话，推动戏剧情节的发展，并表达其笔下人物的心理空间变化轨迹。物理空间在本出戏中发展成为带有人物典型特征的空间场所和承载人物思想感情的表征空间。《金童》的开头已经说明两幕戏分别发生于现在和1918年冬天，以及1919年春天和现在。就在这有限的几个时间维度中，戏剧家频繁更换空间，加快了戏剧情节和人物心理思想的变化，形成急剧的张力。同时，黄哲伦还颇具创新地在演员和剧中人物之间制造出间离效果，让观众更好地反思"大空间如何推动着个人的小空间前进"，从而在一定程度上实现了戏剧空间的转向。

《金童》在实现空间转向的过程中在剧场空间产生了诸如重合、表现、再现、印证、直觉、梦幻、想象、间离、一次性、即时性、重复性、技术融合等有趣的碎片和印象，还产生了"真实在哪里""戏演关系怎么样？"等问题的拷问。空间和时间在舞台体验中的结合出现了难解难分的趋势。戏剧需要"一种外在环境，即一个具体的场所——需要空间作为其表述的另一种方式。"(沈家乐，2013:30)《金童》整出戏不仅提升了空间对戏剧的重要性，更创造性地将空间重新组合和拓展，缔造了一种新的剧院空间形式。

参考文献

[1] 安托南·阿尔托. 残酷戏剧——戏剧及其重影 [M]. 桂裕芳，译. 北京：中国戏剧出版社，2006.

[2] 布莱希特. 布莱希特论戏剧[M].丁扬忠，译. 北京：中国戏剧出版，1990.

[3] 黄哲伦. 金童 [J]. 汤卫根，译. 戏剧，2006，2.

[4] 沈家乐. 现代戏剧:空间转向与第三空间 [J]. 戏剧艺术，2013，4.

[5] 殷茵. 民族的记忆与回望，华裔美籍流散作家黄哲伦戏剧研究 [J]. 戏剧文学，2010，7.

[6] 苏珊·郎格. 情感与形式 [M]. 刘大基、付国强、周发详，译. 北京：中国社会与科学出版社，1986.

[7] 李筱怡. 黄哲伦文化身份的探求与应变 [D]. 上海：上海交通大学，2009.

[8] Henri Lefevre. The Production of Space [M]. Trans. Donald Nicholson-Smith. Cambridge：Basil Balckwell，1991.

[9] Michel Foucaul. Of Other Spaces [J]. Diacritics，1986，16 (1).

[10] Wesley Kort. Place and Space in Modern Fiction [M]. Gainsesville：University Press of Florida，2004.

[原发表于《戏剧文学》2017年第6期]

"文化边界的闯入者"
——华裔美国作家雷祖威

薛玉凤*

(河南大学外语学院)

摘要：雷祖威作品中族裔性的弱化与强化问题一直是评论家关注的焦点，但即使在其族裔性完全消失的早期作品中，也能隐隐约约地感觉到处于美国主流文化边缘的作者所特有的那种疏离与错位感。实际上，不论其作品中的族裔性是弱化还是强化，雷祖威与其他华裔作家一样，都是"文化边界的闯入者"。另一方面，雷祖威对族裔性的弱化处理也扩大了华裔文学的叙事空间及内涵。

关键词：雷祖威；边缘；族裔性；疏离；错位感

华裔美国文学作家雷祖威(David Wong Louie, 1954—)与谭恩美、任璧莲、李健孙一起，常常被评论界称为"四人帮"，国内评论界则称他为当代华裔美国文学小说界的"七大台柱"之一(张子清, 2004:11)。雷祖威作品中族裔性的强化与弱化问题一直是评论家关注的焦点。的确，与华裔文学名将汤亭亭、谭恩美、赵健秀等的作品相比，雷祖威作品中的族裔性确实不是很突出。但总的来看，雷祖威与其他华裔作家一样，处于一种微妙的两难处境之中，他们都是"文化边界的闯入者"(张子清, 2004:37)。

雷祖威出生于纽约的长岛，父母是广东台山来的第一代移民，开洗衣店为生，生活十分艰辛。他在白人堆里长大，社会、经济、文化上均处于边缘地位。高中毕业后，他得以进入刚开始招收男生不久的著名"贵族"女子大学瓦萨学院(Vassar College)学习。1977年大学毕业后，他到纽约市的一家小广告公司任职，感到工作无聊之极。尤其令他沮丧的是，他的老板是一对夫妇，他们经常把婚姻中的问题带到工作中，争吵不休。另外，雷祖威那时与母亲住在一起，他想离开但又不想伤害母亲，于是重新进入学校是最理想的选择。

---

* 作者简介：薛玉凤，教授，研究方向为美国文学。

(Cheung,2000:192)不久,他考入著名的艾奥瓦大学(Iowa)写作班,1981 年获硕士学位。次年,雷祖威结婚并移居加州,一边在各大学兼课一边写作。目前,他在加利福尼亚大学洛杉矶分校英文系任英文和亚美文学教授。

雷祖威于 20 世纪 70 年代中期开始发表作品。1989 年,他的短篇小说《情感错位》("Displacement")被选入《美国最佳短篇小说集》。1991 年,他的第一部作品、短篇小说集《爱的痛苦》(*Pangs of Love*)问世并获得广泛好评,获得多项大奖,(张子清,2004:216)成为畅销书,雷祖威也因此一举成名。

《爱的痛苦》使雷祖威作为又一位亚裔美国作家的代表出现在公众面前。但出道伊始,他就被评论家认为是一位"出于亚裔而超越亚裔题材的优秀作家"。① 选入书里的 11 个短篇小说中,有 4 篇中的人物不是亚裔美国人,还有 4 篇中人物少数族裔的身份也不突出。实际上,这些生活在 20 世纪 80 年代的年轻一代的亚裔美国人似乎已经完全融入美国社会之中,他们是所谓"模范少数族裔"的杰出代表。然而,雷祖威对第一篇《爱的痛苦》和最后一篇《遗产》以及书名的安排,的确表明他相对地强调华裔美国人这一主题。(2)这两个短篇和《情感错位》一起,是书中较为典型地描写亚裔美国人的作品,它们突出地表现了移民父母和美国化了的子女之间难以调和的矛盾和代沟,以及新移民面临的各个层次上的错位感。

雷祖威明确指出自己的写作主旨:"亚裔美国人依然处于边缘。我深感我得从那些边缘的角度创作,传达边缘人物的经历。"(张子清,2004:37)由此可见,作者对自己创作的人物在美国文化中的边缘地位有清醒的认识,并且有志于用自己的笔来书写这种边缘意识。从这个意义上说,他和其他华裔美国文学作家在族裔性的书写上可谓殊途同归。第三代华裔美国作家梁志英(Russell Leong,1950—)在谈起亚裔美国作家时说得好:"我本人试图创作的人物和形象也跨越东西方、跨越国界、跨越文化,有时甚至跨越性别。我们都是文化边界的闯入者。"(张子清,2004:37)这正是所有华裔作家的创作特点,不管他们作品中的族裔性是强化还是弱化,他们都是"文化边界的闯入者"。

雷祖威先后发表的作品中,其族裔性主题有一个从弱到强的明显转变过程,对此作者直言不讳。他认为,提高他族裔意识的因素主要有:(1)著名华裔作家赵健秀的影响;(2)阅读其他族裔作家的理论著作和在大学里开设族裔作家作品的课程;(3)儿子的出生。(张子清,2004:216)这种族裔性的强化过程从他 2000 年发表的第一部长篇小说《野蛮人来了》(*The Barbarians Are*

---

① 俞宁.美国华裔作家雷祖威[N].中华读书报,2000-10-10.

Coming)中也可见一斑。该书出版后畅销波士顿、洛杉矶和旧金山,并获 2002 年兰南基金创作奖,更加奠定了雷祖威在文学史上的地位。

在这部小说中,雷祖威保留了《爱的痛苦》中的创作特色,从心理层面深刻细腻地剖析了种族歧视给华裔美国人带来的巨大伤害,但批判的态度似乎比以前激烈,这也是他作品中族裔性明显强化的一个表征。耐人寻味的是,就在小说的男主人公史特林开始接受自己的族裔属性,不再刻意追求所谓"真正美国人"的感觉时,他反而成了真正的美国人。与《典型的美国人》(*Typical American*,1991)的作者任璧莲一样,雷祖威借自己的作品重新定义了美国人、真正的美国主流文化等概念。他的作品被公认为广义的美国文学,这恰恰说明在多元文化观念日益深化的今天,人们对这个问题逐步深化的认识。

参考文献

[1]俞宁. 美国华裔作家雷祖威 [N]. 中华读书报,2010-10-10.
[2]张子清. 爱的痛苦 [M],吴宝康,王轶梅,译. 南京:译林出版社,2004.
[3]Kok Cheung King. Words Matter: Conversations with Asian American Writers [M]. Honolulu: University of Hawaii Press,2000.

[原发表于《外国文学》2005 年第 5 期]

解读《饮碗茶》中的"亚裔感性"

王心洁　肖青竹[*]

(暨南大学外国语学院)

摘要:"亚裔感性"是赵健秀等华裔美国文学先驱者和评论家孜孜以求的亚裔美国文学的"度量"标准。在《饮碗茶》中,雷庭招从主题内容、文化、语言等表达诸方面做出了"亚裔感性"书写的文本实践,使《饮碗茶》成为华裔美国文学的经典之作。

关键词:《饮碗茶》;雷庭招;"亚裔感性";华裔美国文学

《饮碗茶》(*Eat a Bowl of Tea*,1961)[①]是华裔美国作家雷庭招(Louis Chu,1915—1970)[②]唯一的一部小说。小说于 1961 年出版以来,并没有引起评论界的关注。是 1970 年代中期由著名华裔美国文学研究者陈耀光(Jeffrey Chan)"重新发现"的。陈耀光在《饮碗茶》1979 年版的绪论中说:"朱的作品美妙地描绘非基督教的华裔美国社会,以前后一致的语言和感性(sensibility)精确而生动地刻画了华裔美国移民的生活与时代,这样的刻画前无古人,说不定后无来者"(Chan,1979:1)。因此,陈耀光、赵健秀等人编辑的《大唉呀!华裔与日裔美国文学选集》(*The Big Aiiieeeee! An Anthology of Chinese American and Japanese American Literature*,1991)以是否具有"亚裔感性"为标准,把汤亭亭(Maxine Hong Kingston)、谭恩美(Amy Tan)、黄玉雪(Jade Snow Wong)等著名的华裔美国作家排除在外,但《饮碗茶》由于具有他们所认可的"亚裔感性"(Asian American Sensibility)而入选。

---

　　[*] 作者简介:王心洁,副教授。肖青竹,硕士研究生。
　　[①] 本文中关于《饮碗茶》的原文引自 1979 年版。国内学者吴冰教授将该书名译为《吃碗茶》。
　　[②] 雷庭招的英文名被国内学者翻译为路易斯·朱、朱路易或路易斯·楚。由于早期华裔美国移民很多人以"纸儿子"的身份入境,所以会出现中文姓与英文姓不一致的情况。

雷庭招于1915年出生在广东台山,九岁移民到美国。按照赵健秀"华裔美国人"的标准,他还算不上严格意义上的"华裔美国作家"。因为赵健秀认为只有那些土生土长在美国,既不属于中国文化传统,又不属于美国文化传统的华裔第二代以上才算得上"华裔美国人",他们用英语创作的作品才属于华裔美国文学的范畴。但并非土生华裔的雷庭招何以得到陈耀光、赵健秀等华裔美国文学"掌门人"的青睐呢?其作品中的"亚裔感性"到底体现在哪些方面呢?

本文将从文本产生的历史语境、文本的主题内容、文化书写及语言表达方式等方面去透视《饮碗茶》的"亚裔感性",揭示其作为华裔美国文学经典的原因。

一

1848年,美国加利福尼亚州发现大批金矿。黄金的诱惑吸引了无数美国东北部的小业主、平民、失业者与冒险家开赴西部,挖掘黄金,也招致了大批移民从欧洲及亚洲漂洋过海,来美国实现黄金梦。黄金被发现的消息在19世纪50年代传入中国,时值鸦片战争结束,中国沦为半殖民地半封建社会,西方列强竞相将其工业产品倾销中国,导致传统的自给自足的自然经济崩溃,商人破产,手工业者失业,农民倾家荡产。中国南方沿海省份,尤其是广东、福建首当其冲。内忧外患与凋敝的经济迫使广东、福建的失业农民及手工业者,典卖家产,或以人身做抵押,购买船票,告别家小,抵达加州。大部分抵美的华人都怀着到美国摆脱贫困,发财致富的梦想,视美国为黄金地。美国因此被广东、福建移民称为"金山"。19世纪中叶到20世纪初迎来了华人移民的第一个高潮。华人在美国开山筑路,淘金挖矿,为美国的经济做出了巨大的贡献。

然而在"民主"的美国,华人不过是出卖廉价体力的"苦力",他们连拥有正常的家庭生活的权利也被活活剥夺。美国政府自1882年起制定了一系列的排华法案。1882年的《排华法》,禁止了华工及其家属入美,为了加强1882年排华的效力,国会于1888年10月1日通过了《斯各特法案》。该法令宣布所有返华探亲的中国劳工的回返证明书(return certificate)无效。① 从而禁止了

---

① 回返证明书(return certificate)是美国移民局签发给回中国探亲的中国劳工的证书,证明该探亲者为美国居民,可以再次入境。

2万名持有该证明的中国劳工重新入境。此前,中国劳工的家眷还可凭以前居民的身份入美,斯各特法案则有效地禁止了这些华人移民妇女入美,因此,自1870年以来,中国移民妇女的人数保持在仅4 000名左右并长达近半个世纪。这样就造成了世界移民史上绝无仅有的"华埠单身汉"现象。据报道,"在1920年结婚的华裔男性有24 782名,而当年在美国的已婚华人妇女只有3 046名,那么,另外21 736名华人的妻子大部分分布在广东省的某个地方"(吴景超,1991:91)。在美国的华人妇女太少,这就迫使许多华人回国找妻子,但迫于当时美国的移民政策和自己的经济条件,他们只能把妻儿留在家里。不仅如此,帮助美国完成了早期建设的第一代华工几乎被排斥在所有男性所从事的行业之外,为了生存,他们只能在传统上女性从事的行业如洗衣店、餐馆、制衣厂中立足。

第二次世界大战中期至战后的一段短暂时期,美国政府与各界对中国及华裔的歧视与敌视态度开始转变,罗斯福总统于1943年12月13日签署的《废除排华法令》等文件,宣布自是日起所有排华法令无效。1945年通过了《战争新娘法》,1946年通过了《军人未婚妻法》,中国妇女开始以军人未婚妻、军人妻子、战时错置人员、难民以及美国公民妻子的各种身份进入美国。由于中国妇女的大量涌入,单身的男性唐人街逐渐被拥有家庭生活的社区所取代,死气沉沉的唐人街开始复苏,这为第二代华裔的生活带来了希望,他们要努力摆脱历史的阴影,摆脱父辈的束缚,去开拓未来,去赢得尊严。《饮碗茶》正是在这一历史背景下对转型时期唐人街华裔生活的真实再现。

20世纪40年代,在唐人街生活着一批华裔单身汉,他们大多是来美的第一代移民,因为"金山"的吸引,而背井离乡来到了这个"美丽的国家"。由于美国的种族歧视和"排华"政策,几十年来,他们只能在异国他乡颠沛流离,居无定所,家中父母妻儿都只能在梦中相见。故事中王华基和李刚是十几岁时同乘一条船来美国的。王华基在纽约作短暂停留后到了芝加哥和他哥哥共同经营一家餐馆,到了成家立业的年龄,他只有和大多数华裔一样,回中国娶妻生子。王华基定期寄钱回家尽丈夫和父亲的义务,其妻在家里为他养育儿子,赡养父母,他们一辈子在一起的日子才短短几个月,之后便是隔洋相望。王华基后来搬到了纽约,在潮湿的地下室里开了一家"进财"(Money Come Club)麻将馆。李刚和王华基的经历相似,他一直在洗衣店打工,后来自己开了一家洗衣店,他本来想把洗衣店卖掉,回国与老妻相伴,不料日本侵华战争毁了他的美梦,后来国内时局动荡,中美关系恶化,他对回国顾虑重重,最后不得不滞留美国,也在唐人街寻了一间安身立命之所。

王华基的儿子宾来于17岁时来美,为了不让儿子受纽约唐人街污浊空气的影响,也为了不让儿子看到自己潦倒的生活,王华基把儿子送到王氏家族有头脸的人物——王竹庭在斯坦顿开的餐馆里上班。但斯坦顿也非净土,结果宾来重蹈父亲的覆辙,妓院成为他经常光顾的地方,他的这种放荡生活为今后的健康和幸福埋下了隐患。1947年宾来从部队退役,奉父母之命回国与李刚的女儿美爱相亲并结婚,然后飞回纽约。王华基立即在唐人街摆酒,宴请宾客,儿子的婚礼为父亲挣足了面子。

王华基一直给宾来施压,要他早日生子,以延续王家香火,但宾来失去了性能力,对热情的妻子只好冷脸相对。孤独、寂寞之际,美爱受到唐人街单身汉阿桑的诱骗,俩人通奸,美爱怀了孕。美爱与阿桑的丑闻很快在唐人街传得满城风雨,王华基与李刚十分恼火。王华基一怒之下找到阿桑,割下了阿桑的一只耳朵作为惩罚。唐人街的"平安堂"也出面,以"族堂"的力量迫使阿桑离开纽约唐人街,五年之内不得露面。王华基、李刚为了逃避压力,也远离了这个本准备养老送终的城市。宾来、美爱远走旧金山,在旧金山宾来通过老战友介绍找到了工作。新的生活环境使宾来打消顾虑,他不仅接受了美爱与阿桑的儿子,还主动和妻子谈病情,并求助中药来治病。中药发生效力,宾来终于恢复了性能力,美爱又怀上了宾来的孩子。

从以上的情节可以看出,《饮碗茶》真实再现了1940年代美国唐人街下层社会的生活境遇。正是在这一点上,《饮碗茶》胜过了刘裔昌(Pardee Lowe)的自传体小说《父亲与光荣的后代》(*Father and Glorious Descendant*,1943)、黄玉雪的自传体小说《华女阿五》(*Fifth Chinese Daughter*,1950)。

在赵健秀看来,刘裔昌、黄玉雪、黎锦扬等都是"种族主义之爱"的牺牲品,是对"东方主义"的迎合。[①] 与这些"迎合白人主流"的作品相比,《饮碗茶》显然有着不同的诉求,敢于正视美国唐人街的真实生活。国内华裔美国文学研究的先驱者吴冰教授也认为:

> 亚裔评论家一致肯定《饮碗茶》在华裔,乃至亚裔美国文学的里程碑作用。朱路易与过去华裔作家不同之处在于他既不回避华人"单身汉"社会,也不粉饰中国传统文化中的糟粕,并且在文字上力图再现纽约唐人街华人的语言。读者看到的是一个被迫封闭、由老年男子统治的父权制社

---

① 参见 Frank Chin. Come All Ye Asian American Writers of the Real and the Fake [G]//Ed.Jefferey Paul Chan et al.The Big Aiiieeeee! An Anthology of Chinese American and Japanese American Literature. New York:Meridian,1991:1-92.

会和形形色色华人"单身汉"单调、寂寞的生活。(吴冰,2001:76)

由此,我们可以看到《饮碗茶》在主题内容方面的"感性"。这里的"感性",可以理解为真实地反映了那个时代的华裔美国社群生活。而值得指出的是,这种"真实反映"与雷庭招本人的生活经历甚至不无相似之处,与小说中的"宾来"一样,第二次大战中他曾在美国军队服役,到过中国的昆明,回到美国后又返回中国成亲,成亲之后把妻子带到了美国。由此可见《饮碗茶》其实包含了许多作者亲身体验过的华裔美国经历,所以读来才如此亲切、真实、感人,所以才会成为后来的华裔美国学者百般推崇的"华裔美国文学经典"。

二

《饮碗茶》的"亚裔感性"不仅体现在内容层面,从小说的文化特色中我们也能体会其"感性"的一面,这主要表现为对中国传统文化观念的吸收和表达:

王华基深受中国儒家文化的影响,虽然在美国几十年来过着没有尊严的生活,但在儿子来美后,他经常会摆出中国式家长的架子,对儿子吆五喝六,施加威力。因此,宾来的哲学是与父亲少见为妙。宾来与美爱的相亲、结婚也是由父亲和远在老家新会的母亲一手操办,没有丝毫的"自由"可言:1948年6月的一天,王华基收到妻子的来信,提醒他儿子已长大成人,他有责任让儿子回国娶亲。李刚向老友王华基透露有意把新会老家的女儿美爱许配给宾来。王第二天就把儿子召回纽约,要求他回国娶亲,当宾来有反抗之意时,王即摆出家长风范,语气坚决,不留商量的余地说道,"我已经是活一天,算一天的人了,你可以等,我却不能再等,无论你怎么想,你都必须回国娶亲,你不能作一个不孝子来伤你母亲的心"(Chu,1979:42)。封建家长制像桎梏一样束缚着第二代移民的自由,家长们把孩子看成是自己的私人财产,是为家族延续香火的工具。虽然向往美国年轻人的婚姻自由,但宾来的反抗是无力的。

结婚以后,由于宾来的生理毛病,美爱才与阿桑私通,但丑闻暴露以后,王华基与李刚没有顾及宾来和美爱的感受,首先想到的是自己"丢了脸面"。王华基暴跳如雷,向儿子咆哮,"真是丢脸,也许你不觉得,但我可丢不起!人们会说王华基的媳妇偷人,他们不会说你的妻子偷人!"(Chu,1979:140)面对父亲的质问,宾来显得非常软弱,他内心的痛楚无法向人诉说,婚后一年,抱孙心切的父亲一直质问他为什么不要孩子,当妻子怀上孩子,自己觉得可以向父亲有个交代时,父亲仍然没有放过他。父亲在乎的是自己的面子,而从未关心过儿子的生活，未想过儿子的健康，未替儿子考虑该如何解决这危机四伏的婚姻。宾来的家庭悲剧暴露出那个单身社会潜在的不稳定状态，也暴露出表面强悍的父权下男人的懦弱、虚荣和无能。父辈们极力控制子女的生活，希望他们按照自己的设计去生活，望子成龙，希望用孩子的成功来弥补自己失败的一生，但却不能真正关心、教育、引导自己的孩子。第二代华裔宾来和美爱是变态华人社区的真正受害者，他们在层层压迫下举步维艰。

通过宾来、美爱的婚姻闹剧，我们看到了唐人街文化的落后，看到的是一个"几乎没有被更大的一个社会所触及的一个封闭的世界"（Li，1993：100），而这，正是美国唐人街的生活现实，是华裔美国文化的"感性"体现。

虽然《饮碗茶》也展示了中国文化的封闭与落后，但这种展示与刘裔昌、王玉雪热切拥抱美国文化，出卖、贬低中国文化的书写截然不同。在刘裔昌的《父亲及其荣耀的后代》一书中，父子二人都强烈认同美国文化，试图抹杀自己拥有的中国经历："有很多证据证明父亲不是生在美国，但从我记事的第一天起，他就总是坚持认为他是。当质疑他的公民身份时最为盛怒，他会脾气暴躁地肯定道'我是个美国人！'"（Lowe，1943）作为美国土地上土生土长的华裔第二代，儿子对中国及中国文化的贬损更是有过之而无不及，宋伟杰如是评价道：

"对美国文化的认同使帕迪·刘（刘裔昌）对唐人街持强烈的批判态度，然而这种批判的眼光却正与白人的定型化偏见不谋而合，那里的华人穿着典型的中国粗布服装，帽子底下的辫子像盘蜷的响尾蛇。他称华人歌女为'尤物'，鸨母是'爬行动物'，中国音乐'是十足的外国腔调'，华人的堂会充满邪恶与暴力，华埠充满衰亡与病态的气息，与处于上升时期的资本主义相比，华人的习俗、宗教、文化、情感都成为贫穷落后的候症"（宋伟杰，2003）。与刘裔昌几乎同一时代的王玉雪在《华女阿五》中用巨大的篇幅介绍中国的民俗和节日，长篇累牍地介绍中国菜肴的做法，似乎是在向白人主流社会"贩卖"他们希望看到的中国文化，她还通过父亲之口，表达了对中国人和中国文化的批判："……大部分中国人没有分析或者质疑这些象征意义，他们只是传统的盲目追随者，只有那些皈依基督教的人才有勇气去质疑这些形式"（王玉雪，2004：130）。为了抬高基督教文化的地位，不惜以对中国文化的贬低为代价，难怪赵健秀要把王玉雪排除在"亚裔感性"书写之外，把她当作"假的"（"the fake"）华裔美国作家了。

与刘裔昌、王玉雪相比，在雷庭招的笔下，我们看到的是一个"局内人"对唐人社区充满同情心的细腻刻画，王华基虽然时有荒唐的举动，但他时刻没有忘记家乡的妻子，在麻将馆打烊的时候，孤独、寂寞就涌上心头：

> "……玩麻将的人散了，现在他独自一人，每次收到妻子的来信，他都重新体验着过去的生活，他知道让那老妇人独自留在那里真是不应该。在孤独时刻，他时常寻思着也许某一天他和老伴能快快乐乐地团圆，他开始神思恍惚"(Chu，1979：23)。

在此，我们看到了雷庭招对唐人街落魄、孤寂的华人单身汉的理解和同情。而对华裔美国书写的"局内人"视角，正是华裔美国学者们判定"亚裔感性"的标尺之一。在《亚裔美国文学：简介与社会历史背景》(Asian American Literature: An Introduction to the Writings and Their Social Context, 1982)一书中，华裔美国评论家金依莲(Elaine Kim)高度评价《饮碗茶》："该书以生动的文献资料，不是从身处局外的贵族角度，而是以置身其中之人物的视角对华裔美国社区生活进行了既非虚饰、亦非异国情调化的描述"(Kim, 1982：124)。由此，我们可以窥知"亚裔感性"的标准之一是"非异国情调"的，只有以"局内人"的视角反映华裔美国人的真实生活才称得上具有"亚裔感性"。

三

《饮碗茶》不仅在主题内容和文化层面，表现出对中国传统文化观念的吸收和表达，而且在小说语言的使用上，我们也更能感受到广东"四邑"(Sze Yup)方言散发出的浓厚的乡土气息。

在《饮碗茶》中，骂人的话都用的是"四邑"方言，如"Wow your mother""Go sell your ass""Your many-mouthed bird""You sonavabitch"等。除此之外，文中充满了许多直译的中国俗语、谚语表述：拈花惹草的花花公子被说成"交了桃花运的人"("a man having a life of the peach blossom")，美爱与阿桑的私通暴露后，宾来被称为被"戴绿帽子"("wearing a green hat")的丈夫，还有"家丑不可外扬"("family shame is not for outsiders")、"肥水不流外人田"(" fatty water should not be allowed to flow into other's rice paddy")、"一回生、二回熟"("the first time raw, the second time well-done")等。这些字对字的直译把不懂中国文化传统的美国主流读者排除在外，使《饮碗茶》不可能像汤亭亭、谭恩美那样畅销。但在赵健秀等"文化民族主义"者看来，这正是

"亚裔感性"的体现,是值得提倡的华裔美国文学传统。他们把《饮碗茶》"挖掘出土"的动机之一就是为了展示"亚裔感性"在语言方面的别具一格。

在《延续与断裂:朱路易〈吃一碗茶〉里的文化属性》一文中,台湾华裔美国文学学者何文敬把这种方言的运用当着少数民族的"独特文化属性"来高扬:"为了捕捉唐人街独特的文化属性,朱路易在对话中引用了所谓'唐人街英语',他把四邑方言之惯用语译成英文,传神地表达出唐人街的生活百态"(何文敬,1994:97)。《饮碗茶》里的单身汉"中国佬"们,由于生活在与美国主流社会隔绝的社会里,所以保留了中国的地方文化特色。何文敬认为,这种体现了浓郁的中国文化特色的"唐人街英语",就是"地道的"(authentic)的华裔美国文化属性的具体体现。

宋伟杰对《饮碗茶》的语言及文化"感性"也褒奖有加。"路易斯·朱用娴熟的语言技巧,生动有趣的对话(包括运用广东方言,保留了地方色彩,意象和典故,而不是用'洋泾浜英语'),写出了两代人在转型期的唐人街的悲凉命运,《吃一碗茶》没有像《花鼓歌》那样风行一时,也没有获得经济上的成功,因为它比较真实地写出了华人在狭小的社会的情感与境遇,没有屈从于异国情调式的,或怪诞邪恶的,或认同于美国社会的种种媚俗的写法"(宋伟杰,2003:327)。语言是文化的载体,因此,华裔美国作家的创作语言也是其塑造文化身份的策略。华裔澳大利亚作家欧阳昱在一首诗歌中表达了语言对于身份认同的意义:

"翻译我自己成了一个问题
我是说我如何才能使自己转换成另一种语言
而同时又没有放弃我自己没有背叛我自己
没有忘记我自己
没有甚至使自己丢失在一个不同的语境/文本里"(Ouyang,1995:82)

从以上我们所分析的《饮碗茶》中的充满了广东"四邑"乡土气息的"唐人街"英语,我们知道了雷庭招没有"背叛",更没有"忘记"自己的族裔之根,同时,通过使"纯正"的英语"杂化",他也达到了消解"标准英语"霸权地位的目的。

综上,我们可以看到雷庭招的《饮碗茶》在主题内容、文化和语言方面所作的华裔美国文学的"感性表达"。在美国极力宣言"同化"和"大熔炉"文化策略,大力鼓吹华裔作为"模范少数"民族"融入"美国主流的时代,出现这样一部直面唐人街历史、文化和真实生活的著作是非常难得的。这,就是如今中外华裔美国文学学者都承认其经典地位的原因。

参考文献

[1]何文敬.延续与断裂:朱路易《吃一碗茶》里的文化属性[M]//文化属性与华裔美国文学.台北:"中央"研院欧美所,1994.

[2]宋伟杰.中国·文学·美国——美国小说戏剧中的中国形象[M].广州:花城出版社,2003.

[3]王玉雪.华女阿五[M].张龙海,译.南京:译林出版社,2004.

[4]吴冰.从异国情调、真实反映到批判、创造[J].国外文学,2001,3.

[5]吴景超.唐人街[M].筑生,译.天津:天津人民出版社,1991.

[6]Elaine Kim. Asian American Literature: An Introduction to the Writings and Their Social Context [M]. Philadelphia: Temple University Press,1982.

[7]Jeffrey Chan. Introduction to the 1979 Edition, *Eat a Bowl of Tea* (*by* Louis Chu) [M]. Seattle and London: University of Washington Press,1979.

[8]Louis Chu. Eat a Bowl of Tea [M]. Seattle and London: University of Washington Press,1979.

[9]Ouyang Yu. Moon Over Melbourne and Other Poems [M]. Papyrus Publishing,1995.

[10]Pardee Lowe. Father and Glorious Descendant [M]. 中文译文引自宋伟杰.中国·文学·美国——美国小说戏剧中的中国形象.广州:花城出版社,1943.

[11]Shuyan Li. Otherness and Transformation in Eat a Bowl of Tea and Crossing [J]. MELUS,1993,18(4).

[原发表于《暨南学报》(哲学社会科学版)2005年第3期]

历史与想象:雷祖威、梁志英与伍惠明的小说艺术

[美]凌津奇*

(美国加利福尼亚大学洛杉矶分校英文系与亚裔美国研究系)

摘要:雷祖威、梁志英与伍惠明是继汤亭亭和赵健秀之后步上华裔美国文坛的一代重要作家。从此,三人的代表作品短篇故事《生日》,短篇故事《何所不死》,小说《骨》中一些带有标志性的形式策略和主题特征可见:尽管当代华裔美国文学创作在多元与复调的前提下已经越来越不受时间、空间和地域的限制,但是该文学想象的感人之处和生命力只能来自不断演进和变化的华裔美国社会和华裔美国历史,以及华人在此过程中生活、奋斗和憧憬的物质经历。

关键词:华裔美国小说;雷祖威;梁志英;伍惠明

自从赵健秀等人于1974年发表了相当于亚裔美国文学独立宣言的《啊咿!》,从而正式启动了该文学的自我建构之来,华裔美国小说创作似乎一直存在着两条互相交叠,同时又在回顾与前瞻视角运用上兼容并蓄的发展轨迹。一是以赵氏和汤亭亭为代表的旨在恢复历史与族群真确性(ethnic authentication),并借此重塑华裔美国人整体形象的写作。再就是以雷祖威(David Wong Louie)、梁志英(Russell C. Leong)和伍惠明(Fae Myenne Ng)等为代表的以挖掘当代华裔美国个体经历的多重性和内在复杂性为主要特征的创作实践。众所周知,汤亭亭的几部重要叙事作品——如《女战士》(1976),《中国佬》(1980)和《猴王孙行者:他的伪书》(1990)——以及赵健秀最有影响的叙事写作《中国佬太平洋与旧金山铁路公司》(1988)和《唐纳亚》(1991),其创作灵感大都来自华裔美国族群身份形成之前或形成的过程中,即二战后的30年

---

* 作者简介:凌津奇,副教授,博士,主要研究方向为美国文学、亚裔美国文学、文学理论等。

间。因此,尽管两位作家的创作视角和采用的叙事策略有很大差别,他们通过小说写作传达的社会与文化关注却非常相似。那就是,对华裔美国人存在圈限性(existential liminality)的严肃思考和对华裔美国文化身份的协商(negotiation)与建构。① 汤和赵当时要面对的主要有两种再现困境:一是占主导地位的欧裔美国价值观念间接地剥夺了能准确和有效表达华裔美国人感知(sensibility)的语言手段;二是在欧裔美国文化原型的主宰下,根本无从谈论华裔美国历史。赵等人之所以用《啊咿!》作为那部文学选集的标题,就是想用陌生化的中国式呼喊来置疑所谓纯正英语的普世性,并由此提出了一个抗争性的观点,即"那种认为一个少数族裔作家愿意用漂亮、正确且充满韵律感的英文句子思考、相信他是在用这种英文写作,或者以掌握这种英文为奋斗目标的观点是一种不折不扣的白人至上论"(Chin et al,1974:37)。与此同时,赵与汤又通过有选择地挪用中国文化典故和文学传统的做法,试图为华裔美国(Chinese America)再造一个既不是欧裔美国文化附属品,又远离中国文化源头的华裔美国文化和历史。这些奠基式的文学关注和与之相应的叙事策略,在从 20 世纪 90 年代初开始崭露头角的雷祖威、梁志英和伍惠明的笔下可以说已经基本不见踪影。取而代之的是这些作家对华裔美国人心理和欲望层次的深度探索,对族裔身份思考的相对化和复杂化,以及对小说形式与内容之间关系更为自觉和有机的把握。此外,雷祖威和伍惠明是两位公认的修辞高手;而梁志英在抒发离散情怀方面则独树一帜。尽管如此,华裔美国历史这个将赵健秀和汤亭亭推向华裔美国文化前沿的命题并没有随着时间的流逝而被淡化。反之,它在变化了的语境中以不同的方式,潜移默化地调动和影响着三位作家各自的文学想象。本文要分析的是三位作家的几篇代表作,即雷祖威的短篇故事《生日》(1992)、梁志英的短篇故事《何所不死》(2000)和伍惠明的小说《骨》(1993)。通过分析和探讨这些作品中的各种形式策略与主题特征,笔者试图从一个侧面勾画出当代华裔美国小说创作的轮廓、关注与走向。

一、雷祖威:情感(affect)与移情

雷祖威(1955—)的短篇小说《生日》是当代华裔美国文学中一部不可多得

---

① "协商"是"新历史主义"提倡的文化策略。关于此概念的理论思考和实际应用,参见凌津奇.叙述民族主义:亚裔美国文学中的意识形态与形式[M].吴燕,译.北京:中国社会科学出版社,2006:3—15.

的艺术精品。与当时已发表的大多数华裔美国小说相比较,该作品有令人耳目一新之处。首先,它以华裔美国男性和白人女性之间的感情纠葛为题,大胆改写了历来主导华裔美国叙事写作的"族裔认同"(ethnic identification)程式,同时又对族裔互涉关系(interethnic relations)的复杂性作了发人深省的探究。众所周知,赵健秀与汤亭亭喜欢在他们的作品中用讽刺手法反衬华人在美国社会与文化中被歪曲和被排斥的困境,并经常在字里行间流露出某种自嘲或玩世不恭的口吻。雷氏写作依循是另外一条路径:他似乎更善于通过比喻或象征手法来揭示华裔美国人深厚浓烈的情感世界和充满张力的华裔美国主体性。此外,雷氏经常有意识地避免在写作中直接指涉华裔美国历史,以此来凸显文学形式在小说创作和解读过程中的重要作用,以及历史背景在这类建构中的文本化特征。

《生日》一开篇就把读者带入了一个精心设计的场面:"门外有个壮汉在用拳头使劲敲门,以至于整面墙都随之颤动起来。就算整栋房子都被搞垮,那也是他的事。反正是他自己的房子;爱怎么砸就怎么砸,跟我没有关系"(Louie, 1992:3)。读者从这段描写中得出的印象是,使用第一人称讲话的"我"既是该房屋的访客,又对敲门的房主抱有一种明显的抵触情绪。叙事人自相矛盾的身份和他充满张力的感受于是告诉读者:他们正在跟这篇小说的修辞性打交道。从故事的后续发展中我们逐渐了解到,叙事人是个叫华莱士·王(Wallace Wong)的华裔男性;敲门的则是以写电影脚本为生的白人富兰克(Frank)。富兰克与其前妻茜尔维(Sylvie)生有一个叫威尔比(Welby)的男孩。二人离婚后,华莱士与失去了儿子监护权的茜尔维堕入爱河。其间,华莱士与威尔比相处甚好,并许诺后者生日那天要带他去看棒球比赛。从任何一个角度来看,这都是一个既平凡又无悬念的故事。但这段文字对叙事人进入富兰克住宅的真正动机并没有交代清楚,对他与后者之间颇为古怪的互动关系也无任何解释。这就使得解读过程变得十分不确定。为了弄清楚这些暧昧关系的实质,读者因此有必要与文本拉开一定距离,从宏观的角度考察一下并非按时间顺序组合起来的故事情节。故事的结构因此可以分成这样五部分:(1)富兰克在敲门(现在);(2)华莱士的内心活动:富兰克与前妻茜尔维艰难的离婚过程;华莱士本人在此期间与茜尔维相爱;他对威尔比的许诺;茜尔维突然不辞而别(倒叙);(3)富兰克在敲门:华莱士原来是待在威尔比的小房间内。而富兰克则是在自己的住宅内敲打他孩子的房门(现在);(4)华莱士与其移民父母就他和茜尔维之间的关系产生了分歧;富兰克试图阻止华莱士在威尔比生日那天到访;华莱士未经富兰克许可擅自进入威尔比的房间并将自己反锁在内(倒叙);(5)

富兰克向华莱士下逐客令;华莱士在威尔比的房间里为孩子画图留言;他从窗口看到一个穿着俗气的女人驱车而至并与富兰克亲昵拥抱;他决定离开,临走时进入厨房,完成了富兰克为威尔比准备了一半的生日蛋糕(现在)。故事的结构似乎能为读者带来两点启发:一是雷祖威最初为读者展示的场景实际上是故事的中间部分;而这样做的结果则凸显了华莱士与威尔比之间的特殊关系;二是文本通过华莱士拒绝给富兰克开门的情节将后者描写成了一个在自己家中的"闯入者"。这是雷祖威相当高明的一个写法。因为它为作者在故事后半部分揭示华莱士复杂的心理过程做了有效的铺垫。

从解读程序来看,读者在此应提出的一个问题是:故事题为《生日》;但作者为什么对作为叙事中心的威尔比却没有任何直接的描写?实际上,读者对威尔比的了解完全是经过华莱士记忆过滤的信息。也就是说,华莱士的心理过程在很大程度上起到了一种调控故事情节起伏的作用。与此同时,华莱士的所有思考又都建立在他要信守自己对威尔比承诺的前提之下。在此情况下,始终缺场的威尔比与信誓旦旦的华莱士便构成一个自相矛盾又富于启示性的修辞建构。笔者认为,令华莱士魂牵梦绕的其实并不是威尔比,也不是华氏对后者的许诺,而是不辞而别的茜尔维。作者在文本中并没有直接提到这个使华莱士刻骨铭心的细节与他对威尔比的承诺之间的关系,而是通过暗示和转喻的方式逐渐营造并烘托出二者在文本互文载层上(intertextual register)的融合。这一过程主要是通过华莱士在威尔比房内的一系列心理活动得到体现。比如,他记得自己曾与威尔比情投意合;沟通的手段是线条不太复杂的儿童彩笔画,如兔子、猫、牛、骆驼、小鸟之类。然而,当他环顾四壁时,却是满目的激光枪、航天器、几何图形,还有女人的乳沟。这使他对自己和孩子曾经拥有过的"更简单的世界"感到十分留恋,同时也意识到,那些图片好像并不是威尔比的选择,也不是将自己与威尔比联系在一起的纽带。他想:"他现在肯定已经是另外一个人了。他了解的那个世界已经变大,就像我们在一起时他的味觉变得越来越健全一样。那是不可避免的。但在他那变大的世界中,究竟还有没有我的位置……我画的那些画还能让他喜欢吗?我的意思是——我应当知道其中的答案"(Louie,1992:16)。华莱士的这段内心独白充满了感慨、疑虑和不安。笔者认为,华莱士对威尔比的深切关注其实不过是他对茜尔维难以割舍的爱恋之情的一种另类表述。同理,他坚持要在威尔比生日那天履行自己的诺言,也暗示着他希望茜尔维能兑现她曾经对爱情做出的承诺。简言之,华莱士要找的答案并不是威尔比是否还看重他们之间的关系,而是茜尔维为什么突然离他而去。在故事的结尾部分,有两个细节非常重要。

一是华莱士在威尔比房内望见街上那个女人从车上拖下行李,意识到她是搬来与富兰克同住,不禁自言自语道:"她可别自以为能取代威尔比母亲的地位"(Louie,1992:16)。二是华莱士在那女人抬头回望他时沮丧地发现,她不是别人,正是茜尔维本人。这两个细节无形中凸显了他理想中的茜尔维和现实中的茜尔维之间的反差,并由此将故事推向了高潮和结局。当华莱士为威尔比做完生日蛋糕即将离去时,他向读者吐露了自己的真实感受:"在这么在长的时间里,我这是第一次感到——也许是有生以来第一次感到——心平如镜"(Louie,1992:17)。华莱士之所以能心怀坦荡地离去,是因为他看到了茜尔维感情不专一,特别是她并不爱自己的事实,并借此为自己在情感问题上做出某种道德上的判断找到了依据。《生日》就这样以华莱士与威尔比之间的关系为借口,通过感人的叙事手法探索了故事主人公复杂的心路历程,同时也在描写华裔美国男性与白人女性之间的情爱关系方面为读者提供了一个生动的实例。

二、梁志英:离散的重负

如果雷祖威的写作可以用才情并茂来概括,那么梁志英(1950—)的小说叙事则可以用厚重、凝练来形容。与雷氏相比,梁对美国华人社会地位的思考似乎更加直接、冷峻和执着。两位作家在这方面的差异在于:雷氏基本上是在以白人中产阶级为主的美国东部城镇生活与成长;梁氏不仅出生于旧金山的中国城,而且还参与了20世纪60年代末和20世纪70年代初以美国少数族裔内城(inner cities)和大学校园为主战场的亚裔美国文化复兴运动。他的文学创作构思因此与汤亭亭和赵健秀等作家的艺术想象之间存在着某种内在的延续性。但梁氏艺术个性的成熟期明显晚于汤与赵;他在小说中擅长表现的社会问题——如酷儿关系(queer relations)和离散的暧昧性——亦是近年来才在华裔美国文学创作领域中产生重大影响的新焦点。梁氏在华裔美国文学再现方面的这种历史与文化跨度是他最为与众不同地方。尽管如此,梁氏在对这两个当代文学主题进行探索时并未追随心理分析和后殖民批评方法所推崇的解构套路和与之密切相关的文本嬉游性。反之,他有意识地使自己的写作根植于他个人经历的物质性土壤之中,同时又使文学再现得以最大程度的修辞化(rhetoricization)和中介化(mediation)。有鉴于此,梁氏的读者有必要探讨其政治理念与艺术原则之间的关系,进而把握他文学叙事的特殊性和复杂性。限于篇幅,笔者在这里主要想通过对梁氏短篇小说《何所不死?》的分析,对他着力表现的离散问题进行些许观察和评论。①

该短篇小说讲述的是一个名叫安德鲁(Andrew Tom)的49岁华裔美国男子去中国寻找亲生父母未果的故事。安德鲁的父亲恺撒(Kaiser Tom)出生于美国,因不满资本主义制度,于1940年代末放弃美国国籍,奋不顾身地投身新中国的建设。在中国期间,他邂逅并爱上了南京姑娘美玲(Mei-Ling),婚后生下安德鲁和他的姐姐艾菲(Effie)。安德鲁两岁时,他父亲托人将他姐弟二人送回美国,与住在旧金山中国城的奶奶一起生活。由于冷战时期中美之间存在着敌对状态,偶尔的书信往来便成了安德鲁后来与父母联络的唯一方式。即使是这样的联系方式,也在麦卡锡主义的白色恐怖和"文化革命"的动乱中被打断。梁氏将安德鲁与其父母失去联络20多年的时间断层作为制造故事悬念和读者想象空间的起点:他先是让安德鲁从父亲在香港的友人处打听到自己的双亲均死于"文化大革命"的消息,然后又让安德鲁和艾菲于"文化大革命"后的1978年突然收到一封从广东省侨务委员会寄去的公函,通知他们恺撒与美玲在四川成都附近的一次火车相撞事故中双双遇难。就故事的叙事层面而言,这些都是安德鲁要去中国访问的最佳借口。读者从故事后来的发展中可以了解到,作者安德鲁在中国的访问的叙事安排,实际上造就了更多关于安德鲁父母历史的版本,而且几乎都无从考证。比如,他母亲据传是身居高位的中共党员,对他父亲有重大影响;他父亲后来成了北京大学教授,参与北京市政建设的核心规划,但"文革"中被送到乡下劳改;他父亲在"文革"后期不堪政治运动的压力试图返回美国,但受到母亲的抵制;于是他带着秘密文件乘火车南逃,行至成都附近时火车突然爆炸,他也随之身亡(Leong,2000:154—169)。故事并没有交代安德鲁母亲在此过程中所起的作用,也没有说明她是否还活在世上。但具有跨文化常识的读者不难看出,文本中对中国社会的这些描写明显渗透着冷战时期的假想和只有在好莱坞电影中才能看到的对中国当时政治生活的程式化图解。然而,这些看似简单化的情节其实是用来暗示时间与地域的隔阂在主人公意识中产生的疏离化与神秘化效应。换言之,梁并没用关于安德鲁父母身世的传说来拉近安德鲁与他出生地中国之间的距离。反之,这些情节起到了一种使读者质疑安德鲁与其父母之间关系可靠性的效果。正因为如此,当安德鲁感觉自己寻找父母去世真相的一切努

---

① 关于对"离散"的进一步论述,参见凌津奇."离散"三议:历史与前瞻[J].外国文学评论,2007(2),1.

力都已走进"死胡同"时,他自言自语道:"我并不在乎他们(他父母)有自相矛盾的国家效忠情结;我只在乎他们与我独一无二的关系。"这里所说的儿子与父母之间"独一无二的关系"已经不是文化寻根的代名词,而是美国华人难以化解的族裔身份困境的修辞表征。

实际上,安德鲁得到父母死讯后的最初反应是如释重负:"我现在终于能彻底抛弃将我和他们的历史,和那个从来不属于我的国家捆绑在一起的最后一点联系了。"同时,他又"鬼使神差"地提笔给已经故去的父母写信,其中包括这样的字句:"我身体中的所有神经都与脚血脉相通。我是从脚开始感受生命的。我一生都四处游荡,同时也一直想弄明白你们为什么要将我遗弃?"(Leong,2000:157)这段充满象征意义的文字是故事的意识中枢,其叙事动态由两个抽象且互相联系的意象——"脚"和"父亲"——组成并支撑。实际上,梁从故事一开始就向读者强调了"脚"在安德鲁生活中的重要性:他奶奶的缠足、爷爷因患小儿麻痹症而落下的跛足,以及一位当过土匪的先辈的假足。梁氏通过这些意象要强调的是:安德鲁是几代"脚有缺陷"(imperfect feet)的祖先的后代(Leong,2000:155)。这种以脚为喻的写法看似单纯,但如果放在安德鲁信中提到的自己被父母"遗弃"的修辞语境中去考察,其意义就相当具体了。因为"脚"在这里专门用来暗示华裔美国人在自己祖国的土地上漫无边际地徘徊与彷徨的困境。脚的"缺陷"既象征着被剥夺历史与文化的痛苦,又反映了不得不与祖国保持血缘关系的牵绕,还有因此而遭受居住国种族歧视与政治边缘化的不公。用这样的脚走起路来只能是步履蹒跚。安德鲁与中国若即若离的关系不仅决定了他寻父的暧昧性和不稳定性,而且也突出了"父亲"在此追寻过程中的借喻特征和对安德鲁内心活动越来越强的反衬作用。这尤其体现在他路过重庆时观看一位民间艺人站在木凳上用饱含墨汁的布团在一张铺在石碑上的白米纸上作画的情形。随着那人手臂的运动,米纸上逐渐出现了一个画面。安德鲁看"呆了",觉得作画人不断运动的体态完全有可能就是他父亲的化身,而作画人手中紧凑的布团则是他自己的"婴儿之躯"。他"渴望着被父亲的手触摸",但又不愿面对自己的这种渴望(Leong,2000:165)。在故事的其他部分,安德鲁在飞机上梦见乘火车南下的父亲凭窗远眺;刻在古老墓碑上的男女人形也使他联想起自己双亲的音容笑貌。在这些描写中,父亲一方面虚无缥缈,另一方面又无所不在。这种状况于是反衬出故事标题《何所不死?》在文本修辞建构中画龙点睛的作用。"何所不死?"可以用"什么地方有不死之国?"的白话来是表述,是屈原《天问》中的名句。关于《天问》的文学与社会意义,学界有诸多观点。梁氏在此挪用的只是这首词的宏观语境,即屈原遭谗言去职后,被流放时的愤懑与感慨。因为他的这种心境恰好与安德鲁的放逐心态相吻合。而后者试图弄清楚他父母死亡真相的努力,就像屈原责问苍天一样,是不可能收到任何效果的。故事以描写安德鲁在一条沿江而下的摆渡船上自言自语收尾:"我的思绪像江水一样奔腾不止。我已经不再试图理清我父母生命中看不见的那些分支与暗流……即便我能将他们每一天的生活都记录下来,那也不过是一堆江中的石子,一片由事实堆砌成的干枯的河床"(Leong,2000:168-169)。安德鲁与其父母之间的关系这个原先用来暗示华裔美国人文化归属的象征,因此失去了它表面上的指涉功能,成了华裔美国人离散想象中一个抹不掉的"痕迹"(Leong,2000:169),一个关于"不死之国"的浮动的意符。中国是华裔美国人心中挥之不去的情感因素,但该因素的象征性大于其实质性。

三、伍惠明:编排记忆、建构读者

伍惠明(1957—)是20世纪90年代涌现出来的华裔美国作家群体中一位十分令人瞩目的女性小说家。众所周知,她的第一部作品《骨》甫一问世,立即成了脍炙人口的畅销书及华裔美国文学研究与教学中的一部新经典,而且多年来一直被视为华裔美国文学领域中的必读课本之一。在某种意义上,伍氏这本小说之所以对读者能有如此持久的吸引力,除了它讲述的动人故事之外,似乎还与下面几个因素有着直接的联系:一是小说大胆地探索了近现代华裔美国移民史上较有争议的"纸面儿子"(paper son)[①]现象,并通过以局内人身份对该现象及其后果进行戏剧化的再表述,为读者提供了关于华人在移民美国过程中承受失语和弱势化后果的一个历史原型。二是小说的可读性。这主要体现在伍氏的写作风格上:她不仅文笔流畅,而且行文朴实无华,从而能使小说的叙事简练、切题、引人入胜。三是作者的女性主义视角。尽管小说的中心人物是以假身份"混入"美国的广东籍"纸面儿子"梁(Leon),但这种身份给

[①] "纸面儿子"现象是早期华人移民为应对1882年《排华法案》在社区内造成的近乎种族灭绝性后果而采取的自我振兴策略。他们利用1906年旧金山大地震中移民局档案被火烧毁的机会,声称自己是美国公民并在中国生育过儿子,然后将从未见过面的"儿子"以亲属身份办到美国,以达到养老送终和延续社区传统的目的。详见Ronald Takaki. Strangers from a Different Shore[M]. New York:Penguin,1989:416-418.

他带来的社会边缘化效应又使小说的女叙事人——也就是梁的女儿蕾拉(Leila)——担负起了重新讲述父辈磨难的重任。然而,伍惠明的女性主义叙事并没有重复一些早期华裔美国写作中的排他性倾向。反之,她将不同性别和不同历史之间的张力作为小说重新建构和编排华裔美国集体记忆的协商点。笔者认为,伍氏小说推崇的这种超越华裔美国人自我感受的建构性(constructiveness)是她对当代华裔美国文学想象和再现策略的一次重要介入(intervention)。

在叙事层面上,《骨》实际上讲了两个故事:一是关于梁失信于他的"纸面父亲"老梁(Leong)的故事。后者曾要梁保证将其身后的遗骨运回中国掩埋,以此作为条件将梁以亲生儿子身份办到美国。但梁进入美国后,立刻陷入了由贫穷和恐惧编织的罗网,同时又为偿还老梁为他移民美国付出的几千元美金在旧金山中国城拼命做工。辛劳之中,梁无暇顾及自己的誓言。结果不仅丢了老人的尸骨,而且还在与别人合资办洗衣店时被骗。然后,二女儿跳楼自尽,三女儿出走,自己也和妻子分居;二是关于梁家三位生长在中国城的华裔美国姐妹的故事,包括她们寻找自我时的迷惘与痛苦,她们与父辈之间的矛盾冲突,以及她们的喜怒哀乐、悲欢离合。书中的最大悬念是牵动所有人物命运的一个悲剧:即梁家二女儿欧娜(Ona)的自杀。从表面看,这场悲剧似乎是梁氏夫妇反对她与曾欺骗过梁的拉丁裔美国人之子奥斯瓦尔多交往的结果。但细心的读者会发现,梁与奥斯瓦尔多之父合资开洗衣店的动机是尽快致富,而尽快致富的压力又来自于与梁"纸面儿子"身份缠绕共生的就业困境。下面是梁的大女儿蕾拉在一堆发霉的旧书信往来中发现的秘密:"军队寄来的不予录取通知书:不适合。工作申请不成功:没技术。求租房屋:无空位。"这与梁先前对此的解释南辕北辙;梁曾打趣地说:"军队其实想要他,但仗打完了。他有工作技能和经验:电焊、建筑、电工都行,但英语不太好。房子租得很合适,但街坊邻居不好。"蕾拉于是恍然大悟,"梁讲的那些故事不仅毫无幽默感,而且非常令人沮丧。白纸黑字上的梁并不是个英雄"(Ng,1993:57—58)。具有讽刺意味的是,作为"纸面儿子",梁的所作所为其实"都是为了迷惑当局"。但他这样做的结果却是"被自己的谎言捉弄",并使"曾经排斥过他的法律反过来又将自己反锁其中"(Ng,1993:57,60)。梁的这种存在圈限性决定了他只能在远离陆地的货轮上以做苦工为生,终年在海上漂泊,并通过这种自我放逐的方式养活在旧金山中国城的家小。书中有一处细节描写了梁带着辛苦挣来的血汗钱回家探亲的情形。欧娜数着梁从袋里取出的一沓沓崭新的美钞,自言自语道:"咱们发财了!"但三姐妹不久又听到梁和妻子在房内窃窃私语,然后是母亲的声音,"还不够""你还得回去"(Ng,1993:180－181)。梁迫于生活而从离散中寻找归宿;这种生活方式反过来又使他呕心沥血建立起来的家变得徒有虚名。如书中所描述的,梁娶达尔茜(Dulcie Fu)为妻其实不过是个权宜之计:他本人是中国城单身汉社会的一员,达尔茜则被前夫抛弃,不仅没有合法移民身份,而且还怀着几个月大的蕾拉。梁从婚姻中要的是中国城内奇缺的年轻配偶;达尔茜想得到的是新移民梦寐以求的绿卡。在此情况下,在中国城做车衣工的达尔茜与男性上司发生恋情也就不足为奇了。此外,尽管梁与达尔茜有两个亲生女儿——欧娜与妮娜(Nina)——但他们在生活的重压之下根本上无暇顾及子女的教育和成长。

　　上面提到的后一点在解读文本的过程中十分重要。因为它暗示出欧娜的自杀可能有着更为深刻的社会原因。小说并未就此提供任何直接的线索,但在不同场合却向读者透露了一些看上去并不重要的信息:(1)欧娜服用过一种叫作"奎路德"(quaalude)的抗抑郁症药物;(2)她年幼时曾在一家百货商店偷窃被捉;(3)她上中学时被一名高年级女生整整欺负了一年;(4)蕾拉有一次撞见她衣衫不整地躲在女厕所里哭泣;(5)蕾拉发现她"已经习惯于把所有的事情都埋藏在心底"(Ng,1993:15,139－140,117,136,112)。这些看上去不起眼的细节似乎表明,欧娜可能正是她那个运作不良的中国城家庭的牺牲品。小说透过蕾拉的视角特别提到了欧娜与梁之间的密切关系:"欧娜使我感到无比担忧。我总觉得她会是最大的输家。她过于敏感,也太依赖梁。她小的时候,每当梁出海去做工,她一哭就是几天,然后两眼无神,一脸心事地等着他回来。每次梁丢了工作,她都和他一起垂头丧气;他有了新点子,她也随之欣喜若狂"(Ng,1993:170)。不仅如此,小说还提到了欧娜过分迷恋中国城倾向,而且一离开家就感到茫然不知所措。所有这些因素都使欧娜处于一种非常脆弱的境地。因为她感情的稳定和心理的健康最终还是取决于梁与达尔茜的婚姻是否成功。而梁的"纸面儿子"身份和达尔茜的实际处境又恰恰表明,他们夫妇之间的关系注定不可能一帆风顺。就此意义来说,欧娜自杀的直接原因其实并不重要。重要的是,她的死间接地说明了梁的美国梦的破灭。小说的作者暗示,在20世纪80年代源源不断来美国淘金的华人新移民仍然在建构着这个难以实现的梦想,同时在争取生存的过程中仍然重演着梁丢失"纸面父亲"遗骨的憾事。① 丢失的遗骨是不可能复还的。那么骨在小说中的意义究

---

　　①　伍的小说发表于1993年。但她在此之前用了整整10年时间修改书稿。故笔者推测,小说中提到的新移民是指20世纪80年代初进入美国的华人。见小说第16-17页。

竟何在呢？首先，骨可以从文本的形式和接受层面来理解。如上所述，伍氏的书写不论是在遣词造句还是在语言结构上，都采用了一种可称为"最简单主义"（minimalism）的修辞策略，即现代主义抽象艺术的一种翻版。使伍氏这种策略能发挥最佳再现效果的，是小说同时强调的现实主义描摹。从阅读的角度来看，简约的文字和叙事、省略的背景和细节使文本读起来就像啃骨头一样索然无味。而读者的任务就是要通过"发掘出"叙事的潜文本和"找到"小说中的新线索来"参与"小说的意义建构，从而使表面干瘪的描写变得丰满起来。这就是将文本语境化的过程。在此过程中，"文本与读者不再以客体和主体的身份相遇"，而是共同构成了一种"辩证式的阅读结构"（Iser，1974：275，280，293—294）。在象征的意义上，小说中有这样一段关于达尔茜如何教蕾拉使用缝纫机的文字："妈对裙装的所有接缝都了如指掌，就像医生了解每根骨头一样……她告诉我什么时候必须把叫作'大骨头'的连接裙装各个部位的接合处缝起来"（Ng，1993：178）。伍氏在此是借缝纫技巧来赞颂其母达尔茜所代表的女车衣工在华裔美国社区建设中体现出来的韧性和凝聚力。与此相对应的是蕾拉本人在小说人物关系中发挥的建设性介体（constructive agent）作用：她在自己的移民父母和出生于美国的华人姐妹之间穿针引线、在家庭与社区之间架设桥梁、在法律与权益之间奔走呼唤、在历史与现今的断裂之处努力协商。最重要的是，她通过自己的女性主义视角将支离破碎的华裔美国个体经历串联起来，并将其编织成一种的能强化社群根基的集体记忆和整体性华裔美国意识。蕾拉是《骨》中之骨；她是我们读懂这部小说的关键和切入点。

通过对上述三位作家作品的分析，笔者希望能得出这样一个结论。那就是，当代华裔美国小说创作在多元与复调的前提下已经越来越不受时间、空间和地域的限制；它在走向全球化的过程中也越来越具备开放、创新和混杂化（hybrid）的特点。然而，华裔美国文学想象的生命力和感人之处只能来自不断演进和变化的华裔美国社会和华裔美国历史，以及华人在此过程中生活、奋斗和憧憬的物质经历。

参考文献

[1] David Wong Louie. Birthday [M]. Pangs of Lone. New York：Plume，1992.

[2] Fee Myenne Ng. Bone [M]. New York：Harper Perennial，1993.

[3] Frank Chin et al. Aiiieeee! An Anthology of Asian-American Writing [G]. Washington，D.C.：Howard University Press，1974.

[4] Russel C Leong. Where Do People Live Who Never Die [M]//Phoenix Eyes and Other

Stories. Seattle: University of Washington Press. 2000.
[5] Wolfgang Iser. The Implied Reader: Patterns of Communication in Prose Fiction from Bunyan to Beckett [M]. Baltimore: The Johns Hopkins University Press, 1974.

[原发表于《南开学报》(哲学社会科学版)2009年第5期]

任璧莲及其作品人物的认知模式变化*
——在"独立"与"互立"间寻找平衡

邹 涛**

摘要：本论文以"独立"和"互立"这两个认知心理学概念为基础,探讨华裔美国作家任璧莲及其作品人物的认知模式发展过程。在"独立/互立光谱带"上,任璧莲经历了从"互立"端走向"独立"端再向中间移动的过程。任璧莲的小说创作总体上反映了不同阶段的人对"独立"与"互立"模式的需求变化的轨迹,这种变化不只针对某一个族裔,而是适用于所有人。

关键词：任璧莲；"独立/互立光谱带"；认知模式；《老虎写作》

华裔美国作家任璧莲(Gish Jen,1956—)2012年受邀在哈佛大学讲学,运用认知科学、跨文化心理学等理论进行自我反思,探讨东西方在认知模式上的差异及艺术表现。其讲稿经过整理后以《老虎写作》(*Tiger Writing*,2013)为题出版。不同于一般自传,《老虎写作》带有强烈的理论观照意识,所以任璧莲称其为"知性自传"(intellectual autobiography),是记忆、认知研究、文学分析、自我反思的混合体("Author's Note": xi)。《老虎写作》中有一对贯穿始终的核心概念,即"独立"(independent)与"互立"(interdependent)。这两个词借用了认知心理学中用来描述自我建构模式的概念。众多研究者指出,西方文化崇尚个人自治、自足和自我表达,将自己看作是不同于他人和社会环境的独特个体,从而形成"独立型自我";而许多亚洲文化强调社会等级、群体团结、人际和谐,将个体看作关系网络中的一个,与周边环境不可分割,从而形成"互立型自我"(Wang and Ross,2005:595)。

---

* 基金项目：本文系中央高校基本科研业务费项目"记忆科学与叙事学的界面研究"(ZYGX2014J124)及电子科技大学教改项目"以伦理为导向的高校文学教学研究与实践探索"(2015XJYYB070)成果。
** 作者简介：邹涛,副教授,博士,主要研究方向为英美文学、叙事学。

本文将"独立"与"互立"看作两种基本的自我认知与文化认知框架。在以往的研究中,"独立"文化中的人被认为习惯于相对整洁有序、目标物清晰的环境,感知时往往聚焦于前景化的目标物,其自我认知框架往往将自我前景化,将周围环境、语境背景化,强调主体的自主性、独立性;而"互立"文化中的人习惯于更复杂交织的环境,感知时注重背景语境及事物之间的联系,其认知框架的前景与背景更容易交融甚至交替,自我的界定更依赖于环境。这些都反映在叙事风格上,"独立"型认知框架在自传性叙事和回忆虚构类故事中细节更丰满,更强调的是那些特殊事件以及自己的主观感受,而"互立"型认知框架产生的自我描述或故事回忆更为笼统,更强调典型的、符合文化规约的事件。

任璧莲努力摆脱将中西方完全对立的刻板印象,指出大部分人位于"独立型自我"和"互立型自我"这两极所形成的光谱带(spectrum)上,并可能不断移动(*Tiger Writing*,2013:7)。任璧莲努力审视自己在"独立/互立光谱带"(inter-/independent spectrum)上的位移给创作带来的影响。不过,她自己也承认,作家不可能了解自己作品的全部,作者本人尚未意识到的很多东西有待读者或批评家进一步挖掘。任璧莲为我们反思"独立"与"互立"这两种认知模式的差异及影响提供了诸多跨文化的生动案例。有学者甚至称赞她的第一部长篇小说《典型的美国佬》为今后20年的关于"互立""独立"的心理研究做了铺垫(*Tiger Writing*,2013:159)。笔者也认为,她本人及其笔下人物的认知发展对于我们探讨如何在"独立/互立光谱带"上取得位移平衡,颇具启发意义。

一、作家与"独立/互立光谱带"的位移

任璧莲从小在"互立"与"独立"的世界观与自我观之间挣扎。她在2003年接受采访时指出,父母给她的基本信息是"一个人不能简单地走出去做自己想做的事情,而必须得聪明狡猾,因为外面的世界与你为敌";而当她走进主流世界时,则被告知"你得到你想要的。难道这不是世界存在的理由吗?"(Moyers and Jen,2003)同年,任璧莲在北京接受采访时指出,父母带来的中国传统文化把社会和家庭放在首位,而自己成长的大环境是把个人放在首位的美国主流文化(石平萍,2003)。

从童年到成年,任璧莲经历了从生存所需的"互立"到为确认自我而"独立"的过程。她家居住在纽约州较穷困的扬克斯时,不断感受到邻里的敌意,

因此变得"小心谨慎"、更具"防卫意识"、更"依赖于家庭"(Moyers and Jen,2003)。这为她的"互立"意识打下了根基。任璧莲认为自己在"独立/互立光谱带"的转折点来源于小学五年级时在图书馆的大量阅读。当时她家搬到了中层社区斯卡斯戴尔(Moyers and Jen,2003)。生存环境的改善使她可以更好地利用外界条件融入主流社会。她对图书馆的利用本是出于"互立"式的对周边环境的关注,却在阅读西方文学的过程中体会到了这样的美国"没有限制、具有诱惑力、自我放纵、扩张、率性、反权威、耽于享乐、执着于回忆"(*Tiger Writing*,1991:100),于是逐渐熏陶出一个"独立的"自我。对于"互立"文化而言,写作往往是一个过于自我的职业。所以,她的父亲坚持认为写作不能成为女儿的"饭票",否则将影响婚嫁。但是,主流社会对写作的重视激励着她走向创作,她因此"对主流文化深怀感激"(Moyers and Jen,2003)。任碧莲用Gish这个中学时的绰号(缘自美国默片演员Lillian Gish的姓)做笔名,代替父母为她取的Lillian(Matsukawa,1991:111),也表明她坚决而不失幽默地反抗父母成规、追求独立的意识。大学毕业后,她违抗家命从斯坦福商学院辍学而转攻文学,更是她摆脱"互立"走向"独立"的大胆之举。到此为止,我们可以说她已经从为生存而"互立"的一端,走到了为实现自我而"独立"的另一端。

不过,任璧莲在反思中承认,自己当初并没有意识到"成为一个作家,也跟成为其他人完全一样"(Moyers and Jen,2003)。我们可以从两个角度来理解这句话。首先,从文化认知差异的角度看,任受父母"互立"观念的影响,认为选择成为一个作家是特立独行之举,所以是她"界定自我、塑造自我"的大胆一步。而随着她对主流文化的了解加深,她意识到,"开始时你想要接受,然后你想要自我实现。也许这是每个美国人的存在方式"。可是,从创作的角度看,作家需要将自己代入各种角色之中、深入而细致地想象各种各样的人,其职业的"独立"色彩建立在强大的"互立"气质上。也许正是作家常常锤炼的这种深层次的移情与想象能力,加上父母潜移默化的影响与自身阅历的增长,任璧莲逐渐从年轻时所奋斗的"独立/互立光谱带"的"独立"端向中间移动。譬如她无数次努力地想要开始学习中文,并且这种欲望与日俱增。"如果你不知道你的家庭发生了什么,你不知道说这种语言,它就会消失掉。"这样的心境彰显出任璧莲内心对环境、对传统的"互立"式尊重的有意识回归。

二、作品人物与"独立/互立光谱带"的位移

任璧莲在"独立/互立光谱带"上的位移更微妙地反映在她笔下的人物形象中。任璧莲首部长篇《典型的美国佬》(1991)戏剧化地呈现了"独立"与"互立"两种认知框架的尖锐冲突,表达出一种融合两者的强烈愿望。

主人公拉尔夫带着浓厚的"互立"文化烙印来到美国。在去美国的路上,他给自己设立了如下两大目标:成为全班第一;回国时一定要带着博士学位证书交给父亲(6)。这体现出传统模范儿子情结:学习的主要目的是光宗耀祖,自我形象建立在家庭的确认基础上。深受"独立"文化影响的华裔商人格罗弗·丁与拉尔夫形成鲜明对照。任璧莲在阅读中体会到的美国是"没有限制、具有诱惑力、自我放纵、扩张、率性、反权威、耽于享乐、执着于回忆"(*Tiger Writing*, 100),而格罗弗唯一不具备的上述品性是"执着于回忆"这项。美国式"独立"的重要指标之一是经济独立,财富梦往往是美国梦的首要目标。格罗弗自封为金钱世界的"领路人",对拉尔夫说:"听我的,我已经是一个成功的典型……在美国,什么都有可能!"(112)于是,拉尔夫放弃苦苦奋斗得来的终身教职而步入商海,成为美国神话"最狂热的皈依者"。(204)他曾经的"互立"式梦想转变为快速致富、张扬自我的"独立"型梦想。当拉尔夫耽于自己的财富欲望,对姐姐特莉莎也日渐冷漠时,格罗弗则正在放纵自己的情欲,引诱拉尔夫的妻子。拉尔夫夫妇是毫无限制的"独立"文化导致的自我膨胀的牺牲品,而最终拯救他们的是更好地保存了"互立"文化的姐姐特莉莎。

不同人物因在"独立/互立光谱带"上移动的速度、方向不同而境遇不同。拉尔夫在久居"互立"这端之后,快速移到"独立"那端,给自己和家人几乎带来灭顶之灾;格罗弗则长期处于"独立"端,以自我为中心,摆脱伦理道德对欲望的束缚,只活在当下而不受过去影响,但也因此与传统完全割裂、漂浮无根。特莉莎则小心谨慎地在两端慢慢移动,在追求自我独立的过程中依然保持着"互立"式的相互关照和牺牲精神。他们的位移一方面表明了族裔文化属性的流变性,另一方面也暗示了任璧莲所说的文化策略选择,即"宣称自己的美国属性时并不否认中国传统"(Moyers and Jen, 2003)。

任璧莲并不认为"互立"是中国人或亚洲人所独有的文化特质,而是将其视为一种更为普遍的人类特征。这一点在她的第二部长篇《莫娜在希望之乡》(1996)以及短篇小说集《谁是爱尔兰人?》(1999)中获得了充分体现。这两本

作品涉及亚裔、犹太裔、非裔等多族裔群体。她意识到，短篇小说集里的《等一下》(Just Wait)里的马克、《谁是爱尔兰人?》里的两位母亲、《房子,房子,家》(House, House, Home)里的帕米等诸多人物都展现出明显的互立式特征(Tiger Writing, 2013: 119-121)。任指出，"互立"式自我并非没有自我，而是一种不同的自我，它的丧失会让人感觉残缺。这种残缺在《典型的美国佬》中通过拉尔夫早已得到生动演绎；他最初意识到自己回不了中国时，他不仅感觉到残缺，甚至失去了生存的力量。

与《典型的美国佬》夸张而戏谑的风格相比，《俏太太》(2004)将"互立""独立"两种认知模式的冲突展现得更加微妙。前面提到，习惯"独立"式认知模式的欧裔美国人更擅长自我叙述。这也许是因为他们的自我主要依赖于主体自身的评判，所以主体需要不断地自我叙述来确认自我，而"互立"模式的自我更多依赖于外界的评判，所以自我叙述的实践相对很少，自传性回忆也因此缺乏针对自己的丰满细节和情绪表达。任璧莲指出，伴随着"互立"文化对自传性叙述的相对漠视的，是一种对直觉的、非语言的心灵默契感的青(Tiger Writing, 2013: 121-124)。这在《俏太太》里有明确展现。从大陆来美的兰兰对于女主人让她睡由车库改建的独立外屋、而不是睡客房而深感自己处于仆人的地位。尽管主人对她格外客气与尊重，反而被她看成是虚伪(The Love Wife, 2004: 136)。并且，她总是在女主人吩咐之前把尽可能多的活做了，以免被命令的屈辱"。这种将空间与权力等级挂钩，以及"不需要明白指示"的读心能力，都展现出强烈的"互立"式特征的交流模式。而男主人卡内基日益明显地感觉到自己和兰兰的这种默契，一切都在沉默中。我们彼此懂得"(227)。兰兰的"互立"风格激发了卡内基的寻根意识，他坚持要找到母亲遗留下来的家谱，认为那是他在人世间的坐标，不然他将像孤儿一样飘零。而他的白人妻子将此举理解为他把妻子儿女的分量看得太轻(200)。卡内基这种变化和任璧莲在"独立/互立光谱带"上的心路历程吻合。任从最初的反抗父母到努力想要学习中文、了解中国传统文化，卡内基也在母亲活着的时候"只想着自由，想着离开她"，而母亲死后，他自觉自愿地将自己和她绑在一起"(201)。

任璧莲在最近的长篇《世界与小城》(World and Town, 2011)中，进一步展现出她对不同认知模式的深度演绎，所以将主人公卡特和海蒂设为认知科学研究者。卡特对自己人生角色和责任的认识转变似乎在不断检验着他研究的认知理论。他从典型西方式的、个人主义的、独立的、工具理性的认知模式逐渐转向人际的、互动的认知模式。而受儒家影响的海蒂主要遵循的正是后一种模式。但是，从卡特科学理性的条分缕析中，海蒂也看见了自己的不足，承认自己根源于"互立"式认知期待而产生的退避方式也有不妥(*World and Town*,2011:367)。此外,作者同样避免把"独立"与"互立"划分为东西方式的对立。她让吉尼和伊芙内特这一对西方夫妻更为戏剧化地演绎了卡特和海蒂之间的认知模式矛盾。吉尼和伊芙内特之间的悲剧,以及苏菲一家移民的苦难历程,让卡特和海蒂照见两种认知模式的优劣和自身的不足,并由此努力寻找更为充满希望的融合之道。

三、《老虎写作》:反观之镜

任璧莲承认直到写哈佛讲座稿,才真正思考自己与"互立"文化的联系(*Tiger Writing*,2013:118)。她这样总结当下的自己:"关注个体经验,追问爱、友谊、家庭、目的,也许尤其执着于语境问题,譬如哪些门开着,哪些关着?这是谁的房子?道在何方?因为我是在美国语境下追问这些问题,所以,尽管它们带着中国文化的根源,却反讽般地凸显了我明显的美国作家特征"(135)。从《老虎写作》来审视她的上述自我反思时,我们发现,她一方面展现出更浓郁的"互立"认知框架,另一方面则因"独立"认知框架的影响而对中国文化产生了一些误读。

《老虎写作》的整体结构安排充分展现了"互立"的认知模式。该书第一部分标题为"我的父亲写他的故事",主要介绍和点评其父的回忆录,旨在树立一个典型的"互立"认知个案,为第二部分的中西自传性叙述的对比打下基础。这同时体现出任璧莲将自我认知建立在与父辈世界的关联上。直到第三即最后部分,任璧莲才将关注的焦点转向自身,而且更多在反思自己作品的虚构世界,而非直接讲述自己。此外,第三部分的开头以 8 页篇幅重新回到任父的故事,结尾之语也回响着任父的影响,希望像他那样给所有学生打 A。全"A"的做法是典型的"互立"模式的人际关怀,体现出中国人对"以和为贵"的普遍认可,与美国对个体独特性的强调大相径庭。

任璧莲的"知性自传"和嵌在里面的任父回忆录一样,充满"互立"语境意识。任父回忆录前面数页都是根据族谱追溯家族衍生历史,上溯时间竟至4 000年前的帝王,直到第8页才在括号里提及他自己的出生,而且竟然不准确(11)。回忆录中反复提到的"族谱""姓名排位""老家的房子""门的开合"等等,均是中国传统礼法制度、道德标准在父亲认知框架中的具象。家有几扇门,门在几时开,开给何人过,都有讲究,不可随意为之。尽管房子内的家族关系网复杂,但人人明白自己的地位。所以,房子成为集体主义精神的一种外化"家"的象征,是个体的"心灵栖居地"(128),是维系自我不可或缺的要素。

任璧莲对自己年少时待过的两个图书馆的回忆,与父亲对老家房子的关注类似。扬克斯区的图书馆是"一间没有窗户的房子",书架是"黝黑的、松松垮垮的";而她迁居后的小学图书馆则是"带着玻璃窗,宽敞而可爱,结实的书架上竖着一排排新书,在我们搬来的第一年就被我全部读完了"(116)。然后,她对自己读过的书如数家珍,正如他父亲对老家的门和房间的使用情况那样铭刻在心。任意识到自己对语境的关注模仿了中国园林的"顺势而为"(116),她笔下的图书馆和父亲心中的老房子都代表他们对语境的关注,是他们追寻、界定自我的依凭。

然而,当上升到文艺理论观念时,任璧莲却落入了"独立"与"互立"截然两分的刻板印象中,认为"独立"文化强调文学艺术的独立性,而"互立"文化强调文艺的工具性、实用性。于是,她指出,应该"有用"是大部分中国人对文学的期待,而西方人视艺术作品如其创造者一样是独立自足的,其自身就是目的,如同木匠制造的玩偶匹诺曹,或者弗兰肯斯坦创造的怪物那样有自己的生命(95—96)。

事实上,无论是唯美主义倾向,还是强调伦理功用的倾向,都同时存在于中国与西方文学理论中。任璧莲的误解从《老虎写作》开篇可窥见一斑。中国大陆某年轻女作家解释自己选择创作是因为不喜欢出门,而写作可以待在家里挣钱,任回答说自己感到非常惊讶,因为"西方解释那些为何喜欢待在家里的女作家时,想到的是爱米莉·狄金森和(大写的)艺术"(1)。她将该女作家为了便利而写作的观点,当成了中国文学功用观的典型案例。在笔者看来,该女作家的回答恰恰反映了当代年轻人深受西方"独立"式个人主义精神的影响,在做出选择时主要遵从自己的需求,而不必考虑外界对于作家的使命期待。所以,她用此例来佐证中国的"文学功用观"实为不妥。相反,中国"文以载道"的观念强调作家的社会责任、道德情怀和伦理观照,文学承担的功能意义远非任璧莲所理解的那位年轻女作家所能代表。这种误解可能正是任身上"明显的美国作家特征"进行文化过滤时产生的变异结果。作家身份是她在美国"独立"文化模式帮助下,主动选择和塑造的自我形象,她的人生意义维系于此,所以对那些过于轻松对待作家身份选择的人特别敏感。无独有偶,当别人问她是否在家里工作时,她回答:"不,我在办公室工作。我确实崇拜那些能在家工作的人;他们比我更自律。"她认为写作以及待在家工作是非常"独立"的严肃选择,自然不满于那位年轻女作家的态度。不过,当她把对个体的轻慢上升到文化认知模式层面时,就掉进了自己努力想要避免的"刻板印象"的陷阱中。

四、结　　语

从任璧莲作品的发展历程来看,《典型的美国佬》主要展现从"互立"文化中来美的移民的认知模式快速移至"独立"端而产生的文化失衡悲剧;《莫娜在希望之乡》《谁是爱尔兰人》主要以第一代移民后裔的成长经历为基础,在更多元的族裔文化平台上演绎"互立"与"独立"的互动;《俏太太》表达已在美国站稳脚跟的中年移民向传统文化的"互立"精神回望与靠拢;《世界与小城》则展现了步入老年的美国人从"独立"端向"互立"那头靠拢的内心渴求。

总体而言,任璧莲的小说创作反映了不同阶段的人对"独立"与"互立"模式的需求变化的轨迹,这种变化不只针对华裔、亚裔、犹太人,也适用于其他美国人,甚至所有人。"独立"与"互立"的认知模式可能互为前景与背景。在不同文化和不同人生阶段如何实现它们之间的动态平衡才是问题的关键所在。

兼顾"独立"与"互立"优势的渴望在任璧莲对北宋画家范宽的名画《溪山行旅图》的解读中充分演绎出来。任璧莲本意是用它努力展现"互立"文化的绝佳境界(*Tiger Writing*,2013:87—90),其阐释方式却透露出"独立"与"互立"共同作用下的独特视角。她指出,在该画里,高山虽然巍峨却并不给人以距离感、压迫感,而是"充满善意,与整个自然和谐一体";旅行者"不需要大于环境或对环境施加任何影响,相反,他非常满足于做一个宏伟整体中的微小组成部分"(87)。旅行者与高山,高山与更大的自然,他们既独立又依存。这应该是任最想实现的融合中西的存在境界:像高山一样温和地突出,又像里面的微小人形一样,与更大的环境和谐一体。

参考文献

[1]任碧莲.典型的美国佬[M].王光林,译.南京:译林出版社,2000.

[2]石平萍.多元的文化,多元的认同——美国华裔作家任碧莲访谈录[N].文艺报,2003-8-26(4).

[3]Bill Moyers and Gish Jen. Becoming American: Personal Journeys: Interview with Gish Jen [EB/OL]//Public Affairs Television. 2003[2015-10-13]. http://www.pbs.org/becomingamerican/ap_pjourneys_transcript1.html.

[4]Gish Jen. Mona in the Promised Land [M]. New York: Knopf,1996.

[5]—. The Love Wife [M]. New York: Alfred A. Knopf,2004.

[6]—.Tiger Writing: Art,Culture,and the Interdependent Self [M]. Cambridge: Harvard University Press,2013

[7]—.Typical American [M]. Boston: Houghton Mifflin,1991.

[8]—. Who Is Irish? [M].New York: Alfred A. Knopf,1999.

[9]—. World and Town [M]. New York: Vintage Books,2011.

[10]Kitayama S. et al. Perceiving an Object and Its Context in Different Cultures: A Cultural Look New Look[J]. Psychological Science,2003,14: 201-206.

[11]Masuda T. and Nisbett R. Attending Holistically Versus Analytically: Comparing the Context Sensitivity of Japanese and Americans[J]. Journal of Personality and Social psychology,2001,81: 922-934.

[12]MiyamatoY., et al. Culture and the Physical Environment: Holistic versus Analytic Perceptual Affordances[J]. Psychological Science,2006,17: 113-119.

[13]Michael Ross and Wang Qi. Why we Remember and What We Remember: Culture and Autobiographical Memory[J]. Perspectives on Psychological Science,2010,5: 401-409.

[14]Wang Qi and Michael Ross.What We Remember and What We Tell: The Effects of Culture and Self-priming on Memory Representations and Narratives[J]. Memory,2005,13(6):594-606.

[15]Yuko Matsukawa. Interview: Gish Jen [J]. MELUS,1991,18 (4): 111-120.

[原发表于《当代外国文学》2016 年]

"火大王"王燊甫
——湮没无闻的华裔美国文学的先行者

欧 荣[*]

摘要:被庞德戏称为"火大王"的王燊甫是华裔美国文学研究中久被遗忘的一位作家。他在20世纪50~70年代活跃于美国文坛。近年来,虽有少数学者关注到王氏与威廉斯及庞德之间的相互影响,但其作为早期华裔美国文学作家的地位和成就尚未引起应有的重视。本文从三个方面发掘王氏对中美文学交流及亚裔/华裔美国文学的贡献:(1)王氏的诗歌翻译;(2)王氏的诗歌创作;(3)王氏的文学批评及其对亚裔/华裔美国文学的开拓性推介。希望对读者了解和认识这位华裔美国文学的先行者有所裨益。

关键词:王燊甫;翻译;诗歌;批评;亚裔/华裔美国文学

美国现代派诗人埃兹拉·庞德(Ezra Pound,1885—1972)因遭到叛国罪的指控,在1945—1958年被囚禁于华盛顿圣伊丽莎白精神病院;在此期间,他结识了不少中国朋友,其中有一位被他戏称为"火大王"("Mr. Flame-Style King")(Qian,2008:176),[①]名叫王燊甫(英文名 David Raphael Wang,David Hsin-Fu Wand,1931—1977)。[②] 王氏祖籍上海,生于杭州,出身缙绅世家,自幼熟读诗书,1949年移民美国,1955年达特茅斯学院英文专业毕业。1955—1958年他与庞德交往甚密,由于庞德的鼓励和推荐,开始不断在英文刊物上发表作品。1957—1961年他与威廉斯(William Carlos Williams,1883

---

[*] 作者简介:欧荣,杭州师范大学,主要研究方向为英美文学。

[①] 钱兆明《庞德的中国朋友》(*Pound's Chinese Friends*: *Stories in Letters*. Oxford: Oxford UP,2008)收录了20封庞德与王燊甫的来往信件,如引用信件为该书收录,则注明该书页码,如该书未收录,出处则为耶鲁大学拜尼克图书馆,仅注明信件日期

[②] 王燊甫发表诗歌作品和学术性论文时用不同的英文名,他自称David Raphael Wang代表他的诗人身份,David Hsin-Fu Wand代表他的学者身份,这两种身份之间是"一种共生关系"("a symbiotic relationship",Wand,*Asian-American Heritage* 173)。

—1963)合作翻译中文诗。1958年,他前往美国西海岸深遣,1961年获旧金山州立大学文学创作硕士学位,1968年获南加州大学比较文学硕士学位,1972年南加州大学比较文学博士毕业。在此期间,他与祖可夫斯基(Louis Zukofsky,1904—1978)、斯奈德(Gary Snyder,1930—)及黑山派诗人多有往来,并积极参与少数族裔文学运动。1974—1975年,他在新墨西哥大学短期任教,1975年秋获德州大学达拉斯分校英语和比较文学教职,同年入选美国现代语言学会(MLA)少数族裔分委员会。至此王氏在美国文坛已小有名气,身兼翻译家、诗人、学者等多重身份;20世纪六七十年代,他陆续在国际70多本文学杂志上发表诗作、译作和评论,是"同时代发表作品最多"的华裔诗人,引起美国和日本学者的关注(Wand,1978:131)。可就在事业蒸蒸日上的时候,他却在1977年4月8日坠楼身亡,其才华横溢的文学生涯戛然而止,渐为世人所淡忘。

1986年王氏在新墨西哥大学任教时的同事维特麦耶(Hugh Witemeyer,1939—)发文对王氏的生平和文学生涯进行梳理。近年来钱兆明等学者深入研究了王氏与威廉斯相互间的文学影响、王氏与庞德的交往及其对庞德创作《御座诗章》的贡献,①但其作为早期华裔美国文学作家的地位和成就一直被学界忽略。②本文拟从诗歌翻译、诗歌创作和文学批评三个方面发掘王氏对中美文学交流及亚裔/华裔美国文学的贡献。

---

① 有关王燊甫与威廉斯之间的合作和相互影响,见钱兆明.威廉斯的诗体探索与他的中国情结[J].外国文学,2010,1:57-66;Zhaoming Qian.William Carlos Williams,David Raphael Wang,and the Dynamic of East/West Collaboration[J].Modern Philology,2010(108),2:304-321;钱兆明和笔者考察分析了庞德与王燊甫之间的交往对《御座诗章》的具体贡献,详见钱兆明、欧荣.《马典》无"桑"——庞德与江南才子王燊甫的合作探源[J].外国文学研究,2014,2:48-56.

② 笔者查阅了国内出版的华裔美国文学史和作品选读(王灵智等,1990;张子清,1995;刘海平、王守仁,2002;徐颖果,2004),均未提及王燊甫;美国出版的华裔美国诗歌史或选读,如王灵智等编《美国华裔诗歌选读》(Chinese American Poetry:An Anthology,University of Washington Press,1991)、黄贵友(Guiyou Huang)编《亚裔美国诗人》(Asian-American Poets:A Bio-Bibliographical Critical Sourcebook,Greenwood Press,2002)、斯蒂芬·姚(Steven G.Yao)编《外国腔:从边缘到后民族性的华裔美国诗歌》(Foreign Accents:Chinese American Verse from Exclusion to Postethnicity,Oxford University Press,2011),均没有收入王燊甫的作品。

一、王燊甫的诗歌翻译

王氏在达特茅斯学院就读期间,就在校刊上发表英文诗歌。1955 年他出版了第一部英文诗集《金樽幽月》(*The Goblet Moon*),包括 3 首译诗和 10 首原创诗,行文风格多有庞德《华夏集》(*Cathay*,1915)的影子。王氏在 1955 年初识庞德,在庞德的鼓励下,王氏翻译了一些唐诗。庞德把他的译作推荐给很多英文刊物,包括澳洲的《边缘》诗刊(*Edge*)。1957 年 2 月《边缘》刊发了王氏的 8 首英译唐诗。译者没有拘泥于原作的格律和结构,译风洒脱自如,用词简洁生动,口语化,易于被英语读者所接受。如王维的《送别》原是五言古体诗,王氏的译文为五行素体诗:

VI

Alighting from my horse to drink with you,
I asked,"Where are you going?"
You said," Retreating to lie in the southern mountain."
Silent.
1 watch the white clouds endless in the distance.(Wang,1957:1)

原文中的"君言不得意,归卧南山陲"在译文中并成一句"You said,'Retreating to lie in the southern mountain'","归卧南山"即为"不得意",略去"不得意",译文更为简洁生动。接下来"silent"一词占一行,起到"此时无声胜有声"的效果,最后一行"I watch the white clouds endless in the distance"传达出原作结尾黯然、悠远的意境。

第 7 首原诗是李煜的《相见欢·无言独上西楼》,王氏也译得很巧妙,如用"In the deep autumn garden/the wu—t'ung stands alone"传达出"寂寞梧桐深院锁清秋"的萧寂之感;最后两行"The feeling of departure/clings like a wet leaf to my heart"用生动的意象"一片湿叶压心头"凝聚了诗人心中"剪不断、理还乱"的离愁,可能借鉴了庞德译刘彻《落叶哀蝉曲》中的神来之笔:"A wet leaf that clings to the threshold"(Pound,2002:111)。

译诗发表后,庞德致信王氏表示首肯(Qian,2008:184)。庞德的老朋友威廉斯也看到了这组译诗,写信给庞德大加褒奖。① 经庞德指点王氏开始与威廉斯通信,并提出与威廉斯合译汉诗,威廉斯欣然同意(钱兆明,2010:61)。

1957—1961年,二人断断续续合译了30余首汉诗,大部分是王氏主译,威廉斯再加以修改润色,后来威廉斯身体渐弱,有些翻译可能就由王氏全权负责了。1963年威廉斯去世,1966年王燊甫以《桂树集——汉诗编译作品选》(*The Cassia Tree: A Collection of Translations & Adaptations from the Chinese*)为题发表了二人的合译成果。该诗选由39首诗作组成,其中包括了王氏之前在《边缘》上发表的8首译诗及原创诗《酷猫》("Cool Cat")。《桂树集》中的译诗所选诗歌题材非常丰富,有表达思乡之苦的《静夜思》,有抒发边塞哀怨的《塞下曲》,有表达思念友人的《梦李白》,还有激扬雄肆的游侠诗《扶风豪士歌》。二人还合译了1首佚名乐府诗和汉代卓文君的《白头吟》以及4首当代诗,即郭沫若的《凤凰涅槃》片断、毛泽东的《沁园春·雪》、冰心的《老人与小孩》和臧克家的《三代》。对中国现代诗的选译,是同期汉诗英译诗集中少有的。

《桂树集》发表后,学界反应平淡,有论者把这归因于威廉斯在世时避谈中国话题,译文的忠实性因之遭到质疑(Field,1992:34)。其实,王氏已在译注中指出该诗集的翻译遵循着威廉斯一以贯之的诗歌创作原则,即"用美国习语进行再创作",而非"阿瑟·韦利意义上的诗歌翻译"(Wang & Williams,1966:211)。从诗集的副标题也可以看出,《桂树集》遵循的是庞德在《华夏集》中采用的"改写"原则,而其所选诗歌在体裁、题材和诗人的多样性方面,又大大超越了《华夏集》。王氏在译注中还引用了美国现代派诗人史蒂文斯(Wallace Stevens,1879—1955)在诗作《基韦斯特的秩序观念》("*The Idea of Oder at Key West*",1923)中的名言:"我们所追求的是精神"。《桂树集》中的大部分译诗没有拘泥于原文,而是重在"改写"和"再创",进而达到"传神"的效果。反之,当译文过于忠实于原文时,却显得"准确"有余而"诗意"不足。

1988年麦克高文(Christopher MacGowan)主编出版的《威廉斯全集》(*The Collected Poems of William Carlos Williams*)把《桂树集》内除了《酷猫》之外的38首译诗尽收其内,王氏以威廉斯合作者的身份留名美国现代诗史。他翻译的诗歌被收入多部诗集,如:美国学者主编的《神圣的艺工》

---

① 此信件原稿现藏于耶鲁大学拜耐克图书馆,该馆还藏有王氏写给威廉斯的24封信;威廉斯夫妇写给王氏的11封信及3张明信片藏于达特茅斯学院若纳特藏文献室(the Rauner Special Collections)。

(*Technicians of the Sacred*,1968)和《婚礼诗歌选》(*High Wedlock Then Be Honoured*,1970),以及他自己的诗集《交流》(*The Intercourse*,1975)和他主编的《亚裔美国传统》,为中国诗歌在海外的传播贡献良多。

二、王燊甫的诗歌创作

王氏的诗作主要收录在三部诗集里,体现其诗歌艺术发展的三个阶段。

如前所述,《金樽幽月》是他发表的处女作,半数涉及中国题材,形式采用传统的英文诗体,在美国评家看来,这些诗歌"用词虽然正确,但行文拘谨保守";这时的王氏还是个"用英文创作的中国作家"(Witemeyer,1986:192)。

在 20 世纪五六十年代,得益于与庞德和威廉斯的交往,王氏更加注意美国口语的运用,注意诗体的精炼和诗歌形式的多样化。受庞德的《诗章》("The Cantos")和威廉斯的《佩特森》("Paterson")的影响,他创作了《祖父组诗》("The Grandfather Cycle: An Epic in Progress"),原计划是一部包含 101 首诗篇的史诗。1957 年 1 月 26 日王氏写信告知庞德:"已完成《祖父组诗》的第四篇。从上海到杭州,再到四川和北京——这就是诗中我祖父的人生轨迹。关于王氏家族,还准备再写 96 首……燊的祖父——王丰镐①阁下将是组诗的核心主题。"1957 年 6 月《祖父组诗四首》发表。王氏在与威廉斯合作期间,也常把《祖父组诗》诗稿寄给威廉斯求教,受到后者的鼓励和赞扬。② 1961 年王氏获硕士学位,毕业论文就是诗集《满江红》(*Rivers on Fire*),包括英译岳飞同名诗词及《祖父组诗十三首》等。1966 年他发表了《祖父组诗十五首》,题献给已故的威廉斯。

该组诗的首页题词是一联毛笔体汉字:"人生自古谁无死,留取丹心照汗青",奠定了全诗慷慨激昂的基调。开篇《中国文人》却以温婉、抒情的笔调追溯"祖父"传奇般的人生,"祖父"被诗人刻画成一个拜伦式的风流才子:"他的后代/繁衍生息/四处扎根/从杭州到/伦敦/从巴黎到/奉天"(Wang,1966:33)。第 2 篇《出行》仍以温婉的笔触描写了杭州西湖的美景,诗人此行的目的是拜访祖父故居:"虽然笑声不再,/虽然墓碑赫然,/在我/他的后嗣和吟游诗

---

① 王丰镐(1858—1933),字省三,为江浙耆绅,历任清朝、北洋政府和民同时期外交部门的官员,并热心公益,参与创建上海光华大学。

② 见王燊甫的诗集《交流》的封底对威廉斯1959 年 5 月 3 日信件的引用。

人的心中/他将/永存"(Wang,1966:33)。第 3 篇《家宴》呈现了珍馐满盘、其乐融融的家庭聚会场景。第 4 篇《鸿鹄之志》中诗人想象祖父金榜题名、出使四邦、完成使命、解甲归田的传奇经历。

王氏外貌文质彬彬,但内心崇拜强壮、彪悍的男性气质。《祖父组诗》第 5 篇《一个中国老头的沉思》反映了诗人对 20 世纪 60 年代美国年轻人懒散、无所事事的生活方式的批判:"每当我看到美国的年轻一代/我感到心被刺痛"(Wang,1966:34)。与此形成对比,第 6 篇《龙舟赛》呈现了中国人的传统运动场景:"火光中六十个古铜色赤裸的后背。/黝黑的臂膀和沉重的船桨一起划动;/两条龙舟直冲向岸边";就在船夫们大汗淋漓、昂首到达终点的时刻,"我的祖父,身着蓝衫黑袍/举步上前,赠予他们/三十罐醇香的米酒"(Wang,1966:34)。

接下来几篇是诗人对祖父捐资助学的赞颂。第 10 篇《徽章》颂扬了中国历史上的忠义之士,"纵有一死/也不会屈服"(Wang,1966:35)。第 13 篇与此形成呼应,追溯中国人端午节吃粽子的传统,颂扬屈原的高尚气节。第 15 篇呈现苏武牧羊、岳飞刺字、文天祥宁死不屈的历史场景,全诗以"世人虽哀/吾心未死:/义士之气/已入吾魂"结尾,与诗歌的题记形成呼应。

《祖父组诗十五首》代表了王燊甫诗歌创传的第二个阶段,即"中国人的感性"与"美国口语"相结合的诗歌风格。虽然在格调和音律方霞有所不足,诗篇之间有所跳跃,但诗中大胆的想象、丰富的历史文化内涵使其在早期的华裔文学中独树一帜。王氏在诗中把"祖父"作为中国传统士大夫的代表,既才华横溢又风流倜傥,更有铮铮铁骨。虽不无父权制思想的局限,《祖父组诗》体现了儒家思想中"舍生取义""杀身成仁"刚烈的一面,恰是偏爱中国君主文化的庞德、心仪中国佛道文化的斯奈德、王红公(Kenneth Rexroth,1905—1982)等美国现代诗人所忽视的。

1975 年王氏出版了诗集《交流》,表达更加自由狂放,运用了很多"身体"语言,反映了美国 60 年代"性解放"与"反主流文化"运动的影响,"具有威廉斯/奥森式投射诗的风格"(Wand,1978:132)。比如,《雕刻》("*Intaglio*")一诗格式别具匠心,具有雕刻艺术的空间感和硬质感。(Wang,1975:13)还有《搓啊搓》("The Rub")一诗。这两首诗热烈赞美异性间生理上的"交流",女性的柔软和男性的坚硬形成互补,诗中充斥着赤裸裸的身体语言和性意象,但诗人又在多首诗作中强调了"言语交流"的重要性:纯粹的生理交合是"虚假的性"(simulated sex),而"言语的长卷/比凌乱的床儿/更紧迫、更激烈"(Wang,1975:27)。王氏在《交流》诗集中对美国口语的运用更加娴熟,大部分诗作的主题、用词、节奏、语调和断行都具有美国现代诗的特点,体现他对美国主流诗歌的吸收和借鉴,因此受到斯奈德、科瑞利(Robert Creeley,1926—2005)等美国诗人的鼓励和肯定。①

在《交流》出版后,王氏曾试图出版《满江红》诗集,其中收录了《祖父组诗十五首》。1977 年诗集进入排版阶段,但在其不幸身亡后,出版一事便不了了之。去世前,他已完成祖父组诗第 20 首,并对全诗有过雄心勃勃的整体构思,(Witemeyer,1986:202)只可惜壮志未酬身先卒。

三、王燊甫的文学评论及其对亚裔/华裔美国文学的推介

王氏是较早进行中美比较文学研究的学者之一,他从跨文化跨艺术的视角发掘摩尔(Marianne Moore,1887—1972)和斯蒂文斯相关诗作中的中国元素(1971,1972)。20 多年后才有学者就中国艺术对美国现代派诗歌的影响做出系统的研究(Cynthia Stamy,1999;Zhaoming Qian,2003)。1973 年,他完成博士论文《〈华夏集〉再探》(Cathay Revisited),探讨中国文化对庞德、斯奈德发展美国现代派诗学的影响,并借助中国传统诗学对他们的诗歌进行解读,是中西诗学比较研究的力作。1974 年,他发表了《泰山之巅》("To the Summit of Tai Shan")。该文分析了庞德在早期诗作和《诗章》中对中国神话的借用,如屈原笔下的"山鬼"、丽江的"龙王"、《比萨诗章》中的"观音"等,表明庞德并非"独尊儒术",而是对儒释道思想兼收并蓄。30 多年后,钱兆明和布什(Ronald Bush)等学者凭借更加翔实的史料对纳西诗篇和《比萨诗章》所作的解读,印证了王氏的分析和结论。(钱兆明、叶蕾,2013:83—95;罗纳德·布什,2012:40—73)

王氏更是早期亚裔/华裔美国文学的吹鼓手。1974 年他发文为早期用英语写作的华裔诗人的文化身份定位,提出由于汉语文化的影响,华裔诗歌行文具有"简洁、明了、细节生动"的共性,但对于中华文化意象的处理,又各具特色,体现了诗人们的创作个性和试图融入美国主流文学的努力。他还加入美国多民族文学研究会(简称 Melus),积极参与该学会推广多民族文学的各项活动,并为创立学会期刊《迈勒斯》(Melus)贡献良多。1977 年他积极推介张

---

① 见王燊甫的诗集《交流》的封底对上述诗人信件的引用。

綮芳(Diana Chang)、赵健秀(Frank Chin)等多位华裔作家的作品。① 他还撰文分析朝裔美国作家姜镛讫的移民小说《从东到西》(*East Goes West*, 1937)中的美国文化意象及其隐含的东西文化冲突。

此外,王氏先后在美国多所高校任教,也力图通过教学扩大亚裔/华裔美国文学的影响。1974年,他独立主编出版了《亚裔美国传统》(*Asian-American Heritage: An Anthology of Prose and Poetry*),收入了20多位亚裔美国作家多种体裁的文学作品。他在编者序中指出:如果忽视少数族裔文学遗产与美国传统的融合和相互影响,美国文学研究和文化研究就是不完整的。(xi)他在前言中对富有争议性的"亚裔美国人""亚裔美国文学"等概念进行了梳理和界定,与许芥昱(Hsu Kaiyu)等主编的《亚裔美国作家》(*Asian-American Authors*, 1972)和赵健秀(Frank Chin)等主编的《亚裔美国作家文选》(*Aiiieeeee! An Anthology of Asian-American Writers*, 1974)相比,他的界定更加宽泛,选录的作家更多,作品种类和风格更多样化。这"三部大书"标志着亚裔/华裔美国文学成熟为"美国文学新品种"(张子清,2000:95),成为早期美国高校亚裔美国文学课程的选读教材,为亚裔/华裔美国文学的经典化做出了开拓性的贡献。

结　语

有史家提出:"70年代以前,美国主流文坛基本上听不到华裔作家的声音。华裔文学的真正兴起是70年代以后的事"(刘海平、王守仁,2002:347—348),而对亚裔美国诗歌"比较认真的学术研究直到20世纪80年代才出现"(Huang,2002:3),所以我们更不应忘记那些为推动亚裔/华裔文学的发展而孜孜以求的先行者。王燊甫这位来自中国江南的才子从20世纪50年代起,便通过自己的诗歌翻译、创作、评论、编著和教学,全方位地为亚裔/华裔美国文学做出了开拓性的贡献,历史不应将他遗忘。

---

① 该发言被收入研讨会论文集,在王燊甫去世后次年出版,编者在正文前刊登了悼词,以示纪念。Ethnic Literatures since 1776: The Many Voices of America. Ed. Wolodymyr T. Zyla & Wendel M. Aycock. Lubbock: Texas Tech University, 1978: 120.

参考文献

[1] 刘海平,王守仁. 新编美国文学史第四卷 1945－2000 [M]. 上海:上海外语教育出版社,2002.

[2] 罗纳德·布什. 20 世纪西方与中国的同化:美国诗人庞德《比萨诗章》中的"观音"想象 [J]. 浙江大学学报(人社版),2012,3:40－73.

[3] 钱兆明. 威廉斯的诗体探索与他的中国情结 [J]. 外国文学,2010,1:57－66.

[4] 钱兆明,叶蕾. 庞德纳西诗篇的渊源和内涵 [J]. 中国比较文学,2013,3:83－95.

[5] 王维. 送别 [G]//蘅塘退士编唐诗三百首. 长沙:岳麓书社,1988.

[6] 张子清. 与亚裔美国文学共生共荣的华裔美国文学 [J]. 外国文学评论,2000,1:93-103.

[7] David Hsin-Fu Wand. Bibliography of Chinese Poets in America (Publications in English Exclusively) [J]. World Literature Written in English Newsletter,1971,19:63-67.

[8] —. The Dragon and the Kylin: The Use of Chinese Symbols and Myths in Marianne Moore's Poetry [J]. Literature East and West,1971,15:470－484.

[9] —. The Use of Native Imagery by Chinese Poets Writing in English [J]. Language and Style: An International Journal,1973,6:72－80.

[10] —. Cathay Revisited: The Chinese Tradition in the Poetry of Ezra Pound and Gary Snyder [D]. Dissertation Abstracts: Section A. Humanities and Social Science,1973.

[11] —. To the Summit of Tai Shan: Ezra Pound's Use of Chinese Mythology [J]. Paideuma: A Journal Devoted to Ezra Pound Scholarship,1974,3:3－12.

[12] —. Asian-American Heritage: An Anthology of Prose and Poetry [G]. New York: Washington Square Press,1974.

[13] —. The Chinese-American Literary Scene: A Galaxy of Poets and a Lone Playwright [G]//Ed. Wolodymyr T. Zyla & Wendell M. Aycock. Ethnic Literatures since 1776: The Many Voices of America. Lubbock: Texas Tech University,1978: 121-146.

[14] —. The Image of America in Younghill Kang's East Goes West [G]//Ed. Wolodymyr T. Zyla. Portrayal of America in Various Literature. Lubbock: Texas Tech University,1978.

[15] David Rafael Wang. The Intercourse [M]. New York: Greenfield Review Press,1975.

[16] —. The Goblet Moon [M]. Vermont: Stinehaur Press,1955.

[17] —. Tang & Sung Poems [J]. Edge,1957,3: 1－2.

[18] —. The Grandfather Cycle: An Epic Poem in Progress [J]. Human Voice Quarterly,1966,2 (1): 31－36.

[19] David Rafael Wang and William Carlos Williams. The Cassia Tree [J]. New Directions in Prose and Poetry, 1966, 19: 211-231.

[20] Ezra Pound. Personae: The Shorter Poems of Ezra Pound [M]. Ed. Lea Baechler & A. Walton Litz. New York: New Directions, 1990.

[21] Guiyou Huang. Introductions: The Makers of the Asian American Poetic Landscape [G]//Asian-American Poets: A Bio-Bibliographical Critical Sourcebook. Westport: Greenwood Press, 2002.

[22] Hugh Witemeyer. The Strange Progress of David Hsin-Fu Wand [M]// Paideuma: A Journal Devoted to Ezra Pound Scholarship, 1986.

[23] Stephen Field. The Cassia Tree: A Chinese Macropoem [J]. William Carlos Williams Review, 1992, 18.1: 34-49.

[24] Zhaoming Qian. Ezra Pound's Chinese Friends: Stories in Letters [M]. Oxford: Oxford University Press, 2008.

[原发表于《英美文学研究论丛》2017 年春]